索羅門的橡樹

A NOVEL

SOLOMON'S OAK

JO-ANN MAPSON

喬－安・馬普森 著

林立仁 譯

紀念Jason Wenger：

Jason Wenger於二〇〇七年十二月二日遇害，留下無限追思，以及無數破碎的心。為了榮耀他的寫作雄心，本書部分收入將捐助阿拉斯加大學安克拉治分校創意寫作碩士班Jason Wenger創意寫作卓越獎。

Jason，希望天堂比你夢想中美好。

我們日日思念你。

也獻給Earlene Fowler：

女人心猶如老瓷器，

絲毫不因缺角而損其光采。

——薩默塞特．毛姆

《福蘭德里克夫人》，一九〇七

序

一八九八年春天融雪之際，美國加州佳淩區距離聖安東尼奧帕度亞佈道院不遠之處，賓州人士麥可．哈勒倫打算越過納西緬托河。一如其他西行之人，他認為加州是個富饒之地：太平洋盛產鮑魚，柑橘及朝鮮薊終年生長。在他心中，加州資源豐富，足以養家活口，興旺家運。

根據沙立南族印地安人的說書人所述，當時麥可的馬拒絕入河，給麥可鞭了幾下才踏入河中。麥可在河的對岸買了一塊土地，大家都勸他等春季融雪徑流結束之後再渡河，旅館老闆甚至說要讓他免費住房，但他仍然拒絕。他認為這些都是詭計，這些人都覬覦他的土地。麥可駕駛四輪馬車，車上載著妻子艾莉絲和襁褓中的女兒克拉拉。馬車一入河，立刻不受麥可控制，還把麥可拋出車外。馬兒驚慌不已，奮力脫離韁繩，韁繩卻纏住艾莉絲。馬車在湍急河水中翻滾再翻滾，麥可只能在河岸邊驚恐地目睹他用來懲罰馬兒的韁繩旋動翻轉，將妻子的頭硬生生給絞了下來。數天後，艾莉絲的屍體給沖上了岸，女嬰克拉拉一直未被尋獲。

艾莉絲下葬之後，撒利族巫師預言說艾莉絲的靈魂將永遠不得安息，因為不完整的身體找不到前往陰間的路。一九五〇年代，艾莉絲現身在杭特利格堡軍事基地彈藥庫的兩名哨兵面前，導致一名哨兵死於心臟病發，另一名哨兵一直無法從這個創傷中復原。軍方否認相關報導，卻關閉了彈藥庫。除了撒利族人流傳的故事〈佳淩的無頭女子〉之外，加州中央谷地流傳的幾則鬼故事也出現無頭的騎馬女子，像是〈身穿蕾絲的女子〉、〈守護靈〉、〈遇害妻子的鬼魂〉。

代代相傳的故事可分為兩類：史實和民間傳說。「歷史」History的英文字源自拉丁文，經由希臘文而演變為英文，原意是指「找出」，有些字典寫的是「智慧之人」。現代字典將「歷史」定義為：「重大事件的持續紀錄，尤其是依照時間順序的紀錄。」有時人們會說：「接下來的故事，歷史都有記載」，而省略最精采的部分。或者，你也可能「成為歷史」，也就是說你作古了，離開人世，成了風中之塵。〈風中之塵〉是搖滾樂團堪薩斯唯一暢銷的歌曲。

「傳說」Legend的英文字源自中古英文、法文及拉丁文，譯為「仍需知悉之事」。「民間傳說」Lore的英文字則來自德文和荷蘭文的Lehre，轉譯為Learn。

你可能會認為，綜合史實和傳說，就可以得出完整的故事。

直至今日，據說仍有人在月光黯淡的夜晚，看見無頭的艾莉絲飄遊在佳凌區的納西緬托河上，尋找她失落的女兒。她也時常出現在軍事基地的老墓園裡。當地人說，若你看見艾莉絲，趕緊將耳朵附在地面上，這樣就可以聽見女嬰克拉拉找尋母親的哭聲。

第一部

葛蘿莉・索羅門

海盜婚宴菜單

烤公火雞
蘋果、棗子、洋蔥餡料
育空黃金馬鈴薯泥
農夫麵包
蔬菜沙拉
旭蘋果
加州臍橙
蜂蜜酒
格洛格酒
檸檬大黃蜂酒
海盜船惡魔食物婚禮蛋糕

1

二〇〇三年十一月二十七日，星期四，感恩節

去年這天，葛蘿莉．索羅門花費數小時替丈夫丹烹調傳統的感恩節晚餐，菜色包括：火雞加碎麵包餡料、小紅莓醬汁、馬鈴薯泥加肉汁，以及丹最愛吃的山藥砂鍋，上頭撒上迷你棉花糖。葛蘿莉總是會把山藥砂鍋給烤焦。葛蘿莉一直不明白丹為什麼愛吃山藥砂鍋，因為她做的南瓜派稱得上是藝術之作，自製的派皮酥脆無比，足以媲美她祖母的手藝。但是對丹而言，南瓜派比不上焦黑的山藥。葛蘿莉在餐桌上排放丹的母親留給他們的瓷器餐具，法蘭西斯牌（Franciscan）的沙漠玫瑰系列。她熨燙並摺疊亞麻餐巾，打發濃稠鮮奶油直到它高高隆起。丹禱告時，葛蘿莉喝了口酒，只因宗教令她緊張。兩人大啖美食，笑聲連連，最後才離開餐桌，牽出馬兒，在他們長滿橡樹的牧場上奔馳許久。他們的牧場距離聖安東尼奧帕度亞佈道院有段距離，烏鴉從佈道院飛來，大概要花十分鐘。騎完馬後，葛蘿莉打電話給住在薩利納斯市的母親，祝她感恩節快樂，電話上兩人都說非常思念二十二年前去世的父親。父親去世時，葛蘿莉和姊姊哈蕾都只有十幾歲。接著葛蘿莉打電話給哈蕾，打擾了哈蕾的蘋果馬丁尼派對，她總是抓不準哈蕾的時間。

今年葛蘿莉烤了三隻二十磅重的火雞，搗了三十磅的馬鈴薯泥，烘焙十幾條法式長棍麵包，

買了當地的蘋果和橘子堆在一蒲式耳[1]的籃子裡，籃子是她向朋友羅娜借來的，羅娜是蝴蝶溪雜貨店的老闆娘。菜色裡沒有山藥。倘若丹尚在人世，葛蘿莉會很樂意料理山藥作為主菜，注意聽丹禱告，放下酒杯，等他說聲「阿門」。

今年感恩節，葛蘿莉做了好幾加侖的蜂蜜酒、檸檬大黃蜂酒（伏特加攙入大量檸檬，可預防壞血病），以及格洛格酒。格洛格酒基本上是一桶蘭姆酒加入許多水果。這三種酒都是海盜喝的，海盜一天到晚喝酒，各種場合都喝。公海之上每一秒都充滿致命危機，誰忍心責怪他們呢？

葛蘿莉料理的感恩節「牽手」典禮大餐，是為了安格斯・麥梅漢統帥和凱倫・布朗司令這對新人而準備，他們和五十八位賓客將在週末扮成海盜。每一間教堂都拒絕他們的婚禮預約，於是安格斯找上了葛蘿莉，希望葛蘿莉准許他們在丹所建造的小教堂舉辦婚禮。那座小教堂是去年九月丹在他們的牧場上建造的。倘若丹知道葛蘿莉讓人在這裡舉行婚禮，心裡想的會是什麼？葛蘿莉認為自己可以在國定假日承辦筵席，舉行婚禮，心裡想的又是什麼？

錢。

安格斯來參觀白橡樹時，看見了丹的小教堂。那棵白橡樹人稱索羅門橡樹，它並未被收錄在三A旅遊指南上，但人們口耳相傳，說那棵白橡樹不應該生長在中央海岸谷地的氣候之下，卻長得超過一百呎高。白橡樹佇立當地已經過索羅門家三個世代，沒有人知道在那之前它已佇立多久。

那棵白橡樹使得索羅門家和其他牧場區分開來。這裡的農家種植草莓、葡萄、胡桃樹，蒸餾加味醋，養雞，或養幾頭牛，製作美味的羊乳起士拿去農夫市集販賣。他們能做什麼就做什麼，勉強養家活口，保有自己的土地。樹藝家會用巴士載人前去參觀索羅門橡樹，實地考察。加州大學聖塔克魯茲分校的教授會在索羅門橡樹的枝葉下授課。年輕男子會在索羅門橡樹樹蔭下向女友浪漫求婚，而且總會成功。天氣晴朗時，外光派畫家會前來索羅門橡樹旁的草地，架設畫架。月圓之時倘若碰上非基督教節日，例如布里吉德節或五朔節，一群督伊德教僧侶就會來到這裡，有時身上穿有衣服，有時則否。索羅門家容許這些人進入他們的牧場，因為他們知道那棵白橡樹很特別。橡樹多半長到一百歲就會死去，但索羅門橡樹的樹幹十分健康，加州大學聖塔克魯茲分校的學生從索羅門橡樹的狀況來推斷，判定它大約有兩百四十歲。

「沒有人願意替我們舉行婚禮。」安格斯統帥說。一個月前，他帶著高級咖啡和杏仁可頌麵包前來懇求葛蘿莉，希望獲得她的首肯。十月曾是葛蘿莉的最愛，這個月份充滿金黃色的樹葉和成堆的待繳帳單。「我們已經問過唯一神教派的教堂、超覺主義的教堂、無關宗教派別的教堂，甚至還被共濟會的教堂拒絕。可是這些傢伙一向都被公認做出海盜行為，至少他們遊行的時候身上穿的衣服如出一轍。」

葛蘿莉仔細端詳坐在餐桌對面的安格斯。「你幾歲？」她問道。

「三十歲，這年紀是個轉捩點。妳幾歲？」

「三十八。」

---

❶ Bushel，穀物和水果的容量單位，約等於三十五公升。

「妳結婚多久？」

「將近二十年。」

「哇，」安格斯說：「那是很長的時間。」

「時間過得很快，快到讓你覺得驚訝。」葛蘿莉說，拍下手指上的麵包屑。

「我戀愛了，索羅門太太。」

「我看得出來。」

安格斯留著金紅色的鬍子和頭髮，髮長及背。他的雙眼令葛蘿莉想到孩童的眼睛，湛藍有如天際，充滿希望。

丹過世之後，葛蘿莉就未曾再踏進那座小教堂一步，她總認為小教堂會崩塌，化為一堆碎石。每次她出門餵馬，總是背對小教堂。別人在小教堂看見的是丹的精美木工和美麗的河岩，葛蘿莉看見的卻只是丹花了大量寶貴時間，浪費在無法拯救他的信仰上。去年二月丹死於肺炎之後，葛蘿莉不得不去一家連鎖折扣百貨公司打工，一週四天開車經由高速公路去上五小時的班，賺取最低工資。她的上司賴瑞·歐今年十九歲，文法糟糕透頂。葛蘿莉的年紀都足以當賴瑞的媽媽了，但賴瑞有權指示葛蘿莉如何擺放商品、如何和顧客應對、什麼時候可以去上廁所。

丹透過騎師工會向一家加州保險公司投保壽險，本地牧場及農場主人都向這家保險公司投保。丹過世後，保險公司支付了五萬美元的理賠金。當初他們繳付保費時，覺得這筆理賠金的金額很高，但他們沒有醫療保險，光是醫療費用就吃掉了大部分的理賠金。到了今年聖誕節，葛蘿莉的積蓄將全數耗盡。

海盜打算支付葛蘿莉三千美金作為小教堂的租借費，同時希望葛蘿莉準備婚禮的宴客餐點。葛蘿莉必須賺這筆錢來飼養牧場上的雞、馬、羊、狗。

「好吧，安格斯，你的婚禮會在這裡辦得很成功。」

「謝謝妳！我等不及要打電話跟司令說了！」安格斯從椅子上跳了起來，用最好的方式向葛蘿莉道謝，也就是伸手掏出支票簿。

搖晃不穩的餐桌上灑落著咖啡館點心的碎屑，就在這張餐桌上，一項不可能的生意成交了：

索羅門橡樹小教堂婚禮。

歡迎海盜參加。

小教堂是丹最後完成的計畫。一個夏天早晨，他邊吃燕麥片邊說：「我有股衝動想替自己建造一座小教堂，不是要建個什麼花俏的建築，只是希望有個地方可以在下雨天禮拜上帝。」

葛蘿莉沒有宗教信仰，但她支持丹，帶午餐過去給他吃，欣賞丹的木工手藝。丹做了一輩子的木工。二〇〇二年勞動節前夕，丹完成了小教堂，那個週末正好沒下雨，讓丹恨得牙癢癢。小教堂的手工木製長椅可以容納四十人，倘若讓小孩坐在大人的大腿上，可以容納五十人。小教堂有斜斜的石板屋頂和露出的樑柱設計，彩色玻璃由一名藝術家設計。丹製作木工成品，裝飾那名藝術家位在帕索羅布爾的工匠式房屋，用來交換她的彩色玻璃窗。

六個月後，丹的生命走到盡頭。

這時葛蘿莉站在最後一排長椅後方，查看小教堂的裝飾。過去她經常帶火腿三明治和檸檬水來這裡給丈夫當作午餐。夏日陽光炙人，丹可以喝完一整壺檸檬水。他總是啜飲一口檸檬水，咂咂嘴說：「我是天底下最幸運的男人。」

葛蘿莉依然認為丹是天底下最幸運的男人，因為他看得見每個人內心的善良，只不過他已離開人世。

安格斯的海盜婚禮舉行前兩天，葛蘿莉站在臥房衣櫃前，凝視丈夫的襯衫。據她所知，要將去世丈夫的衣服裝箱這件事，似乎沒有一定的規矩和時間表，但今天似乎是個恰當的時機。再過三個多月，到了二月二十八日那天，她就度過了一整年沒有丹在身旁的日子。她摺起丹的藍色牛仔褲和法蘭絨襯衫，放進紙箱，只留下丹的領帶，那些領帶是多年來丹的養子送給他的。也許今年冬天，她會用這些領帶織成伐木小屋的被子。丹的牛仔夾克有襯裡，可以讓別人保暖，紅翼牌（Red Wings）工作靴幾乎是新的。葛蘿莉將這些衣物用報紙包好，放在衣櫥底部。很快地，衣櫃裡只剩下丹的漿硬白襯衫。她將鼻子附在白襯衫上，吸了一口愛爾蘭春天牌（Irish Spring）香皂的氣味。

「這個時候我需要你的幫助，」她喃喃地說：「我不知道自己在幹嘛，要是有客人鬥劍，被刺瞎一隻眼睛該怎麼辦？」

葛蘿莉容許自己一天有十分鐘的衣櫃時間，這是為了不讓她在家中這個私密空間裡流下太多眼淚。她抹去淚水，逼迫自己回想快樂時光，像是他們在夏日傍晚一同騎馬到山坡上，狗兒在前頭奔跑，驚動牧場周圍樹木上的鳥兒。他們來到籬笆前，丹坐在馬背上，伸出了手，握住葛蘿莉的手，和她一同欣賞夕陽西下。用來形容加州落日的詞句永遠不夠多，因此丹總會說些逗趣的話，有一次他用可怕的威爾斯口音，引用威爾斯詩人狄蘭．湯瑪斯的詩句：「『宛如橘子。』『宛如番茄。』『宛如金魚缸。』」

葛蘿莉收集雞蛋，拿到農夫市集上賣，訓練她那些逃過死劫的狗，維持收支平衡。有一次她忘了把倉庫的門閂拴上，使得現在的新生代老鼠都認為自己來到了應許之地。桌上放著一疊積了灰塵的慰問卡片，等待她回覆謝函，但她無法去看那些粉色卡片和裡頭的詩句。任何慰問的話語都無法紓解痛苦，她只希望時間能沖淡一切。丹教過她如何建造不會變形的柵門、如何用一袋豆子和米來餵飽飢腸轆轆的青少年、如何用一顆心全力去愛。

但是丹從未教過她，少了他要如何獨自生活。

「那些妳從不知道我們創造過的回憶，將會支持妳。」葛蘿莉仍聽得見丹的話縈繞在她耳畔，但她已準備好自己的回答：「再多的回憶都無法讓我用雙臂擁抱你。」

丹的告別式來了超過兩百人。「砂鍋月」結束後，葛蘿莉整天只能對著狗兒說話，帶著狗兒完成訓練運動。她用手清洗咖啡杯和麥片碗，可以一連兩三個星期放著衣服不洗，只是大概掃掃木地板，保持屋子乾淨。餵食動物最多只需要花一個半小時，接著時間就過得異常漫長。家中除了看門狗艾索之外，只有她一個人。

「葛蘿莉，妳知道人家都怎麼說：『嫁個老郎君，早日守活寡。』」母親曾如此告誡葛蘿莉，當時葛蘿莉二十歲，丹三十五歲。母親的作風十分老派，堅持要葛蘿莉聽聽小阿姨對婚姻的建議。但葛蘿莉和丹的年齡差距跟她守寡無關，這完全是因為丹十分頑固，不肯在加州有史以來最潮溼的冬季好好照顧自己。

「沒什麼大不了。」丹堅持說道，一邊咳嗽，一邊進行牧場事務。到了晚上，葛蘿莉準備一大堆維他命C、鋅錠和奈奎爾感冒藥給丹吃。「上床休息，打敗感冒細菌。」葛蘿莉對他說。三天之後，丹放棄了，接著就發起高燒，體溫飆到華氏一〇四度（攝氏四十度）。葛蘿莉駕車載丹去看醫生時，丹所對抗的細菌已侵入血液。這種細菌人稱「超級細菌」，具有抗生素的抗藥性。肺炎急速擴散至丹的兩個肺臟。「為我笑一個。」丹在醫院對葛蘿莉說。葛蘿莉張皇失措，根本忘了要哭。一個五十三歲的男子，強壯得能夠同時抬起兩個六十磅的馬鞍，怎麼可能死於這種只在顯微鏡下才看得見的微小有機體？

舉行海盜婚禮的這一天來臨了，葛蘿莉卻在這裡摺起襯衫又掛上，怔怔盯著襯衫瞧。她疲憊地輕觸雙眼。她的最後一分錢都花在海盜菜單的料理上。她已經一連做菜好幾天，每天天一亮就起床。她雇請了兩個前養子來當服務生，他們隨時會到。現在她得去換下工作服、化妝上粉、開始幹活才行。但她卻只是逗留在衣櫃前，撫摸衣架。

看來今天也不是打包遺物的好時機。她將紙箱推到衣櫃深處，換上丹最愛的那套藍色洋裝，穿上鴿灰色有跟女鞋，打開梳妝台上的小珠寶盒，在她僅有的幾件首飾中，挑出祖母的項鍊，項鍊已有泛黃的歲月痕跡，以及某年聖誕節丹送給她用來搭配這條項鍊的耳環，當時他們在金錢上不虞匱乏。接下來她只需要挽起一頭從十四歲夏天就開始轉白的銀色頭髮，結個髮髻，就可以前去打開索羅門橡樹婚禮小教堂的大門，迎接今日的賓客。她練習說出道地的「啊呃❷」。

「狗屋。」葛蘿莉對目前正在受訓的狗高聲下達指令，這些狗都是她救出來的。正確來說，受訓中的狗只有一隻，因為道奇是唯一一隻有可能被成功安置的狗。凱迪拉克則是一頭純種邊境牧羊犬，牠已經被送給別人收養兩次，兩次都跑回牧場來。葛蘿莉已放棄送養牠，正在實驗別的訓練，看看除了牧羊之外，牠會不會喜歡從事別的工作。道奇是黃金獵犬和牧牛犬的混種犬，葛蘿莉在牠要被安樂死的那天收養牠。葛蘿莉很確定，等道奇被訓練到不再跳起來撲倒她、不再追趕郵差、不再沒事亂吠，就可以替牠找一戶好人家。等葛蘿莉將道奇安頓好，她就會再去動物收容所，帶另一隻被判死刑的狗犯人回來。狗也會犯罪？其實從可愛的幼犬到上百磅的大狗都會幹出壞事，牠們只要覺得無聊就會搞破壞，這是狗的天性。重點在於必須讓狗有工作可做。葛蘿莉會依照狗的個性來分辨該怎麼訓練，可能是使用響片、訓練零食或手勢命令。她用任何可以得到效果的方法來訓練，像是敏捷障礙、飛球或飛盤。狗兒學會規矩後，就可以替自己換來散步、大

❷ Arrgh，海盜表示同意時所發出的聲音。

餐和疼愛。等狗兒訓練好了，葛蘿莉就會替牠們物色新家。她在安頓狗兒之前，會先做家庭訪問，之後也會進行追蹤，一旦飼主的狀況出現改變，她就會把狗兒帶回來，替牠們另覓新居。

但葛蘿莉對十磅重的艾索破例，沒把牠送走。艾索是義大利灰狗，體型不比郷間郵筒大，瘦長的白色背部有一抹紅色花紋，看起來有如英式馬鞍。艾索的移動姿態宛如芭蕾舞者，葛蘿莉懷疑牠可能有表演犬的血統。看著艾索，你不禁會想，究竟是誰那麼鐵石心腸，竟然把這樣一隻天性溫柔的狗送去安樂死收容所。葛蘿莉很快就發現了原因。艾索患有癲癇症，需要吃藥和特別調理的食物。艾索住在屋內，十分適應在牠的小窩裡生活。出去散步時，葛蘿莉會放任道奇和凱迪拉克自由奔跑，但卻拉著艾索，因為視覺系獵犬可以比人類更早看見獵物。只要有一隻兔子穿越艾索的視線，牠立刻就會追上去，直到兩方中有一方放棄奔跑。大寶寶道奇害怕兔子，一看見兔子就會攀上葛蘿莉的大腿。凱迪拉克則覺得兔子很奇怪，不知道牠們為什麼會拒絕待在畜欄裡。凱迪拉克只要看見雞隻跑走，立刻就會上前追趕，使出邊境牧羊犬最著名而靈巧的拿手絕活，直到把逃亡雞隻逐回雞舍為止。凱迪拉克有一雙攝人的藍色眼睛和一根長毛尾巴，牠也會追趕葛蘿莉的吸塵器，風起時，牠追逐落葉。

丹去店裡工作時，凱迪拉克整天都會橫臥在門口，牠只要看見丹朝卡車走去，就會搶在丹打開車門的那一剎那，坐上乘客座。葛蘿莉雖然負責餵食和訓練凱迪拉克，但是丹才是凱迪拉克的人類友伴。丹過世之後，凱迪拉克比較喜歡睡在室外狗屋，而不喜歡睡在葛蘿莉臥房的床上。晚上葛蘿莉會聽見牠高聲嗥叫，心想不知道牠是不是也在哀悼？葛蘿莉把兩隻狗拴在狗屋裡，各丟一根牛骨頭，讓牠們有得忙。

葛蘿莉將鞋面抵在小腿的襪子上，擦去塵埃，然後順著小路，朝小教堂前方的石板露台走去。她在十張租來的餐桌上鋪上白色桌巾，餐桌中央擺上漆金玩具藏寶箱，箱內堆滿超大塑膠寶石、巧克力錫箔金幣和狂歡節串珠項鍊，數量多到滿出箱子。每張餐桌都豎立一根海盜旗，迎風飄揚，上頭畫著骷髏頭和交叉骨頭，而且畫的不止一組，而是兩組，一組象徵新娘，一組象徵新郎。防風燈裡插有蠟燭，等待點燃。海盜決定婚禮不要鮮花，把錢都花在食物上。婚禮將由上梔吟遊詩人樂團的現場演奏揭開序幕，最後再端上海盜船翻糖蛋糕，蛋糕做得極美，葛蘿莉尚未決定是否真要把它吃了。

十一月的加州佳淩區可能冷颼颼地，但也可能溫暖得不像話，就像今天一樣，氣溫高達華氏八十幾度。這可能是聖嬰現象、全球暖化或環境污染所造成的，但葛蘿莉只在乎今天天氣維持晴朗宜人，好讓海盜鬥劍。微風拂上她的頸背，她抬頭望去，只見正常的白雲掠過天際。她的朋友羅娜今年七十五歲，羅娜會說微風是好兆頭，象徵好事會發生。羅娜有信仰。丹也有信仰。葛蘿莉則有工作得做。她扶正一根歪了的海盜旗，看了看錶。再過四小時，婚宴就會結束，屆時她將收到支票，可以用來支付帳單。

葛蘿莉領著服務生走進廚房，這時電話響起。「當自己家，不要拘束。」她對兩名前養子蓋瑞和彼特以及本地少女蘿蘋喊道。蘿蘋正在半工半讀，對蓋瑞很好。葛蘿莉接起無線電話。「索羅門橡樹婚禮小教堂你好，我是葛蘿莉。」
「嗨，葛蘿，我是卡洛琳。婚禮小教堂是怎麼回事？」
卡洛琳．布拉德是郡政府的社工，多年來索羅門家收養過的養子都是卡洛琳安排的。丹的過世對卡洛琳造成不小衝擊，有時她打電話來只是想聊聊天。
「嗨─C。」葛蘿莉說，拿卡洛琳的名字和水果飲料開個老玩笑❸。「我要在這裡辦一場午後婚禮，正在努力把工作做好，我明天再回妳電話好嗎？」
「不會花妳太久時間，我這裡有個女孩希望妳收養。」
「是女的？」葛蘿莉朝門口走去，用另一手把牆上那幅美國攝影家安塞爾．亞當斯的攝影名作《半圓頂峰》印刷海報扶正。丹可以收養最難搞的孩子，把男孩變成紳士，但葛蘿莉只會下廚。「沒有丹我不行，而且妳知道我們從來不收養女生。」
「聽我說完，」卡洛琳說：「這個孩子很特別，她需要一個純女性的家庭，家裡的人冷靜有愛心，只要今天晚上收留她就可以了。」
「我沒辦法。」
「求求妳，我跪下來求妳了。」
葛蘿莉想像身強體健的卡洛琳身穿卡其伸縮褲和黑色運動上衣，跪在磨耗的松木地板上。在此同時，她的廚房變身為高效率組裝線，烤火雞已呈金黃色，外皮酥脆，一盤盤馬鈴薯泥表面鋪著星羅棋布的奶油，看起來幾乎像是出自專業外燴公司之手。服務生換上了黑長褲、白襯衫，圍上了葛蘿莉從藝品店買回來的赭紅色圍裙。料理台上擺滿租來的不鏽鋼自助餐盤，火雞和肉汁的香味瀰漫整個空間。

「我現在沒辦法照顧別人，卡洛琳。」

「聽著，我知道妳正在哀悼，所以才希望這個女生去跟妳住，葛蘿莉，她也在哀悼。」

葛蘿莉突然一陣暈眩，這才想到今天自己什麼都沒吃。多年前，丹打掉分隔小廚房和客廳的牆壁，創造出一個寬敞的起居空間。葛蘿莉在沙發扶手上坐了下來，轉頭望向壁爐，壁爐架是用被雷打過的恩格爾曼橡木製成，上頭有著丹刻下的字：「榮譽與歡迎之家」。每個人只要跟丹相處十分鐘，都不會再是陌生人。葛蘿莉已開始習慣一個人生活。今晚海盜搭船離港之後，葛蘿莉打算點燃壁爐，替自己倒一杯婚禮剩下的酒，什麼酒都可以。她會把腳蹺高，鬆一口氣。但今天是感恩節，那個孤單女孩的影像縈繞在葛蘿莉的腦子裡，不肯散去。「好吧，」葛蘿莉說：「希望她不會期待我跟她說很多話。」

「葛蘿莉，我知道妳是一心多用的高手，我見過妳一手開牽引機，另一手打蛋。」

「就一個晚上而已。」

「沒問題，我正在努力替她找個永久家庭。」

卡洛琳總是這樣說，而索羅門家總是留下那些養子，留到他們十八歲為止。「我是說真的，

❸ Hi-C是一種水果飲料的名稱。

卡洛琳，明天早上妳就來把她接回去。她幾歲？」

「十四歲。」

「她發生了什麼事？」

「她是『傳單』。」

在輔育界裡，隨手即丟的「傳單」指的是被拋棄的孩子。傳單放學回家，赫然發現父母搬了家，沒帶他們一起走。他們被踢出家門、鎖在家門外、遺留在購物中心。一想到這裡，葛蘿莉的胃就翻攪起來。這些孩子有的會直接去警察局，有的會試著照料自己，選擇在街上生活，但通常隨之而來的是毒品和賣淫。當父母親不要這個小孩，也沒有親戚願意站出來，讓孩子接受政府的輔育照顧就成了唯一的選擇。

「她才十四歲，怎麼可能沒有家庭收留她？連個好心的老奶奶都沒有嗎？」

手機訊號吱吱喳喳，使得卡洛琳的回答斷斷續續，葛蘿莉只能豎起耳朵。「我得掛電話了，卡洛琳，參加婚禮的客人隨時可能會到，回頭見了。」

「掰，親愛的。」

葛蘿莉掛上電話，轉身面對服務生。「蘿蘋，妳去拿冰箱上的斯德諾罐裝燃料。蓋瑞，你去水槽左邊的抽屜拿丁烷打火機和備用火柴。彼特，你能很快地把銀勺子擦亮嗎？我離開一下，你們應付得來嗎？」蓋瑞點了點頭，葛蘿莉認為這表示可以。

她拿了乾淨床單到二樓臥室。最近她聽從母親的建議，將那間臥室漆成淺藍綠色。感覺低落嗎？那就清洗廁所、整修梳妝台、繡個節慶桌墊，讓自己保持忙碌，那麼不知不覺地，你就會忘了煩惱。這棟老牧舍上次整修是在六〇年代，如今卻因葛蘿莉的悲傷而受惠。葛蘿莉把床鋪好，將書架整理一番，拿了新燈泡旋入東搖西晃的檯燈裡，並在書桌抽屜添了些紙筆。每個在這個房間睡過的寄養少年，都會自動自發地鋪床，就算第一天晚上沒鋪床，以後每天晚上都會鋪床。

「索羅門太太，」彼特高聲喚道：「妳還有延長線嗎？」

「有啊，我去拿。」葛蘿莉來到走廊衣櫃前，伸手到丹的防塵雨衣後方，拿出一盒延長線，遞給年輕又緊張的彼特。每次丹穿上那件雨衣，葛蘿莉總是說他看起來活像是從電影《來自雪河的人》裡頭走出來似的。

「幸好妳有。」彼特說。

葛蘿莉拍了拍他的手臂。「放輕鬆，彼特。」

「我不想讓妳失望。」

「好了，你什麼時候讓我失望過了？」葛蘿莉又拍了拍彼特的手臂。「沒什麼事可以十全十美，但我們應付得過去。幸好我們要招待的是有組織的海盜，有節目單可以依循。你們三個過來。」葛蘿莉遞給他們節目單的影本，上頭將各項活動用螢光筆做了記號：

下午5:00　婚禮開始

5:05　決鬥打斷婚禮

5:06 鬥劍開始

5:25 返回教堂交換誓詞

5:30 跳掃把

5:45 自助餐宴開始

6:15 伴郎敬酒

6:25 第一支舞

6:45 切蛋糕

7:30 澆灌儀式

8:30 結束！

葛蘿莉忘了澆灌儀式是什麼意思，但仍有時間查明。「他們把劍亮出來的時候，你們不要驚慌，新郎說他們花了好幾個月的時間排練，沒有人會受傷。單子下面有海盜術語，有機會的話可以說說看。」

三人抬頭看著葛蘿莉，滿臉憂心，神色茫然。

「笑一個！說『啊呃』！他們是海盜，不是大學教授，一定會很好玩的。」

「那蛋糕呢？」蘿蘋問道。

「先留在冰箱裡，等我們要擺設自助餐點的時候再端出來。蓋瑞，你能幫蘿蘋把蛋糕搬到餐檯上嗎？它很重。」蓋瑞點了點頭，和蘿蘋害羞互望。蓋瑞剛來索羅門家住的時候，是個彆扭的十二歲少年，在郡展覽會上害羞扭捏，以四健原則❹作為生活準則。如今他已二十一歲，和本地女孩墜入情網，總之船到橋頭自然直。

「我真想念這個地方。」蓋瑞說。

「這裡隨時歡迎你來。」葛蘿莉說。這時門鈴響起。

蘿蘋拉開廚房窗簾。「客人來了。」

葛蘿莉快步走到門前。「歡迎光臨，布朗司令、布朗太太。」

「請叫我凱倫就好，」新娘說：「這是我母親雪柔。」

「好的，凱倫。很高興認識妳，雪柔。請進，一切都準備妥當了。」

葛蘿莉領著凱倫和雪柔來到小房間，這個房間充當更衣室。葛蘿莉在「克瑞格目錄」（Craigslist）分類廣告網站上買了一張二手沙發，換了椅套，再把破舊的梳妝台漆成白色。她在連鎖折扣商店用員工價買了一張摺疊桌，以及放置雜物的籃子。合成樹脂冷藏箱裡裝滿罐裝水和冰塊，桌上籃子放著兩個燙髮夾、六個縫紉包、粉紅色及透明指甲油、可體松軟膏（以防蕁麻疹）、幾包從小號到大號的褲襪。「我把起士和水果盤端來。」葛蘿莉說，轉身就要離去。「如果

❹四健會原為美國農業部於一九〇二年創立之非營利性青年組織，四H分別對應Head、Heart、Hands、Health，意指追求「手、腦、身、心」健全發展。

還需要什麼，請跟我說。」

「真貼心！」新娘的母親雪柔說：「可是凱倫，妳爸和我等了二十六年，要看妳穿露薏絲阿姨做的婚紗走紅地毯，妳確定妳真的要穿鮮紅色馬甲和開衩開得那麼高的藍綠色絲裙嗎？」

新娘凱倫將頭髮往上梳，戴上三角帽，露齒而笑。「媽，不管我穿什麼，這一樣是婚禮啊。妳愛安格斯，我也愛他。就只有今天一天而已，請妳試著入境隨俗好嗎？」凱倫轉頭望向葛蘿莉，壓低聲音說：「請問妳有『煩寧』嗎？」

「抱歉，我沒有。」其實葛蘿莉有五、六顆「普拿疼」止痛劑，是以前拔臼齒剩下的，但這藥她想留著對付偏頭痛或心情惡劣的夜晚。「要不要來杯紅酒？這樣會不會有幫助？」

「有，請幫我倒一大杯。」這時女花童和男戒童走進房間，凱倫不禁露出微笑。「小海盜！」她說，彎腰擁抱他們。「媽，妳看他們兩個，是不是很可愛？」

花童的洋裝是海藍色的，胸前綴有蕾絲，就跟凱倫的馬甲一樣。戒童身穿水手褲和波浪袖白襯衫，臉上畫著鬍鬚，呈現一臉怒容。他們都戴著黑色海盜頭巾和金色夾式塑膠耳環，手上捧著的戒枕中夾著兩枚糖果戒指，上頭綁著精緻緞帶。

雪柔看著那兩枚戒指，對凱倫說：「等妳有了孩子，我想妳應該會替他們取名為虎克和叮叮[5]吧？」

「這個主意真不錯。」新娘凱倫說。

葛蘿莉端著紅酒走回小房間，雪柔從塑膠套裡拿出她的禮服抖了抖。「現在要逃去拉斯維加斯還不遲。」雪柔說。

凱倫補了補妝。「妳說我如果不在教堂結婚，就不來參加婚禮。」

「我沒說過這種話。」

「妳說過。」

「小教堂稱不上是教堂。」

「那也算得上是堂兄弟。」

葛蘿莉從一籃二手商店的玩具裡拿出一對塑膠小馬，遞給小海盜。「親愛的，妳叫什麼名字？」凱倫問花童說。

「艾瑞卡。」

「那你呢？」

「呃，我叫麥特。我可以，呃，要那個，妳知道的，呃，那個消防車嗎？」

「當然可以。還有這個給妳，艾瑞卡，告訴我妳喜歡哪隻小馬。」

「黑色那隻，牠是母馬，而且牠在好幾哩外就會嚇壞種馬。」

「那是母馬的好特質。」葛蘿莉說。這時麥特在木地板上滑動消防車，奔向想像中的火災現場。

❺ 虎克船長（Hook）和小仙女叮叮（Tinker Bell）都是小說《小飛俠》裡的人物。

雪柔扭過身子，想拉起琥珀色絲質貼身禮服的拉鍊，禮服附有斗篷。「這玩意真要命。」

「我來幫妳。」葛蘿莉說，替雪柔拉起拉鍊。「布朗太太，我必須說，妳是個美麗的海盜新娘母親。」

雪柔看著長鏡子，拉平禮服。「婚禮不應該搞得這麼愚蠢才對。」

「妳想想看，這樣妳以後就有精采的故事可以跟孫子說啦。我想妳一定很想去小教堂看看，確定一切都合乎妳的心意。穿過陽台，右轉往大橡樹那邊走過去就是了。」

雪柔離開房間。葛蘿莉心想，希望她的心臟承受得起才好。每個新娘的母親都希望自己的女兒有個完美的婚禮，因為多年來葛蘿莉一直沒忘記自己的婚禮有多簡陋，她甚至連一張自己的婚禮照片也沒有。十八年前，她認為鑽石和伴娘無關緊要。她姊姊哈蕾甚至挑了件衣櫃裡的洋裝穿上，自願當她的伴娘。今天葛蘿莉願意用一根大拇指來交換一張模糊的快照。當時的丹強壯健康，二十歲的她捧著野花束，睜著一雙大眼，很確定自己會有個幸福結局。

唉。

葛蘿莉走到外頭，看服務生準備得如何。涼爽的午後空氣從海岸線吹向內陸，帶有一絲鹹味。此地的四周都被小麥色大地所包圍，很難想像二十哩外就是加州最美麗的海岸線。只要季節恰當，在那裡可以看見當地的水獺、移棲的鯨魚或海象。抵達海岸線最快的路徑，是駕車開上剛完工的G十八號公路，穿過聖塔露西亞山脈。當然了，安全抵達海岸線意味著你得祈禱自己不會碰上爆胎、飢餓的美洲獅，以及駕駛義大利跑車在彎道疾速狂飆的中年男子，飛車駛過沒有護欄的垂直斷崖。

新郎的賓客到來，個個身穿饒舌歌手MC哈默式的泡泡褲、白襯衫和及膝長靴。安格斯的襯衫胸前裝飾著一大團褶襇，像是炸開來似的。結婚照攝影師麥克·派崔克叫葛蘿莉過去幫忙拿反光板。「你們看起來好兇狠喔。」葛蘿莉對眾人說。為了替海盜節省攝影師的高額鐘點費，葛蘿莉同意在婚禮進行時幫他們拍攝花絮照片。

葛蘿莉聽見另一輛車駛來的聲音，心頭一陣驚慌，心想是不是有些客人早到？接著她認出卡洛琳的別克翔雲（Skylark）褐色轎車和郡政府車牌。卡洛琳是美國搖滾歌手布魯斯·史普林斯汀會寫歌讚頌的那種英雄人物，她一星期工作八十小時，好讓他們在政府體系裡工作時，被照顧的孩子覺得安全而且吃得飽。今天是感恩節，她卻和平常一樣在工作。道奇開始瘋狂吠叫，凱迪拉克也隨之跟進，牠們知道卡洛琳的肩包裡放著餅乾。卡洛琳開門下車，朝葛蘿莉揮手，繞過車子，打開乘客座的車門。「下車吧，孩子，索羅門太太不會咬妳的。葛蘿莉，火雞節快樂。」

「妳也是，卡洛琳。」

少女身高大約五呎五吋（一六五公分），體重過重二十磅，頭髮染成黑色，拉到腦後紮個馬尾，眉毛、鼻子、嘴唇都戴有金屬小環。葛蘿莉一眼就看見少女頸部有個刺青，就刺在頸靜脈的位置，刺的是一隻藍鴝。葛蘿莉心想，到底是誰敢在未成年少女身上刺青？少女身穿黑色八分褲、過大T恤、不繫鞋帶的網球鞋。看來社會局衣櫃裡可以選擇的衣服少得可憐。

「歡迎妳來索羅門橡樹牧場，我是索羅門太太，叫我葛蘿莉就好了。」

少女臉上掠過一絲機械式微笑。「謝謝妳收留我，索羅門太太。」

「不客氣，妳叫什麼名字？」

「杜松[6]。」

「很高興認識妳，杜松。」

狗兒仍在吠叫，杜松朝倉庫望去。牠們不會停止吠叫，除非卡洛琳過去看牠們，或葛蘿莉叫牠們安靜。

「妳有養狗？」杜松問道。卡洛琳在包包裡翻尋要給葛蘿莉簽名的正式文件，葛蘿莉即使只是收留少女一晚，也得在文件上簽名。

「我有三隻狗，妳喜歡狗嗎？」

「呃，」杜松說，又露出禮貌的微笑。「狗很好，只要待在柵欄裡面就好。」

「牠們都在狗屋裡。我還有幾匹老馬，沒什麼特別，不過可以騎。妳會騎馬嗎？」

「我怕馬。」

「我只會在用餐時間讓牠們進屋而已。」葛蘿莉打趣說，但笑的只有卡洛琳。「如果妳改變心意，倉庫裡有一袋五十磅的紅蘿蔔，妳可以拿幾根站在柵欄前面，牠們就會靠近妳。」少女沒有回應，不知道她陷入了什麼困境。

「我的老天，怎麼找不到筆？」卡洛琳說，在包包裡扒來扒去。「我好像隨身攜帶一個黑洞一樣。」

葛蘿莉的目光無法從少女身上移開。杜松。很有趣的名字。那張封閉、空白的表情後頭藏著什麼？海盜正在葛蘿莉特地鋪上的草皮上練習鬥劍，不知道杜松看了作何感想？杜松聽葛蘿莉開玩笑時，只是聳了聳肩，彷彿是說，光憑這樣就想讓我留下好印象還不夠。杜松看了看西邊的橡樹林和野地，又看了看東邊。牧場位於山谷底，山坡擋住了城市燈光，夜晚經常可以看見一〇一號高速公路的燈光掠過夜空，表示遠處有文明世界存在。葛蘿莉看得出杜松正在思索如何逃跑，心想不知道她會不會真的付諸行動。這裡距離高速公路旁的雪弗龍站有很長一段距離，那裡也是頭一個警察會搜索的地方。

「卡洛琳，我很確定我的包包裡有筆。」葛蘿莉說。這時杜松看見了小教堂。

「那是教堂嗎？她是不是修女？」杜松轉過身去，面對卡洛琳，「布拉德小姐，妳是不是帶我來修道院？」

「當然不是，」卡洛琳說：「現在這種時代還有修道院嗎？」

「那是私人的婚禮小教堂，」葛蘿莉說：「或者應該說門外漢的小教堂？該死，我都不知道要怎麼稱呼它。這裡沒有修女，」她指了指新郎那群人，他們正在喝酒笑鬧。「只是要舉辦婚禮而已。」

❻ Juniper，常綠喬木，樹冠呈圓柱形，針狀葉，開小黃花，結藍黑色漿果。

杜松轉頭望向卡洛琳，卡洛琳找到一支筆，但卻沒水了。「妳說過這裡不會有男人的。」

卡洛琳嘆了口氣。「第一，索羅門太太就站在妳面前，如果妳要問關於她的事，請直接問她。第二，除非索羅門太太在過去這三十分鐘內開了旅館，不然我想那些男人不會留下來住。」

「他們不會住在這裡。」葛蘿莉說。

「他們最好不會，」杜松說：「不然妳就開車載我回團體家屋，我不在乎今天是感恩節，妳答應過這裡不會有男人的。」

卡洛琳說：「天啊，杜松，索羅門太太沒有騙妳，妳說這種話快跟人家道歉。」

「隨便啦，抱歉。」

這種時候，丹就會說一則大象的冷笑話，逗少女笑。大象為什麼會穿藍色網球鞋？因為穿白色很難不弄髒。怎麼樣可以讓大象進入一棵橡樹？大象坐在橡實上，然後等五十年。杜松雖然怕馬，但是丹會讓她坐在防彈椅凳上，讓馬兒載她到山頂，感受四周的開闊空間。

「那些服裝和決鬥是怎麼回事？他們是不是忘了萬聖節已經過一個月了？」杜松問道。

「信不信由妳，」葛蘿莉說：「他們是海盜，我替他們舉辦婚禮。我料理餐點、裝飾蛋糕，還請了幾個年輕人來當服務生。妳雖然沒有義務幫忙，不過如果妳有興趣賺點外快，我想其他服務生一定很高興有人幫忙。」

杜松睜大眼睛。「多少錢？我可以把錢留下來嗎？」

「一小時十元，妳當然可以把錢留下來。」葛蘿莉等待杜松露出微笑，卻只見掠過杜松臉上的笑意一閃而過。

「好，我幫忙。」

「妳真慷慨耶，葛蘿莉。」卡洛琳說：「杜松，快說謝謝。」

「謝謝。」杜松咕噥著說。

三人走進牧舍，來到厚木料理台旁，葛蘿莉介紹各人認識。「蘿蘋，妳可以替杜松找一件白襯衫和圍裙嗎？」

「當然可以，索羅門太太。」蘿蘋把一袋垃圾遞給杜松。「妳可以把這袋垃圾拿去後面的綠色箱子丟嗎？丟完以後記得把蓋子蓋上，不然西貒會跑進去。」

「西貒？」

「就是野豬，這裡到處都是野豬。」

「我知道西貒是什麼，」杜松說：「我只是認為牠們大白天不會跑出來而已。」

蘿蘋驚愕地看了杜松一眼。「好。沙發上的箱子裡有白襯衫，圍裙就在襯衫下面。」

杜松拿起垃圾袋，走出門去。廚房裡只剩卡洛琳和葛蘿莉站在老松木地板上，地板有些地方會發出吱吱聲，有些地方因為被踩踏數十年而凹陷。葛蘿莉陪著卡洛琳走到陽台，兩人對望，葛蘿莉說：「什麼都別說，眼淚會傳染，我不想哭了以後又頭痛。」

「我好想念他，葛蘿莉。」卡洛琳說。

葛蘿莉的目光越過宴會餐桌，朝白橡樹望去。兩名來自德國的攝影師說今天想來替白橡樹拍照，葛蘿莉婉拒。她覺得那棵白橡樹有時就像證人，目睹一切，卻不發一語。天氣晴朗的時候，她和丹經常會去那棵白橡樹下野餐。「我已經開始習慣了。」

卡洛琳拿出衛生紙擤了擤鼻子。「這個世界上存在著那麼多壞人，偏偏這樣一個好人卻走得這麼早，天底下有這個道理嗎？」

「丹會說上帝自有安排。」

卡洛琳吸了吸鼻涕。「告訴妳，我很想把上帝臭罵一頓。嘿！我終於找到一支有水的筆了。規定妳都很清楚，但我還是得再說一遍。」

卡洛琳朗讀了一段規定，多年來葛蘿莉都聽得熟了。規定的用詞沒多大改變，對於青少年的保護仍是相同。每次葛蘿莉聆聽這段規定，都覺得生兒育女應該領有執照才對。

「請妳在有旗子的地方簽名。這是購物券，讓妳替那可憐的孩子去附近的塔吉特百貨公司買些像樣的衣服和日用品。」

下個工作天再去吧，葛蘿莉心想。她簽了文件，卻把購物券交還給卡洛琳。「她不會在這裡住太久，我需要這個嗎？」

「妳把所有文件都留著，對我來說比較方便，」卡洛琳說：「要是搞丟了，我得填寫八十五份表格。郡政府只要減少文書作業，省下的錢可以多雇用十幾個專員。」

「我有一箱李維（Levi's）牛仔褲和T恤，杜松可以挑她喜歡的。所以說她發生了什麼事？」

卡洛琳的手機響起，她接了起來，對葛蘿莉伸出食指，請她稍等。「什麼？別鬧了，今天是國定假日耶，我連午餐都還沒吃，現在已經四點多了。好吧，可是超速罰單你要付喔。」她將手機放回口袋。「抱歉，感恩節快樂，對吧？今天還是感恩節吧？」

「是的，也祝妳感恩節快樂，卡洛琳。看來今天我們都得工作。妳到底有沒有在休假啊？」

卡洛琳露出堅毅的微笑，顯露出過去抽菸的痕跡和現在深夜飲酒的習慣。「別談這個吧。」

葛蘿莉聽見蓋瑞叫喚她的名字。「我討厭這樣匆匆忙忙，可是我得回去準備婚禮了。妳可不可以大概跟我說一下她的情況？」

「沒問題。幾年前，杜松唯一的姊姊死了，她的父母離婚，母親死於用藥過度，父親沒辦法照顧她，人就落跑了。」

「天啊，一個人一輩子要承受這些事都太多了。」

「還用妳說。」

「她為什麼討厭男生？」

「她的上個寄養家庭住著兩個自以為是的少年，顯然殘忍地作弄過她，真是些小混蛋。」

「這裡除了山羊之外，所有公的動物都已經閹割過了。」

一輛裝有頂篷的深藍色卡車駛來停下，下車的是樂團成員，他們開始架設擴大機。葛蘿莉擔心他們會演奏那種令人頭痛的音樂，把馬兒嚇得食不下嚥。這一切能讓自己賺三千美金，她在心中提醒自己。

卡洛琳等卡車熄火，才繼續往下說。「她跟男性的過節不只這樣。母親死後，杜松搬去跟父親住，她的父親卻趁她去學校上課的時候『重新安頓』。她在街上流浪了一陣子，顯然就是那個時候刺青的，我猜她應該還受到更多創傷，但她不肯說。有一次她在商店裡偷DVD，被警察逮捕，就是因為這樣才被納入輔育系統。她是個好孩子，有點情緒化，而且情緒很容易爆發。我答應過她，說會替她找個最好的寄養家庭，希望我能實現我的諾言。」

多年來卡洛琳聽過無數令人髮指的故事，因此可以如此漫不經心地加以談論，就好像在談論購物清單一樣。葛蘿莉猜想，唯有如此，卡洛琳才能忍受這份工作。她們還沒談到哀悼的部分，葛蘿莉就已經起了一身雞皮疙瘩。她和丹收養過的男孩都有情緒管理的問題，丹會叫他們去砍柴、蓋禽舍，但葛蘿莉認為這一套對杜松不管用。「我會盡力的，卡洛琳，可是少了丹的幫助，我不確定自己做不做得來。」

卡洛琳聳了聳肩。「只住一天晚上，平常心對待她就好，她只需要這樣。」

「她是不是在接受治療？」

手機再度響起。卡洛琳看了手機一眼，嘆了口氣。「抱歉，這通電話我得接。」

「婚禮快開始了，」葛蘿莉說：「晚上晚一點打給我吧，我會打掃到很晚。」

「謝啦，再聊嘍。」卡洛琳揮手道別，邊走邊接起電話，開始處理另一件案子。

葛蘿莉看著卡洛琳的車子後退、掉頭、駛離車道，沿路揚起沙塵。索羅門牧場與世隔絕，但依靠樹林就能輕易辨別方向。藍橡樹林標示出往西通向一號高速公路的方向。半山腰倒落的恩格爾曼橡樹林是很棒的瞭望場所，站在橡樹的殘幹上，可以看見莊園飯店的摩爾式圓頂，圓頂是由美國建築師茱莉亞・摩根所設計。坐在那裡跟松鴉分享三明治，松鴉就會如同鳥忍者般在你周圍跳來跳去。土地上的「雜交」橡樹林這裡一叢，那裡一叢。「雜交」是「混種」的科學名詞。曾有那麼一兩次，若不是狗兒在身邊奔跑，非常確定回家的方向，葛蘿莉可能會跟現在的杜松一樣感到迷失。

佳凌區和一號高速公路之間是野地，這片野地由保育組織所保護，刻意保留原始風貌，佔地數萬英畝，上頭有許多健行小徑，風景壯麗。河川和溪流交織在聖塔露西亞山脈之間，此地是美洲獅和西貓的家園，有時還有熊出沒。每年都會有幾個健行者在此地迷路或受傷，使得國家耗費大量金錢進行搜索和救援工作。往西朝佳凌區和金城之間行進，會看見不規則的金黃色叢林，那是終年不斷的森林火災所造成的，這就是為什麼索羅門家讓羊放牧吃草。這塊土地需要灌溉，因為這裡的降雨循環並不可靠。葛蘿莉認識的每戶農家，都認為自己被分配到的水源有理由比鄰居還多。即使出現這些負面狀況，葛蘿莉依然珍惜移棲來此地過冬的每隻鳥兒，以及飛往南方、叫聲吵鬧的加拿大雁群，甚至也珍惜西貓，但必須跟西貓保持距離。郊狼每天晚上的嗥叫聲，聽起來比較像讚美歌而不是警告。每次她只要看見一隻加州神鷲這種一度瀕絕卻被救回的鳥類，就覺得自己以身為加州人為傲。有時人類只要用心用腦，就能彌補錯誤。葛蘿莉心想，不知道杜松・麥奎爾看見這種巨大的黑色鳥類從頭上飛過，心裡會怎麼想？葛蘿莉會告訴她說，這種鳥的拉丁學名叫做Gymnogyps Californianus，是一種食腐動物，壽命有半世紀，專吃腐肉，將骨頭上的肉啄得乾乾淨淨，讓骨頭在太陽曝曬下逐漸變白。

這一整個星期，葛蘿莉都在學習使用丹的數位相機，好在婚禮上拍攝花絮照片。就她所見，花絮照片是婚禮的靈魂所在。只見安格斯和伴郎們開始喝起木桶裡的酒，葛蘿莉便用鏡頭對準他們，讓相機收集回憶。木桶是葛蘿莉去北邊的釀酒廠買的。明天一早，這對新人將搭船前往卡塔利娜島，葛蘿莉在心裡祝他們一路順風，希望明天的風就跟現在吹過橡樹樹梢的微風一樣穩定。就連海盜也應當知道，婚姻路處處荊棘。

「嘿，杜松，」蘿蘋喊道，只當一夜養女的杜松正在蓋上自助餐盤的蓋子。「過來幫我拿盤子好嗎？」

葛蘿莉透過取景器，對準杜松，拍了一張照片，接著又把鏡頭對準白橡樹，只見樹枝多節瘤，葉子呈淺裂狀，樹下擺姿勢的海盜看起來宛如玩具人偶。葛蘿莉收集了一碗掉落的橡實，放在廚房水槽上方的窗台上。根據文獻記載，傳教士尚未來到加州這片土地之前，這裡住著六十四個印地安部落，而他們都把橡實當作主食。三百五十年後，只有少數人可以追溯自己的血緣到那麼久遠的年代之前，羅娜．坎戴拉里亞和她的丈夫就屬於這少數人。此地的印地安文化早被抹去，只剩下片片段段的故事，如今橡實只被歸類為松鼠的食物。葛蘿莉有時騎在馬上，腦子會想像一名印地安母親跪在地上，搗碎苦澀的橡實，做成粥來給孩子吃。這位印地安母親可能也早年喪夫，也許丈夫在打獵時發生意外、被西班牙人處決，或和丹一樣死於老套的肺炎。她如何度過喪夫之痛？之後又再度成為另一個男人的妻子？壁畫洞（La Cueva Pintada）深處的象形文字提及那些逝去的生命，葛蘿莉曾仔細端詳洞壁上那些枝條狀的人物和太陽的圖案。加州的冬天既苦又甜，是反躬自省的好時機。但她隨即又會哼地一聲，覺得自己想這種事幹嘛，真相就如同驢兒，會在豔陽天將你的心踢個粉碎。

參加婚禮的賓客陸續抵達，海盜在葛蘿莉眼前湧入，全身珠光寶氣，肩上披著絲絨斗篷，腰間佩帶長劍。一隻紅喉蜂鳥嗡嗡飛過，佔據附近的餵食器。葛蘿莉站著不動，希望這隻嬌小鳥兒會逗留此地，因為西南印地安部落認為，婚禮當天有蜂鳥飛來是好運的象徵。

上桅吟遊詩人樂團在小教堂入口演奏史蒂芬野狼合唱團的〈天生狂野〉，以凱爾特風格彈奏，吉他手身穿灰色蘇格蘭格子褶裙。

「你們會不會搞錯時代了？」葛蘿莉問道。

吉他手繼續彈奏。「不會，我很確定海盜綁架過蘇格蘭人，因為我們蘇格蘭人很會提供娛樂。」

葛蘿莉掃視全場，只見小教堂通道拉起的白紗動也不動，身穿金色長袍、頭戴金色法冠的牧師手上拿著罐裝水，瓶蓋已然打開，他的另一手拿著摺疊的手帕擦汗。儘管窗戶全開，但小教堂內點了這麼多蠟燭，使得裡頭十分窒悶。新郎的母親身穿綠色絲質罩袍，上頭有許多葉狀裝飾，看起來頗有伊莉莎白女王的風格，原來海盜服裝也是有很大的自由空間。安格斯領著母親坐下，再陪同新娘的母親雪柔走到第一排長椅的另一側。雪柔臉上依然沒有笑容。葛蘿莉按下快門，很想過去輕輕搖動雪柔的肩膀，對她說：「大方秀出妳的微笑！」

有個人影移動，吸引了葛蘿莉的目光，她望向窗外，看見杜松站在柵欄旁，拿著婚宴用的迷你紅蘿蔔餵馬兒吃。葛蘿莉看見這幅情景，就好像看見有人拿十元美鈔在燒，但婚禮即將開始，她無法離開小教堂。上桅吟遊詩人樂團放下樂器，在小教堂後方排成一排，以無樂器的純人聲方式，唱起加拿大民謠歌手史丹．羅傑斯的〈四十五年〉。

穿蘇格蘭裙的吉他手有著一副溫柔嗓音，葛蘿莉聆聽他頌揚梅開二度和晚婚的種種美好，聲音動人，讓她幾乎就要相信他唱出的詞句出自肺腑。

凱倫司令挽著父親的手臂出場，光芒四射，父親的眼罩戴歪了，但至少臉上表情比妻子雪柔來得開心多了。就在他們即將抵達牧師和安格斯所等待的聖壇前，一名海盜男子霍地站起，高聲吼道：「我要劫走她！」隨即一把抓住凱倫。賓客席間立刻罵聲四起。葛蘿莉在心中的節目單上，把「決鬥」這一項打了個勾。

2

安格斯拔劍出鞘。「你想決鬥是嗎？我就來解決你，你等著被吊死吧。」

「別追來，否則就讓你嚐嚐這把劍的滋味，你這個專吃船底垃圾的碼頭鼠輩。」

安格斯的對手穿一身黑色絲質勁裝，他拉著凱倫奔出小教堂大門，踏上石板露台，將凱倫推到身後，拔出了劍，指向安格斯。「全員集合！」安格斯喊道，賓客全都衝出門外。雙劍相觸，發出令人頭痛的鏗鏘聲。兩人交手，一來一往，配合得絲絲入扣。這時葛蘿莉卻一陣暈眩，這正是偏頭痛的前兆。

婚禮正在進行，不要現在鬧頭痛吧。

「惡徒，你沒地方躲了！」

「你這卑鄙下流的……」安格斯頓了頓，抹去額頭的汗水。「我忘記台詞了，快提詞。」

「蹩腳水手！」凱倫司令喊道，黑衣男子轉頭過去望著她。

「蹩腳水手？這句話會傷了男人的心。」黑衣男子說：「看劍！」

服務生在欄索外停步觀看。這場鬥劍雖然愚蠢，但安格斯和黑衣男子一身海盜行頭，劍影快速閃動，卻也讓人看得心跳加速。這正是拍攝花絮照片的好時機，葛蘿莉按下丹的相機快門，在此起彼落的呼喝聲中，快門喀嚓喀嚓不斷響起。她按下檢視鍵，卻發現自婚禮開始以來，相機裡就沒有新拍攝的照片。她查看相機設定，又返回照相模式，再度按下快門，卻看見相機閃起紅燈，而非綠燈。會不會沒電了？但相機昨天充電了一整個晚上。她別無他法，只有跑回家，拿出她的Nikon舊相機。

安格斯和敵人各自擋開對方來劍，在草地上翻起片片草皮。葛蘿莉見他們改變方向，只得後退。她抬頭望去，看見安格斯將手伸進藍絲絨長外衣，掏出一把手槍。凱倫司令的母親雪柔發出尖叫，叫得那麼真實，使得葛蘿莉不禁要想，雪柔是不是跟她一樣感到詫異。那是真槍嗎？當然不是。難怪安格斯找不到願意舉辦婚禮的教堂，大部分的教堂人員一聽見要使用致命武器，肯定皺起眉頭，就算槍只是拿來開玩笑也一樣。雪柔被人攙扶到椅子上。葛蘿莉必須暫時放下拍照的工作，因為這齣戲需要立刻修正，無論那把槍是不是真的，他們已經玩得太過火、太入戲了。

「安格斯！」葛蘿莉大喊，揚起了手。

就在此時，一名身穿便服的深髮男子從另一側擠出人群，來到決鬥的兩人面前。「立刻把槍放下！」便服男子大吼。葛蘿莉心想，那人是誰？竟然能發出如此威猛的聲音。

這時葛蘿莉看見那人手中也握著一把槍。他在幹什麼？她又在幹什麼？竟然蠢到會認為舉辦海盜婚禮是個好主意？

「我說，把槍放下！」便服男子吼道。

安格斯拿槍的手放了下來，但並未把槍放開。「這不是真槍，」他說：「這只是十八世紀的燧發喇叭槍。」

「我管它是什麼玩意，立刻把它放到地上！」賓客愛死了這句話。

這下子葛蘿莉該怎麼做？陌生男子手上那把黑色的現代左輪手槍看起來也很真實。那一定是假槍，兩把都是假槍，對不對？它們看起來之所以很像真的，是因為這些人按照劇本排演得很好，但彩排時並沒有拔槍相向這個橋段。葛蘿莉的腦子飛快轉動：去找杜松；確定服務生全都離開現場；放凱迪拉克出來，萬一發生意外，就呼喝牠把眾人趕在一起。她的頭開始猛烈抽痛，偏頭痛無疑正在形成。「借過，」葛蘿莉對她撞到的每個人說：「借我過一下好嗎？」

賓客亢奮不已，彼此推擠，結果葛蘿莉被擠到了樂團旁邊。「這是原本就安排好的嗎？」葛蘿莉問那名穿蘇格蘭裙的吉他手說。

「不知道，我只負責音樂，不負責決鬥。那傢伙妳去哪裡找來的？」

「我以為他是客人。」

「小姐，這裡的人我都認識，可是我不認識那個人。」蘇格蘭吉他手將手圈在嘴邊，高聲吼道：「安格斯，離開那個人！他抄的是真傢伙！」

賓客聲音吵雜，安格斯不是沒聽見就是沒聽懂。葛蘿莉身為婚禮舉辦人，必須順利地讓婚禮從開始進行到結束，因此她推開群眾，毫不停步，最後將手指戳上持槍的不速之客和安格斯的胸膛。「你們兩個都把槍給我放下！這是婚禮，不是西部電影裡的大決鬥。」

「我這把槍是假的！」安格斯說：「真的，我是在網路上買的，一把四十八元。妳看，槍管根本不通。」

不速之客轉頭望向葛蘿莉，他的一頭黑髮剪得極短，貼近頭皮，很像軍人的髮型。葛蘿莉看不出便服男子是什麼種族，他是拉丁人？還是美國印地安人？如果他腳蹬長靴，頭戴三角帽，就有可能是摩爾海盜，但他身穿皮夾克和Levi's牛仔褲，而且葛蘿莉非常確定他手上握著的是九毫米手槍。「謝天謝地。」葛蘿莉說。

「婚禮上的鬥劍？」便服男子問道。

「對，」葛蘿莉說：「假的鬥劍，我們正在進行婚禮，海盜婚禮。」

「真的？」便服男子把手槍插回夾克內的槍套中，站到一旁。決鬥再度開始，眾海盜齊聲歡呼。

「我要發射空包彈嘍，」安格斯說：「先跟你說，裡頭沒有真的子彈，只有火藥帽，好嗎？你可能會看見一些火花，但就是這樣而已。」

「抱歉，」便服男子說：「我只是即時反應而已，我以前是幹警察的。」

「所以你的手槍裡真的有子彈？」葛蘿莉問道，把便服男子從決鬥現場拉開。

「帶槍當然要有子彈，」海盜在他們身旁擠來擠去，「我從那邊看過來，還以為真的有人在決鬥。」

便服男子朝白橡樹指了指，葛蘿莉立刻明白他沒事先得到她的許可，就進入牧場來替白橡樹拍照。白橡樹位在她的私人土地上，這表示她可以決定什麼時間要安排讓人參觀。白橡樹一百碼之外各處都設有告示牌，用西班牙文、日文和越南文寫著：「參觀請先預約」。

「現在我搞清楚了。」便服男子倏地別過頭去抽搐著身子。

「你在哭嗎？」葛蘿莉問道，但便服男子回過頭時卻在大笑。

「抱歉，」他說：「婚禮的靈感來自海盜電影，這能怪誰呢？強尼．戴普？還是迪士尼影業？」

葛蘿莉伸手去拿便服男子的相機。「我可以借你的相機嗎？事情有點緊急。」

便服男子抓住相機帶，把相機拉了回去。「這台相機很貴。」

「我的相機沒電了，而且你算是欠我。」

「我又不認識妳。」

「我叫葛蘿莉．索羅門。我就住在這裡。我的相機沒電了。這樣夠嗎？不然至少你先拍一拍賓客，我去拿我的Nikon相機。」

「我只拍犯罪現場，不拍人物。」

葛蘿莉揚起雙手。「拍人物會有多難？不要把他們拍得像死人就好了。我會支付你認為合理的價錢，我的未來全都賭在這場婚禮上了。」

「如果照片拍出來很可怕，別說我沒警告過妳。」

「我的老天，拍就是了！快點拍！」

便服男子舉起相機，開始拍照。哈雷路亞。

葛羅莉奔回牧舍拿她的Nikon相機，笨拙地將早已淘汰的膠捲底片放進老相機。在此同時，她心想那名男子為什麼國定假日還在她的小牧場上晃來晃去，而不是在家喝啤酒、看運動節目、陪伴孩子和家人？

葛蘿莉回到小教堂前，決鬥已接近尾聲。安格斯滿臉通紅，氣喘吁吁。新娘拔出匕首，指著綁架者的後背，戳了一下。「起錨，你這個流氓！放開我。」

「我會讓妳知道我是一流海盜！」

「那我就是愛爾蘭海盜女王葛蕾絲．歐瑪蕾的後人！」

眾服務生正在替壞人加油，但葛蘿莉看見杜松靜靜站在他們之間，雙手垂於兩側，面無表情。可憐的孩子，葛蘿莉心想，杜松絕對沒想到她會在感恩節當天目睹手槍和鬥劍。葛蘿莉決定婚禮一結束就打電話給卡洛琳，她必須確定卡洛琳真的在替杜松尋找另一個寄養家庭。

敵手從口袋裡拉出一條白手帕，安格斯用劍把白手帕挑了起來。「她又是我的了，她永遠都是我的。」他宣布說。賓客移步往小教堂走去，參加接下來的儀式。

交換誓詞：遲了三十分鐘，打勾。

葛蘿莉跟在那名負責拍照的警察後頭，走進小教堂。新郎新娘站回聖壇之前，那名前任警察又開始拍照。葛蘿莉則在小教堂另一側拍照，牢記相機裡只有三十六張底片，不像數位相機可以拍無限多張。

「請讀誓詞。」牧師說。

安格斯拉開一捲長長的羊皮紙，眾賓客同時發出一陣呻吟。「幹嘛？」安格斯說：「這種時候當然要唸點特別的。」他清了清喉嚨。「本人安格斯．麥梅漢統帥，又名瘋狗，願意娶妳這位右勾拳兇猛有力的漂亮姑娘為妻，作為我的心、我的魂、我搶劫掠奪的唯一理由。我發誓愛妳、榮耀妳，在妳不高興的時候逗妳開心，無論歷經災厄或火煉、富裕或貧窮，我一樣愛妳。當我像平常那樣談起寶藏，每個聽見的人都會知道其實我說的是妳。我將信守諾言，直到沒有地平線可以追逐、沒有蘭姆酒可以暢飲。」

葛蘿莉望向雪柔，只見她拿起面紙正在拭淚。那名前任警察或不論何種身分的男子，靜靜走到小教堂前方，拍攝特寫。

「喔，瘋狗，」凱倫說，開始唸起她那捲誓詞。「本人是資深水手，臉上帶有奸邪的笑容，正好適合你做的這行買賣……」

一週後，凱倫將回到律師助理的工作崗位，安格斯將回去繼續經營大學書店，葛蘿莉將好好運用她收到的支票，償付一期醫療費用貸款，並請獸醫來牧場出診，因為山羊和馬兒都該打針了。葛蘿莉將把一千美元存入存款帳戶，祈禱這幾個月卡車都不需要換輪胎。此外，一月總是會有促銷活動推出。

伴郎解開戒枕上的白緞帶，將糖果戒指交給花童和戒童。安格斯和凱倫交換婚戒。牧師用戒枕的白緞帶，繫起新郎的左手和新娘的右手。「這戒指無論是搶來或買來的，都象徵生生不息的圓。今日上主與我們共聚於此，同時在海神波賽頓及眾多可疑賓客的見證之下，祝福你們白頭偕老。好了，請把掃帚拿來。」

伴郎將一根優雅的橡樹枝遞給牧師，樹枝的細枝部分綁著彩色緞帶。伴郎和伴娘各執樹枝一端，低低拿著，靠近地面。「請跳。」牧師說。安格斯和凱倫一起數到三，完美地同時躍過掃把。他們一著地，上桅吟遊詩人樂團就扭開擴大機，開始演奏，葛蘿莉的頭也隨之開始抽痛。

蓋瑞在餐檯前用勺子舀取格洛格酒，葛蘿莉在眾人之中找尋杜松。「為什麼排隊拿飲料的隊伍這麼長，蓋瑞？這些海盜都等得不耐煩了。」

「索羅門太太，我一個人要服務超過二十一個人耶。」

她怎麼會忘了這點？「你先撐著，我再拍幾張照片就過來幫你。」

她拿起相機，拍下新郎新娘舉起火雞腿的模樣，然後拿起另一根勺子。她只要把排隊人數降到一半，就能離開餐檯，繼續拍照。前任警察看出葛蘿莉遭遇的困境，走了過來，說出她所聽見最動聽的話語：「如果妳讓我帶一盤剩菜回家，我就幫妳拍婚宴的照片。」

「上帝保佑你，」葛蘿莉說，在大酒壺裡舀滿了酒。「我會讓你帶一星期份的食物回家。」

「成交。」

男子轉身離去。葛蘿莉喊道：「等一下，我還不知道你叫什麼名字。」

「我叫喬瑟夫。」

「謝謝你，喬瑟夫。」男子點了點頭。葛蘿莉繼續舀取蜂蜜酒。等每個人都有酒了，葛蘿莉就向伴郎打個手勢，表示可以敬酒了。

「啊呃，」伴郎發出聲音三次，眾人才安靜下來。「海盜的婚姻可能不那麼容易，有時你們想去搶劫，有時你們想去掠奪，但每天你們都要航向大海，把劍擦亮！」

眾賓客紛紛發出呻吟聲。

「好好好，」伴郎說：「願海盜伴侶永遠快樂，只掠奪財物！願你們出航永不猶豫，希望大海變幻莫測，讓旅程更加有趣。好了，誰要喝得酩酊大醉，來玩全武行拼字遊戲？」

顯然每個人都想玩，因為眾人高聲喊叫，音樂也更大聲了。葛蘿莉心想，不知道自己可不可以偷吃一片火雞肉，說服頭痛退到角落。

杜松走了過去，手裡拿著一個自助餐盤的馬鈴薯，換下空的餐盤。在那些金屬小環之下，她有張漂亮的臉蛋。有一天她會拿下那些小環，心想自己以前不知道在想些什麼。葛蘿莉看著杜松服務客人，小心不打翻任何東西，儘管海盜的吃相不甚優雅。很快地，每位客人面前都有一盤滿滿的食物和一個大酒壺。斯德諾罐裝燃料依然燒著，防風燈裡燭光搖曳。喬瑟夫穿梭在賓客之間拍照，熟練得彷彿每天都在幹這份差事。火雞和肉汁十分充分。用餐期間，樂團持續演奏，葛蘿莉正準備去拿蛋糕，蓋瑞卻把她叫了回來，聲音頗為驚慌。「索羅門太太！」

「什麼事？」葛蘿莉說：「他們已經結完了婚，有食物吃，有飲料喝，還有人負責拍照，婚宴快進入最後階段了。」

「可是我們沒有大啤酒杯了。」

「怎麼可能？我們不是有三大箱嗎？」

「我想它們都被海盜偷走了，真的，杯子一個一個不見，他們還一直來要。」

葛蘿莉嘆了口氣。不然她該怎麼辦？替客人搜身嗎？「家裡還有一些杯子。」這時蘿蘋經過身旁，葛蘿莉把她抓住。「蛋糕怎麼樣了？」

「我正要去拿，」她咧嘴而笑。「那場決鬥很瘋狂對不對？」

「對啊。」

「妳怎麼沒跟我們說那個槍手的事？那一段有點可怕。」

葛蘿莉微微一笑，假裝那是劇本的一個橋段。「喔，只是最後才加進去的蠢戲而已。杜松做得怎麼樣？」

蘿蘋回頭朝賓客群望去。「還可以，不過她不太跟人打交道對不對？」

「我也是剛剛才認識她，明天她就會去寄養家庭。」

「喔，太可惜了，我以為她會跟妳住。妳還記得克里斯多夫嗎？那天我在市區碰到他，他說妳是最棒的媽媽。」

克里斯多夫是索羅門夫婦近期收養的養子，跟蘿蘋同期就讀高中。現在克里斯多夫獨立生活，邊上大學邊工作。「謝了，」葛蘿莉說：「他是個好孩子，很好帶。」

她們踏入廚房門檻。從佩劍、披風和迪耶瓦爾式酒宴的世界，來到廚房計時器和料理用具的世界，感覺像是經過一趟時間旅行。葛蘿莉看見她做的蛋糕，又重新愛上它一次。一艘翻糖海盜船航行在奶油霜的大海之中，還有什麼能比這更美呢？

經過一星期的嘗試及失誤，她將這個蛋糕視為生命的轉捩點。就算她不再舉行婚宴，她也知道自己可做出獨一無二的蛋糕來販賣。但如果今天的婚宴辦得很成功，日後她就有可能再接婚宴，這樣就更棒了。這是她真正可以賴以為生的方式。她將爆米香削成船殼的形狀，再用奶油霜把它「弄髒」，接著黏上翻糖，並在翻糖上畫出割痕，作為木板。她用糕點專用的食用顏料塗上船身，畫成木頭的紋理。海盜船高高行駛在雕刻而成的巧克力海之上，上頭撒上大顆冰糖和珍珠光澤色粉。當作桅杆的木扦裹上了巧克力，而船帆——我的天啊——是用翻糖滾薄做成的，薄得幾乎可以看穿。她在藝品店裡找到的海盜小雕像則用糖霜固定在船首，一前一後站立。葛蘿莉認為婚姻就像這樣，愛侶前後站立，面對迎面吹來的強風。

葛蘿莉和蘿蘋將蛋糕搬到清空的餐檯上，放了下來。「那個警察攝影師跑哪裡去了？」葛蘿莉問杜松說，杜松正好走過來看蛋糕。「妳能在切蛋糕之前把他找來嗎？」

「他就在妳後面，」杜松說：「老兄，你真的是警察嗎？」

「以前是。」喬瑟夫說。

「那你現在做什麼？」杜松問道。

「做這個。」他說，替葛蘿莉拍了張照片。

葛蘿莉沒空跟他說她不喜歡這樣，她替新郎新娘清空餐檯周圍的空間，遞上刀子，看著她的寶貝被切成一塊一塊。這對新人餵彼此吃蛋糕，並且把身上搞得都是蛋糕之後，蘿蘋走上前去，替蛋糕裝盤，分給賓客。

「我可以吃一塊嗎？」杜松說，在蛋糕周圍徘徊。

「如果有剩下的話，」葛蘿莉低聲說：「妳站在這裡幫忙蘿蘋好嗎？」

杜松除了假笑，還很會噘嘴。葛蘿莉的頭痛像隻美洲兀鷹般棲息在她左眼之上。她聽見附近傳來喬瑟夫的相機發出細微滋滋聲。喬瑟夫轉過頭來，葛蘿莉對他做出「謝謝」的嘴型。

半小時後，上桅吟遊詩人樂團放下樂器，站成一排，又清唱一首歌曲。〈拜利商船〉這首歌講述的是戰爭唯一生還者敘述海上戰事的經過。葛蘿莉用拇指抹去眼角的淚水，不讓賓客發現這位三十八歲的偏頭痛寡婦，因為聽了史丹・羅傑斯的水手歌而變得多愁善感。她學杜松那樣露出虛假而禮貌的微笑，心想，真有意思，這個少女已經教了我一些東西。

節目進行到「格洛格酒澆灌儀式」時，眾海盜正隨著超脫樂團的歌曲跳舞。葛蘿莉雙眼看著安格斯把一壺格洛格酒從他的手下敗將頭上澆了下去，心裡卻想著她那瓶之前看牙醫沒吃完的普拿疼。普拿疼可以麻木一切。有時她在夜裡無法停止哭泣，就會吃一顆普拿疼。石板地面出現一灘灘黏膩的酒液、蛋糕碎片、奇怪的火雞骨頭。葛蘿莉並不苦惱要如何把地板清理乾淨，她心想，喔，我明天再拿水管來沖好了。手下敗將很有風度地接受了澆灌儀式，擰乾長髮，重新戴上三角帽，擁抱安格斯，繼續回去跳舞。

大功告成。計畫中的節目都完成了。先前當事情眼看就要變調之際，帶槍攝影師喬瑟夫出現，拯救了她。現在輪到她送新人禮物，讓他們驚喜。這時杜松端著一盤髒餐具走過。

「玩得開心嗎？」葛蘿莉問道。

「百分之五十的婚姻最後都以離婚收場。」杜松說。

葛蘿莉默默地在心裡盼望卡洛琳順利替這個少女找到寄養家庭。「妳最好先享受一下，因為等宴會結束，要清洗的東西很多。現在我需要妳幫我去搬蝴蝶，讓彼特處理那些餐具就好了。」

「要去搬蟲子？我得碰牠們嗎？噁。」

「妳不是開玩笑吧？我從來沒遇過不喜歡蝴蝶的人。」

「凡事總有第一次。」杜松把餐盤交給蓋瑞，蓋瑞朝廚房走去。

葛蘿莉一時不知該說什麼。

溫室內的空氣溼潤濃稠。葛蘿莉除了一年四季都在溫室裡栽種蘭花盆栽，還種了鐵線蕨和攀緣藤蔓，裡頭也放著許多蝴蝶料盤。蝴蝶料盤是一種扁平有斜度的盤子，放在溫室的橫樑上，每個盤子都盛有花蜜和水果，讓整個空間充滿一種甜膩的氣味。蝴蝶喜歡吃橘子片。丹以前說過，這證明這些蝴蝶是加州居民。

「喔，天啊，」杜松說：「妳怎麼能忍受在這裡頭？我連頭髮都流汗了。把窗戶打開。」

「不行。」

「為什麼不行？」

「溫室為了蝴蝶做了溫度控制。」

「牠們不會被自己的汗水淹死嗎？」

葛蘿莉笑了幾聲。「妳這話真有趣。如果妳流汗的話，牠們有時候會停在妳身上，喝妳皮膚上的鹽分。」

杜松立刻四處張望。「最好不要有蝴蝶停在我身上，不然牠就死定了。」

「我們不會在裡頭這麼久，以至於蝴蝶會停在妳身上。」

木製橫架上放著十個籃子，用薄棉布蓋了起來。葛蘿莉將籃子放在杜松的手臂上，就像服務生拿餐盤那樣，好讓她把籃子抬到餐檯上。「我聽得見牠們在裡頭爬來爬去。牠們不會跑出來對不對？」

「要掀開薄棉布才會。」葛蘿莉抬著另外五個籃子，朝餐檯走去，準備分配上頭加了網子的籃子。「謝謝妳幫忙，」葛蘿莉說：「妳可以在每張桌子上各放一個籃子嗎？」

杜松冷冷地看著她。「應該可以。」

籃子放好之後，杜松就走了開去，葛蘿莉心想不知道杜松去了哪裡？會不會回去餵馬吃紅蘿蔔？還是去廚房找東西吃？也許杜松只是想一個人靜一靜，而葛蘿莉絕對不會因此而責怪她。偏頭痛已經搬進葛蘿莉的腦袋，開始裝潢，準備邀請朋友同歡。如果不是婚宴就快結束，她一定會脫下圍裙，去冰箱拿冰袋敷頭。「各位請注意。」她高聲說，用勺子敲打水壺，每敲一下，聲音就在她的腦袋裡震盪。賓客安靜了下來。「請各位花一點時間，默想對安格斯和凱倫的祝福，然後我數到三，請大家一起掀開籃子上面的網子，讓我們的祝福化為翅膀，飛向天空。一、二……」

一數到三，六十隻赤蛺蝶從籃子裡爬了出來，一隻代表一位賓客。有些赤蛺蝶猶豫地停在網子下方，其他則快速地爬到籃子邊緣，品嚐自由的滋味。海盜們自動地將籃子舉高，於是赤蛺蝶開始拍打翅膀。「『幸福……』」葛蘿莉從口袋裡拿出一張卡片，開始唸道：「『就如同蝴蝶，若去追尋，總是抓也抓不住，但若你靜靜坐下，它可能就會翩翩降落在你身上。』這是美國小說家納撒尼爾．霍桑大約在一八六〇年寫的句子。凱倫和安格斯，恭喜你們，願你們快樂地相守到永遠，也謝謝你們讓我有這個榮幸，在這特別的一天為你們舉辦婚禮。」

安格斯站了起來。「敬葛蘿莉．索羅門太太，謝謝妳讓我們在這裡舉行這場超殺的婚禮。索羅門橡樹最棒了！」

眾海盜拍手歡呼。不知是否因為赤蛺蝶拍打深色翅膀，讓翅膀上的鮮豔橘色斑紋耀眼奪目，或是因為酒喝多了，又或是因為有隻赤蛺蝶停在新娘禮服上好久好久，雪柔突然哭了起來。「希望妳流的是高興的眼淚。」葛蘿莉說，將面紙遞了過去。

雪柔說：「妳說得對，這是個美麗的感恩節，這是場美麗的婚禮。」

葛蘿莉捏住雪柔的手。「很高興聽見妳這樣說。」

入夜之後，這些赤蛺蝶會飛到山丘上，找尋白花香青。白花香青是一種夏季野花，通常在夏季過後，仍會在加州的溫暖天候下持續開花。赤蛺蝶會交配，產下淺灰綠色的卵。一週後，卵會孵化成毛毛蟲。毛毛蟲的任務是進食、結繭、形成蝶蛹，然後在細薄如紙的蛹壁內休息和蛻變。一旦時候到了，牠們就會破繭而出，變成蝴蝶。每隔一個生命週期，赤蛺蝶都會往南遷移。羅娜曾對葛蘿莉說過一則她小時候的故事：一天清晨，羅娜和姑婆站在外頭，看著納西緬托河幾乎都被喝水的赤蛺蝶所覆蓋。有時葛蘿莉睡不著，就會想像那幅情景，整條河都被黑橘相間的赤蛺蝶翅膀所覆蓋。她想像整群赤蛺蝶同時飛起，彷彿魔毯一般，飛上天際。

赤蛺蝶飛走之後，賓客陸續離席。葛蘿莉四處找尋那名前任警察攝影師，要付他錢。

「他已經走了，」杜松說：「我給了他十片火雞、一盒馬鈴薯泥和肉汁、六顆蘋果。他不要蛋糕，所以我可以吃他那塊嗎？」

「糟了，我沒留他的電話號碼。」

「別擔心，他留了電子郵件信箱，說會把照片用Zip檔案寄來，妳可以寄電子郵件給他，而且他又不是不知道妳住哪裡。」

「我只是希望能在他離開之前跟他道謝，而且我只知道他的名字叫喬瑟夫，其他什麼都不知道，妳說對不對？」

杜松從鋪著羊皮紙的蛋糕盤邊緣，挑起一塊翻糖做的木板。「他叫喬瑟夫・維吉。如果妳不知道的話，維吉是墨西哥姓氏。他來自阿布奎基市，來這裡觀光，住在納西緬托湖橡樹湖岸的小屋裡。他結過婚，可是離婚了，沒有小孩。他以前當過警察，所以有槍枝執照，可是現在已經不幹警察了。」

「哇，杜松，妳可以去當私家偵探了。」

杜松正要把蛋糕放進嘴裡，卻又停下，用手指撥去糖霜。她的嘴唇從放鬆變成緊閉，上唇的金屬小環似乎正在震動。「他說他會把照片寄給妳。」

「太好了，」葛蘿莉說：「如果我沒交出花架照片，會算是違約。」

「這個嘛，算妳不走運，警察老是愛說謊。」

杜松才十四歲，卻渾身長滿了刺。葛蘿莉心想，不知道杜松的父親是不是幹過警察？或是她因為順手牽羊而被警察逮捕，說話才這麼刻薄？「我頭痛死了，杜松，我得離開一下去吃藥，等我回來，我們就一起開始進行清理工作。」

三小時後，洗碗機洗了好幾個行程，葛蘿莉付了服務生薪水，讓他們離去。陽台已用水管沖過，現下只有杜松和葛蘿莉坐在廚房。葛蘿莉找不到普拿疼，只好吞下兩顆雅維（Advil），但卻沒效。她在脖子後方敷上冰袋，但同樣沒效。

「蛋糕很受歡迎。」葛蘿莉說。

杜松沒有回應。

「妳覺得下次婚禮我是不是應該做兩個蛋糕？他們在南方都這樣做，」葛蘿莉說：「另一個叫做新郎蛋糕，通常新郎都會喜歡，妳知道的，就好像男人喜歡足球或《星際大戰》電影的人物一樣，新郎蛋糕正好跟裝飾華麗的結婚蛋糕相反。」

杜松戳了戳火雞餡料。「這烤好已經好幾個小時了，我怎麼知道吃了不會食物中毒？」

杜松說的話葛蘿莉當作沒聽見，她已看出這只是杜松發牢騷的方式。「如果真的要開始在這裡替人辦婚禮，我很想聽聽看妳的想法……」

杜松讓叉子掉落在盤子上，發出噹啷聲響，嚇了葛蘿莉一跳。葛蘿莉坐直身子，手中的冰袋掉了下來。她彎腰撿起冰袋，感覺頭部抽痛。「怎麼回事？」

「別再跟我閒聊了可以嗎？妳根本不在乎我的想法。再過十二個小時，我就要走了，妳想怎麼弄妳那愚蠢的蛋糕跟……婚禮，是妳家的事。」

杜松說話之間的停頓比真的把粗話說出口，聽起來讓人感覺更糟。「浴室有乾淨的浴巾。」葛蘿莉說，站起身來，突然厭倦了杜松的女性荷爾蒙和導致她如此易怒的個人歷史。「妳自己一個人待一陣子沒問題吧？我得去照顧我的狗。」

葛蘿莉放道奇和凱迪拉克出來，在牧場上跑一跑，希望夜晚的空氣能清理她抽痛的腦袋。狗兒受過訓練，懂得在院子角落靠近垃圾箱的地方上廁所，因此牠們一出狗屋，立刻就往那個地方跑去。葛蘿莉給牠們幾分鐘，然後跟上去，拿鏟子清理牠們的糞便。狗兒奔上車道，經過空信箱和柵欄裡正在吃草的山羊。牠們繞了一圈回來，道奇想獲得葛蘿莉的注意，跳了起來，直接撞上她的後膝，讓她差點摔倒。「走開。」她說，心想道奇可能一點都不知道這個命令代表什麼意思。道奇對著山羊奈森和娜妮吠叫，葛蘿莉希望娜妮很快就會懷孕。這時凱迪拉克進入任務模式，齧咬道奇的腳後跟，把道奇驅離山羊，立刻把可憐的道奇弄得團團轉。丹去世之後，邊境牧羊犬凱迪拉克似乎只用一隻眼睛過活，急切地要讓一切都合乎規矩，這讓葛蘿莉光是稍加思索都覺得疲憊。牠們不過才一天沒有進行日常活動，也就是三點訓練、四點散步、五點吃飯，道奇就撲在人類身上，發出牧牛犬那種可怕的超音波吠聲，這吠聲就是牠當初為什麼會被送去動物收容所的原因。

葛蘿莉抓住道奇的項圈，抓抓牠的脖子，讓牠安心，然後放手。「你知道嗎？」她對道奇說：「我也比較喜歡每天照表操課。」

過去葛蘿莉救出的狗兒，有的會出現分離焦慮的症狀，這是一種難以矯正的行為。其他的狗像道奇，則非常渴望人類疼愛，牠們為了靠近你，甚至會在柵欄底下挖洞，因此牠們會破壞門板和陽台家具。有些狗要花比較長的時間，才會告訴你牠們經歷過什麼。例如凱迪拉克就是個謎，牠的祕密藏在黑白相間、刷起來十分舒服的柔軟細毛之下。凱迪拉克需要一天散步兩次。馬兒進入倉庫找尋食物時，凱迪拉克會看著牠們。凱迪拉克也有過不光采的片刻，牠會齧咬郵差。當牠試圖驅趕聯邦快遞的快遞員，葛蘿莉只好用鏈子拴住牠，把牠拉走。情況嚴重時，葛蘿莉必須花一小時跟凱迪拉克玩飛盤、進行敏捷課程的障礙訓練，這些障礙葛蘿莉架設在牧地上，用來消耗凱迪拉克的體力。如果把凱迪拉克關在狗屋裡，牠會坐在那個工匠式狗屋（丹做的狗屋可不草草了事）的屋頂上，絕對不會進去。

凱迪拉克最喜歡的活動是把羊趕來趕去，牠還會像貓一樣爬到樹上。牧場裡的柵門都必須設有上門閂和下門閂，因為不出一天，凱迪拉克就會想出開門的方法。凱迪拉克喜歡學習新花招，並在聽過一次之後，就記起新的聲音指令。葛蘿莉曾在全國公共廣播電台聽見動物行為專家說，你可以替邊境牧羊犬買一隻會吱吱叫的玩具，不然你就得替牠買一整群羊。當凱迪拉克露出「我無聊了」的眼神，葛蘿莉就明白當初牠為什麼會被送去動物收容所。葛蘿莉從早上一睜開眼睛到晚上就寢，有一部分的心力都花在避免凱迪拉克惹麻煩上。她希望那些喜愛邊境牧羊犬這種全身毛茸茸、耳朵下垂、臉上彷彿戴了面具的犬種的人士，能看看凱迪拉克有能力惹出什麼麻煩。凱迪拉克住在索羅門家的六年間，咬壞了丹的工作室的二手沙發坐墊，將裡頭的填充物弄得到處都是，牠還在一個大雷雨天，把倉庫的門抓成碎片，並將一九二〇年代的蘇族潘德頓星星圖案毯子給「變成了」古董。這些東西雖然貴，卻可以替換，但那次凱迪拉克把丹的慶典款波林鞍具（Bohlin）的鞍頭給咬了下來，呃，葛蘿莉從未見過丈夫如此憤怒，只見他額頭的青筋不斷跳動，讓葛蘿莉擔心他會不會中風。

回到倉庫，葛蘿莉很快地替兩隻狗刷毛，然後丟螢光網球十分鐘。她擦洗狗兒的碗，裝滿食物。道奇練習了「坐下—別動」，算是表現得非常好，因為今天婚禮上發生的騷動把牠搞得緊張不安。葛蘿莉要求凱迪拉克在沒有上鏈的狀況下練習「隨側行」，走在山羊的旁邊，一開始凱迪拉克還會集中注意力，後來卻偷偷變換成追蹤的姿態，臀部比肩部還高，直到葛蘿莉彈響手指，說：「停止。」

最後一次上廁所的機會之後，兩隻狗回到狗屋，忽視保暖狗屋裡的毯子，反而喜歡坐在屋頂，直到早晨。葛蘿莉抬頭望向牧舍，看見燈光亮起，覺得自己寧願在外頭鏟狗糞鏟一小時，也不願意進屋面對那個古怪的少女。

但葛蘿莉還是回到了屋內，她調整自己的心態，換上她對待每個養子的態度。她對杜松露出微笑。杜松坐在沙發上，雙手壓在大腿下，面前的橡木桌上擺著一罐開了的健怡櫻桃可樂。雖然杯墊就在旁邊，但葛蘿莉並未多說。她穿過走廊，從她臥室把艾索放出來。艾索奔進走廊，在廚房繞了一圈，然後對杜松吠叫。「噓。」葛蘿莉說，同時餵牠吃有機食物，這些食物有助於牠的癲癇。

杜松靜靜看著。「那是什麼怪狗？」最後她問道：「變種的吉娃娃嗎？」

「牠是義大利灰狗。」

「看起來像餓壞的實驗室老鼠。」

「我知道，可是牠食量很大，這種狗就是這樣。妳還會餓嗎？」

「我可以再吃一點蛋糕。」

「我注意到妳沒吃什麼晚餐。」

「那把我禁足啊。」

葛蘿莉抱起艾索，想將牠抱給杜松撫弄，但杜松躲了開去。

「把那隻難看的老鼠拿開！」

艾索搖動尾巴。看過艾索的人都會愛上這隻十磅重的丑角，牠一天至少一次會讓葛蘿莉發笑。這女孩太累了，葛蘿莉對自己說。葛蘿莉將最後的蛋糕切成兩塊，每塊都有一些閃亮的波紋糖霜。她把盤子放在咖啡桌上。「給妳，杜松。」

杜松拿起盤子，吃起蛋糕。葛蘿莉不禁盯著杜松上唇的金屬小環瞧，那個小環看起來像魚鉤，彷彿杜松被釣了起來，又被丟回水裡。

杜松舔掉叉子上的糖霜，彷彿五歲小孩。

葛蘿莉拿出錢包，給了杜松兩張二十元鈔票和一張十元鈔票。

「呼呼，」杜松軟綿綿地說：「我會盡量不把錢花在同一個地方。」

葛蘿莉嘆了口氣。「我試著對妳好，杜松，但妳並不領情。」

「那又怎樣？明天我就要被送到某個住在拖車屋裡的人渣家庭，他們需要社會局支付的津貼。我會吃麥當勞和味維他起士（Velveeta）。他們一開始會對我很好，他們都這樣。『冰箱裡的東西自己拿喔。喜歡的話就自己做個三明治。再多吃一份啊。』然後很快地，他們會說我很會浪費食物，郡政府付給他們的津貼還不夠補貼我吃掉的東西。」杜松頓了頓，又舔了舔叉子。「他們會發火，然後就會像……」她揚起雙手，好像在躲避拳頭。

「請告訴我他們沒打妳。」

杜松大笑。「要讓你受傷又不一定要打你。」

突然間葛蘿莉覺得蛋糕看起來令她反胃，幸好她頭痛，不然她知道自己嘴裡如果有甜味，一定會覺得噁心。她把第二盤蛋糕遞給杜松。「要吃我的嗎？我不餓。」

杜松無精打采地坐在沙發上，小口小口吃蛋糕，盡量咀嚼，用叉子刮下盤子上的每一點糖霜。「布拉德小姐總是說我的下一個家會是我永遠的家。」

葛蘿莉聽杜松說「永遠的家」這句話的口氣，覺得很像她在談要怎麼安置她救的狗。「很遺憾妳碰上這種事。」

「我才遺憾呢。」

如果是丹，他會說：「杜松，身體坐直。」或叫她坐回餐桌前。但葛蘿莉不忍心叫她注意自己的禮儀。自從丹去世之後，葛蘿莉都在廚房水槽前吃飯，直接從鍋子裡進食。有時她會站在後陽台的台階上，把不想吃完的食物丟給母雞。她從冰箱裡拿出一品脫冰淇淋，遞給杜松。「妳要不要坐在壁爐旁？」

「我比較想看電視。」

「哎呀，我沒有電視。」

「哇，這比復古還復古。」杜松舀了一大匙冰淇淋放進嘴裡，艾索發出哀鳴，也想嚐一口，但杜松不給牠吃。

「妳是不是不喜歡狗？」葛蘿莉問道。杜松吃了一匙冰淇淋，葛蘿莉聽見湯匙碰撞金屬的聲音。湯匙碰撞到的是舌環。葛蘿莉完全無法理解為什麼要在舌頭上穿洞戴金屬飾品。「妳曾經被狗咬過嗎？」

「我家養過狗，只養了幾天。」

「發生了什麼事？狗被車撞了嗎？」

杜松放下冰淇淋，對葛蘿莉皺起眉頭。「拜託，妳知道的。」

「如果我知道的話，還會問嗎？」

杜松漲紅了臉。「這是什麼？廉價的心理戰嗎？妳是不是想要我談論我姊姊的事？是布拉德小姐要妳這樣做的嗎？還是路易絲醫生？」杜松丟下湯匙，湯匙噹啷一聲掉在木地板上。艾索上前捕捉獵物，拖走湯匙。

「親愛的，我不知道妳在說什麼。」

「才怪咧。」

葛蘿莉站了起來，穿過走廊，走進臥室，從艾索口中拿起湯匙，低聲說：「小麵包。」艾索立刻以一馬赫（一倍音速）的速度飛奔而去。丹經常說，如果養子不喜歡艾索，那就沒救了。葛蘿莉打開櫃子，拿出一塊小麵包，放在杜松手中。杜松把小麵包丟到客廳另一頭，艾索認為這是遊戲，立刻追了上去。

「妳這樣做是不必要的。」

「抱歉。」

「不，妳並不覺得抱歉。我是個直來直往的人，我沒念完大學，我不知道現在流行什麼時尚。我失去了丈夫，所以我必須把婚禮的生意繼續經營下去，讓我可以繼續住在這裡。」

杜松依然直視葛蘿莉的雙眼。「那也許妳應該考慮收養我，郡政府會付妳錢，妳知道的。」

葛蘿莉忍住不接話，看了看鐘，不敢相信已經午夜了。這次的頭痛稱得上是史詩級，她願意用右臂來換取失蹤的止痛藥。艾索開始在廚房地上嗅來嗅去，找尋麵包屑，但毫無所獲，於是小跑步回到杜松身邊，將一隻腳掌放在她膝蓋上。葛蘿莉看得出杜松覺得難過極了，但這次杜松沒有避開。艾索在杜松身邊趴了下來，頭放在她腳上。賓客離去後葛蘿莉生起的爐火，這時已經燒得只剩餘燼。艾索用腳爪抓抓杜松的腿，發出哀鳴。「如果妳給牠一次機會，會發現牠很惹人疼愛的。」

「只有白痴才會給第二次機會。」杜松從沙發上站了起來，坐到爐火前的地毯上。

倘若艾索無法替杜松帶來撫慰，那什麼可以？「所以說，」葛蘿莉說：「跟我談談妳姊姊的那隻狗。」

杜松瞪了葛蘿莉一眼，目光灼灼。「妳是活在別的星球上嗎？不然妳一定是蒙特瑞郡唯一一個沒聽過我姊姊合歡．麥奎爾的人。」

合歡．麥奎爾。

四年前，合歡帶新養的狗出去散步，從此人間蒸發。

那隻狗是成犬，也是麥奎爾家的新成員，最後牠回到了牠最熟悉的家——索羅門橡樹牧場。那隻狗就是葛蘿莉的邊境牧羊犬，凱迪拉克。合歡失蹤那天，將近凌晨三點，凱迪拉克回到牧場，紅色狗鏈長長拖在身後。牠扒抓後門，將葛蘿莉從熟睡中吵醒。葛蘿莉將牠安頓在牠原來的狗屋，心中氣憤麥奎爾一家竟然讓凱迪拉克走脫，也氣憤自己居然在做過兩次家庭訪問之後，還看走了眼。她等到隔天中午，才打電話給他們。她沒打開收音機，家裡沒電視可以收看焦點新聞，四年前網路的焦點新聞也還不可靠。

這起事件發生在湖濱地區被夷平，進行開發之前。湖濱地區原本有許多老涼亭和拖車。麥奎爾家住在湖濱地區五哩外，位在高速公路另一頭，即使高速公路車流繁忙，凱迪拉克還是找到了返回索羅門橡樹牧場的路。儘管警方發出兒童綁架案的安珀警戒、進行多次搜尋救援行動，張貼海報、提供熱線電話，電視也強力播送，但始終沒找到合歡的下落。正式來說，這件案子尚未偵破。

葛蘿莉記得合歡和她妹妹，她們的母親都稱呼妹妹為「金甲蟲」。金甲蟲有一張圓圓的臉蛋，深金色頭髮，牙齒戴有矯正器，眼前的杜松卻染黑頭髮，口氣自大，脖子上還有藍鴝刺青。

「抱歉，杜松，我真的不知道。」

杜松那對褐色眼珠的眼角泛起真實的淚光，她望著爐火，並不看向葛蘿莉。突然間葛蘿莉非常生氣卡洛琳竟然沒把該注意的事項跟她說，提醒她小心不要觸及杜松的傷心往事。

一九九九年那個下午至今已過四年，每個人都推測合歡已經死了，認為她是個在錯誤時機出現在錯誤地點的無辜少女。每年在合歡失蹤週年那天，《先驅報》會替她做一則小報導。郵局佈告欄仍貼著合歡的照片，跟犯下聯邦重罪的綁架犯和罪犯的照片貼在一起。那是合歡在學校拍的照片，照片中的合歡面帶微笑，永遠十四歲。葛蘿莉每次去買郵票，都會看見那張海報。羅娜還留著一籃積了灰塵的鈕釦，上頭寫著：「帶合歡回家」，放在蝴蝶溪雜貨店的櫃檯上。合歡失蹤隔天，羅娜、璜和丹就騎馬深入野地，尋找她的下落。直升機在該地區飛來飛去好幾天，嗡嗡作響。合歡失蹤了，但她的十四歲妹妹卻在這裡，身上穿了許多小環，滿腹怒氣，無家可歸。她經歷了家破人亡的悲劇，童年也完全毀了。

凱迪拉克會記得杜松，牠聽得懂英語，看得懂微妙的手勢，但牠最不可思議的能力是記人。所以葛蘿莉要如何跟杜松說，她姊姊的狗就在外頭？葛蘿莉不會把這件事說出來。到了早上，卡洛琳就會帶走杜松，事情就結束了。但話又說回來，揭開杜松的傷疤是葛蘿莉的錯，所以她可能得修補一下自己造成的傷害。葛蘿莉看著餘燼熄滅，看了良久。

「杜松，」葛蘿莉說，同時在心中祈禱，希望這不會是她這一生犯下的最大錯誤。「我知道妳姊姊的事，小鎮居民從來沒有停止尋找過她，也一直希望奇蹟會發生。來吧，外面有個老朋友想見妳。」

動物的記憶可以回溯到多久之前？行為學家說，必須提供深層的感官記憶提示，狗才能認出過去發生的事。這當中的連結必須仰賴聲音或氣味來建立。狗的鼻腔縐褶有兩億個氣味接受器，人類只有五百萬個。但氣味只是大腦儲存的記憶之一，因此理所當然，邊緣系統❼可以把本能和學習整合起來。凱迪拉克認得牠發現兔子的每條小溪。道奇每次去散步，都會在同一棵樹上尿尿。多年前，每當到了丹收工回家的時間，老狗吉普總會扒抓門板，表示要出去，然後小跑步到信箱旁等待。吉普是一隻混種狗，丹總是稱呼牠為「牧牛犬和驚喜」的混種犬。吉普不會趴下睡覺或因為山羊而分心。牠也不會追趕車輛，這是葛蘿莉和牠相處十一年間，無法打破的一個毛

❼ Limbic System，係指包含海馬體及杏仁體在內，支援多種功能例如情緒、行為及長期記憶的大腦結構。

病。吉普在原地等待，十次中有九次，半小時內丹就駕車回來。丹回來前十五分鐘，吉普就會開始搖尾巴。當初就是因為吉普，葛蘿莉才會開始拯救即將被安樂死的狗。吉普死後，葛蘿莉將牠葬在白橡樹下，讓牠在樹蔭下有個永遠的位置。

然後還有索羅門家的馬匹。牠們兩歲時都住在同一個地方，接受韁繩訓練。隨著時間過去，牠們被賣給不同飼主，成為賽馬大會上的馬、家庭的馬、小徑騎馬社團的馬，然後又被拋棄和疏忽，彼此相隔千哩。

最先來到索羅門橡樹牧場的是「蟋蟀」，牠是一頭骨瘦如柴、紅白相間的斑紋母馬，每次葛蘿莉和丹駕車進城，都會看見牠獨自在陡峭多岩的牧場裡吃草。無論大雨滂沱或華氏一百度（攝氏三十八度），牠都站在柵欄前，向外看著鄉間道路。牠的飼主的財產，除了輪胎和散布在院子裡的破損設備，還包括兩輛拋錨卡車和一頭用鐵鏈綁著的母鬥牛犬。那條鏈子讓鬥牛犬可以觸及的範圍僅限於周圍一圈泥土，牠必須和馬共用飲水槽，飲水槽爬著綠色青苔，牠要喝水必須爬進去才能喝得到。葛蘿莉贊成丹往那個牧場主人臉上揍一拳，但丹自有他的行事風格，他說：「午安。」並出價兩百美元購買那匹斑紋母馬。若是一個正派的人，會將那匹母馬送給丹，並因為母馬離開自己而覺得感謝，但這傢伙卻收下了兩百美元，而且拒絕將母馬運送到索羅門牧場。於是葛蘿莉讓丹跟母馬留在牧場，自己回家開運馬拖車來。

倘若蟋蟀的馬蹄不是因為疏忽而嚴重變形，葛蘿莉就會騎牠回去。他們找來中央谷地最好的蹄鐵工，蹄鐵工來了三次，才把蟋蟀的馬蹄修剪妥當，穿上蹄鐵。丹駕駛卡車，拉動運馬拖車，葛蘿莉打開卡車後窗，留意蟋蟀。那隻名叫羅蒂的鬥牛犬則坐在前座。葛蘿莉不可能讓羅蒂留在那裡承受日曬雨淋，沒有陽台可以遮蔽，因此她把羅蒂項圈上的鐵鏈解開，用皮帶繫住牠，牠就開心地隨她而去。

羅蒂的乳頭膨脹，葛蘿莉知道這是過度生育造成的，而且羅蒂的臉部、頸部和前腿都有疤痕。對動物疏於照顧的行為雖然令葛蘿莉憤怒，但是讓鬥牛犬彼此相鬥的行為則令她火冒三丈。

「《馬太福音》二十章二十八節，」索羅門夫婦駕車離去，牧場主人站在門口，不發一語，這時丹如此說道：「『正如人子來，不是要受人的服事，乃是要服事人，並且要捨命，作多人的贖價。』」

一年半後的某個早晨，動物收容所義工克莉絲汀．唐納修去上班時，發現派普被綁在收容所外。每當收容所有狗要安樂死，克莉絲汀都會打電話去索羅門家。那天早上，葛蘿莉去收容所帶了一隻預定安排安樂死的沙皮—黑皮混種犬回家，後來發現這隻狗非常惹人疼愛，現在牠住在卡斯卓城的牧場裡。「妳還想再養一匹馬嗎？」克莉絲汀問葛蘿莉說。當葛蘿莉觸碰派普那黑白相間的頸部時，牠發出歡快的嘶鳴，並用嘴唇觸碰她的肩膀。替派普做完健檢之後，葛蘿莉請丹帶馬具來，好讓她騎派普回家。這是為了消耗派普的精力，好讓牠習慣小牧場。丹的想法是在葛蘿莉的旁邊駕車前進，以免發生意外。

距離牧場還有一哩路時，派普開始奮力嘶叫，震波傳上葛蘿莉的脊椎。葛蘿莉拍拍牠的脖子。「冷靜下來，老弟，我們快到了，那裡有新鮮的乾草等著你。」

丹放慢卡車速度，讓他們並肩前行。「目前為止牠表現得很好，繼續握住韁繩。」

「丹，我騎馬已經騎了二十年，我想我可以順利地把這匹馬騎回去。」

「我只是在這裡陪妳聊天而已。」丹說。

有哪一次丹不是在背後支持她？

他們來到長長的車道上，經過白色信箱和咩咩叫的山羊。那個信箱有時會嚇壞蟋蟀。來到倉庫前大概五百呎，葛蘿莉勒馬停步，翻身下馬。她用右手拉著韁繩，伸出左手去拉腹帶扣，就在此時，派普猛地一扯，把韁繩扯離葛蘿莉的手，躍過六呎高的柵欄。然後派普站在柵欄內，和發出欣喜尖叫的蟋蟀鼻子對鼻子。葛蘿莉原本還想說要隔開牠們，慢慢讓牠們熟識。兩匹老馬一來一往發出歡嘶，彷彿是失散已久的堂兄妹。丹打開柵門，慢慢取下馬鞍，接著是馬勒，然後換上分離式韁繩，直到他們摸清派普的性情。

「看來我們需要更高的柵欄。」丹說，看著兩匹馬噴著鼻息，互咬玩樂。派普不斷翻起上唇，產生裂唇嗅反應，這是有蹄類哺乳動物的特殊行為，用來接受和察探氣味。「他的嘴唇有刺青，」丹說。這時兩匹馬後退幾步，猛然彎背躍起幾吋，玩耍取樂。「我們一定可以查出牠是從哪裡來的。」葛蘿莉並不在乎這個。目睹兩匹馬的熱烈交流，讓她想起自己和丈夫熱戀的情景。那就好像是把你的生命故事濃縮成五分鐘，好讓你能夠往前走，迎接更好的來臨。

經過一番調查，丹確定這兩匹馬在十五年前曾在騎術學校有過交集。自從派普抵達那天，牠跟蟋蟀就長相左右，兩匹馬不會離開彼此超過五吋。有一次蟋蟀腹痛，丹餵牠吃顆粒飼料，並將牠和派普分開，獨自關在倉庫的欄位裡。沒想到當葛蘿莉去查看蟋蟀的情況時，竟發現大胃王派普搬了牠一半的糧草，丟進蟋蟀的欄位。

葛蘿莉養的那些逃過死劫的狗，必須認清自己得和人類產生連結，牠們可以在這個庇護所存活，緊緊跟著她，但如果能有一個自己的家，牠們可以成長茁壯。葛蘿莉教凱迪拉克辨認手勢命令、多種哨音，甚至玩玩基礎的搜救訓練。葛蘿莉可能叫牠去撿飛盤、趕山羊，或帶路回家，在她還來不及思考要牠做什麼動作之前，牠就自己先做了。今晚她揉揉凱迪拉克的耳朵，要牠去接近杜松。杜松站在後陽台上，不肯再往前跨出一步。「擁抱。」葛蘿莉輕聲說。

凱迪拉克朝杜松走去，但來到距離杜松幾呎之處，就逕自伏了下來，匍匐前進，彷彿士兵穿越野地，仰賴貼地而非掩護。凱迪拉克來到杜松面前，坐了起來，要求握手，但杜松沒有反應，於是牠轉過身體，露出肚子，腳掌朝天空拍打。牠發出低吠聲，用後腳坐了起來，幾乎像是在寫一封電子郵件給杜松。牠非常渴望讓杜松觸碰牠。葛蘿莉見牠耐心等待雙方互有感覺，讓她感到非常驕傲。杜松猶豫了一分鐘才步下陽台台階，蹲了下來，讓自己跟凱迪拉克同高。凱迪拉克翻過身來，搖動身體，發出長而尖的聲音，直到杜松容許牠走進她懷中，不斷舔她。他們互相碰觸時，凱迪拉克的尾巴搖動得有如打穀機。牠尖叫舔舐，一人一狗維持這個姿勢許久，於是葛蘿莉移開視線。葛蘿莉看著飛蛾繞著黃色的陽台燈光打轉，聆聽晚風吹過大橡樹。最後葛蘿莉走到杜松身旁，將手放在她肩膀上。

杜松眼眶含淚，抬頭看著葛蘿莉說：「要是狗能說話就好了。」

3

不是太多年前，也許是五年前，葛蘿莉和丹開了幾小時車，付錢去看他們的一個前養子吉伯特在建立信任的基礎上，替受虐馬匹看診。吉伯特和索羅門夫婦住在一起時，每天醒著的時間不是上學，就是替馬做雜務。等吉伯特存了一筆錢，他就和丹去參加一場拍賣會，最後他帶了一匹已去勢的四歲公馬回來。葛蘿莉朝那匹公馬看了一眼，就知道他們瘋了。運馬拖車開回來時，上面多了幾個新凹痕。丹必須把拖車倒退到畜欄，如此一來，那匹公馬就只能在柵欄圍起來的地方衝撞。吉伯特花了半小時，才讓那匹公馬從拖車裡倒退出來。牠一出來，第一個動作就是舉起後蹄，朝吉伯特踢去。接下來十二小時，牠在畜欄裡疾馳，衝撞柵欄，尖聲嘶叫，頻翻白眼。

「我想替牠取名叫幽靈好了。」吉伯特說。

葛蘿莉和丹看著那匹瘋狂公馬一天五次甩開吉伯特。換作是葛蘿莉，第一天就放棄了，但吉伯特在繩索造成的灼傷、耳朵的凹痕和弓背跳躍之外，看到了一些別的東西。「再一星期就好。」吉伯特每晚一瘸一拐地走回屋裡吃晚餐，總是這樣對丹說。

吉伯特十八歲時，在北邊的牧場找到一份工作，負責馴服馬兒，那時幽靈仍跟著他。大家都稱呼他為「奇蹟創造者」，說無論怎樣難搞的馬匹，他都有辦法馴服，他的能力你要親眼目睹才會相信。

好萊塢電影裡有人懂得跟馬說話，那些都只是編撰出來的故事，但吉伯特確實有跟馬相處的天賦。他在診所裡保證，只要兩小時，那匹弓背人立的四歲母馬不只會接受馬鞍，還會跟著他走，彷彿他是牠最好的朋友。

「你的鞭子呢？」有人在他關上畜欄時如此問道。

「我不用鞭子，也不用綁腳繩和威脅。這匹馬已經受到虐待了，我的目標是基於善意，建立一輩子的融洽關係。」

「這我得好好瞧一瞧。」葛蘿莉旁邊的一名牛仔咕噥著說。

「先警告你，」吉伯特開始示範前說：「有時我在這裡做的事會勾起情緒，我相信動物可以幫助人類回到童年創傷。最棒的一點是，一旦你回到那裡，就可以療癒創傷，讓生命得以繼續前進。」

丹拍了拍葛蘿莉的手，露出微笑。葛蘿莉一直在擔心吉伯特，因為馬兒的心情每天都不同，很難捉摸，例如只要一個白色垃圾袋在風中飛舞，就足以讓派普跺腳噴鼻息。葛蘿莉看得出來，有些牧場主人和飼馬者聽到這番訴諸情感的愚蠢言詞，都等著看吉伯特出糗。也許他們讓馬兒接受馬鞍的方法並不溫柔，但是有效——如果你認為鞭打馬兒，叫牠服從你的命令，稱得上是有效溝通的話。「希望一切順利。」葛蘿莉低聲道。

「有點信心。」丹說。

葛蘿莉親眼看著吉伯特在幽靈身上下了一年半的工夫。就好像葛蘿莉在她那些逃過死劫的狗身上下工夫一樣，吉伯特也視馬兒的情況來行動，一點一點化解馬兒的恐懼。幽靈從一匹瘋馬變成了溫順而警覺的趕牛馬，非常樂意被送上運馬拖車，前往某個新地方。牠在十呎外就能看見蛇，並停下腳步，靜止不動，直到背上的騎馬者也看見蛇。天色一亮，幽靈就會發出嘶鳴，呼喚吉伯特，等不及想展開新的一天。

吉伯特耐心地站在畜圈中，小口吃著紅蘿蔔，紅蘿蔔依然留著長葉子的那一頭。小母馬十分緊繃，吉伯特只要朝牠看去，牠就會垂下耳朵，吉伯特若是踏上一步，牠就會咬牙切齒。吉伯特的回應是繞著柵欄行走，走第一圈時，吉伯特雙手垂於身側，第二圈時，他舉起拿著紅蘿蔔的右手，靠近柵欄，敲擊經過的每個金屬扶手，發出乒乓聲響。這聲音引起母馬注意，吉伯特走了幾圈之後，母馬開始跟著他，鼻口在空氣中嗅聞氣味。這時一陣風吹來，揚起塵沙，使得母馬陷入驚嚇，彷彿目前為止的進展都付諸流水。但紅蘿蔔和柵欄在母馬的頭腦中形成了新的記憶、愉悅的記憶，最後母馬變得好奇，容許吉伯特繞圈時靠近牠一吋，接著讓吉伯特碰觸牠，先是用紅蘿蔔碰牠，然後是手。十五分鐘後，吉伯特已經可以在母馬背上放上鞍墊，若母馬把鞍墊甩掉，吉伯特就撿起來再放上去，一再重複。等母馬適應鞍墊了，吉伯特就走到畜圈中央，一手拿紅蘿蔔，一手拿鞍墊。二十分鐘過去了，什麼都沒發生，葛蘿莉心想這下子吉伯特得退很多錢。

但母馬竟朝吉伯特走去，用嘴唇觸碰他，他給了牠半根紅蘿蔔。吉伯特將手臂橫放在母馬背上一會，然後退開。他們重複這個動作一小時，最後吉伯特將全身重量都壓在母馬上，母馬雖然緊張，但是當吉伯特把簡單的馴馬馬勒套上去，母馬並未退開或躲避。吉伯特坐上馬背，母馬站在原地，等待下一步指示。接著母馬發出嘶鳴。葛蘿莉懂得馬的語言，聽得出那是基於長期關係所發出的聲音，意思是「走吧」。葛蘿莉喉頭哽咽，這時站在她旁邊的一名粗暴老牛仔哭了出來。

「你是怎麼辦到的？」一名女子問。

吉伯特轉身對眾人說：「耐心和溫柔。我十六歲的時候，已經被警方逮捕過四次，每個人都放棄了我。我這輩子遇過最好的事就是被丟進輔育系統，因為這個方法就是我的養父對待我的方法，也是對待狗的方法。」

事後丹和葛蘿莉駕車往南駛去，並在卡斯卓城的巨洋薊餐廳停留。巨洋薊餐廳是一家頗受觀光客喜愛的餐廳，他們各點了一碗洋薊湯，喝完才上路返家。葛蘿莉記得吉伯特的笑容、終於冷靜下來的母馬、熱湯的氣味和油炸點心，但卻不記得自己和丹聊過些什麼。遺忘令她驚慌。自從去年二月二十八日之後，似乎每過一天，她就永遠遺忘一些有關丹的記憶。這種情況無法遏止。

她坐在後台階，用鋼絲清理剛撿來的雞蛋。杜松正在睡覺，她是哭到睡著的，一手垂在床沿，碰觸凱迪拉克，凱迪拉克一直待在她床邊。杜松在這裡見到凱迪拉克雖然難受，但葛蘿莉知道這讓杜松感覺更靠近姊姊。葛蘿莉在床沿坐了良久。杜松每抽噎一次，頸部的靜脈就跟著抽動，藍鴝刺青的翅膀也隨之伸縮。葛蘿莉不知道藍鴝刺青對杜松有什麼意義，又想到他的一個養子塞西爾。塞西爾會割傷自己。

塞西爾用刮鬍刀、小刀和隨手可得的東西，在左上臂劃出傷痕。他的疤痕是四道彷彿繩索般的紫色線條，令葛蘿莉想起船難倖存者在樹幹上標註時間，刻上「IIII」天，然後猶豫著是否該在中間再刻上第五條線。索羅門夫婦同意收養塞西爾的條件之一，是每天都要查看他的手臂。他曾有過困苦的時光和挫折，但是他住在索羅門家時，並未刻上第五條線。塞西爾十八歲那年，準備搬出去獨立生活，丹送了一個木刻十字架給他。「當你有衝動想割自己，」丹說：「就看看這個十字架，想想耶穌。他已經犧牲了自己，所以你什麼都不用做，只要感恩就好。」

葛蘿莉希望自己有那麼相信上帝，讓她可以送一份這種分別禮物給杜松，但杜松經歷過那麼多事情，一定不相信宗教。今天卡洛琳將會帶杜松前往新家。漫長的感恩節週末結束後，學校將會開學，杜松將去新的高中註冊，交新的朋友……葛蘿莉將去塔吉特百貨公司加班，因為聖誕購物季今天開跑。葛蘿莉閒暇之時，將寄送大量電子郵件給婚禮顧問，請他們上索羅門橡樹小教堂的網站瀏覽。葛蘿莉花了很長的時間，用Helvetica粗體字型和五張iStock照片來建構網站。等她把海盜婚禮的照片貼上網站，也許網站會精采一點。到今天早上為止，網站的新參觀人數是五人。她也注意到拼字檢查功能把champagne（香檳）這個字，改成了Champlain（尚普蘭），也就是尚普蘭湖。

太陽升起，葛蘿莉看著母雞啄著地面，母雞希望能在地上找到遺漏的穀粒。她養的羅德島紅雞名叫海瑟，喜歡被抓搔頸部。多年來海瑟和葛蘿莉相處融洽，但海瑟可以下蛋的時間快結束了。丹警告過葛蘿莉，不要替食用動物取名字，但已太遲，葛蘿莉已無法將海瑟視為雞肉和餃子。海瑟是一隻特別的雞，葛蘿莉無法想像沒有牠的日子。

電話鈴聲響起，嚇了她一跳。她拿起無線電話，查看來電顯示：是她姊姊哈蕾打來的。哈蕾這麼早起來，顯然今年的蘋果馬丁尼派對沒有令她宿醉。葛蘿莉按下通話鍵。「早安，哈蕾，妳的蘋果馬丁尼派對如何？」

「那是去年了，今年我們喝『迷幻性愛』。一個計量杯的利口酒，加上各半盎司哈密瓜甜酒、黑山莓汁和鳳梨汁，最後再加入小紅莓汁。它的力道就好像海嘯一樣。」

「哈蕾，我光聽這個配方就宿醉了，難道妳都不會頭痛嗎？」

「不會，我對宿醉免疫。」

「真好，我昨天偏頭痛。」

「哎呀。妳還記得爸以前也常常偏頭痛嗎？媽總是用薄荷膏按摩他的太陽穴，搞得整個家裡都是維克斯傷風膏（Vicks VapoRub）的味道。」

葛蘿莉微微一笑，回想父親，這總是她們的共同話題。哈蕾比葛蘿莉大兩歲，總喜歡指導葛蘿莉如何穿衣、應該支持哪個政見、替未被提出的問題提供解決方法。但葛蘿莉崇拜姊姊。「我最喜歡的姊夫最近如何？」

「巴特去晨跑了。派對很好玩，明年妳一定要來。婚禮辦得怎麼樣？」

「很不錯，雖然碰到幾件棘手的事，不過都解決了。」

「不要誤會我的意思，可是我真的是覺得太驚訝了。」

「妳說什麼？」

「喔，我不是說妳，親愛的，我只是知道人是怎樣的。」

「人是怎樣的？」

「古古怪怪的。很多人都是狂熱地想舉辦非傳統婚禮，可是等到結婚的日子越來越近，卻發現教堂婚禮真的很重要。」

哈蕾結婚時有六個伴娘，身穿海泡沫綠色禮服。葛蘿莉的伴娘只有哈蕾。「他們是海盜，哈蕾，沒有一間教堂願意接受他們。」

「所有的客人都到了嗎？鄉間道路有時不太好辨認，我擔心有人迷路。再說，妳那條泥土車道都是車輪痕跡，又不是每個人都開四輪傳動車。」

「那條是碎石路，不是泥土路。」

「好吧，我忘了。這樣應該比較好走。」

哈蕾曾經是葛蘿莉最好的朋友，她有自信，能和她分享內心深處的想法。青少年時期，她們覺得什麼都好笑，會借穿彼此的衣服，共用同一間臥室。丹去世之後，權力的平衡似乎有了變動，她們之間的許多對話，最後都令葛蘿莉感到生氣，或覺得哈蕾對她擺出紆尊降貴的態度。不要隨之起舞，葛蘿莉對自己說，但一秒之後，她又進入防禦模式。

「很多客人稱讚東西好吃，還有人要介紹其他婚禮給我辦。」好吧，後面這句話是捏造的，但還是有可能發生呀，葛蘿莉如此告訴自己。「大家都度過美妙的時光，可惜放蝴蝶的時候妳不在，那一幕非常漂亮。」

「對，蝴蝶，這個部分聽起來很神奇。希望妳拍了照片。照片是誰拍的？」

「麥克．派崔克負責拍正式照片，我負責拍花絮照片，但沒想到我的數位相機竟然沒電了。幸運的是，農場來了一個專業攝影師，他是來拍橡樹的，結果他願意幫忙。」這些話一說出口，葛蘿莉就後悔了，因為她等於送給哈蕾一個彈匣的子彈可以發射。「他拍得很好，」葛蘿莉含糊地說：「照片漂亮極了，我正在整理，準備放上網站。」她又撒了個謊，但等到她收到照片，還有搞清楚下載或上傳是怎麼回事，就會把照片貼上網站。

電話兩頭陷入沉默，令葛蘿莉感到害怕，她準備聆聽大姊姊的教訓。「妳知道，葛蘿莉，婚禮辦得很順利是件非常好的事，但如果妳想經營這個事業，真的得去上課。妳需要營業執照和額外的責任保險，妳負擔得起這些嗎？妳至少需要兩台可靠的相機、錄影器材和衛生許可，還得把那些狗移到別的地方，因為誰想在交換神聖誓言的時候聽見狗在亂叫，更別說是臭味了。」

「妳說的都對。」葛蘿莉說，盡量把哈蕾說的話當作耳邊風，同時讓自己堅強起來。我不聽，我不聽，胡扯瞎說，我不聽。

「希望這些話聽起來不會太不客氣，可是有好幾次我去看妳，幾乎都快聽不見自己說的話，因為狗叫聲實在太大了。」

葛蘿莉多希望現在有狗叫聲！倘若她提起杜松，哈蕾居住的聖塔羅莎市瑪利哥路二十二號，一定會冒出一朵蕈狀雲。哈蕾過著優渥的生活，葛蘿莉很替她開心。巴特是國際酒商，經常出差。他們夫婦沒有孩子或寵物，隨時可以鎖上家門，搭上飛機，前往紐西蘭或夏威夷。他們住的是三千平方呎（約八十四坪）的西班牙式建築，經過專業裝潢，裡頭有許多現代電器和古董家具。哈蕾是整天逛街用餐的貴婦，葛蘿莉是吃米飯配豆子的寡婦。「聖誕節妳送媽什麼禮物？」葛蘿莉問，轉移話題。

「陶伯牌（Tolbots）的褲裝。妳呢？」

「十本新的羅曼史平裝小說，我特地挑了封面有壯男的。」

哈蕾嘆了口氣。「妳為什麼要這樣鼓勵她？」

「媽已經六十二歲了，她喜歡看英雄救美的言情小說，就讓她看啊。」

「葛蘿莉，那妳怎麼不買先驅出版社的『一讀』系列小說？《伊甸之東》是本經典。我只是建議而已。實驗證明老年人多用腦，可以讓腦筋更敏銳……」

葛蘿莉關上耳朵，看著海瑟朝空的穀物餵食器小跑而去，這是牠半小時內第三度去查看穀物餵食器了，雞可能罹患老年失智症嗎？哈蕾擁有一件令人豔羨的粉紅色香奈兒套裝，她會跟陌生人結交聊天，請專業美髮師將白髮染上顏色和挑染。葛蘿莉在哈蕾旁邊，總覺得自己衣著邋遢。丹去世那天，葛蘿莉並未開兩小時車去哈蕾家，而是直接駕車回家。哈蕾認為每個人都應該去她家「聚一聚」。葛蘿莉回到家後，拔下電話插頭，把馬放出畜欄，將畜欄地面的表面鏟去，一直鏟到下方的泥土，再鋪上碾碎的牡蠣殼和乾淨的刨花。她刷去飲水槽的青苔，把蟋蟀整理乾淨，摸摸山羊，列出一串長遠計畫，這些計畫是她和丹曾經規劃過卻從未實行的。她寧願腰痠背痛，也不想坐在灰色羊毛組合式沙發上，看哈蕾用完美禮儀問候來電的人，聆聽那些她根本不在乎的人說些客套話。反正她母親和哈蕾知道丹去世了，羅娜和卡洛琳也知道，就讓消息透過啄木鳥餐廳的閒談傳開，她不想打那些報告壞消息的電話，不想吃外燴提供的祖傳番茄羅勒開胃菜，更不想聊天。她想在她和丈夫共度美好生活的地方獨處。她想走進工坊，觸摸丈夫用來製作美麗木製品的工具。她希望凱迪拉克躺在門口，只要幾分鐘就好，假裝他們的世界沒有改變。

葛蘿莉沒出現，讓哈蕾心生嫌隙，她得知葛蘿莉決定火化丹的遺體之後，更是驚訝無比。

「可是這樣一來，妳就沒有墳墓可以去拜訪了！妳要把鮮花放在哪裡？如果妳想跟他共處一段時間，該去哪裡？」

葛蘿莉答道：「丹最喜歡的花是木春菊，它們每年都會自播繁殖。他會永遠在我心裡。」

葛蘿莉知道唯一可以讓哈蕾閉嘴的方法，就是提到木春菊，因為哈蕾一定不知道木春菊是什麼，就會去查。

那個冷冽的二月天，葛蘿莉一直工作，直到衣服被汗溼透。她在翻倒的籃子上坐下，對馬兒說：「我才當寡婦十二個小時，就已經覺得自己是個失敗者。我只是想跟你們說，我會盡力照顧你們，可是不要期望太多。」

馬兒知道療癒悲傷的最好方式是大口大口吃方糖。葛蘿莉打開一盒新的方糖，自己吃了幾個，卻讓馬兒大吃特吃。以甜味掩蓋苦味。她對馬兒豐沛的愛，緊壓著她的心的周圍。她對狗也有豐沛的愛，即使牠們在柵欄底下挖洞，或毫無來由地持續吠叫，她也愛牠們。牠們帶給她喜悅。現在牠們都得倚賴她了，就好像設備公司期待準時付款。失去丹的第一天過去之後，她對自己說：「遲早妳都得處理他的工坊。讓他的車床、鑿子和工作手套積滿灰塵，就跟犯罪沒兩樣。」但現在幾乎一年過去了，她依然不知道該如何處理。

「我得掛了，」葛蘿莉說，打斷哈蕾說的話，不管她在說什麼。「愛妳，姊，掰。」哈蕾明天會再打來。葛蘿莉愛姊姊，即便有些時候她得很努力才有辦法喜歡姊姊。

她有三打雞蛋要拿去農夫市集賣。今天的日出是珊瑚礁的顏色。空氣中的平靜讓葛蘿莉聯想到地震發生前的感覺。昨晚的偏頭痛已離開她視線矇矓的雙眼。她想起過去那些早晨，她站在廚房水槽前，咖啡慢慢滴落，透過廚房窗戶看著丹結束早上的農場事務。丹是個細心的男人，房子周圍的矮樹叢一定修剪整齊，柵欄一定維護在良好狀態，動物一定獲得良好照料。但住在鄉間意味著你永遠無法放鬆。加州一年四季都是火災季節，誰也不知道今年大火會不會燒到這裡？會不會燒毀農地？會不會饒過那棵白橡樹？遊客撿拾白橡樹樹枝掉落的橡實，站在樹下許願。丹總是說：「我們這棵樹讓人們更接近靈性，他們思念上主，雖然他們自己並不知道。」

葛蘿莉希望自己也能有如此的信仰，能信任某些事物。她看著白橡樹，第十次納悶那瓶普拿疼到底跑哪裡去了？不管是誰拿走了那瓶普拿疼，我呸，希望有數百萬個偏頭痛攻擊你。

羅娜．坎戴拉里亞說，每棵樹都有靈魂，而那棵白橡樹十分古老。對葛蘿莉而言，羅娜是個祖母般的人物。羅娜喜歡說家族流傳的故事，尤其愛說那些和歷史記載互相衝突的故事。索羅門橡樹下是個神聖的地方，薩滿巫師最喜歡代表日漸縮小的印地安部落，在那裡唱誦保護的歌曲。

然而西班牙人曾以女王及基督教之名佔有白橡樹，任何堅持傳統的原住民都會被他們吊死在白橡樹的樹枝上。葛蘿莉跟羅娜說她舉辦海盜婚禮的事，羅娜說：「好主意！那棵樹會喜歡成為婚禮的一部分！」羅娜是個完美的祖母，不論葛蘿莉做什麼，她都贊同。羅娜抽菸、喝啤酒、懂得說一大堆西班牙粗話、有一副寬闊的肩膀，葛蘿莉經常倚在她肩膀上。

葛蘿莉想到杜松。杜松沒有姊姊、沒有父母、沒有羅娜。會不會是杜松拿走了普拿疼？她看起來不像會偷東西，但她曾因偷竊DVD而被逮捕。葛蘿莉是否該建議卡洛琳對杜松做毒品測試？倘若測試結果呈陽性，會有什麼後果？杜松需要一個安全且能夠培育她的地方來成長。葛蘿莉立刻撇開收養她的念頭，因為她自己經常躲在衣櫃裡哭泣，如何能成為別人的榜樣？杜松伶牙俐齒地說葛蘿莉應該為了郡政府的補助金而收養她的那句話，依然縈繞在葛蘿莉心頭。葛蘿莉的偏頭痛後局部神經症狀，讓她看每樣東西似乎都附著一團影子。

她站起身來，靜靜穿過屋子，來到共用浴室，浴室有腳座式浴缸和鍍鋅台面。她打開藥櫃，把每樣東西都拿出來，包括阿斯匹靈、抗生素軟膏、護創膠布、刮鬍刀匣、抗酸劑、肥皂、指甲刀、半瓶咳嗽藥、棉花棒，但就是沒有普拿疼。難道她神智那麼不清楚，竟然把普拿疼給丟了？說不定昨天屋子裡人來人往，有人把普拿疼給順手帶走了。不會是蓋瑞、彼特或蘿蘋，他們是好孩子，從不惹麻煩。會不會是海盜客人？喔，算了吧，她對自己說。她將四顆阿斯匹靈放入口中，喝了杯水，偷偷朝客房裡望去。凱迪拉克抬頭看著葛蘿莉，尾巴在木地板上搖來搖去。每到吃飯時間，這傢伙總是第一個來排隊，今天早上竟然不肯離開杜松身旁。葛蘿莉看見凱迪拉克這般的奉獻精神，讓她的心突然像是被老虎鉗給緊緊掐住。她覺得喉頭哽咽，並即將化為啜泣，但強行將它給壓了下去。想想看，每次妳一哭就搞得一團糟，她心想，這就是為什麼妳要有衣櫃時間的原因。

杜松蜷曲在被窩裡，彷彿已在這裡住了下來。床邊桌上擺著一個馬克杯，裡頭裝的是水，旁邊是英國小說家詹姆士．克萊威爾所著的《幕府大將軍》，書中夾著一片橡樹葉，標示她讀到的地方。葛蘿莉推測杜松半夜曾經醒來，拿了小說來看，直到睡意再度來臨。她如果看完那本《幕府大將軍》，應該會很想再看續集。也許這種想法很天真，但葛蘿莉相信會看小說的孩子都是有救的。願意投入故事，讓自己消失，是很多事情的第一步，像是學習慈悲、欣賞其他文化、了解人生就算遭遇極大困難，世界仍給予可能性。那片用來標示的橡樹葉，讓葛蘿莉想起自己在杜松這個年紀，不管去到哪裡總是帶著本書。

白日夢做夠了。能夠在一年最盛大的購物日休假，可是不小的奇蹟，她必須有效運用時間，放眼未來。她考慮賣掉那台壞了的拖引機，昨天的婚禮賓客覺得那台拖引機是迷人的人工製品，對她來說卻是個眼中釘。既然世界上有海盜扮裝社團，那麼會不會有農夫扮裝社團？葛蘿莉兩次拿起無線電話，想打給卡洛琳，兩次都放下。葛蘿莉知道丹會做出什麼決定，他會說杜松是天堂送給他們的，因為他們對杜松來說是對的人。當然不是，除非天堂對葛蘿莉不懷好意。唯一可以確定的是，杜松．麥奎爾醒來以後，會需要吃早餐。

葛蘿莉打開冰箱，艾索在她腳邊穿梭，她踩到艾索的腳趾，令牠慘叫一聲，彷彿被烙印一般。葛蘿莉彎下腰，查看艾索是否受傷，並拍拍牠的胸部。「你沒事。」她對艾索說，給牠一個耐咬零食，讓牠不來擋路。艾索小跑離去，在壁爐旁坐了下來，享用零食。葛蘿莉彎腰去拿電子爐，腦子快速轉動，猶豫不決，胸口因為驚慌而產生熱度。培根。煎煮。蛋，得去問她，要吃炒蛋、荷包蛋，還是水煮蛋？

葛蘿莉決定做小麵包，丹愛吃的奶油小麵包。有時她會做丹愛吃的菜餚，希望菜餚的氣味和滋味能召喚丹前來。她將小麵包放進烤箱烘焙，再用麵粉、牛奶和培根油，製作油膩膩的墮落肉汁，心想凱迪拉克不知道能再撐多久，飢餓感才會勝過守護杜松的心意。小麵包冷卻後，葛蘿莉後退一步，審視她所做的食物，只見桌上擺滿食物，足以餵飽一戶牧場人家。她希望杜松不是那種不吃早餐的青少年。她替自己倒杯咖啡，決定再給杜松五分鐘。這時杜松走進廚房，身上穿著昨天的衣服，揹著粗呢背包。凱迪拉克跟在她身後。杜松在餐桌前坐下之前，先放凱迪拉克出去。凱迪拉克朝早餐直奔而去，牠的早餐就放在狗屋的不鏽鋼碗裡，狗屋並未上鎖。葛蘿莉對杜松刮目相看。

「早安，」葛蘿莉說：「艾索的叫聲有沒有吵醒妳？」

「我已經醒了。」

杜松的頭髮溼答答地，臉龐因為擦洗而呈粉紅色，臉上的小環不見了，原本戴著小環的位置看起來像是擠壞的粉刺。杜松的目光越過葛蘿莉，射向窗外。「我是不是要去外面等？」

「當然不用。坐下來，先吃點早餐。」

「我不餓。」

葛蘿莉嘆了口氣，將奶油盤放在桌上。「那我要拿這麼多食物怎麼辦？叫軍隊來吃嗎？說真的，杜松，如果妳不吃一點，會傷了我的心。」

杜松拉開椅子，坐了下來，把粗呢背包丟在地上。她拿了三片培根和一個小麵包。「嚐嚐肉汁味道如何，」葛蘿莉說：「為什麼滋味最好的東西，對妳來說卻是最糟的？」

「可能因為人生爛透了。」

「妳想看報紙的漫畫欄嗎？」

杜松倒了杯咖啡，像是要看看葛蘿莉敢不敢禁止她喝咖啡。「我不看那些。」

「每個人都看漫畫的。」

杜松看著葛蘿莉。「我住過的地方，有些沒有報紙。為什麼我要持續關心加菲貓的問題，卻無法知道到底怎麼回事？」

「也有道理。」葛蘿莉在餐桌前坐下。「杜松，昨天在婚禮上，妳有沒有發現大啤酒杯不見了？」

杜松抬起頭來。「我沒拿。如果妳不相信，可以去搜我的袋子。我拿那些大得跟德州一樣的蠢啤酒杯要來幹嘛？」

「喔，親愛的，我不是指控說妳偷了。我的意思是說，有很多大啤酒杯不見了，蓋瑞認為是有些客人帶回家當紀念品。」

「那就在帳單上多加一筆啊。」

「好主意。」葛蘿莉看著杜松將一片培根夾進小麵包，再浸入肉汁當中。

「所以說，妳認為下次我們該怎麼做？提供禮物袋？提防三隻手？」

「我們？妳的意思是說你們吧？」

「不是，我們指的是我跟妳。」

「這表示我能住下來？」

「如果妳喜歡的話。吃完早餐以後，就把妳的東西放回臥房。如果妳要養凱迪拉克，妳就得餵牠、帶牠散步、替牠洗澡。等一下我會帶妳參觀倉庫，妳可以幫我照顧馬匹。」

「多久？」

「喔，如果我們賣力一點，大概十五、二十分鐘就好了。」

「不是，我是說我可以住多久？」

「沒有期限，可是妳必須遵守一些基本規則。」

杜松的巧克力色眼睛依舊如常，不見淚光。她不會讓自己的聲音透露出一絲情緒。但葛蘿莉見到杜松跟凱迪拉克相處的情形，知道在她刻薄的言語和刻意冷漠的神態之下，有著一顆溫柔的心。「謝謝妳，索羅門太太。」

「不客氣。妳應該叫我葛蘿莉。」葛蘿莉站起身來，打開電子爐。「一顆蛋還是兩顆？」

「兩顆，麻煩妳。」

「煎蛋？」

「對，謝謝。我會每天洗碗，妳不用提醒我。」

「我接受妳的提議。」葛蘿莉用小鏟子輕輕鏟起兩個蛋，放在杜松的盤子上，並未弄破金黃色蛋黃。

杜松咬了一口小麵包夾培根。「這培根真好吃。」

「那是醃過楓糖的培根，」葛蘿莉又拿了一些小麵包出來，替自己拿了一個盤子，伸手去拿肉汁盆。「早餐是我最喜歡的一餐。」

「妳手藝這麼好，怎麼會保持得這麼苗條？」

葛蘿莉大笑。「我絕對稱不上苗條。我只在禮拜天早上煮這種早餐，薄煎餅、法式吐司、藍莓鬆餅，還有一些特別的菜色。我下廚，丹看報紙。我們會一起玩《紐約時報》的縱橫字謎遊戲。」

杜松用餐巾擦了擦手指。「要非常聰明才能把所有的字都想出來。」

「告訴妳一個祕密，只要順著做字謎的人的思路就可以了。字謎都跟雙關語有關，一個字有兩個意義，還有奇數，由三個字母組成的字。幾乎每個字謎的答案都有小野洋子和梅爾．歐特[8]。就好像文字圖版遊戲，只是比較難而已。」

「索羅門太太？有件事我很納悶。」

「納悶什麼？」

杜松放下小麵包，拿起餐巾，擦拭手指。「我不是故意要說難聽的話，可是妳為什麼不染頭髮？」

「頭髮？」

杜松點了點頭。「妳的臉看起來像三十歲，可是妳的頭髮卻在大喊：『賓果，老奶奶。』」

葛蘿莉伸手摸了摸她每天綁的髮髻，她已經好多年沒想過頭髮的事。「丹喜歡我這樣，我在妳這個年紀就開始長白頭髮了。」

「真怪。」

「基因造成的吧，我姊姊也是這樣。」

「妳很想念妳先生嗎？」

「要說真心話嗎？我討厭我開始習慣沒有他的日子。」就像妳姊姊合歡失蹤一樣，葛蘿莉心想。對於思念家人這回事，杜松可以替葛蘿莉上幾堂課。「嘿，妳知道怎麼做網站嗎？」

「如果電腦裡有像樣的軟體，我可以做出網站。」

「那我有個賺錢的差事給妳。」這時電話響起，葛蘿莉接了起來。「索羅門橡樹婚禮小教堂你好，我是葛蘿莉。」

「昨天的婚禮應該辦得很成功吧。」卡洛琳說。

---

❽ Mel Ott，一九〇九—一九五八，紐約巨人隊外野手，第一個打出超過五百支全壘打的國家聯盟球星。

「只不過有一些大啤酒杯失蹤了。」

「他們是海盜，不然妳還期待怎樣？聽著，我下午兩點去接杜松可以嗎？如果找得到感恩節隔天還有開的美髮院去剪頭髮的話……」卡洛琳的另一支電話響了起來，她咒罵一聲。「等我一下。」

葛蘿莉將手摀在話筒上。「是卡洛琳。我一插得上話就跟她說。」

杜松又拿一個小麵包，掰了開來。「這很好吃。」

「謝謝。試試看草莓果醬，我自己做的。」

「真的？」

「很簡單，我們可以一起做。櫻桃、杏仁、水蜜桃、洋李，看妳喜歡什麼水果。」

卡洛琳回到線上，說：「我想回到過去，掐死發明電話的貝爾……」

「計畫有變，」葛蘿莉插口說：「杜松和我決定試試看。」

「什麼？」

葛蘿莉望向杜松，希望再看見她微笑，但她正在端詳盤子上的粉紅色玫瑰圖案。現在葛蘿莉都把法蘭西斯牌的沙漠玫瑰瓷器拿出來用，心想有何不可？「妳聽見了。」

「這真是天大的好消息。我就知道妳們注定要在一起。我立刻帶文件過去。」

「妳不是要去剪頭髮？」

「妳不是有剪刀？妳可以幫我修剪分叉的頭髮，我會給妳二十五分小費。待會見，朋友。」

葛蘿莉掛上電話，在餐桌前坐下，膝蓋打了個哆嗦。她在電話上說得很大聲，表示真的要杜松留下。艾索跳到她大腿上，嗅聞桌面。每當旁邊有可口的人類食物，艾索就會出現一種舔空氣的習慣，這把牠從實驗室老鼠變成了惹人疼愛的小狗，只不過杜松的笑聲聽起來有點生硬。

「牠讓我想到《侏羅紀公園》裡的迅猛龍寶寶。」杜松說。

葛蘿莉大笑。「今天下午我們可以開車去塔吉特百貨公司，替妳買些新衣服，為妳做好星期一上學的準備。」

這句話讓杜松的笑聲停了下來。「妳應該知道我在學校表現不是很好，他們說我很難搞。」

葛蘿莉想到當哈蕾受夠她的時候，話聲總會變得尖銳。「我也是，杜松，我們可以一起難搞。」

她們將餐椅拉到外面，卡洛琳坐了下來，葛蘿莉站在她背後，兩人喝著咖啡，望著杜松餵馬吃胡蘿蔔。原本杜松口中可怕的馬兒，現在已經變成她的好朋友。「世界上有吃胡蘿蔔過量這回事嗎？」卡洛琳問道。

「我等一下就叫牠停下來。」葛蘿莉說，她正在梳理卡洛琳染成金色的頭髮，卡洛琳的頭髮因為染髮過度而變得脆弱。卡洛琳的頭髮在虛有其表的金黃色底下，已開始變成白金色。「妳有沒有想過讓頭髮呈現自然的顏色？」

「從來沒想過，職場上充斥著年齡歧視，葛蘿莉，我們這些五十歲以上的人必須努力工作才能不被歧視雷達偵測到。妳等著看好了，這十年過去以後，我們這些嬰兒潮出生的人都會受到不公平待遇，先是在職場，然後是在社會福利。很快地，這個世界就會被二十幾歲的人所控制，我們最後都會淪落到去做零售工作，做到死為止。」

「聽起來很不愉快。」

「還有醫療保險呢，別讓我開始數落。我有三個朋友一到六十二歲，他們的醫生就不替他們看診了，就這樣了。」卡洛琳啜飲一口咖啡。「這至少構成一項輕罪吧。」

「我同意。聽著，卡洛琳，妳總是來去匆匆，這我可以了解，可是昨天妳明明有時間可以跟我說杜松是合歡．麥奎爾的妹妹。妳知道我對狗都很負責任，為什麼妳昨天要那樣子把她留給我？事情很可能搞得一場糊塗。」

卡洛琳伸手指向畜欄。「妳看那匹馬，牠把另一匹馬推開耶，真的是為了胡蘿蔔不擇手段。」

「別轉移話題，我手裡拿著剪刀。我知道我跟妳不像丹跟妳那麼好，但我們也算是朋友，朋友會實話實說的。」

卡洛琳開始摳指甲根部的外皮，她戒菸之後，就開始了摳指甲床的習慣，葛蘿莉看了都覺得心痛。「妳想聽我給妳一個合理的解釋，但是我沒有。昨天的確有時間，可是我看妳辦婚禮那麼忙，不想跟妳仔細說這件事。」

「為什麼這些話聽起來完全是狗屁？」

卡洛琳轉過頭去，嘆了一聲。「因為真的是狗屁。請不要恨我，我有個祕密沒跟妳說。」

「為什麼妳有祕密不跟我說？」

「因為我答應過丹，而妳讓我難以遵守我的諾言。」

葛蘿莉感覺肌膚一陣燥熱，接著全身發涼。她一聽見丹的名字，頭就發暈。「妳有什麼事不能告訴我？」

「我最後一次見到丹的時候，他要我答應替妳找一個理想的養子或養女，一個特別的孩子，讓妳有事情忙，幫助妳重新走入社會。」

葛蘿莉看著手中的剪刀。即使豔陽高照，剪刀的金屬依然冰冷沉重。卡洛琳去過醫院幾次，都是利用她工作之餘的時間，正好接替葛蘿莉，讓葛蘿莉可以去餐廳吃點東西或小睡一會。「不可能，最後那段時間，丹都神智不清了。」

卡洛琳的上唇塗口紅之外的地方有些細紋，現在細紋已變成皺紋。「是真的。我從來沒當面對妳說過謊，葛蘿莉。我承認，這構成忽略的罪行。可是最後一次我見到丹，他真的要我這樣答應他。為了實踐這個諾言，我每天都絞盡腦汁。有待安頓的孩子很多，寄養家庭永遠不夠，可是沒有一個適合妳，用『沮喪』這兩個字都不足以形容我的感覺。上星期我還在想，我承諾了一件做不到的事，就在這個時候，杜松出現了。是的，我記得關於那隻狗的事，當時妳相當責備自己，我認為這是個理想的機會，讓妳可以……」

「補償我沒通知警察，讓寶貴的時間流過？」

卡洛琳伸出了手，捏了捏葛蘿莉的手臂。「我希望妳可以停止因為這件事而責備自己。就像我們這行常說的一句話：『妳的過去沒有必要成為妳的未來。』我替這些孩子尋找適當的環境，讓他們有機會成長茁壯。妳看看她，如果妳說我判斷錯誤，我立刻把她帶走。」

葛蘿莉看著杜松爬上練習場的欄杆，從最高的欄杆一躍而下，奔向輪胎盪鞦韆。她的頭髮顏色跟烏鴉的翅膀一樣，在陽光下閃閃發亮。馬兒立刻跑到畜欄另一側，希望那裡有更多紅蘿蔔出現。

「她是個一夜之間從十歲變成四十歲的孩子，一顆心都碎了，她的世界很醜陋。難道我們就這樣放棄她嗎？讓她走入歧途，只因為這個世界有太多錯事需要應付嗎？我知道如果直接把她的身世告訴妳，妳一定會拒絕，那麼妳知道這樣會造成什麼狀況？」

「什麼狀況？」

「兩個不快樂的人分散在兩個地方，各自放棄希望，而不是兩個不快樂的人聚在一起，在經歷那麼多悲傷之後，共同想辦法找出生命的新希望。這是卡洛琳福音，阿門。」

葛蘿莉心想，福音代表一則好消息，有時述說的是事實，有時述說的是隱喻，用來形容卡洛琳做的事再恰當不過。卡洛琳放棄週末、放棄社交生活，甚至放棄去美髮院剪頭髮，只為了替這些孩子找一個家。

葛蘿莉憤怒地將剪刀放進夾克口袋，因為丹竟然把他的最後幾句話給了別人，因為丹竟然覺得必須替她安排他過世之後的生活，因為丹竟然認為留下她獨自一人，她會崩潰。這讓她憤慨不已。就算她碎成片片，這也是她的生活方式。「卡洛琳，我知道妳的工作必須保護當事者的隱私，但妳應該告訴我杜松的身世。昨天晚上我發現事實的時候，我氣死妳了。現在知道妳跟丹曾經那樣說過我的事，我覺得更生氣了。」

卡洛琳用手指摸了摸剛剪好的頭髮，她的頭髮剪到頸部，看起來比散亂在肩膀上百分之百好看多了。「妳絕對有權利生氣，葛蘿莉。我的行為跟懦夫沒兩樣，希望有一天妳會原諒我。」她準備站起，卻被葛蘿莉壓了下去。

「妳把所有的事都告訴我，我就原諒妳。丹還說了什麼？」

「妳確定妳真的要聽嗎？」

「妳真的覺得我可以說我不想聽，然後繼續跟妳當朋友嗎？」

「哇，妳真的生氣了。好吧，他說他很怕自己會死。」

「不可能，他最後走得很安詳。他說他準備去跟他哥哥、他爸爸、他小時候的馬見面，他相信有天堂。」

卡洛琳微微一笑。「他不怕自己身上發生什麼事，他是怕丟下妳一個人。」

「為什麼？」

「妳真的不知道嗎？你們兩個幾乎跟連體嬰一樣，他擔心妳早上失去爬起來的理由，說不定妳會不想活了，會自殺。他用的就是這兩個字。」

他們的確就像連體嬰，卻被粗暴地從中間一刀兩斷。葛蘿莉當然不想活下去，她想隨丹而去。她剛去塔吉特百貨公司上班的頭一個禮拜，每天都站在收銀台前計畫著要如何去找丹。她可以把動物送給別人養，換人做做看拯救動物的差事。她如果把牧場賣掉，有誰會在乎？丹的母親住在安養中心，有人照顧。葛蘿莉可以效法英國作家維吉尼亞．伍爾芙，走進太平洋。或者她可以搬到哈蕾家附近，租個小公寓，去上電腦課，重新塑造她的人格，適應這個她已遠離二十年的社會，找一份上班的工作。她可以去參加哈蕾的派對，變成那種古怪的單身女子，善於聆聽，或說些有關紫花苜蓿的屁話，而其他每個人都在討論韓國的政治情勢或高級女子時裝。究竟是要重新開始還是中止生命？她無法下定決心。她母親過著簡單生活，社會福利足以支持。哈蕾有巴特，也不愁沒錢花。羅娜隨便丟一顆石頭，都會打到親戚。卡洛琳有那些有待領養的孩子。而她的用處只是告訴遊客如何前往白橡樹，她並不會被人懷念。「我不確定這件事我做得來。」她說。

「什麼？妳是說照顧杜松嗎？沒有人可以對這種情況有把握，只能走一步算一步。不過想想看妳可以提供給這孩子什麼。昨天她看起來面容憔悴，今天呢？她在鞦韆、餵馬吃胡蘿蔔，生活在蒙特瑞郡最可愛的農場上。如果妳需要幫忙，隨時打電話給我，我一定飛奔過來。」

「每當有孩子需要妳，妳總是飛奔過去。妳是怎麼幫助每個人的？」

「我的血液裡帶有這種因子，很容易分清楚最想做的事是什麼。」

杜松在輪胎盪鞦韆上盪來盪去，看得葛蘿莉頭都暈了。杜松高聲呼喊並揮手，確定她們在看她。

卡洛琳也揮了揮手。「從四十歲進入十五歲。」她說：「反正先留她住一陣子吧，做好準備，進入美好的荷爾蒙世界。」

葛蘿莉穿過塔吉特百貨公司的自動門，一輛紅色推車朝她迎面而來。過期的爆米花氣味撲鼻而來，令她作嘔。經過鋪著地毯的推車區，便來到摩擦係數高的油地氈上。自動門每兩秒開關一次，發出咯咯聲響，敲擊她的耳膜。她雙手發癢，想去整理貨架上的特價垃圾商品，摺疊圍巾，並放在成套的手套旁。「我在這裡可以拿到員工價，」她對杜松說：「所以妳買的東西可以稍微超過購物券的金額。」

「妳在這裡上班？」

「只是旺季來幫忙。」葛蘿莉說，試著讓這件事聽起來不那麼尷尬，因為她這把年紀竟然還願意穿上紅馬球衫和卡其褲。

「酷，」杜松說：「說不定我們可以把錢留下來，買一台電視。」

葛蘿莉大笑。「在電腦上看看影片就好了。妳去找上學要穿的衣服吧，我去推推車。」她看著杜松快步穿過貨架，又摸了摸這一季照理應當大賣的鈕釦披肩，那披肩誰披了都不好看，現在下殺到七十五分錢。杜松在一堆黑色毛衣前站了許久，終於找到一件特大號毛衣，毛衣袖長超過她的手，整件衣服幾乎將她吞沒。葛蘿莉知道自己無法說服她不要買，所以並未嘗試。一小時後，她們買了牛仔褲、T恤、夾克、襪子、內衣和那件特大號毛衣。「杜松，妳選的衣服都是黑色的，妳不喜歡有色彩的嗎？」葛蘿莉說。她們朝文具用品區走去，打算買筆記本和背包，同樣都是黑色的。

「黑色是我最喜歡的顏色。」

「好吧。妳還需要體育服，記得星期一要確定學校穿的是哪一種，哪裡買得到。」

「電腦上就查得到啦。」

「我都沒想到。」

「我鄙視體育課。」

「我也是，但妳還是得上。」

「接下來我們去鞋子區好不好？如果還有錢，我想買鞋子。」

葛蘿莉蹙起眉頭。「我們去商場買鞋子好嗎？這裡賣的鞋子穿不久。」

「別說得那麼大聲，不然妳會被炒魷魚的。我可以買手機嗎？」

葛蘿莉盡量不露出笑容。「等妳有人可以打電話時再考慮。」

「我需要打給妳啊。」

「用傳統方式打就可以了。我們去化妝品那邊吧，妳可以用我的化妝品，不過我想妳應該喜歡用妳自己的。」

杜松看著葛蘿莉，彷彿不曾有人對她說過這種話。「謝謝妳，索羅門太太。」

「叫我葛蘿莉就好了，真的。」

「我想我還沒辦法叫。」

「那也沒關係。」葛蘿莉伸出手臂，從旁邊抱了抱杜松。杜松並未躲開，葛蘿莉認為這是個好徵兆。

她不曾想過自己會站在這裡，看著「女兒」挑選衛生棉條、洗髮精和髮夾。杜松拿起一瓶品牌潤絲精，隨即又找了一瓶雜牌潤絲精。葛蘿莉很想告訴她，隨便選哪個牌子都可以，忘了價錢，寵愛自己一下。「買完這些東西以後，我們去那家咖啡館喝點東西。我光靠拿鐵就活得下去。妳最愛喝的熱飲是什麼？喜歡可可或花草茶嗎？」

「我喜歡三份濃縮摩卡奇諾，多加鮮奶油。」

「好，只要妳點無咖啡因的就好。」

杜松先走到糖果區。葛蘿莉從後頭望去，看見的是一個高大的十二歲女孩，正在研究爽口糖（Tic Tac）的口味，彷彿她們每天都來這裡購物。葛蘿莉身穿便服，混在顧客之中，她運氣非常好，在結帳櫃檯裡看見賴瑞・歐的身影。她將推車推進賴瑞的櫃檯。這裡的員工經常玩這種遊戲，選擇主管站的收銀台結帳，為的是聽主管唸誦收銀標準用語，此外，在這裡工作的一項樂趣，就是讓像賴瑞這種人替妳的經濟包衛生棉條刷條碼。

賴瑞像鳥兒似的對葛蘿莉咧嘴而笑。「午安，小姐，妳想買的東西都有找到嗎？」

葛蘿莉微微一笑。「都找到了，賴瑞。」

「太好了。」其中一件T恤掃不過條碼，賴瑞必須手動輸入價格碼。「我可以幫您做些什麼來讓您付款更便利呢？」

「我沒想到。」

「您今天想開設塔吉特帳戶，享有九折優惠嗎？」

「不要，謝謝。」

「可以享九折優惠喔。」

「還是不要。」

「謝謝您光臨塔吉特，祝您有愉快的一天。佳節快樂，請再度光臨。」

「你也是，年輕人。」

賴瑞將收據遞給葛蘿莉。「妳的朋友？」

葛蘿莉將收據放進錢包。「這是我女兒杜松。」

這次賴瑞露出真正的笑容。「哇，我不知道妳有女兒。」

「因為我都把她鎖起來。我們得走了，掰，賴瑞。」

「下次上班見，葛蘿莉。」賴瑞說，目送杜松前往出口。

「為什麼我要搭巴士去學校？」杜松說。她們拿著飲料，在咖啡館的桌子前坐了下來。

「要我每天開車接送實在太遠了，而且碰到我要上班的時候，我們其中一個人一定會遲到。」

杜松將叉子插進巧克力可頌，皺起眉頭。

「妳坐巴士會暈車嗎？」

「不是這個原因。」

「那是什麼？」

「他們會把我分到輔導班。我八年級的閱讀測驗就有高中的程度，但他們還是要我去上造句課。」

「聽起來糟透了。」

「對，我都想刺瞎自己的眼睛。」

要聽懂杜松的用語，需要花上一點時間。「呃，我們不能讓這種事發生，我會確定妳被分到適當的班級。我多半四點下班，我會盡量早點回家，我到家之前妳可以自己在家嗎？我可以信任妳嗎？」

杜松給了葛蘿莉一個「那還用問？」的眼神。「我保證我不會燒了妳的沙發，如果妳是擔心這個的話。」

「我不是擔心這個。」葛蘿莉說，但她心裡有一部分確實害怕杜松獨自在家，沒人看顧。葛蘿莉啜飲拿鐵，凝望戶外廣場中央的樹木，廣場綠草如茵，種植許多巨大的橡樹。這是個典型的加州冬日，氣溫華氏八十度（約攝氏二十七度），天氣預報說會下雨，降雨機率卻總是很低。年輕媽媽牽著孩子經過，孩子不懂為什麼還要再等一個月，聖誕老公公才會出現。葛蘿莉心想，不知道她和杜松要怎麼過聖誕節？過去她總是陪丹去教會參加午夜彌撒，那是燭光搖曳的慶典，用西班牙語唱聖誕歌，總是擠滿了人。他們在聖誕節早晨會睡懶覺，早餐喝愛爾蘭咖啡，然後帶著狗兒，騎馬散步很長一段時間。合歡失蹤之後，杜松家裡還會慶祝任何節日嗎？杜松正在翻看免費的《中央海岸週刊》，上頭列出從這裡到沙加緬度市的娛樂活動。她會不會渴望去看碧昂絲演唱會或輪式溜冰競賽大會？她是不是喜歡那些葛蘿莉覺得很像汽車技工或罪犯的饒舌歌手？她覺得好玩的是什麼？一名女子牽著兩隻義大利灰狗經過，一隻是海豹色，一隻是藍色。葛蘿莉正想拿牠們來跟艾索做比較，卻毫無來由地被回憶襲擊，想起了丹的頸背。丹駕駛卡車時，葛蘿莉總是坐他旁邊，看見丹被太陽曬黑的中年頸背肌膚十分粗糙。她喜歡把手指放在丹的頸背，那裡留有歲月的痕跡。有個片刻，她的手指幾乎感覺到細微的酥癢之感，但當她進一步去感覺，它就消失了，帶著她一片破碎的心遠去。購物和用餐人潮來來去去，溜滑板的孩童在路人之間穿梭，中年男子騎著競速單車，輪胎細得像是可以在柏油路上切出一道痕跡。

「我們該走了。」葛蘿莉說，起身去丟垃圾。

「我要上洗手間。」

「去吧，我在這裡等妳。」葛蘿莉等待時，看見書店櫥窗裡擺著一件深紫色T恤，上頭以凱爾特圖案繪著兩匹以後腿站立的馬，令她聯想到杜松餵食派普和蟋蟀的畫面。T恤一件十美元，兩件十五美元。她買了一件，又買了《幕府大將軍》系列的其他小說。杜松回來時，葛蘿莉將袋子遞給她。「提早給妳聖誕節禮物。」

杜松看了看袋子裡的東西，說：「妳為什麼要對我這麼好？」

葛蘿莉看著杜松臉上的小環，看見一個滿懷恐懼的女孩想裝成大人。「說聲謝謝就好了，我們得回去遛狗了。」

「謝謝。」

稍後，兩人駕車行駛在週末車潮中，杜松將收音機音量調小，說：「索羅門太太？」

「叫我葛蘿莉，孩子，也就是榮耀的意思，『榮耀，榮耀，哈雷路亞。』」

「這是妳本名嗎？」

葛蘿莉咧嘴而笑。「是啊，我父親在女兒出生的時候有點瘋瘋癲癲。我姊姊最慘了，妳想想看一個人連續十二年被人叫做哈雷路亞·史密斯。」

兩人大笑。杜松說：「我知道布拉德小姐給妳的購物券只能用在塔吉特，謝謝妳買T恤和書給我，我知道這要另外花錢。」

「買書錢總是沒辦法省，不過這表示我們一個禮拜都得吃豆子和米飯。」

「我不介意。」

「杜松，我是開玩笑的啦！我不太會說笑話，每次我聽見好笑的笑話，就會寫下來，然後讀出來，記住其中最難笑的部分，我是說，最好笑的部分。」

杜松的笑聲像是有人將氦氣打進卡車駕駛室似的。開車回家這一路上有好多有趣的事物。黑色母牛咀嚼著反芻食物；一台用千斤頂頂起的小卡車駕駛座上，坐著一名呆頭呆腦的駕駛者。老歌電台播放著美國歌手諾曼·葛林翰唱的〈罐頭火腿〉。

感恩節過後的星期一，早上八點半，葛蘿莉載杜松去金城高中，並向櫃檯小姐問及測驗、分班和巴士時間表。多年來，索羅門夫婦替許多養子註冊，同樣的手續辦過無數次。金城高中是一所好學校，葛蘿莉雖然不認識櫃檯人員，但他們臉上都掛著微笑，親切地歡迎杜松。

「很順利啊。」葛蘿莉跟杜松道別時說。

杜松沉下了臉。「表面是會騙人的。」

葛蘿莉拍拍杜松肩膀。「別這麼陰沉，一天很快就過去了，晚上見。」

杜松站在原地，目送葛蘿莉離去，彷彿葛蘿莉把她留在收容所。

葛蘿莉駕車前往蝴蝶溪雜貨店，購買剛炸好的甜甜圈，跟好友羅娜很快地打聲招呼。

「葛蘿莉寶貝！」羅娜說，看著葛蘿莉走進吱吱作響的紗門。羅娜對丈夫噓了一聲，叫他去旁邊，她的丈夫璜正在整理櫃檯上的地圖，健行者經常來買這些地圖。「璜，親愛的，你去收銀台那邊好不好，我要跟我們的女兒聊一聊。」她手裡握著一個馬克杯。「今天早上我沖洗過椅子，坐下去之前先看一下，不要坐到一灘水裡。我等不及要聽婚禮的事，希望妳有帶照片來。」

「快了，我會貼在網站上。」

羅娜嘆了口氣。「喔，呃，那很令人期待嘍？我應該去買一台筆電才對。我的姪孫不管去哪裡都帶著他的筆電，我姪女擔心最後他會去宅軍團電腦公司（Geek Squad）上班，但我說他的能力不止這樣。所以說，婚禮怎麼樣？海盜派對是不是像自行車派對或女童軍派對那樣？他們有沒有叫人走舷外跳板？」

「其實還滿平靜的。」

「說了等於沒說。別這樣，孩子！我要聽細節。婚禮一定有點放蕩吧？伴娘有沒有穿著襯裙在桌子上跳舞？有沒有人在牧師說：『誰有異議請提出來？』的時候站起來？我這輩子真想親眼看一次這種事情發生，但我想這只能在連續劇上看到對不對？」

葛蘿莉告訴羅娜關於持槍男子的事。

「這聽起來還差不多。他是不是長得又高又黑又英俊？褐色眼珠還是藍色？」

「只是個長相平凡的傢伙，大概四十歲，我想應該是拉丁人。他的眼珠可能是褐色的。我沒有太注意，羅娜，我忙著婚禮的事。」

「呃，醒醒吧。」羅娜用命令的態度朝葛蘿莉的手臂拍了一下。「那他的聲音呢？我猜他的聲音一定很渾厚，好像貝斯一樣，震動妳的……」

「羅娜，我們只講了十句話。那傢伙最吸引人的地方是他有一台相機，而且知道怎麼用。」

羅娜咯咯輕笑。「這聽起來有點頑皮。」

「只有腦筋污穢的人才會這樣想。」

「我承認有罪，」羅娜說：「我雖然年紀大了，但老太太也是會幻想的。」

「妳說太多私密的事了。」

「放輕鬆，我不會把我的性生活講給妳聽的，雖然它……小朋友都是怎麼說來著？火熱到冒煙？」

「羅娜！」

「放輕鬆，葛蘿。好了，他手上有沒有戴婚戒？」

「沒有，他沒戴。他只是個好人，正好在對的時候出現在對的地方，因為他正好帶了相機。我很確定我再也不會再見到他了。」

羅娜伸手到口袋裡拿菸。「別說得這麼鐵齒，生命總是喜歡給人驚喜。所以說，皇后陛下最近如何啊？」

每次羅娜提起她替哈蕾取的這個綽號，葛蘿莉腦中就會浮現她姊姊哈蕾躺在紅絲絨貴妃椅上，手持搖鈴，召喚女僕。「老樣子嘍。其實我對她保留了一個祕密，既然快到聖誕節了，我想我很快就得把這個祕密告訴她。」

羅娜吐出一口藍煙。「妳終於說了點人話。告訴我這個祕密是什麼，我替妳想個周全的計畫。對了，我想吃一塊剩下的南瓜派，妳呢？」

「我很想吃妳的楓糖甜甜圈。」

「璜！」羅娜高聲叫喊：「把佛蒙特救生用具拿來，快點！再替我們的女兒拿一杯金沙，順便幫我也再倒一杯。」

葛蘿莉很久以前就放棄去理解羅娜和璜之間的私密語言。「妳的醫生不是要妳遵守糖尿病飲食規則嗎？」

「楓糖是樹上來的，親愛的，所以在我的書上歸類為素食，而且我自己做了加紅糖的糖霜，不比白糖差，妳知道的。」

「妳應該再去核對一下。」葛蘿莉說，但決定不再多說。「好吧，我的大祕密就是，婚禮開始前，卡洛琳．布拉德打電話給我。」這時璜端了甜甜圈來。「你好，璜，很高興見到你。」

璜放下盤子，吻了吻葛蘿莉的臉頰。「也很高興見到妳，葛蘿莉。這杯是妳的咖啡，多加鮮奶油，兩顆糖。」璜擺了一罐瑞迪威鮮奶油（Reddi-Wip）在桌上，再端上羅娜的超大馬克杯，裡頭是黑咖啡。「糖是要給我的甜心。」

「謝謝。」葛蘿莉說：「你們感恩節過得開心嗎？」

璜嘆了口氣。「羅娜每天都像對待狗一樣使喚我。」

「喔，噓，」羅娜說：「快回去，免得有人偷走『苗條吉姆』（Slim Jim）小零食。」羅娜打開鮮奶油的紅色蓋子。「我知道這對環境有害，」她說，在咖啡表面噴射出一圈甜奶油。「但有人說我工作努力，值得吃一點甜食。喔，再多噴一點好了。」高塔般的奶油又堆得更高了。「繼續說啊，卡洛琳說了什麼？這個祕密是不是會讓妳們姊妹失和？」

「對，」葛蘿莉告訴羅娜關於杜松的事。「妳能相信嗎？我們遇見的機率會有多高？起初我拒絕，但我帶她去看凱迪拉克的時候，有些事情發生了。我不知道，我只是覺得把她送走是錯的。今天早上我載她去金城高中。屋子裡多了一個人有點怪，但我喜歡，我都忘了孩子會搞得家裡有多吵。」

羅娜點了點頭，將甜甜圈切成小塊，用叉子叉了一塊，先在鮮奶油裡攪了攪，才放進嘴裡。

她的鋼灰色頭髮綁成辮子，在耳朵上方盤成兩個髮髻。她的鮮明輪廓和髮型，讓她看起來彷彿舊時明信片裡的印地安少女。「我不會用『可怕』這兩個字來形容這件事。」

葛蘿莉雙頰發熱。「那妳會怎麼形容？我又不是拿小卡車去換了一台悍馬車，或是買了一幅畢卡索的畫。她只是個孩子，在這四年期間需要一個家。丹還在的時候，我們總是會收養孩子。」

羅娜放開葛蘿莉的手。「我想妳有寬闊的心胸，而且我知道妳是好意。再說，妳收養她有津貼可以領，這應該對妳現在的情況有幫助，可是……」

葛蘿莉感覺背部僵硬。「這跟錢沒關係。」

「先冷靜下來。可是呢，葛蘿莉，現在妳必須一個人扛起重擔。丹去世還不到一年，妳確定妳準備好要讓一個青少年走進妳的生活嗎？」

「以前丹和我收養孩子的時候，我也沒有準備得更好啊。」

璜對門外高聲叫道：「羅娜！Telefono. Ven aqui, por favor!（電話，快來接！）」

羅娜只是微笑，因為這是好朋友應該做的，但葛蘿莉看得出羅娜有些話沒說出口，這比聽她直接問說「妳瘋了嗎？」還要難受。羅娜又握住葛蘿莉的手。「我有沒有給妳看過我新買的鑄鐵刮鞋架？是做成野豬的樣子喔，接下來幾個月會用得到。」

「對啊。」羅娜對野豬的熱愛在四處都看得見，她的毛衣別著野豬胸針，冬天穿的羊毛背心也有野豬圖案。本地的牧場和農場主人都痛恨野豬，因為野豬會暴衝、把院子裡的作物連根拔起、嚇壞農場的動物。

葛蘿莉放下咖啡。一群健行者走進店裡，正在討論他們的昂貴健行鞋。葛蘿莉心想，那個價錢她可以買一個月份的日用品。「羅娜，妳的認可對我來說非常重要。這件事我會嘗試去做。我想杜松和我也許對彼此有幫助。」

「她是個幸運的女孩。記得帶她來參加聖誕派對，她可以跟我的姪孫交際。艾略特的臉長得跟派一樣，但他是個好孩子，她也可以交交朋友對不對？」

葛蘿莉站了起來。「當然。」她拿出錢包，但被羅娜推開。「謝謝妳的咖啡和甜甜圈。」

「如果妳需要，我總是在這裡。」羅娜朝店裡走了幾步，又轉過身來，面對葛蘿莉。「我只說一件事，以後我保證不會再說。」

「來了。」葛蘿莉低聲說。

「說真的，葛蘿莉，少女都好像內褲著火似的。夏天我常在店裡看見她們，她們口袋裡有錢，卻覺得偷一包甘貝熊不算什麼。她們穿著布料少得可憐的比基尼走來走去，讓那些可憐的男生興奮得要死。她們覺得買保險套太尷尬，所以就進行無套性愛，結果懷孕的是誰？」

「羅娜，我很愛妳，但現在妳說的話就好像皇后陛下會說的。」

「妳就當作是練習要對皇后陛下報告這件事好了。」

葛蘿莉摺起紙餐巾，放在空盤子上。「我已經因為買羅曼史小說送給我媽當聖誕禮物而被她數落了。」

「妳在那女孩頭上放一把弓，再掛個牌子寫說：『獻給皇后陛下，愛妳的葛蘿莉。』這樣皇后陛下就會認為這是個笑話，鬆一口氣，不在乎妳收養那個女孩。我們還是朋友嗎？」

「當然。」葛蘿莉抱了抱羅娜，和她道別。她想跟羅娜說，過去幾天，她一滴眼淚也沒掉過，而且還跳過幾次規律的衣櫃時間，甚至還笑了幾回。還有誰能比合歡．麥奎爾的妹妹更能讓她明白，如何才能度過失去親人的悲痛？但葛蘿莉看了看錶，心想自己再不離開，上班就要遲到。

星期二，葛蘿莉才工作兩小時，到了中午卻得回家。消息是店經理賴瑞公布的。「景氣衰退嚇壞了民眾，讓他們緊縮荷包。」他說。

「你能說得白話一點嗎，賴瑞？」

賴瑞環視整家店，彷彿他才是經理，正在考慮重新整頓的事宜。「我能說什麼呢，葛蘿莉？最後進公司的，第一個……」

「我被炒魷魚了嗎？」

「沒有，但除非妳決定做大夜班，否則目前妳的班表會每天依情況變動。如果對妳造成影響，很抱歉。」

他的抱歉似乎是真心的，葛蘿莉駕車回家時心中這麼想，忍住不掉下淚來，在腦袋裡進行數學計算。現在去應徵別的工作會不會太遲了？杜松週末在家，這讓她可以上班的時間更少了。她可以讓杜松在店裡的小餐桌上做功課，自己去值四小時的班，但郡政府對這種安排會有意見。管他的，她用閒暇時間來實驗翻糖蛋糕好了，然後再去市場發傳單。「美麗的節日主題自製蛋糕，特別推薦海盜船蛋糕。」為什麼要停在這裡？她可以製作小冊子，去B＆B電影院宣傳她的廚藝和迷人的婚禮場所。賣蛋糕需要執照嗎？要如何收費？以吋來計算嗎？

電話響起，凱迪拉克朝電話跑去，開始吠叫。葛蘿莉在牠周圍閃躲，盡量不踩到牠，然後抓起電話。她的手沾滿奶油糖霜，十分滑溜，使得電話掉到地上。艾索在走廊裡嚇得尖叫，凱迪拉克跑去收拾艾索錯過的玩意。「別碰。」葛蘿莉說。電話鈴聲一停止，凱迪拉克就對它失去興趣。

葛蘿莉終於說了聲哈囉，上氣不接下氣。對方不管是誰，可能已經掛斷電話。「抱歉這裡很吵，我不小心掉了電話，然後狗……喔，算了。這裡是索羅門橡樹婚禮小教堂，我是葛蘿莉・索羅門，有什麼需要效勞嗎？」

「葛蘿莉，我是莫妮卡・費爾普斯。」

索羅門夫婦的養子上的都是金城高中，因此葛蘿莉跟費爾普斯校長很熟，可以直接稱呼她的名字。費爾普斯校長可能只是打電話來說哈囉，因為葛蘿莉昨天去幫杜松註冊時，費爾普斯校長不在辦公室。「哈囉，莫妮卡，妳好嗎？」

她聽見費爾普斯校長嘆了口氣。「我很好，但杜松出了點事。」

「喔，不會吧！發生了什麼事？她有沒有受傷？需要去醫院嗎？」

費爾普斯校長清了清喉嚨。「她不是出意外，而是惹出了事。」

聽起來不妙。葛蘿莉用左手脫下圍裙，準備伸手去拿掛在水槽旁架子上的鑰匙。「她沒事吧？有沒有弄壞什麼東西？」

「沒有沒有，她沒事，但是被她打的同學有點受到驚嚇。」

「她打人？」

「她被人架住才沒繼續打。抱歉，葛蘿，妳知道規定，這種事會自動構成……」

「三天停課處分。」葛蘿莉接口說。「哇，莫妮卡，我非常震驚。她來這裡以後都很溫和，一點也沒有暴力傾向。有目擊證人嗎？」

「有一大群人。」

「妳確定？我們都知道青少年說話很誇張。」

「如果在別的情況下，我會第一個這樣說。那個被她打的女同學，臉上留下了紅印子，我希望不會變成瘀青，不然事情會變得很難看。」

「我不知道該說什麼，妳能再給她一次機會嗎？」

「我跟妳一樣感到遺憾。但她的停課處分是州政府政策規定的，如果多次再犯的話，就會被退學。」

葛蘿莉漲紅了脖子。多年來，每當他們的養子因為荷爾蒙旺盛而陷入窘境，丹的做法都是不介入，讓他們自己從錯誤中學習，了解當個大人代表什麼意義。葛蘿莉也同意這種做法，但杜松是個女生，什麼樣的十四歲女生會打人，況且才開學第二天？「杜松的說法是什麼？」

「她拒絕說話，也許妳可以讓她吐露實情。我讓她坐在外面的辦公室，妳什麼時候可以來接她？」

「我二十分鐘就到。」葛蘿莉說，掛上電話。

她用蠟紙蓋上翻糖聖誕紅的葉子，或是花瓣？然後放進冰箱。接到這通電話前，她正開心地在實驗翻糖細節和巧克力雕刻。她的手指染成了紅色，襯衫到處沾有糖粉和光澤色粉。她把艾索關進臥室，對凱迪拉克呼哨一聲，要牠坐上卡車乘客座。「該去工作了，小伙子。」她說：「我有預感，今天會很漫長。」

葛蘿莉養的狗，自尊心都很高。艾索有點自戀，道奇深信世界上每個人都喜歡牠口水橫溢的熱吻，只有凱迪拉克是緩和緊張的高手。葛蘿莉知道把凱迪拉克當成輔助犬帶進學校是不對的，但凱迪拉克領有證照，可以探訪療養院，因此可以拿來當作理由。葛蘿莉來到學校停車場，穿上背心，走進高中辦公室，凱迪拉克跟在一旁。

凱迪拉克立刻對辦公室的小姐施展魅力，獻出雙掌，和她們擊掌。櫃檯小姐旋即被牠擄獲。「哇，好可愛的狗喔！妳會讓牠生小狗嗎？聖誕禮物如果是小狗，我的小孩一定愛死了。這種狗有沒有小隻的？我女兒一定會喜歡口袋狗。」

葛蘿莉聽了這番話怒火中燒。不知何故，人們總認為超小型犬天生就能保持衛生習慣，而且聽話，但事實上牠們需要的訓練跟上百磅重的大型犬不相上下。葛蘿莉微微一笑。「謝謝，牠已經結紮了。妳有沒有想過收養收容所的狗？成犬？牠們會很感謝人類收養，這隻狗就是從那裡來的。」

「喔，當然可以考慮。」

葛蘿莉微笑得更用力了。「我是來接杜松．麥奎爾的。」她說，朝辦公室看了一圈，便在金黃色木製家具和高大的米色檔案櫃之間，看見杜松坐在費爾普斯校長辦公室門外的橘色椅子上，眼神空洞。葛蘿莉心想，她哪來的時間去把指甲塗成紫色？再說，指甲油是哪裡來的？難道是那天在塔吉特百貨公司偷來的？她有很多機會把一小瓶指甲油塞進口袋。但為什麼要這樣做？指甲油才不過幾塊錢而已。如果她提出的話，葛蘿莉一定會買給她。除此之外，她居然還打人？杜松跟所有青少年一樣性急易怒，葛蘿莉必須承認，杜松的尖刻態度超過了她的年紀，但她對動物那麼溫柔，葛蘿莉很難想像她居然會動手打人。

「莫妮卡，」葛蘿莉說，看見費爾普斯校長朝她走來。費爾普斯校長身穿藍色褲裝和銀色圍巾，藍色和銀色是這所學校的顏色。「很高興見到妳，莫妮卡，妳母親好嗎？」

「也很高興見到妳。髖關節置換手術的效果非常好，我媽又開始一星期上三堂高爾夫球課了。」

「太好了，替我問候她。」

費爾普斯校長彎腰拍了拍凱迪拉克，臉上笑容消失。「妳還好嗎？」

葛蘿莉拉狗鏈的那隻手握緊了些。丹去世後，她雖然沒在公開場合掉過一滴眼淚，但她覺得似乎每個人都認為她瞬間就能瓦解。「我還挺忙的。妳有文件要給我簽名是嗎？」

「對，這是正式的停課處分通知。」費爾普斯校長對葛蘿莉說，葛蘿莉拿起了筆，朝杜松看了一眼。杜松別過頭去，木無表情。葛蘿莉拿起第二份文件，釘在一起。「如果杜松回來上課，她會需要這兩份文件，而且兩份文件都需要簽名和見證，最好是由我親自執行。」

「如果？」葛蘿莉說：「她惹的麻煩這麼大？」

費爾普斯校長靠近葛蘿莉，壓低嗓音，她的閱讀眼鏡掛在金鏈子上，上頭裝飾著小十字架。

「杜松很聰明，葛蘿莉，我們當然希望她回來，但除非她可以控制好自己，否則金城高中可能不適合她。妳有沒有考慮過心理諮商?」

葛蘿莉是不是應該承認杜松已經在接受諮商?還是杜松的問題根深蒂固,葛蘿莉必須承認她不適應社會?這是葛蘿莉頭一遭感到羞恥,彷彿杜松做出不合體統的行為是她的錯。

「莫妮卡,謝謝妳說得這麼明白。請給我幾天時間,她一定會振作起來的。」

「就是這樣。」費爾普斯校長拍拍凱迪拉克。凱迪拉克發出悲鳴,因為杜松不理牠。「保重,葛蘿莉。」

杜松站了起來,走向葛蘿莉,蹲下抱了抱凱迪拉克。凱迪拉克認為這代表牠得到准許,可以發出嗥叫歌聲,唱的是我愛你。櫃檯小姐個個陶醉不已。「妳有沒有聽見,這隻狗好像會說話耶。」

杜松拉起凱迪拉克的鏈子。「我們可以走了嗎?」

「等一下,」葛蘿莉說:「捲起袖子。」

「為什麼?妳讓我覺得很糗耶。」

費爾普斯校長對杜松露出疲倦的微笑。「杜松,最後一次機會,為自己說出妳這邊的說法。」

杜松看了看校長,又看了看葛蘿莉。「我沒什麼好說的,大家可以不要再問了嗎?」

「沒關係,」葛蘿說:「我們路上再說。」

費爾普斯校長回到辦公室,只聽見一支電話響起,另一支電話又響起。行政人員回到辦公桌前。葛蘿莉把手伸進口袋拿出卡車鑰匙,凱迪拉克接掌狗鏈,領著她們朝雙開玻璃門走去。玻璃門印有金城高中吉祥物的圖案:一匹飛馳野馬,旁邊是粉藍色馬蹄。這是偶發事件,葛蘿莉心想。她經過幾輛二手車，許多孩子例如她的養子都省吃儉用，只為了買一輛這種車。這只是單一個案，她還在適應環境。她們離開陽光充足的辦公室，辦公室裡飄散著些許煮過頭的蔬菜氣味，是熱騰騰的午餐冒出來的。可能是球花甘藍、球芽甘藍或青豆，吃起來味道像土，孩子總是拿這些青菜丟來丟去，因為頭腦正常的人才不吃這種東西。

她們坐上車，繫好安全帶，葛洛莉示意凱迪拉克表達「親切」。她去安養中心探望丹的母親時，用的就是這招。對凱迪拉克來說，這代表把牠的腳掌放在某人膝蓋上，等候進一步指示。讓老人家拍拍你，親人家一下，但要等對方要求才可以。老人家也喜歡艾索去探望他們，但艾索只會一個把戲，牠一看見葛蘿莉旋轉手指，就會團團轉。凱迪拉克則有一大堆把戲，像是「我愛你」嗥叫、後腿站立、後退跳舞。光是後退跳舞，就可以讓最孤立的病患發出笑聲。

但凱迪拉克擺出的滑稽動作中，葛蘿莉最喜歡的是「咧嘴笑」，凱迪拉克一聽見這個命令，就會抬起上唇，露出牙齒，像是在微笑。丹曾經拿一本書給葛蘿莉看，書上說這個動作象徵服從，但凱迪拉克很快就上手了，於是葛蘿莉選擇相信這隻邊境牧羊犬真的在微笑。葛蘿莉發動卡車，卡車還沒駛離停車場，凱迪拉克就把腳掌搭在杜松肩膀上，發出低低的嗚聲，牠一察覺到杜松接受牠，立刻就投身在她懷中，舔她的臉。「哎呦，噁心死了啦。」

「邊境牧羊犬是個非常受歡迎的狗種，很多畫家都把牠們畫進作品裡，像是梵谷的《星夜》、莫內的《睡蓮》，還有一個畫家我忘了，就是畫那幅老人和耙子的。」

「《美國哥德式》[9]。」杜松說，語調平板。

「對。辦公室那些小姐都喜歡妳的狗。你們的菲爾普斯校長喜歡貓。」

「我替貓感到遺憾。」

葛蘿莉不自禁地笑了起來。「她很盡力了。」

「她看著我的眼神好像我是拖車人渣。」

「才沒有呢。」

「我無意冒犯，但如果妳看不出來，那妳就是瞎了眼。」五分鐘的靜默之後，杜松補充說：

「妳要叫我說明發生什麼事嗎？」

「我想妳準備好了就會跟我說，妳準備好了嗎？」

「還沒。」

「那我等妳。」

杜松並不知道，葛蘿莉希望自己能在回家路上想出接下來該怎麼做。她必須正確且有效地找出解決之道，好向羅娜和哈蕾證明她應付得來。在這之前，她必須保持鎮靜。就像丹一樣，她會表現出權威的形象，維持堅定和一致，但同時也表現得親切而使人寬心，成為那種每個孩子都希望擁有的母親。凱迪拉克離開杜松的大腿，壓上了她。

杜松哭得很輕，葛蘿莉幾乎沒注意到。杜松別過頭去，但卻聳起肩膀，微微顫抖，這些動作背叛了她冷酷的態度。到底發生了什麼事，以至於一個平凡的新鮮人會以肢體攻擊一個才認識一

❾ American Gothic，美國畫家葛蘭特・伍德（Gothic Wood）一九三〇年所作。

天的同學？葛蘿莉嘆了口氣。如果每個人都長出尾巴，用四隻腳走路，人生會簡單得多。她打開收音機，轉到古典音樂頻道，機械性地駕車前行。一路無話，直到凱迪拉克認出通往農場的轉角，發出尖叫。卡車在屋子旁停了下來。葛蘿莉關上引擎，轉頭望著杜松。

「去洗把臉，換上工作服，倉庫裡有一箱舊衣服。」

杜松緊緊抱著凱迪拉克，打了個嗝。「為什麼？」

「因為我們要清理雞舍，裡頭很髒。帶一條大手帕來，摀住口鼻，我的梳妝台最上面一格抽屜裡應該有。清理完雞舍以後，我們要設捕鼠器。」

「捕鼠器？」

「住在鄉間一定會有老鼠。」

「可是老鼠身上有漢他病毒，會傳染的。」

「在新墨西哥可能會吧，這裡是加州。」

「我不要碰死老鼠，就算是在捕鼠器裡也一樣。」

「我保證妳只要設捕鼠器就好。」

杜松跳下卡車。「凱迪拉克要怎麼辦？」

「去看牠的水碗裡還有沒有水，然後把牠放進狗屋。」

「這樣不是很壞嗎？」

「一點也不壞，那是讓牠感到安全的地方，有時牠會自願進去。」

葛蘿莉坐在卡車上，看著杜松走進牧舍。突然之間，她想起梳妝台上有一疊現金，還有珍珠。

第二部

喬瑟夫．維吉

我不想告訴樹或草說它是什麼。
我希望它對我說話，
透過我表達它在大自然的意義。

——溫．巴洛克

歡迎光臨蝴蝶溪雜貨店！
本店商品應有盡有，讓您在離家之處也能感受家的舒適。
一九八八年以來即被票選為加州中部最好吃的披薩店。
（而且提供外送服務。）
蝴蝶溪知識分子社團正式聚會場所。
歡迎自行車騎士和單車騎士。
營業時間：週一至週四，早上八點到晚上九點，週五及週六營業到凌晨兩點。
週日**休息**，無論如何都休息！
週日是小孫子的探訪時間。
店主：璜與羅娜．坎戴拉里亞。
店面出售：請內洽。

4

二〇〇三年十二月

喬瑟夫第一次穿越停車場，來到蝴蝶溪雜貨店時，對這棟每一平方吋都釘滿路標的建築，留下了深刻印象，而且這棟建築令他想起阿拉斯加公路的路標森林。你可以站在這裡，看一整天的路標。

這家店是由冰涼可樂和一便士糖果所構成的綠洲，而且還提供披薩。披薩可以外送到你家、辦公室或露營地點。如果你是健行者、單車騎士、愛鳥人士、登山人士、露營者、瘋子或當地人，這裡都是最佳的碰面地點。你可以在這裡計畫健行路線，攀岩後輕鬆一下，或在駕車回洛杉磯之前充電。門口左方的紅白琺瑯標誌寫著：無咖啡因飲料是娘娘腔喝的。另一個標誌寫著：自己坐。這表示餐點有時你得自己拿。據羅娜說，小朋友經常偷走她和璜特別請本地木工丹．索羅門製作的標誌：

今日特餐：沼澤璜披薩

明日特餐：沼澤璜披薩

想吃好吃的嗎？嚐嚐沼澤璜披薩

偷標誌已成為加州理工州立大學的傳統，他們會把標誌偷走一星期，掛在兄弟會門口，舉行沼澤璜派對，再歸還標誌。一星期後，另一個兄弟會會偷走標誌，以此類推。最後璜乾脆把標誌掛在鉤子上，比較好拿。

雜貨店內有風景明信片旋轉架、玩具釣竿、魚餌、七世代尿布（Seventh Gerneration）、撲克牌、拖鞋、海灘浴巾、著色簿和蠟筆、袋裝大理石、附有紅色泡沫塑料球的老式夾克、炸豬皮、五種口味的多力多滋、紅葡萄甘草、防曬係數五到七十不等的防曬乳液、蘆薈凝露、嬰兒爽身粉、牙刷、旅行用洗髮精和其他商品。喬瑟夫一踏上店內吱吱作響的木地板，就彷彿回到十歲，和祖母一起來這裡買一片培根當早餐。

雜貨店裡瀰漫著咖啡、薯條和剛出爐派餅的氣味。他從阿布奎基市長途駕車到納西緬托湖之後，第一站就是來這裡。那天他背痛得非常嚴重，以至於左腳幾乎是拖著走，他擔心別人看到會以為他喝醉了。長途駕車又不吃止痛藥，令他難以消受，但他絕對不會又上路又吃止痛藥。他拖著腳走進雜貨店，先買一些麵包、起士、雞蛋和一公升柳橙汁應付著吃，等準備好了再去連鎖超市和商店購物。羅娜看了一眼他舟車勞頓的神態，便讓他坐在戶外餐桌，桌上矗立著百威啤酒的陽傘。她端上一大盤墨西哥捲家庭式早餐，替他倒了杯咖啡，咖啡燙得可以讓他的腳底板起水泡。

「這些店裡請客，」羅娜說：「好了，告訴我，你是誰？」

「喬瑟夫。」

「你從哪裡來的？」

「新墨西哥州。」

「你要在這裡住多久？計畫要做什麼？」

她可以當個好警探，喬瑟夫心想。

羅娜繼續往下說，讓問題懸在空中。「璜跟我在這裡住一輩子了，我們知道觀光客不知道的景點，像是地圖上找不到的洞穴、釣魚洞……」這時璜高聲叫喚羅娜，羅娜拍了拍喬瑟夫的肩膀。「我最好去看看他是不是又讓廚房著火了。你把墨西哥捲吃完，我等一下就來看你。留點肚子吃派，今天早上我烘焙了巧克力派，上面加了鮮奶油和巧克力碎片。」

溫熱的巧克力派令喬瑟夫想起以前祖母在小屋的柴爐上做的布丁，他待會就要住進那間小屋。

喬瑟夫吃巧克力派時，羅娜在他旁邊坐了下來，一手拿著菸。「你來我們這個鳥不生蛋的地方幹嘛？我看見你的車子沒有船拖車，而且你身上穿的都是北臉（North Face）的衣服。我承認我是個愛管閒事的老太太，聽別人的故事是我唯一的樂趣。來，把你的祕密告訴我，我一定替你保密。」

喬瑟夫大笑。「我們以前見過，妳可能不記得我了，但我想妳一定記得潘妮・維吉。」

「我當然記得，她住在龍湖的橡樹湖岸，一棟綠色的尖頂小屋。」

「她是我祖母，那間小屋她留給了我。」

「我的老天，你是潘妮的孫子！我等不及要跟璜說了。你是來這裡修小屋的屋頂嗎？那棟小屋狀況不太好。」

喬瑟夫不太想回答這個問題，他來這裡是想獨處，而非接受晚餐邀約，但他認為人類生活在地球上必須對彼此保持禮貌。「我來這裡住幾個月，開發商要完成建案，四月底就會拆掉小屋，他們要在那塊土地上建造『週末避靜宅』，天知道那是什麼意思，但我可以拿到很多錢。」

羅娜哼了一聲。「又一個森林裡的六千平方呎『小屋』。你解釋給我聽，為什麼人們想『遠離一切』，卻又需要五間浴室和花崗岩流理台面？」

「好問題。」

羅娜朝喬瑟夫搖了搖點菜本。「一定還有別的事你沒告訴我，那棟小屋只有柴爐，沒有中央暖氣，你要做什麼其實用傳真機就可以了，難道你打算要坐在小屋裡，等推土機來了再抗議嗎？還是寫一本偉大的美國小說？你看起來可能是作家，不過你得穿黑色高領毛衣，再搭配法式貝雷帽，人家才會相信你。」

喬瑟夫聽見高領毛衣都快瘋了，差點嗆到。「我一點都不是作家的料，不過給我一台相機就完全不同了。」

「喔，原來如此，以前潘妮也常照相，她一定讓你留下深刻印象，你才會選擇拍照作為職業。我可以問問你都拍什麼照片嗎？」

要回答說犯罪現場和死人？傷口和彈殼？牆上的血手印和泥地裡的胎痕？「我來這裡打算拍

樹。」

「樹？為什麼要拍樹？」

「因為加州有巨大的紅杉。」

「可是樹就只會站在那裡啊，為什麼不拍漂亮女人呢？」

喬瑟夫微微一笑。「我覺得樹比較有趣。」

「有人打碎了你的心，對不對？」

又是一些不需要說給羅娜聽的故事。「我只是來享受一下自己的時間，算是度假吧。」

羅娜站起身來，端起空盤，準備離開。「告訴你一件事，喬瑟夫，除了替樹拍照之外，建議你開始做些伏地挺身，讓破碎的心回到戰鬥狀態，否則你會錯過很多美好的事物。」

「很好的建議，謝謝妳的餐點，夫人。」

「喔，叫我羅娜就好了，大家都這樣叫。」

蝴蝶溪雜貨店絕對不會讓人覺得不舒適，這裡有冰棒，還有又冰又像雪泥的沙士，讓你一喝下去連牙齒都痛。還回空杯，還可以退一個五分鎳幣。另外，大吋的沼澤璜披薩還附贈四根棒棒糖，就算隔餐再吃，披薩的滋味依然很棒。

十二月一日星期一，天一亮喬瑟夫就醒了，他還沒習慣時差。他朝小屋窗戶望出去，看見車子的擋風玻璃結了霜。空氣逐漸溫暖起來，他覺得這就是加州式的冬天，比阿布奎基市來得溫暖多了。他喝了咖啡，檢視海盜婚禮的照片，用影像處理軟體把新娘的紅眼調回原本的褐色。他剪裁鬥劍的照片，強調新郎手中的劍和扭曲的面容。偶爾他會看看承辦婚禮的那個蹙眉女子的照片，那女子名叫葛蘿莉・索羅門。她燒得一手好菜，但她的表情……她到底在生氣什麼？他可是用相機挽救了她的生計。他無法想像自己再去那座牧場露臉，但那棵白橡樹就生長在那裡，它是加州唯一的白橡樹。他在十歲那年夏天，曾經見過一次那棵白橡樹。

那年夏天是橡樹不結橡實的第二年，松鼠和花栗鼠四處翻垃圾箱，大膽騷擾湖邊的露營者。林務署展開調查。其中一種可能原因是橡樹林正在消失，另外的可能原因還有不明飛行物體、污染、政府的祕密計畫、下一個冰河期即將到來……這些都是蝴蝶溪居民茶餘飯後的話題。但這些預言嚇壞了十歲的喬瑟夫，讓他首度嚐到失眠的滋味。

「奶奶，這樣一來松鼠要吃什麼？鳥要去哪裡築巢？如果沒有樹蔭，動物會不會死？」

「跟我來。」潘妮奶奶說。她駕駛小卡車來到索羅門橡樹農場，跟牧舍裡應門的男子聊了一會，然後帶著喬瑟夫走到白橡樹前，那棵樹必須面對先天劣勢，因為這個品種的橡樹根本不應該生長在這裡。

「這棵樹已經兩百歲了，」潘妮說：「你覺得它看起來像生病嗎？」她問喬瑟夫說，彎腰撿起幾片美麗的九裂片葉子。

喬瑟夫記得祖母將結實的葉子放在他手上時，他心跳加速。「它可能裡面很深的地方生病了，你看不到。」

祖母舉起葉子，讓太陽照透。「你有沒有看見那些線條，喬瑟夫？那是樹的血管，就好像你身體裡的血管一樣。血液經由你的血管流動，樹汁也在樹的血管裡流動。」

「那不結橡實的事呢？」

潘妮微微一笑，撥了撥頭髮。「大自然會依照它自己的法則運作，孫子。如果可以讓你安心一點的話，我們可以替橡實祈禱。」

喬瑟夫不記得他們到底有沒有祈禱。也許有吧。潘妮奶奶考慮到每一個細節，倘若橡樹不結橡實真的是橡樹滅亡的徵兆，那麼她確定喬瑟夫見到了索羅門橡樹。她從錢包裡拿出一個安全別針，將最大片的橡樹葉別在喬瑟夫的襯衫上，就別在心臟前方，猶如森林管理員的標誌。那年夏天，喬瑟夫一直戴著那片葉子，直到葉子碎裂，留下別針。今年，駕車來加州之前，他為自己的攝影計畫對橡樹做了些閱讀和研究，並在眾多有關樹木的故事之中，發現了這一則：

將橡樹葉別在心臟旁，你就可以受到保護，不被謊言所欺騙。

倘若這些年來他一直別著樹葉，是否可以挽救他和伊莎貝爾的婚姻？

當你的家人遍布州內各地，從新墨西哥州的克朗波特到南邊的唐娜安娜郡，再到紅番椒的故鄉哈奇村，你每個月都有婚禮要參加，一大堆伴娘和伴郎的名字你聽都沒聽過，而且一定要穿正式服裝。

他想起他和伊莎貝爾的婚禮，他們的婚禮跟前幾天的海盜婚禮簡直有天壤之別。他們的婚禮要錄影，有聖塔菲市聖法蘭西斯大教堂的完整彌撒，還有伊莎貝爾堅持一定要提供的角黍，裡頭擁有三種重要食材。伊莎貝爾身穿手工蕾絲白紗禮服，後頭拖著六呎長的裙裾。喬瑟夫穿的是自己的燕尾服，而不是租來的，維吉家每個男人都有一套燕尾服。伊莎貝爾將傳統的白玫瑰花束放在聖母雕像腳邊。接著他們在聖塔菲市舉辦正式晚宴，場地最多可容納一百八十人，座無虛席。他們在賓客面前讀了兩次誓詞，一次用西班牙文，一次用英文。

墨西哥街頭樂隊領著他們和賓客走出教堂，踏上三蕃街，一路上演奏音樂，走了短短一個街區，來到舉行婚宴的飯店和庭園露台，飯店位於拉德瑞沙，從那裡可以看見大教堂、廣場和基督聖血山。伊莎貝爾的家人很保守，他們在婚宴上只提供水果雞尾酒，不提供香檳，高酒精飲料只能在洗手間或鐘塔酒吧偷偷喝。賓客踏出廳外呼吸一下新鮮空氣，再回來跳舞好幾個小時，沒人察覺誰喝了其他的酒。當然了，婚宴上沒有裝在瘋狂木酒桶裡的格洛格酒，也沒有鬥劍。喬瑟夫突然想到，這對他短暫的婚姻來說，是個完美的隱喻。

伊莎貝爾無法懷孕。

檢驗結果顯示他們兩人都沒問題。每週日做完彌撒後，伊莎貝爾就請求神父祝福她的子宮，但她的肚皮依然毫無動靜。喬瑟夫運氣不好，他母親如此說道。最好現在分手，免得伊莎貝爾年紀太大，無法生育。伊莎貝爾宣布婚姻無效的理由，是喬瑟夫身為天主教徒卻無法「和另一人建立共同的生活與愛」。

他們正式離婚六個月後，伊莎貝爾在同一個教堂結婚，隔年產下一對雙胞胎。

喬瑟夫的警察友人和刑事鑑識實驗室的同事，替他撮合他們的姊妹或親戚，但他跟每個人都不來電，而且坦白說，他根本沒努力嘗試。槍擊事件過後，他認為自己這時候維持單身是上主的旨意，因為沒有一個女人應該跟他一同承受這種折磨。是的，他還能行走、還能保住性命，已經是奇蹟了，但他一點都不完整。這就是他之所以來這裡過冬，而並未待在阿布奎基市的原因。

他不僅被判定為終身殘障，官司賠償金更是多到荒謬，他即使不工作，下半輩子也衣食無虞。他給了自己六個月時間，來拍攝這些巨大樹木。也許那兩個不結橡實的夏天，激發了他對樹木的興趣。他也著迷於樹根的系統，因為樹根可以深入多岩地形，有些樹甚至可以撐過地震、大火，或僅靠少許水分度過旱季。

他篩選海盜婚禮照片的縮圖，整理出五張還上得了檯面的照片，代表婚禮的每個階段，另外還有無數花絮照片，捕捉婚禮的神髓。蛋糕的照片令他大笑。維吉家的婚禮蛋糕不外乎一層層白雪般的鮮奶油、銀色糖霜鈴鐺和淡粉紅色玫瑰，海盜船蛋糕卻企圖心十足。他拍的一張照片是葛蘿莉·索羅門一手拿著從圖書館借來的海盜書，另一手拿著沾滿奶油霜的抹刀，臉上依然掛著生氣的表情。他看了再次大笑。

他將照片燒進光碟，再印出新郎新娘最好看的一張合照，當作光碟盒的封面，背面放入他拍的一張樹木照片，上頭打上新人姓名和日期，他知道這對新人會喜歡這個小細節。他寄了一封電子郵件給葛蘿莉：

親愛的索羅門太太：

我如果把照片用附加檔寄給妳，妳得花一整天才下載得完，所以我會把光碟郵寄給妳。有問題請跟我說。我的手機號碼如下。

祝順心

喬瑟夫・維吉

他透過普通郵政系統，把光碟寄了出去。經過那場持槍對峙的鬧劇之後，他無臉再去索羅門牧場，但那棵白橡樹卻是另一回事。加州有那麼多樹，但他最想拍的就是索羅門橡樹。如今祖母走了，小屋也即將拆除，他很想拍攝那棵白橡樹，作為那些夏日的最後回憶。

週四，喬瑟夫醒來時外頭下雨。他泡了咖啡，拿起一本書坐下。到了十一點，雨勢變大，成了傾盆大雨。祖母告訴過他，納瓦霍族印地安人說，這種傾盆大雨屬於「男性」。喬瑟夫只知道溼氣令他骨頭更痛，必須在早晨吃一顆止痛藥。他無法找到舒服的坐姿或站姿，只好躺下來，閉上眼睛，舒緩槍傷造成的疼痛。如今他只能設法和疼痛共處。

他和瑞可是在社區大學的執法人員課程裡認識的，他們發現彼此的目標都是犯罪學學士學位。拿到學位之後，他們立刻就有機會爭取到薪資更高的職位。後來兩人都加入警界，完成訓練，在公爵市[10]從巡邏員警開始幹起。瑞可在危險情勢中可以越戰越勇，喬瑟夫卻十分痛恨這種狀況，他擔心自己會在關鍵時刻呆住，導致某人死亡，因此當刑事鑑識實驗室出缺，喬瑟夫就提出申請。他十分喜歡用來分析犯罪現場證據的精巧儀器，並發現自己在高中學的幾何學能派上用場，他學習按透視法縮短照片、比對現場採集的指紋。瑞可和其他同仁為此都給了評語：

「你可以去買一套化學設備，週末自己玩啊。」

「你寧願服從命令，卻不喜歡命令別人？」

「遇見可愛女人的機會會變少喔。」

「你得把配槍繳回來。」

他們說的這些事都是真的。結果這份工作比較傾向於科學，而非他想像中那樣藝術，但他總是有新工具和新系統可以學習，而且這些工具提高了證明犯人有罪的比例，令他感到滿意。三年後，瑞可晉升為警探。儘管大部分的警探都公然輕視實驗室人員，喬瑟夫和瑞可依然是走得很近的朋友。

有時下班後，他們會喝啤酒聚一聚。週末的時候，喬瑟夫會去跟瑞可的孩子踢足球，和他們一家人烤肉。瑞可總是試著要把喬瑟夫拖離實驗室的椅子。「來參加一次我們的逮捕行動，很刺激的。把地痞流氓銬起來，丟進囚車的感覺最棒了。」

喬瑟夫站起身來。他的背一直找他麻煩，令他無法專心。他倒杯咖啡，發現一些雨水滲進廚

---

⑩ Duke City，阿布奎基市的別名。該市以阿布奎基公爵命名，故得此別名。

房窗戶。這可以不用修，但如果他可以修的話也不錯。後陽台有架四腳梯，倘若他把四腳梯抬進來，接下來一整天都得躺下熱敷，吃止痛藥，而這種事其他男人只要一隻手就辦得到。

這個季節的橡樹湖岸幾無人煙，只消再有幾頭驢子在外頭閒晃，看起來就跟鬼鎮沒兩樣。這裡曾經長滿樹木，像是冷杉、橡樹、棉白楊。建商為了建造客製化住宅，鏟平了三百英畝的樹。潘妮的小屋被夷平之後，要進入這個地區的雙開柵門就必須輸入密碼。屋主付錢讓這裡的景觀和外界保持距離。

喬瑟夫學會了在這座湖裡游泳。潘妮奶奶在台階上剝玉米當晚餐時，他會躺在前陽台的綠色帆布吊床上搖來搖去。玉米、南瓜或豆子這三姊妹之一，總會出現在菜單上。通常潘妮會烹煮聖瑪利亞市出產的柔滑賓基豆，用她心愛的雲母黏土鍋燉煮好幾個小時，然後再折成薄烙餅，吃上好幾天。

潘妮奶奶會用桶子接雨水，何必浪費這麼珍貴的資源？天空出現彩虹時，她會提醒喬瑟夫。「用手指去指彩虹會帶來壞運，最好是用拇指，不然你可能會得關節炎。」她對鳥也有意見。「有沒有看見那邊的藍鴝？那是一隻憤怒的鳥，還以為自己是老鷹。」

一如雜貨店的羅娜，潘妮也想知道喬瑟夫的人生計畫。

「你的抱負是什麼，喬瑟夫？」

特技演員。專業籃球選手。賽車駕駛。機師。FBI探員。

「是的，孫子，我知道只要你用心，一定可以辦得到。」

小屋沒有電視，喬瑟夫每晚都把小時候潘妮送給他的書重讀一遍。他在這些發霉的書頁中，知道了加州淘金熱、四處遷移的農工，以及西班牙傳教士的正面影響。然而最讓他胸口燃起熊熊烈火的是伊希的故事，伊希是加州最後一個生活在野地裡的印地安人。有一天，伊希走出森林，同意下半輩子都住在博物館裡，成為活的印地安展示品，供人參觀。年輕時，喬瑟夫認為這簡直是太酷了，如今他只覺得噁心透頂，竟然讓一個原住民生活在架設出來的舞台上。但槍擊事件過後，喬瑟夫體會了伊希的處境。有時情勢所逼，你只能替自己找個地方，消磨時間。

「男人不工作，連馬都不如。」喬瑟夫成長之時，父親常這樣對他說。「男人可以長得英俊，但上帝賜給男人肌肉是要我們使用，不是用來被欣賞。」他父親用傳統方式採集矮松子，將防水布鋪在樹下，再爬上梯子，敲打已經打開的松果，讓松子掉出來。父親一星期最多只採集二十五磅矮松子，然後將卡車停在州際公路旁，裝袋兜售。他種植哈奇辣椒，再把由烤爐和丙烷噴燈組成的器具載到阿布奎基市，用來炙烤綠辣椒，在農夫市集上出售。

「點火！」父親點火時會如此喊道。烤爐拋擲綠辣椒宛如賓果號碼球。「辣椒出爐！」焦黑的綠辣椒脫皮後，他會如此大吼道。他將綠辣椒裝在三明治大小的袋子裡，一袋重達五十磅。晚夏或早秋時節，喬瑟夫駕車時會按下車窗，嗅聞新墨西哥州獨特的煙味和香味。

喬瑟夫的母親種植番茄和玉米，照顧果園裡的核果，並編結辣椒繩，透過郵購目錄販賣。現在她得用放大鏡才能把辣椒繩編得整齊，而且必須花更多時間才能編完。她寫給喬瑟夫的最後一封信，明白道出她對即將來臨的耶誕佳節有什麼感覺。

大兒子：

我正在做角黍，再把它們冰起來，不過我的手才做一小時就會麻木。如果你在這裡，就可以幫我剝玉米。角黍甜點我忘了加食用色素，所以聖誕晚餐可能會讓人驚喜。你父親和我希望我們可以一起去參加彌撒、拆禮物、拜訪朋友。

悲傷、孤獨、愛你的母親

雨停之後，喬瑟夫洗淨杯子和湯匙，檢查丙烷噴燈是否關閉，穿上夾克。他駕車來到郵局，將光碟寄給葛蘿莉・索羅門，然後朝高速公路駛去。要到達喀美爾市，必須駕車開上六十八號高速公路，再接到雙線道的州際公路，薩利納斯市到蒙特瑞的這段州際公路經常擁塞。最後他來到蒙特瑞，這裡有一流水族館和漁人碼頭。今天他繞過觀光景點，直赴診所，他和整形外科醫師約了診。診所位於美術館林立的喀美爾村，這個村子因為世界級高爾夫球場及昂貴小別墅而著名。

看完醫生後，倘若沒下雨，他打算駕車南行，前往大索爾的紅杉林。

「如果症狀惡化，你必須每三個月看一次醫生。」阿布奎基市的外科醫生如此對他說。加州的外科醫生看起來比較像衝浪選手，不像醫生。喬瑟夫打量診所醫生，只見醫生大約三十五歲，體重七十三公斤，腳下穿的是焦糖色真皮帆船鞋，固特異橡膠鞋底，頭髮抓得往上豎立，彷彿剛睡醒似的。喬瑟夫前往診間時，經過許多扇門，門內有X光機和許多他不認得的器材。他在X光機上躺了下來，數位影像直接傳到診間的液晶顯示器上。

醫生抽出時間，跟喬瑟夫握了握手。「很高興見到你，維吉先生。」

「我也是。」

年輕醫生檢視X光片，蹙起眉頭。

「壞消息嗎？」喬瑟夫問道。

「我們應該做核磁共振的檢驗，如果你下午可以再來，今天就可以做。」

「這麼快？是出現攸關生死的問題嗎？」

醫生咯咯輕笑。「抱歉，我不是故意要嚇你，我有自己的核磁共振機，而且我喜歡看剛拍出來的片子。跑去蒙特瑞半島社區醫院排隊太不實際了。我會開給你煩寧，透過靜脈注射，當然，你需要有人開車載你回家。你能打電話找你太太來嗎？」

「不行。」

「你能安排在城裡住一個晚上嗎。」

喬瑟夫在檢驗台上坐了起來。「我正在進行一項計畫，核磁共振可以等第一年過去再做嗎？」

「我知道你這種人。」醫生說。

「這種人？」

「認為做核磁共振是浪費時間的人。」

「它可以改善我的背痛嗎？可以療癒損壞的地方嗎？」

「不能。」

「那幹嘛要做？」

「有了核磁共振的檢查結果，我可以評估其他方法，也許可以控制你的疼痛，而且每年都有新的療程出來。」

這句話在喬瑟夫耳中聽來，就像是：「某某疾病的治癒方法即將發明。」

「我想知道，多久以後我才能不吃止痛藥？」

「等級從一到十，你的不舒服程度有多少？」

喬瑟夫的不舒服程度是實實在在的八點五，他出院後，這個數字只出現極微小的變動。「我不是完全不能動。有些日子……」他頓了一頓。「有時情況很糟，尤其是下雨天。」

「很正常的反應，」醫生在筆電裡打幾個字，抬起了頭。「受到破壞的組織要花很長的時間才能癒合，但這只是一部分原因而已。以你的病例來說，我就直接說了，你可以接受嗎？」

「我比較喜歡這樣。」

「好。除非出現奇蹟，否則你是離不開止痛藥了。我沒辦法預測時間，但你很可能會逐漸出現藥物耐受性，最後你只好使用更高的劑量。你的肝臟每天都在加班處理止痛藥，所以請你不要喝酒。」

喬瑟夫點了點頭。「我不喝酒。」

「很好。我可以幫你做檢查嗎？讓你值回票價？」

喬瑟夫坐著不動，讓醫生輕拍他的背部。這樣會痛，但他的背經常都痛，所以他並不吭聲。

醫生檢查完之後，說：「維吉先生，你一定是在良辰吉日出生的，大部分的病患受了這種傷，都得在附有吹吸開關的輪椅上坐一輩子。你的脊椎受到嚴重損傷，我想你至少還得再動兩次手術。」

「太好了。」

「新墨西哥的醫生沒有跟你解釋過這些嗎？」

「有，可是加州有最頂尖的醫生，我原本希望你有不同的看法。」

「抱歉，我沒有更好的消息可以給你。」醫生按照原處方箋再開了藥，鍵入電腦。「你可以去櫃檯領處方箋。這是二級管制藥品，你必須親自帶身分證去藥局拿藥。」

喬瑟夫明白這點，因此並不說話。

「我在報上讀過你遭遇的這場特殊意外，現在你心情如何？」

「很好。」

醫生闔上筆電，將筆電留在櫃檯上。「維吉先生，我可以坦白說嗎？」

「當然可以。」

「倖存者罪惡感是個賤貨，我看過這類患者試著獨自挺過一切，結果都進了精神病房。你應該去看心理醫師，我替你寫一張轉診單，聖塔克魯茲有個很棒的醫生。」

「謝謝。」喬瑟夫脫下紙袍，穿上法蘭絨襯衫，扣上釦子。

醫生跟在喬瑟夫後頭，走出診間。「考慮一下去看心理醫師。」

「好。」

喬瑟夫一到停車場，就將名片丟進垃圾桶。他駕車前往附近藥局拿藥，藥師親自站到櫃檯前。「請出示照片證件。」

喬瑟夫拿出新墨西哥州駕照，駕照上有個黃旗子，上頭寫著紅色的「紀亞」字樣。

「你是別州來的？」

喬瑟夫出示新墨西哥州和加州的醫生所寫的信，答道：「對，長期觀光。」

「這種藥很容易上癮。」藥師說。

突然之間，喬瑟夫覺得每個月都要解釋一番實在太煩了。他轉過身，背對藥師，將襯衫從牛仔褲裡拉出來，露出肩膀。他的頸椎間盤C4—5的位置有一道醜惡疤痕，猶如一隻扭曲的蜈蚣，攀爬在頸部到肩胛骨之間。疤痕之下的胸腰椎間盤第十節也沒好到哪裡去。「我沒上癮。」

「當然沒有，先生，抱歉。這種藥有很多人濫用，我們必須提高警覺……」

藥師的話聲越說越小，喬瑟夫卻越來越覺得反感。難道他們都當他是白痴嗎？難道他自己不會看塞在藥袋裡的注意事項嗎？「我還要這個。」他說，拿了一條櫃檯上的營養代餐棒。藥師收了錢，問他代餐棒是否要另外裝袋。「不用。」然後又說：「謝謝。」這是因為他如果不說謝謝，母親會以他為恥。

他開門上車，就這樣坐在停車場裡。滂沱大雨打將下來，宛如拳頭一般。他咬了一口代餐棒，只覺得嚐起來像土，第二口依然如此，但他還是把它吃完。接著他將頭靠在方向盤上，哭了起來。今天什麼其他事都別做了，這種心情是不可能去紅杉林拍照的。

接下來這個星期，每天都下雨。喬瑟夫待在漏水的小屋都快瘋了，於是他駕車前往北方五哩處拉克伍鎮的啄木鳥餐廳。餐廳內有十四個紅色人造皮雅座和六張桌子。馬車輪子做成的吊燈低垂掛在雅座上方，這些雅座通常都坐著本地人。每次喬瑟夫走進這家餐廳，幾乎都看見同樣五個人坐在窗邊雅座爭吵同一件事。餐廳終年營業，這裡距離聖安東尼奧帕度亞佈道院不遠，因此客人也包括迷路的機車騎士。

雖然再過十六天就是聖誕節，這裡距離購物地點只有二十哩，但餐廳內依然有很多位子可以選擇。喬瑟夫第一次踏進這家餐廳時，本地人上下打量他，認為他是個不會看地圖的傻子，便不去理他。不過每次他再來光顧，就多一些人對他點頭說哈囉，尤其是女人。他心想一定是羅娜·坎戴拉里亞跟別人說了關於他的事，才會如此。

單身女子會記下重點：離婚的拉丁裔男子、在湖邊擁有一棟小屋（反正將會擁有一陣子）、人挺和善、來自好家庭、有藝術氣息、留意昂貴相機。

喬瑟夫找了一個雅座坐下，翻開報紙，等待侍者前來點餐。第一版：洛杉磯一學區解聘八十位教師。參議員芭芭拉·鮑克瑟提倡污染環境企業課徵新稅。六旗山主題樂園宣布啟用第十六座雲霄飛車。第二版，他習慣性地查看阿布奎基市的天氣，華氏五十度（攝氏十度），出人意料地暖和。他也無法改掉閱讀失蹤兒童報導和訃聞的習慣。瑞可如何每天忍受這種案件，喬瑟夫不得而知，因為實驗室裡必須面對的情況就已經夠他受了，每次要鑑識兒童衣物上的體液屬於何人，簡直都像要他的命一樣。

有一次，瑞可辦完一件棘手案件之後，在鋅克酒吧喝了杯啤酒，對喬瑟夫透露說：「有時候我晚上睡不著覺。他們的臉孔縈繞著我。你很聰明，老兄，真希望我的工作也可以上完班以後就回家。」

喬瑟夫的部門沒有空缺，就算有，瑞可也必須承受大幅減薪，而且得回學校取得資格。「你已經做了十七年，」喬瑟夫對他說：「可以退休，做別的工作。」

「退休金這麼少，我連狗都養不起。我乾脆去星巴克工作好了。」

「我不知道該怎麼說，老哥，那種地方有健康保險。你覺得最糟的狀況會是什麼？把咖啡打翻在客人身上嗎？」

「我們逮捕重要犯人的時候，情緒亢奮到不行，」瑞可說：「如果我轉調到其他部門，人家會說我是孬種。」

「別這樣想，瑞可，不是有句老話說：『棍棒石頭可以打斷我的骨頭，嘲笑奚落傷害不了我。』」

這段對話因為瑞可接到一通電話而中止。兩週後，瑞可和喬瑟夫都來到公爵市南區一家廢車場的犯罪現場。原來四十七號州道旁的工業大樓並非從事回收汽車零件的揀選和販賣，而是安非他命地下工廠，它的衛星工廠分布在市區各處，就在張貼新建案廣告的活動房屋裡。這些工廠並非出自幫派或三流歹徒之手，而是大型犯罪集團有計畫地製造毒品，販賣給可能吸毒的年輕人，再引誘他們上癮。倉庫裡的地下工廠是控制中心，負責管理這個吸金事業。製毒工廠通常都可以找到攻擊性武器，甚至是炸彈製造材料。基於合理原因，警方的規定非常嚴格，必須嚴加遵守。喬瑟夫抵達前一小時，督察長已宣布倉庫安全無虞。瑞可和新搭檔艾薩克正在慶祝破獲這間地下工廠，同行的還有其他幾位警探。喬瑟夫抵達現場，準備用他的Nikon D80相機記錄證據。現場氣氛相當亢奮，猶如新墨西哥大學的美國印地安人之夜，而新墨西哥灰狼隊連贏數場。

雖然倉庫裡有警探和炸彈小組在場，但不知何故，他們竟未發現有個傢伙躲在櫃子裡，手裡拿著一把槍。

「午安，凱蒂．傑。」喬瑟夫對女服務生說。凱蒂有一頭自然金髮，中等身高，二十來歲，名牌旁邊戴著聖誕樹別針。她是聖路易斯─奧比斯保市一所大學的二年級生，主修環境科學，面對喬瑟夫總是帶著微笑。

她拿出點菜本和筆。「讓我猜猜看，培根、生菜、番茄三明治，黑麥麵包，多加美乃滋？」

「對，麻煩妳。」

「喬瑟夫，」凱蒂說，在喬瑟夫的杯子裡倒滿咖啡。「你真的應該試試看菜單上面的其他東西，我們的三角肉潛艇堡很棒，雞肉沙拉好吃極了，鮪魚三明治更是那些呆頭鵝每次來必點的食物。」她用筆朝擠在雅座裡的那五名牧牛者指去。「你覺得他們到底要不要工作？」

喬瑟夫大笑。「他們可能是牛業大亨。改天我會點妳建議的餐點。」

「但今天不會。」她說，搖了搖頭。

「對，今天我比較想吃培根、生菜、番茄三明治。」

啄木鳥餐廳好吃的是培根、生菜、番茄三明治。金城卡車休息站好吃的是早餐，二十四小時營業。蝴蝶溪雜貨店好吃的是火雞潛艇堡和披薩。雞肉沙拉是女人吃的。

「馬上來。」凱蒂說，將點菜單拿去交給廚師。

喬瑟夫等凱蒂端上三明治，才打開止痛藥的藥盒蓋子，搖出午餐要吃的藥。如果他現在吃藥，藥效三十分鐘後作用，屆時他已經在家了。外頭雨勢依然猛烈。

凱蒂拿著咖啡壺再度走過來。「你今天頭痛嗎，喬瑟夫？」

「對，差不多，謝謝妳關心。」

凱蒂將帳單面朝下放在鹽和胡椒旁邊。「用餐愉快。別被雨淋溼了。」

那個十二月下了好多雨，土壤無法完全吸收。喬瑟夫短暫外出用餐，回家路上卻發現剛剛來時乾燥的路面，這時卻淹滿了水。一天早上他醒來，決定不再枯等好天氣來臨，他要將雨水為己所用。樹葉上的一滴水創造出第二個相機鏡頭，宛如天然放大鏡。葉脈、氣孔、色素、葉柄都呈現出如髮絲般細膩的精細影像，在視網膜上玩了個把戲。這究竟是一片葉子，還是抽象藝術？快門速度調低到八分之一秒，從左到右搖攝溼葉，呈現出動感及複雜色彩，讓畫家看了立刻就想拿起畫筆，重現在畫布上。

5

大雨跟著喬瑟夫開上一號高速公路，朝大索爾駛去。車子行駛在斷崖及窄路之間，他雙手緊握方向盤，將車子直接開往朱莉亞菲佛州立公園，停在守衛室附近的訪客停車場，下車步行。防風上衣的帽子蓋著他的頭，相機裝在專用防水袋內。路線標誌往各處指去，河流、水岸、眺望點、瀑布、小樹林，另一邊則是他不想錯過的白化紅杉。他選擇一條峽谷小路，上頭寫著：難度低，長度零點二五哩，道路緩降至瀑布，而且這條小路被高聳的肉桂色紅杉林所包圍。腳底下，雨水讓厚厚的森林葉堆黏在一起，讓他腳步輕快。小路兩旁盡是因為承受雨水重量而彎腰的綠色蕨類植物。他小心踏出步伐，同時留意時間，避免回程時在海岸公路遇上淹水。越過人行步橋時，瀑布的轟隆聲響震耳欲聾。他倚上欄杆，等待背部的緊繃消退，然後細看樹木。

祖母曾帶他來過這裡幾次，他們站在前一代的人行步橋上，望著高聳矗立的巨大樹木。祖母指了指「鵝欄」，也就是紅杉根部的開口，開口處的樹幹曾被火燒空，但樹仍持續成長，有些開口寬達五呎。「很久以前，」她對喬瑟夫說：「拓荒者都把家畜養在那些畜欄裡，像是母牛、山羊、鵝。我聽過一則故事，說有個隱士把樹欄當作家，那個樹欄大到有三層樓高，裡頭有柴爐，還有煙囪和前門。」

「那個隱士跟我一樣是小孩嗎？」喬瑟夫問道。

「不是，他是一般的成年男人。」

「他不會想念他的家人嗎？」

潘妮奶奶大笑。「也許會吧。你知道的，喬瑟夫，那些科學家雖然有大學學位，可是卻無法知道是什麼讓松果釋放出細小種子，但我知道其中的祕密。」

只要是神祕的事，喬瑟夫都感興趣。「快告訴我是什麼。」他說。

祖母牽起他的手，離開小徑，站在一棵巨大的樹木下。祖母將她的手放在大樹的溼軟樹皮上，開始唱起無字的歌曲，喬瑟夫知道這首歌自己絕對不可能重唱，因此用全副心神聆聽。祖母唱完之後，低頭對他微笑。

「樹木懂得分辨女人的歌聲，這樣就知道是時候釋放種子了。」

喬瑟夫打算步行到瀑布，讓時速九十哩的瀑布所散布的水珠，噴濺在他的臉龐及夾克上。但他走不到最高處。他拍攝岩石之間平行生長的樹木，然後往回走。返回停車處的路上，他拍了一圈小紅杉的照片，那圈小紅杉圍繞著一棵大樹，讓他想到普韋布洛族的說故事娃娃，總是由許多孩童圍繞著祖母。他站在滴落的雨水、森林的氣味、紅杉林的年歲之間，覺得自己彷彿站在一座教堂之中。一隻暗冠藍鴉發出叫聲，打破寂靜。暗冠藍鴉的叫聲過後，他聽見鷦鷯的啼囀聲，並看見一隻六呎長的黃色香蕉蛞蝓橫越他面前的小徑。他拍下香蕉蛞蝓的照片，想像牠的身體在森林土地上滾動是什麼感覺。他在停車場的迴車道上，看見大索爾河沖激著福斯轎車那般大小的大圓石。

他開車前往老校舍的蕨木露營地，拍攝白化紅杉。那棵十二呎高的樹木，必須仰賴宿主紅杉才能活命。他知道這後面的科學原因，是由於白化紅杉無法處理葉綠素，但他在那裡站得越久，越覺得那棵白化紅杉看起來像是不快樂的幽靈，於是他回到車上。

他還記得那根營養棒非常難吃，因此先在大索爾麵包店停車，買了丹麥奶酥和咖啡，準備駕車開上一號高速公路，行駛很長一段路回家。他盡量不盯著櫃檯的女櫃員瞧，因為女店員跟葛蘿莉．索羅門一樣，留著一頭銀色長髮。他無意兌現葛蘿莉寄給他的支票，因為他只不過是拍了一些照片而已，有吃到婚禮的剩菜就夠了。他們之間的交集斷了、乾了，到此為止。然而當他拍完紅杉林，駕車行駛在高速公路上，葛蘿莉的白橡樹浮現在他腦海中。如果運氣好，葛蘿莉白天去上班，女兒去上學，農場可能有幾小時沒人。他可以悄然造訪，拍攝照片，再悄然離去，沒有人會發現。

高速公路出現小泥流，喬瑟夫不得不將車速維持在時速二十五哩，以這個速度來看，他到家天都黑了。他上次吃止痛藥已經是幾小時前的事，如果要找理由再吃一顆，那麼在這種天候之下開車就是絕佳理由。他將夾克捲成一團，塞在腰間和座椅之間。幾哩之後，就在畢科斯畢溪大橋前，他遇上了回堵車流。他心想，會不會發生車禍？對向的雙線道路通行正常。五分鐘後，車陣依然沒有動靜，他關上引擎。後方的車子來個大迴轉，朝南邊的聖西蒙鎮駛去。由於收不到廣播訊號，喬瑟夫只好等待，而且同情交通局的勤務員必須在這麼寒冷的天候中，站在斷崖邊執勤。

此處常見的霧氣開始蔓延，天空開始降雨，讓駕駛人難以看見彼此，更別說是交通局勤務員的螢光背心、標誌或車道上的橘色路標。喬瑟夫等待時，想起瑞可經常利用警探身分，在曼諾大道上離開堵車車陣。那傢伙就愛冒險。

喬瑟夫擔任警察的短暫時期，每星期都開出無數酒駕罰單，但無論是罰金、吊銷駕照或突擊酒測，都無法遏止駕駛人酒後開車的行為。每年都有一些白痴酒後上路，開上對向車道，奪走無辜的一家人、一車青少年或一個與世無爭的老太太的性命。那些撞毀車輛的影像留在他腦海中，越積越多。

瑞可先是被分派到被剝削兒童組，接著又被分派到失蹤人口組，使得他腎上腺素激增，有時候看起來幾乎陷入瘋狂狀態。「這就是了，」他對喬瑟夫說：「這就是最重要的警察工作。好兄弟，回來當警察吧。」

喬瑟夫想跟那些醜惡事物保持距離，這樣算是懦夫嗎？他對瑞可說：「如果沒有我們這些顯微鏡操作員，你們就沒有替那些事證定罪的證據。」

瑞可調去失蹤人口組之後透露說：「我睡得不好。費黛拉和孩子們並不知道有時候晚上他們睡著以後，我會出去遛狗，走個好幾哩，消耗自己的體力。」

即使擔任警探帶來諸多壞處，但這份工作依然令人上癮，讓人沉迷於壓力之中。破案必須掌握時機，留意每項證據，而且案情瞬息萬變。比如說，一名健行者找到失蹤人口的項鍊，提供警方搜查範圍；建築工地發現一根人骨，工程因此停擺。

喬瑟夫進行的基因鑑識工作提供證據，讓警探了結懸宕十幾年的刑案。這項工作可以縮小人骨的年齡推測到十年以內，即使只有部分頭骨也能提供死者性別，這些都提供更高的成功鑑識機率。喬瑟夫的工作環境跟電視影集裡那些昏暗的荒謬場景完全不同。實驗室的技術人員穿的是馬球衫和實驗室外套，而不是用來顯露六塊腹肌的緊身T恤，或電影明星穿來展露事業線的低領服裝。技術人員多半工資偏低，每天埋頭苦幹，工作幾乎做不完。基因鑑識工作得花數個月才能完成，無法快速達成。

失蹤人口組找出四處遊蕩的老太太，引導她們回家，或是找到逃家的青少年。但是當兒童失蹤案發生時，無論你是哪一組的人，每個人都會加把勁，因為案子要有好的結果，必須把握兩個黃金時間和兩個機會。

「黃金小時」是找到活著的失蹤兒童的時間極限，僅有快速流逝的六十分鐘。失蹤兒童可能在沒得到准許之下跑去鄰居家，或在學校遊戲場裡閒混遢鞦韆，或躲在衣櫃，無視於父母喊到喉嚨都啞了，以懲罰父母不許她在晚餐前吃餅乾，或不買給她重要無比的手機。「黃金一天」指的是安珀警戒生效後二十四小時，搜救隊在這段時間裡可能找得到失蹤兒童的屍體。失蹤兒童的家人必須守在電話旁，因為可能會有電話打來，來電者也許是知情人士，或在極為罕見但曾經發生的狀況下，失蹤兒童自己打電話回家。但通常失蹤兒童的家人一心只想去發傳單，在電視上苦苦哀求或懸賞，基本上他們做了各式各樣的事，就是不想坐在家裡等候那通無可避免的電話，但誰能怪他們呢？然而最糟的消息其實能帶來正面的結果，因為找到屍體至少能讓事件畫上句點。屍體有一張臉，可以親吻道別，比起下半輩子都懸著一顆心，有一具屍體可以下葬簡直算是狂喜。她會不會還活著？她是不是冷了、餓了、恐懼、受傷、迷路？合理化取代了邏輯思考。她是個堅強的孩子，碰上任何事都能存活下來，我們一家人將可以再次聚首。即使她回來的機率有一百萬分之一，這也表示這種事曾經發生過，因此也可能發生在他們身上。無論她身上遭遇到什麼事，都可能是轉捩點，而不是終點。

瑞可告訴喬瑟夫說：「沒有什麼比通知壞消息更讓人難過的。」

喬瑟夫眼看著瑞可的警察生涯對他造成傷害，瑞可喝的原本是啤酒，後來換成了小杯威士忌。「你瘦了幾公斤？你看起來好像被鬼附身。如果你的工作對你造成這麼嚴重的影響，那一定也會影響到你的孩子和費黛拉。」

「他們的小屍體，」瑞可說：「就好像在說：『為什麼你沒有早點找到我，讓他對我下手？』」

「你也是人，瑞可，一個人的承受力是有限度的，超過這個限度就必須離開。也許該是申請轉調的時候了。」

阿布奎基市的街道設計有如蘇格蘭方格，繁忙街道相互交叉，隨時可能出現購物中心和都更社區，例如諾布山的店面就重建成大樓。這座城市變成了商業樞紐，這裡除了有新醫院、未開發土地、新墨西哥州聞名遐邇的藝術創作，賭場更是具有吸引力，觀光業逐步提升，連鎖飯店快速移入，像是雙樹飯店、萬豪飯店和希爾頓飯店。但抬頭往上看，藍天依舊永遠在那裡，每天飄過的雲朵宛如美國藝術家彼得．賀爾德的畫作。這裡有博斯克德爾阿帕奇的一年一度鳥類移棲、班德列爾遺跡、長達十天且眾人爭相目睹的氣球嘉年華會。這座城市的美，多得跟它的風沙一樣。

新墨西哥州最富庶的資源是終年不息的風，風吹來跟人的臉部一樣高，帶有沙子和草地塵埃。風會掩蓋痕跡、摧毀犯罪現場、刮傷相機鏡頭，也讓冬天更冷。到了春天，風會拋擲杜松花粉有如揮撒五彩碎紙，激使城市裡無數的過敏症患者做出不良行為。戒酒的人又開始喝酒。改過自新的竊賊突然覺得別人的寬螢幕電視和iPod十分誘人。砸車窗偷竊的案件翻了三倍。情緒管理班的畢業生故態復萌。家暴報案電話急劇增加。性侵前科犯外出尋找抄捷徑的落單女孩。儘管這些行為無論如何都不能被接受，但你在執法機構工作，就必須講求實際。據喬瑟夫所知，瑞可．托爾斯從未在犯罪現場崩潰，喬瑟夫自己可就不一定。幹警察的可以看見許多快樂結局，但他們看見的失去也很具破壞性。

突然間喬瑟夫前方的車輛來個大迴轉，往南駛去。喬瑟夫將車子開到橘色路標前，明白了原因。美國小說家傑克．凱魯亞克藉以揚名的那座大橋的陡峭彎曲之處，四分之一的橋身崩塌到了懸崖底下的大海中。

喬瑟夫駕車來到交通局勤務員旁，問說：「發生了什麼事？」

「每年都會發生這種事，」一身穿螢光背心的男子說：「太多車子同時行駛在這條路上，這條路的承載量又沒有那麼高，大雨加上山坡地等於山崩，也等於道路封閉。你必須回頭走另一條路。」

「可是我想回佳凌區。」

「去找連接G十八號公路的岔道，那裡的路有點曲折，出口在佈道院附近。慢慢開，你會找到的。」

喬瑟夫在大索爾停車加油。他的手機偶爾收到了訊號，發出嗶聲。車子加油時，他聆聽羅娜·坎戴拉里亞的留言，羅娜邀請他去店裡參加即將舉行的聖誕派對。「我不接受拒絕，」她說，咳嗽了起來。「我知道你住在哪裡，小子，」她說，咳嗽停了下來。「我們舉辦的是百樂餐會[11]，所以你帶些吃的來，就算是餅乾也沒關係。」

[11] Potluck，參加者每人各帶菜餚共享的餐會。

冬季假期

英文一〇〇

杜松．麥奎爾

十二月二十一日是冬至，一年當中白日最短的一天。冬至這一天，地球的偏斜角度決定我們能照到多少日光。世界上有許多文化用歌曲、詩和宗教慶祝冬至，因此很容易就可以看出聖誕節是怎麼發展出來的。即使在耶穌尚未誕生之前、貿易路徑建立之前，或甚至輪胎發明之前，人們就會標記當季節進入冬季的這一天。

原因是當太陽那麼早西下，農夫無法種植作物或餵食動物，使得人和動物挨餓，因此他們會用一切手段來引誘太陽回來。人類曾有一度想出辦法來解決這個問題，包括提早種植作物、查看月曆、儲存足夠的糧食，於是冬至成了開派對的理由。薩滿巫師、酋長或神父決定冬至這天要祈禱、喝酒、吟誦故事、跳舞、動物獻祭（如果你問我，我會說對挨餓的人來說，想出動物獻祭這個方法真是天才），用最好的方式來讓太陽覺得受歡迎，好像太陽會在乎似的。太陽只是個死亡中的星星！再過五十億年，它就會變成紅巨星，引起恆星風，將地球吸進它的核心，然後它會變成白矮星，天知道在那之後太陽會變成怎樣，因為到時候我們已經不在這裡了，真是廢話。冬至？可能很多人認為如果他們不舉行派對，太陽會覺得受到冒犯，而只照亮其他行星。

杜松，我為妳的想法鼓掌，但妳寫的不是一年級論說文。妳的主題句是什麼？妳的用詞不整齊。關於聖誕季節一定還有很多可以說的，不會只有兩段！關於妳提到的「科學」資訊，除了網路之外還有很多有效資訊。C+

6

葛蘿莉

十二月十九日星期五，葛蘿莉這輩子第一次坐在心理師的辦公室裡。過去她曾有幾個養子需要心理諮商，葛蘿莉都只是開車送他們來，然後坐在等候室裡等待。門後發生的事，只有心理師和養子才知道。這是葛蘿莉第一次進入這間密室，坦白說，她想念她每週閱讀的《時人》雜誌。諮商室裡進行的事跟她想像的完全不一樣，沒有催眠、沒有墨跡測驗、沒有躺在沙發上自由聯想，這裡一樣都沒有。諮商室裡進行的是三個人試著逼彼此說出他們不想說的事，時間一分一秒過去，卻沒有解決方法，葛蘿莉只是覺得心情更糟。

「我們只是希望妳實話實說，而不是要懲罰妳。」這是諮商開始之後，婚姻、家庭及兒童心理師路易絲．安東尼第四次如此說明。葛蘿莉先打過電話給路易絲，告訴她關於杜松說謊和偷竊的事。路易絲是個紅髮女子，臉上長有雀斑，遠看會覺得她的皮膚曬過太陽，一旦近看，葛蘿莉才發現她從沒見過一個人臉上長那麼多雀斑。如果葛蘿莉可以數出路易絲左臉頰有幾個雀斑，那麼離開諮商室時，她可能會覺得她們完成了些什麼事，而不是繞著同一個主題打轉四十五分鐘，用的是國家支付的諮商費。

「妳媽媽希望跟妳處理這件事，」路易絲說：「妳能試著跟她溝通嗎？」

媽媽——讓杜松叫她媽媽會不會是個錯誤？三星期前，杜松受到三天的停課處分，那三天她在家裡不斷地說，她十分感激葛蘿莉沒有把她送回團體家屋。「我喜歡這裡，」杜松說：「我愛動物，我也愛妳，媽。我可以叫妳媽媽嗎？」

葛蘿莉除了回答「可以」之外，還能怎麼說？他們的養子都叫她「媽媽」，叫丹「爸爸」。這觸動葛蘿莉的心。她以為這代表事情進行得很順利。然而也許在某個平行宇宙，事情進行得很順利，但是在這個地球上，葛蘿莉知道事情並不順利。她不知道該如何修正這個狀況。杜松的行為就跟病毒一樣，而葛蘿莉就好像抗生素，試圖把杜松導向正軌，但每當葛蘿莉發現某種療法有用，病毒就突變成別的模樣。

杜松繼續玩弄靠枕的流蘇。她們坐在沙發上，彼此距離一呎，但杜松倚向一旁，遠離葛蘿莉，兩人之間彷彿隔著一座海洋。

「該放下枕頭了，」路易絲說：「妳母親有事想跟妳說。葛蘿莉？」

「我想談談普拿疼的事。」葛蘿莉說，然後等待。

葛蘿莉聽從路易絲的建議，打算讓杜松措手不及。雖然葛蘿莉後來找到了失蹤的藥瓶，六顆普拿疼都在裡頭，但她從未跟杜松談過這件事，直到現在。葛蘿莉發現原來杜松是個說謊高手，因此她想打電話跟莫妮卡．費爾普斯校長道歉，只因她曾經質疑莫妮卡對杜松打人一事的說法。但葛蘿莉選擇請求路易絲的協助，希望杜松在無處可躲的情況下，會坦白以告。路易絲從這裡接手，引導她們走向真相，並從這一刻起扭轉情勢。

一陣靜默。

「葛蘿莉，」路易絲說：「妳要不要跟我說說這件事的經過。」

「我正在大掃除，」葛蘿莉面對聖誕季節沒有足夠收入的事實，只好開始打掃房子。她除去角落的蜘蛛網，把蜘蛛抓去倉庫。「我拿下燈罩，擦拭燈泡。當我拿起杜松房間的檯燈，清理下面，我突然發現一樣東西。」

「妳發現了什麼？」路易絲立刻問道。

「我發現失蹤的那瓶普拿疼，用衛生紙包起來，放在杜松房間裡的檯燈下面。很久以前，檯燈的燈座掉了下來，所以裡頭是空的。」

這表示杜松可能在第一天來到索羅門橡樹牧場時，就偷了那瓶普拿疼。葛蘿莉一發現原來杜松一直保留那瓶普拿疼，心都碎了。

「杜松，每件事都有兩面，」路易絲說：「妳想替自己說說話嗎？」

杜松從靠枕上抬起頭來。每次葛蘿莉發現她說謊，她都會臉紅，然後神色木然。「妳們可以把我扔到蒙特瑞拘留所啊。」

路易絲並不退縮。「妳是想吃這些藥來感到亢奮嗎？」

「當然不是。」

「很好。這些藥是開給妳媽媽的，不是妳。孩子，這種行為不只危險，而且是藥物濫用。我應該把這件事回報給郡政府才對的。」

「如果我說，我不知道那瓶藥怎麼會跑去那裡呢？」

「如果我不相信妳呢？」葛蘿莉說。

「如果我不想再討論這件事了呢？這節諮商結束了沒？如果還沒，我想去上一下洗手間。」

「妳可以過五分鐘再去洗手間，」路易絲說，看了看時鐘。「媽媽，還有什麼事嗎？」

葛蘿莉嘆了口氣。丹都如何決定什麼事是大事、什麼事是小事？她是不是要從那天她叫杜松去查看艾索的水碗還有沒有水，卻發現梳妝台上的現金少了四十元開始說起？還是要從杜松在衣櫃裡藏了摔破的麥片碗，卻沒丟進垃圾桶開始說起？那個麥片碗是有瑕疵的法蘭西斯牌陶器，在廉價舊貨店就買得到，為什麼杜松要把它藏起來？無論葛蘿莉發現什麼或說什麼，杜松一概都說「不知道」事情是怎麼發生的。葛蘿莉動了怒。「妳是說那個破了的麥片碗會自己走出廚房，經過走廊，打開妳房間的門，再打開妳的衣櫃，然後用妳的黑色T恤把自己包起來？」

「有可能。」

「如果妳不肯說普拿疼的事，那我們就來談談妳從我的梳妝台拿走的錢。」葛蘿莉說。

杜松從沙發上跳了起來，將靠枕丟在地板上。「我有這麼多問題又不是我的錯，」她尖聲吼道：「這證明妳恨我，就跟世界上其他養父母一樣。好，打電話給卡洛琳，叫她來接我，這樣妳就可以回去過妳的正常生活，做妳那些愚蠢的菜。」杜松又撿起靠枕，坐了下來，將靠枕抱在胸前。

一個少女怎麼會做出如此戲劇化的舉動？真令人百思不解。「再過四年妳就十八歲了，」葛蘿莉說：「妳想為了六顆愚蠢的藥丸或區區四十元而去坐牢嗎？我又沒說要把妳送走，我只是想把這些事情搞清楚，然後放下。我希望妳能學會實話實說。」

一陣靜默。

「杜松，去洗手間吧，」路易絲說：「妳媽媽會在等候室跟妳碰面。我們不會太久。」

杜松急速走出房門，頭髮在腦後甩動。

「她具有說謊者的所有特徵，路易絲。她一直摸臉，轉移話題，改變聲調，聲音又尖又具有防衛性，刻意幽默卻又諷刺性十足。」

路易絲咯咯輕笑。「網路真是要命。」

「什麼事這麼好笑？妳認為這是我自己掰出來的嗎？」

「我認為妳是個擔心的家長，正在盡妳最大的努力。葛蘿莉，忘了妳在網路上讀到的那些知識，這件事沒有妳想的那麼嚴重，她正在找尋自己的定位，青少年都會經歷這個階段。請記住，除了荷爾蒙的影響之外，她經驗過巨大的失落，所以她會拿東西實在不讓人驚訝，藏東西也許可以讓她覺得有安全感。妳看她拿了什麼東西？止痛藥、錢。也許她在準備有一天這種穩定的生活會突然崩塌，就跟過去一樣，她可能想做好準備，說不定有一天得回到街上生活。」

「那個破麥片碗又是為了什麼？」

「那個碗屬於一套餐具對不對？她可能認為那個碗很貴吧。她過去碰到的監護人都比較關心私人財物，不關心她。但請妳想想這一點，她沒有吃那些藥，也沒有花那些錢，她是在儲存所有的東西，就好像渡鴉在裝飾鳥巢一樣，渡鴉可比人類想像的還要聰明。」

「呃，渡鴉是很好的比喻，但我還是不懂這怎麼套用在杜松身上？」

「她把否認當作工具，這樣她才會覺得有力量。這個星期請妳用平常心對待她，不必假裝錢沒被拿走，我們都知道錢有被拿走。如果妳想因為這樣而收起某些東西，請設定一個期限，把東西收起來一段時間就好。這個星期就正常地過，給她額外的家事做，讓她承受自己的行為所帶來的後果，隨便她編造謊言，遲早她都會被自己的謊言所害，讓自己受到羞辱。難堪是使人改變的強大驅動力。」

和養子女共度傳統聖誕節！

英文一〇〇

加分作業

杜松．麥奎爾

養父母經常認為養子女會自動跟他們一樣感受到聖誕節的喜悅。心理醫生說養子女的壓力「會透過罵粗話、打人、不由自主地哭泣、孤立或甚至偷竊來表現」。

各位！你們真以為只要幾根枴杖糖、幾個裝飾品、一組塑膠的耶穌誕生布景，就能讓你們的聖誕節弄得跟孩子的聖誕節感覺一樣嗎？聽著，孩子也在努力。聖誕節不是大富翁遊戲，玩大富翁只要遵守規則，就有贏的機會。養父母認為：「她有什麼毛病？難道我們費了這麼多工夫，裝飾聖誕樹、燈飾和襪子，她一點都不覺得感謝嗎？」養父母把她介紹給親戚說：「這是杜松第一次跟我們過聖誕節！」每個人都在想：「可憐的傢伙，你聽說過她的親生父母對她做出什麼事嗎？說真的，有些人應該拿到執照才能生兒育女。我們這麼照顧她，她怎麼可能想念她的家人呢？她有一張床可以睡，一天有三餐可以吃，有漂亮衣服可以穿，而且我們還讓她看我家的大螢幕電視。現在聖誕節到了，我們只是想好好過個節，她卻無緣無故哭了起來。」

這就好像要印地安人對保留區覺得感激一樣。

問問看她以前的聖誕節都是怎麼過的。別擔心，她不會告訴你說她媽媽如何在早餐前喝得醉醺醺，或她叫醒爸爸，送一條領帶或刮鬍霜或皮夾給爸爸當聖誕禮物，卻被爸爸打了一掌。否則你要送爸爸什麼禮物？

她希望記住好的事，以及把橘子放進運動襪的傳統，因為這曾經象徵聖誕節，而現在還是可以，只要你允許的話。她可能害怕如果她告訴你這些事，會讓你覺得她是垃圾白人。她可能沒聽過耶穌和三賢士的故事，而且對她來說，「乳香」這個名詞聽起來好像一種很嚴重的疹子。

你可以問問她最喜歡的聖誕歌是哪一首，如果是狗叫聲的〈聖誕鈴聲〉，那放個幾遍來聽會死嗎？

還有，她收到iPad或泡泡浴用品可能不知道怎麼跟你說謝謝，因為當她離開你們家去另一個家庭時，這些東西可能都不能帶去。通常養父母會收走這些東西，因為如果其他小孩沒有，小孩之間可能會打架。

如果你問心理醫生，他們會說，兒童到了七歲就已經學會百分之九十九的適應技能，可以用一輩子。養子女只是希望感覺安定而已。

一、不要跟大家庭的其他成員打架。

二、不要喝得爛醉。

三、不要讓別人問「她怎麼了？」因為孩子已經像是一隻被大頭針釘起來的蟲，揮舞手臂和雙腳卻無法掙脫。

心理醫生喜歡用比喻法，不喜歡有話直說，像是「當你在庭院裡種東西，如果你種的是玉米籽，就不可能期待它會長出玫瑰」。不是每個養子女都是玉米，而且有時你期待看到玉米，它根本就不會長出來，你只能等著看到底是什麼會長出來。

杜松——我看得出妳很努力寫這篇論說文，但我給妳補交的機會，妳卻遲交兩天，所以無法加分。本學期成期：C⁻。佳節愉快！

冬至婚禮
莉麗・葛蘭特／克利斯・雷斯頓
二〇〇三年十二月二十一日
下午五點

菜單

香檳
香熱蘋果酒
烤牛肉搭配約克夏布丁
焗馬鈴薯砂鍋
焗烤小紅蘿蔔、四季豆、珍珠洋蔥
小紅莓／橘子冰淇淋
雪花糖餅乾
翻糖聖誕紅紅絲絨蛋糕

葛蘿莉正在做第六十朵聖誕紅，比她需要的還多做了十朵，她做得很上手，所以就多做了。

她直起身子，覺得下背部因為俯身過久而傳來尖銳的痠麻感。這讓她想到喬瑟夫．維吉和他的跛腳，以及他還沒兌現她寄去的支票。她想打電話去詢問原因，但她忙著準備冬至婚禮，因此打電話一事被排在最後。杜松用喬瑟夫拍的海盜婚禮照片，做成一本線上相簿，如今索羅門橡樹農場的網站在MySpace網站上有了自己的網頁，而且正在累積粉絲人數，這都要歸功於杜松的電腦技術。最棒的是，已經有客人在四月訂了一場婚禮，外光派畫家美食午餐會訂在五月，六月暫時都訂滿了，每個週末都有一場婚禮，八月也有兩場未定婚禮。雖然葛蘿莉花錢印製彩色宣傳手冊，但聖誕節過後，她就可以辭去塔吉特的工作，除非她的錢繼續失蹤。杜松已經歸還二十元，說是在要洗的髒衣服裡找到的，但有些錢仍然下落不明。

葛蘿莉走出後門，找尋杜松。今天杜松的雜務包括打掃畜欄、梳理兩匹馬、刷洗及消毒狗屋。明天早上，她們要替倉庫裡即將舉辦的婚宴裝飾餐桌。葛蘿莉在冷空氣中看見水龍頭躺在狗屋外的水泥地上，水不斷地流。蟋蟀繫在柱子上，梳理到一半。肥堆仍堆在一起，這表示尚未耙鬆。這時杜松正在教凱迪拉克躍過她伸直的手臂，並丟球給道奇。遠遠看去，這一幕彷彿全家福。葛蘿莉要如何責罵一個如此快樂的少女？

「嘿，」葛蘿莉高聲說：「看來妳把牠訓練得挺成功的。」

杜松咧嘴而笑。「凱迪拉克很聰明。」

「妳激發了牠的潛能。可以請妳先把水龍頭關上，把馬梳理完，再讓狗進屋裡去嗎？我需要妳來幫忙我弄蛋糕。」

「好。」杜松說，彷彿一切都進行得很順利。葛蘿莉見到杜松的心情能夠轉換得那麼快，感到十分驚奇。是不是就像路易絲說的，是因為荷爾蒙的緣故？或者杜松又在演戲，而葛蘿莉尚未發現她在掩飾什麼？

十五分鐘後，葛蘿莉聽見狗兒奔進客廳，狗爪刮擦地面的聲音。客廳裡的壁爐正燃著溫暖的火焰。杜松洗手擦乾。「妳要我做什麼？」

「圍上圍裙，我們要把蛋糕的每一層組合起來。」葛蘿莉說，遞給杜松一個沾了奶油糖霜的抹刀。蛋糕第一層已放在玻璃基座上。「至少先塗上一吋糖霜，」葛蘿莉說：「這樣蛋糕才不會跑來跑去。」

「除非進入客人嘴裡。」

「沒錯。」

她們小心地剝開羊皮紙，將另外四層塗了翻糖的蛋糕疊在第一層上。每一層蛋糕都有點偏離中心，讓整個蛋糕看起來有點奇特，這是新娘特別交代的。「我跟克利斯比較古怪一點。」莉麗在電話上對葛蘿莉如此說道。

杜松後退一步。「看起來好怪喔。」

「放上聖誕紅就會很漂亮。來吧，妳把紅色的黏上去。」

杜松放下抹刀。「我怎麼知道應該黏哪裡？這妳應該自己來吧。我可以去做功課了嗎？」

「妳試都還沒試，不要放棄。妳做得來的，看看我畫的圖。」葛蘿莉越過料理台，將設計圖推過去給杜松看。「這只是蛋糕，不是火箭科學。」

「還是算了，索羅門太太。」

葛蘿莉嘆了口氣。那次諮商之後，杜松只要生氣或覺得事情不如己意，就會稱呼葛蘿莉為索羅門太太，而不稱呼她為葛蘿莉或媽媽。對此葛蘿莉決定不做出反應，但有時這會刺痛她的心。

「好吧，我來就好。」杜松在餐桌前坐下，打開數學課本。她作業做得很好，考試成績卻很差。葛蘿莉認為杜松可能有「考試焦慮症」。杜松在活頁紙上寫數學作業，葛蘿莉把紅色和綠色的翻糖花瓣及葉子固定在蛋糕上，等到莓果也固定好了，就在蛋糕上撒上一種可食用的銅色光澤細粉，這種細粉是她在網路上找到的。

「杜松，妳覺得如何？」葛蘿莉說，轉動蛋糕，放進盒子。

杜松朝蛋糕看了一眼。「那不是海盜船，如果妳是要做海盜船的話。」

「又不能每個蛋糕都做成海盜船。」

「傻瓜才舉行什麼婚禮。」

「是付錢的傻瓜。」葛蘿莉提醒她。

「隨便啦。」

現在是吃普拿疼的好時機，葛蘿莉心想。普拿疼放在哪裡？鎖在丹的工具箱裡，放在上鎖的工坊裡。現在不必大費周章去拿，也許等明天婚禮結束以後再去拿。她將蛋糕放進冰箱，將手按在玻璃上，腦子裡計算著她做蛋糕花費的時間和她收取的費用。她收的費用總是不夠多。

「杜松？」

杜松嘆了口氣。「我說過無數次了，我偷錢。」

「妳怎麼知道我要問這件事？」

「因為妳臉上的表情好像剛吃了梅乾一樣。」

這是真的，杜松的說詞每次都一樣，她說她發現錢摺起來放在衣服裡，還特別說是放在要洗的牛仔褲裡。不知怎地，葛蘿莉就是放不下這件事。

「我要說多少次？錢是在地上發現的，我心不在焉地撿了起來，放進口袋，打算拿給妳，結果卻忘了。妳準備要載我去圖書館的時候叫我一聲，我要去借《黛絲姑娘》那本小說。」

杜松說完之後，就回到房間，凱迪拉克跟著進去。道奇站了起來，覺得自己待在爐火旁很好，又趴了回去。葛蘿莉心想，有些父母可能會把凱迪拉克送走，當作懲罰，這樣才能讓孩子記住教訓。但葛蘿莉不會這樣做，凱迪拉克是跟隨在杜松身邊的同伴。葛蘿莉不希望自己像低俗警探那樣，每星期都去杜松的房間翻箱倒櫃，因此她要杜松負責打掃自己的房間。葛蘿莉掛在心頭的是仍有二十美元不見蹤影。在她的預算中，二十美元代表購買足夠的狗食，或支付卡車保險費。她將廚房收拾乾淨，準備開始料理其他的婚宴菜餚，但是在她開始烹煮之前，她來到杜松的房間，敲了敲門。

「要去圖書館了嗎？」杜松說，從桌子上抬起頭來。

「站起來，把口袋翻出來。」

杜松站了起來，照著話做。淺色的牛仔褲口袋襯裡被翻了出來，皺巴巴的二十美元掉落地上。「喔，我的天啊。」杜松用平板的語調說：「妳看看，它一定是黏在口袋最裡面了。給妳，該死的二十元。」杜松彎下腰，撿起二十美元，交給葛蘿莉。「哇，《黛絲姑娘》，這是哪門子的名字？她的生活一定很變態。黛絲做卑賤的工作，被人強暴懷孕，最後寶寶還死了！她愛上了一個叫安傑的男人，但安傑無法原諒她懷過小孩，所以跑去巴西或哥倫比亞，好像她永遠毀了他一樣。後來安傑決定原諒她，但這個時候黛絲已經嫁給了強暴她的傢伙，所以她為了真愛就把這傢伙殺了，然後黛絲和安傑開始逃亡。警察在巨石陣逮到了她，她被處決之前，請安傑答應娶她妹妹，然後她就死了！這有什麼意義？愛讓人們做出最愚蠢的選擇。我絕對不要結婚，永遠都不要，不管對象是誰都不值得。」

葛蘿莉摸了摸皺巴巴的二十美元，紙鈔那麼薄，經歷洗衣機和烘乾機的摧殘。她需要CSI犯罪現場調查人員來證明這張二十美元鈔票沒進過洗衣機和烘乾機。她除了不再追問，還能怎麼做？杜松偷錢一事改變了一切。現在葛蘿莉隨身帶著錢包，就連洗澡也一樣。「妳怎麼會知道那本書在說什麼？妳都還沒看。」

「我上網看過評論了。先知道重點劇情，讀這種古早年代的書會比較進入狀況。」

「古早年代？這本書是在一八九〇年代寫的。」

「那已經是一百多年前了！」

「先知道結局不是會破壞興致嗎？」

「我讀它又不是為了好玩，我只是想要有好成績而已。那個英文老師討厭我。妳知道《黛絲姑娘》拍過七次電影嗎？只有一九一三年的那一部已經不存在了，因為帶子已經爛掉了。那一部的主角是米妮．曼德．菲斯克。取這種藝名，難怪人家不記得她，是妳的話難道不會改名嗎？」

「謝謝妳把錢還我。」

杜松漲紅了臉，憤怒不已，開始在筆記本上塗鴉。「我自己做了數學測驗，結果滿分。」她說，頭抬也不抬。「如果我在班上也能考滿分就好了。代數只不過是跟記憶有關，這跟你的真實生活有什麼關係？還是他們用這種玩意來扭曲學生的腦子？」

「今天的功課做得夠多了，」葛蘿莉說：「我們去騎馬，免得等一下開始下雨。」

「那我的書呢？」

「圖書館開到八點。」

「那凱迪拉克呢？牠可以一起來嗎？」邊境牧羊犬凱迪拉克抬頭看著葛蘿莉，牠原本只在室外活動，如今卻成了這個少女的好伙伴，而這個少女的情緒猶如叢林裡的藤蔓般劇烈擺盪。凱迪拉克從事的其他活動還包括一有機會就在走廊上趕艾索，或是當道奇不依照方向行走時齧咬牠。葛蘿莉想起她曾替凱迪拉克安排的那些家庭，依然無法相信牠終究屬於這裡。凱迪拉克是葛蘿莉和杜松之間的緩衝器，而且不介意被當作「非交戰區」。當她們各自把手放在凱迪拉克身上時，就比較容易交談，甚至大笑。

「兩隻大狗都跟來，艾索不適合，外面太冷。妳去找靴子穿上，替馬放上馬鞍，幾分鐘後我們在倉庫外碰面，我得打電話去花店，確認明天要送的花。」

葛蘿莉已做好餅乾的生麵團，今晚打算烘焙，為明天做準備。這場晚宴只有三十名客人，這表示她只需要兩個服務生，所以她聯絡蘿蘋，而沒聯絡蓋瑞和彼特。杜松在蘿蘋身邊比較自在，蓋瑞和彼特會令她緊張。葛蘿莉在廚房打電話給狄湯瑪斯農場的貝蘿．史多克，狄湯瑪斯農場的批發聖誕紅在喀美爾谷赫赫有名。已故的園藝大師莎拉．狄湯瑪斯的姪女菲比．狄湯瑪斯接管這座荒廢農場後，短短五年就讓它起死回生。除了莎拉遺留下來的聖誕紅品種之外，這座完全由女性經營的農場也成功栽培出一種象牙色配綠色的聖誕紅，取名為「璜的精神」，這種花放在燭光旁會發光。新娘莉麗一告訴葛蘿莉她的鮮花預算有多高，葛蘿莉立刻就打電話去狄湯瑪斯農場。電話響了兩聲，貝蘿就接了起來。

「葛蘿莉！」貝蘿說：「現在有來電顯示，我馬上就知道打電話來的人是誰。妳好嗎？」

「我很好，妳呢？」葛蘿莉說，心想大家問「你好嗎」其實都沒有想聽真話的意思。

「沒什麼好抱怨的，我們靠聖誕紅賺了很多錢，這是一年當中生意最好的季節。妳的花我已經準備好了，我正在替新娘的花束做最後的修飾，成品美極了。我希望妳可以在妳的網站放上我們的連結，我們也會放上妳的連結。大概再過一小時，妳的花就可以弄好。我明天早上把花送過去可以嗎？」

她們雖然只透過共同朋友而認識彼此，但是丹過世時，貝蘿寄來一張卡片，上頭印著狄湯瑪斯農場的好幾排鮮花。葛蘿莉將卡片放在窗台上，每次她只要看見那些蜀葵、矢車菊和碩大的向日葵，就會記起這個世界有著五彩繽紛的色彩，而世界上某個地方一定有一個女人正在凝視鮮花，暫時忘記生命裡的種種掙扎。卡片裡頭寫著：「想說話可以找我。」下面是貝蘿的電話。

「沒問題。」

「太好了，那就明天見，祝妳佳節愉快。」

貝蘿掛上電話後，葛蘿莉吸了口氣，緩緩吐出。只不過為了區區二十美元，她卻像個獄卒般逼迫杜松。繼續進行接下來的事就對了，她告訴自己說，不要胡思亂想，只要專注在這一分鐘就好了。葛蘿莉去衣櫃裡拿靴子，卻撞到丹的遺物箱。她試著替遺物裝箱已經是一個月以前的事了，但現在她仍然無法送走這個箱子。她套上靴子，穿上粗布外套，走了出去。兩匹馬都已安放了馬鞍。她檢查派普的肚帶，解開帶子鬆開兩個洞。「嘿，大力士，」她對杜松喊道：「肚帶裡要能塞進兩根手指，如果不行，會讓牠肋骨瘀青。」

杜松聳了聳肩。「我有傷到牠嗎？要不要打電話叫獸醫？」

「派普沒事，對牠溫柔一點就好了，用妳希望人們對待妳的方式來對待牠。」

「妳是說買紅藤牌甘草糖、手機和iPod給牠，而且不要指控牠偷東西嗎？」

不要隨之起舞，葛蘿莉如此告訴自己。「很幽默。如果妳有關於馬的問題，就問吧。」

索羅門家的養子從馬身上學到的是仁慈與沉著，以及從馬的角度來思考，這樣就能讓世界變成一個更容易了解的地方。杜松和馬兒相處的這短短時間，葛蘿莉原本以為杜松已受到潛移默化，但如今知道杜松說謊，就不這麼確定了。葛蘿莉認為和動物相處對杜松而言是最好的，所以她才讓杜松每天都騎馬和梳理馬匹。

葛蘿莉協助杜松坐上蟋蟀，自己則利用柵欄翻上派普的花斑馬背。葛蘿莉的腳踩進馬鐙，派普輕嘶一聲，肌肉繃緊。派普喜歡去橡樹林，而且總是感覺得出來他們的目的地就是橡樹林。葛蘿莉搔了搔派普的脖子，嗅聞鹹味、土壤氣味和乾草的甜味，這些氣味如果可以裝罐就好了。狗兒已在覆蓋忍冬的柵門前等待。如果不是事先知道位置，柵門門栓很難找到。葛蘿莉第一次去拉門栓的時候沒拉到，她從派普背上低低俯身下來，差點摔下了馬，正想維持平衡，再拉一次，蟋蟀卻湊上鼻子，拉開了門栓。

「哇，」杜松說：「妳是怎麼訓練牠的？」

「我沒有啊，」葛蘿莉說：「難怪有時候牠們會自己跑出去，我們最好在柵門下面也裝一個門栓。」

「馬真是太厲害了。」

「牠們被車撞就不厲害了。回來以後提醒我要裝門栓，免得我忘記。」

兩人控馬而行，來到鄉間道路的岔道，往一處下坡走去，這個方向通往一條小河道，河道通常是乾的，但今年河道裡有幾吋高的水。「拉住蟋蟀的轠繩，」葛蘿莉警告說：「牠喜歡玩泥巴。」

「怎麼玩？」

「就是在泥巴裡打滾，跟豬一樣。我不希望妳掉下來或被牠壓傷。」

「真的，索羅門太太？我不知道妳會在乎。」

「喔，我是不在乎，我帶著妳是因為我需要一個自作聰明的奴隸。等我們回去，有很多發霉的麵包和清水等著妳。」

「哈—哈—哈，接下來妳是不是要說賈斯汀・提姆布萊克[12]打電話來問說我這個週末有沒有空？」

葛蘿莉把下最後註腳的位置讓給杜松。「我們可以小跑步了。」

「我們不會騎馬奔跑吧，是不是？」

「現在不會，有一天吧。」

「不要，最好永遠都不要。」

杜松害怕馬兒大步奔跑，但騎馬者通常都喜歡這種快感。兩人騎馬小跑十分鐘，杜松緊緊握住鞍頭。她們來到大山谷的橡樹林，這裡的森林非常濃密，馬兒只能用走的，但狗兒熟悉地形，在樹木間穿梭來去有如綁緞帶似的，追逐彼此。黯淡的日光點點灑落在她們的外套和葛蘿莉握著韁繩的雙手上。天氣確實變了，馬兒在前方噴出鼻息。森林有它自己獨特的氣味，宛如辛辣粉末般竄入葛蘿莉的鼻子，滲入她的毛孔。這塊土地受到保護，但如果人口像過去二十年那樣持續增加，那麼一百年後，當《黛絲姑娘》被認為是舊石器時代的產物，這裡可能會建滿大廈、下水道

[12] Justin Randall Timberlake，一九八一—，美國流行歌手及演員，曾是偶像團體「超級男孩」隊長，二〇〇二年單飛。

系統和醜陋的灰色柏油停車場。她希望當初西班牙人沒有打擾美洲大陸。

「妳在想什麼？」杜松問道。

「我在想妳騎馬騎得很好，妳呢？」

杜松的臉皺了起來。「如果我傷害了派普，我會自殺。」

「首先呢，如果妳是把自殺拿來開玩笑，那請立刻停止。如果妳在路易絲或卡洛琳面前說這種話，妳立刻就會被送進醫院，依照五一五〇號規定，強制拘留妳七十二小時，觀察妳的精神狀態。相信我，醫院裡的伙食很糟。派普沒事的。」

「可是以後我進倉庫替牠放上馬鞍，牠會以為我要傷害牠。」

「馬和人類一樣有記憶力，狗也是，但牠們感覺得到妳的意圖。妳做的事沒什麼大不了。妳看派普的耳朵。」只見派普的耳朵向前豎起，對四周很感興趣。「妳看到了嗎？牠很開心。我們換馬。」

「不要。我怕派普，牠好高喔。」

葛蘿莉翻身下馬，握住派普的韁繩。「快點，妳得學會騎各種馬才行。」

杜松從蟋蟀背上滑了下來。派普很高興更換騎馬者，蟋蟀也樂得領頭。「嘿，妳的右手手套呢？」葛蘿莉問道，她抬起杜松的腿，助她上馬。

「一定是剛剛騎馬的時候弄丟了。」

「我們路上找找看，把妳的另一隻手套給我。」葛蘿莉呼喚凱迪拉克，把手套湊到凱迪拉克鼻子上，說：「尋找。」

「妳在幹嘛？」

「很久以前，為了讓牠不無聊，我教過牠基本的追蹤技巧。」

「我不知道牠會這種技巧。」杜松說。

「我也不確定牠會不會，我們很久沒練習了。去啊，凱迪拉克，尋找。」

凱迪拉克等杜松在派普背上坐好，才跑了開去，道奇跟了上去。葛蘿莉利用這個機會查看杜松的騎術有多少進展。杜松已經沒把韁繩抓得那麼緊，肩膀也不再高高聳起，這意味著她放鬆了一點，但還不是很放鬆。「假裝妳是一袋馬鈴薯。」葛蘿莉一再告訴她。杜松染黑的頭髮出現了淺褐色髮根，體重大概少了五磅，可能因為吃的是健康食物，她的牛仔褲也變鬆了。她身上穿的是丹的法蘭絨襯衫，是從舊衣箱裡翻出來的，穿在她身上太大了，她將襯衫底端綁在腰際。有那麼一瞬間，葛蘿莉彷彿看見丹的孩子，心下後悔當初沒有把握時間，跟丹生個小孩。最後一次丹出言詢問時，葛蘿莉答道：「我還沒準備好。」她每天都懊悔自己說出這個蠢答案。當丹躺在病床上，生命逐漸消逝，他是否想過自己錯過什麼？他有那些養子是否就已足夠？葛蘿莉害怕當母親。看看她對付杜松有多蹩腳就知道了。她害怕跟別人分享丈夫，連一分鐘都不行，即便丹能給出的愛似乎無窮無盡。她害怕丹會死去，留下她跟孩子，就好像她父親留下她和母親一樣。她害怕生出一個女兒，最後落得像合歡那樣的下場，或是流連在雪弗龍站的小超市，每天都面對無數的致命危機。如今她跟杜松在一起，這些事杜松都經歷過，而且有過之而無不及。但事實仍然存在，倘若她沒有拖延生小孩的事，現在跟她騎馬的人可能會是丹的孩子，而孩子總比一件衣服來得有生命多了。

接著她注意到杜松的靴子，杜松穿的是丹的紅翼牌靴子，這表示杜松是去她的衣櫃把它們拿了出來。杜松的腳頗大，即便如此，丹的十號靴子穿在她腳上一定很鬆。杜松可能是趁葛蘿莉跟花農講電話時，進她房間找靴子。葛蘿莉騎到杜松旁邊，想痛罵她一頓，卻看見她閉著眼睛，讓派普載著她往前走，害怕到全身發抖。葛蘿莉決定騎完馬之後，再跟她說這件事。

兩人騎馬前行，道奇在周圍跑來跑去，不時停下查看，又全速奔跑，狂叫不已。葛蘿莉希望這樣可以耗盡牠的體力，讓牠整晚安靜地待在狗屋睡覺。究竟道奇會不會適合某戶人家？小孩會令牠歇斯底里，而太會吠叫是人們將狗棄置在收容所的第二原因。頭號原因是狗無法習慣家居生活，而這通常是飼主的錯，將狗關在狹小空間裡一關就是九小時。杜松和葛蘿莉騎了很長一段時間，沒有交談，融入馬的行走節奏。陽光從橡樹之間灑下，四周只有樹木包圍。

「天堂一定就像這樣，」杜松說：「我可以永遠待在這裡。」

葛蘿莉不知道每個人心目中的天堂是什麼模樣，她只知道如果天堂不讓狗和馬進去，她就不去。「在這裡待上一會是很棒。」

「為什麼不能永遠待在這裡？」

「森林晚上很冷，小鬼頭，而且很多動物都會出來活動。」

「我們可以穿夾克戴手套啊。」

「對，如果都不搞丟的話。說到這個，妳有沒有看見凱迪拉克？」

杜松搖了搖頭，表示沒有。「吹口哨啊，牠會回來的，牠總是會回來。」

葛蘿莉將手指湊到唇邊，吹了聲口哨，側耳聆聽，但什麼都沒聽見。「給牠幾分鐘，然後我們就得往回走。明天是我們第一次辦傳統的新郎新娘婚禮，我覺得很興奮，雖然妳並不這樣覺得。」

「我為那個蛋糕感到興奮，其他就像看過一百遍的無聊戲碼。」杜松尖起嗓音。「『你願意嗎？』『我願意，我願意。』真是一群——」

葛蘿莉伸出手指，指著杜松。「別說粗話。」

「我是要說牛糞。」

「很高興聽妳這樣說。」她們又騎了四分之一哩，橡樹越來越稀疏，道路開始出現。這是個掉頭的好地方，因為往回走的話，又可以在橡樹林裡走好幾哩路。葛蘿莉又吹了兩三聲口哨，但森林之間並沒有黑白相間的狗如子彈般衝來。「我們讓馬停下來，仔細聽聽看。」她說。

「都是我的錯，」杜松說：「我應該好好留意牠在哪裡的。如果發生意外怎麼辦？如果牠受傷，或有人看見牠很漂亮就把牠帶回家怎麼辦？會不會我再也見不到牠了？」

「凱迪拉克很熟悉這片森林，牠會回來的，不過我們暫時讓馬步行一會。」

她們控馬前行，杜松左右張望，尋找凱迪拉克。葛蘿莉這時還不擔心，但若凱迪拉克到了晚上還不回來，她就會開始擔心凱迪拉克可能遇見了郊狼或美洲獅。狗兒一放出去搜尋，就可能遇上惡劣狀況，因此你必須學會不要擔心得太早，不然你會瘋掉。

十分鐘後，凱迪拉克從森林裡衝了出來，嘴裡叼著一隻髒手套。

「牠找到了！」杜松大喊，從派普背上跳了下來，奔向凱迪拉克。「好孩子！這是我的手套！上面有同樣的標籤。牠是不是世界上最聰明的狗？」

「是很聰明。」葛蘿莉說。那隻手套看起來像是從這裡去了一趟海岸地帶，然後再回來。「回去以後把手套洗一洗。回家。」她說，道奇掉過了頭，跟上凱迪拉克。

「等等我。」杜松說，自己爬上了派普的馬鞍。

她們駕車穿過小鎮，加入車流，在紅綠燈和行人前方停下。葛蘿莉若無其事地開啟話題。「我看見妳拿了丹的靴子去穿。」

杜松把收音機轉來轉去，想找一個不播放饒舌歌曲的電台，因為葛蘿莉不聽饒舌歌曲，不僅由於歌詞不文雅，而且因為她聽了會頭痛。她們之間的交集是經典搖滾。喇叭響起美國歌手珍妮絲．賈普林唱的〈我的一顆心〉。葛蘿莉記得當哈蕾在杜松這個年紀時，曾手拿梳子當作麥克風，高唱這首歌。當時這首歌是老歌，那現在算什麼？

「呃哼。」

「丹的靴子本來是放在我的衣櫃裡。」

「所以呢？」

「我們講過規定，妳進我房間一定要先問過我，要拿東西之前也要先問過我，記得嗎？」

「可是妳把靴子放在箱子裡，箱子上面寫著『愛心捐』啊。」

「是沒錯，但還是一樣，我們講好規定的，妳沒有遵守。」

「可是妳叫我去找靴子的！我找過舊衣箱，可是裡面的靴子都沒有我的尺寸，因為我的腳大得跟大象一樣。」

「那妳也應該告訴我，再說妳的腳也沒那麼大。」

「妳在講電話啊！」

「才講了大概五分鐘，妳可以在我講完電話以後問我。」

「說不定我問過，妳忘了。」

又來了，葛蘿莉心想。「告訴我實話，這件事就到此為止。」

杜松沉默下來，葛蘿莉駕車行駛在住宅區街道，找尋圖書館。找到圖書館入口之後，葛蘿莉放杜松下車，然後去找停車位。葛蘿莉進入圖書館後，用公共電話打給卡洛琳，這具電話說不定是世界上僅存的公共電話。

「只是一些愚蠢的事情，」葛蘿莉對卡洛琳說：「她騙我說老師誇獎她，然後我又接到學校的語音電話說她沒交作業。她拿走我梳妝台上的一把零錢，然後又否認。今天她從我的衣櫃裡拿了一雙靴子。」

「葛蘿莉，我必須說，這些事聽起來不是那麼嚴重。」

葛蘿莉沒提到普拿疼，她知道如果提起這件事，杜松就會被送回團體家屋。而她沒提的理由是什麼呢？就如同路易絲所說，杜松沒有把普拿疼吃掉。

「我覺得聽起來很平常，」卡洛琳繼續說：「妳經歷過養子的標準養育過程，杜松沒什麼不一樣，她正在測試妳的極限在哪裡。我們都知道她的問題比這些更嚴重，被拋棄的小孩通常會往兩個方向發展，她可能把父母偶像化，一句父母的壞話都聽不進去，不然就是她可能相信自己之所以被拋棄，是因為自己不夠好。」

「會不會是第三種可能呢？一種比較容易搞清楚的可能？」

卡洛琳大笑。「葛羅，我遇見的每個養子女，對真相都有扭曲的看法。我們都知道她有過可怕的遭遇，而且她還有很長的路要走。只不過說謊的傾向我們實在看太多了。我的牛仔哥哥總是說，他們就是會『膨風』，也許他們只是把自己想像得更好吧。要我猜的話，我會說在她內心深處，她相信父親之所以拋棄她，是因為她永遠比不上合歡。妳去問路易絲，我想妳一定可以找到一些答案。在此同時呢，請妳讓事情保持簡單，只要陳述明顯的事實就好，提醒她以後在沒有妳的允許之下，不准進妳房間，然後走開。」

「好，」葛蘿莉說，儘管她已經這樣試過了。「嘿，妳會去參加蝴蝶溪的聖誕派對嗎？」

「我不會錯過的。」

「妳要帶什麼？」

「最大瓶的廉價葡萄酒和拔塞鑽。妳要做什麼菜？」

「喔，我不知道，某樣菜吧。」

「呃，如果妳需要建議的話跟我說。我最先想到的是妳的餅乾，或是蛋糕。派對上應該要有一個傳統的聖誕蛋糕才對。」

「有果子甜麵包啊。」

「那是德國人的。」

「杏仁餅？」

「義大利人的。不過這兩國人我都不會踢下床。」

兩人道再見，葛蘿莉掛上電話。她是不是因為一雙蠢靴子而反應過度了？她在「新書」書架上找了一本小說，在一張安樂椅上坐了下來，這張椅子是圖書館大約在一九八〇年購入的。小說場景設定在新墨西哥州的阿布奎基市，令她想起喬瑟夫·維吉。

「抱歉。」杜松說。她們坐上車子準備離開時，杜松彎下腰，解開靴子的鞋帶。

「回家再換吧。」葛蘿莉說，累得不想多說。

「所以我被三振出局了嗎？」

「什麼？」

「妳知道的，就好像重刑犯一樣。那些藥是第一球，我發誓我沒偷過的錢是第二球，現在這雙靴子是第三球。我們回家以後，妳是不是會打電話給卡洛琳？」

「妳想要我打給卡洛琳嗎？」

「不想。」

「那就遵守規定，杜松。不要隨意拿東西，要實話實說。如果妳擔心是不是做錯什麼，來找我談。我不會像刑罰系統那樣計算做錯事的次數，我在意的是妳有沒有做對的事，這才是最重要的。」

「做對的事？真的？妳是說真的嗎？」

葛蘿莉決定往光明面看，打了方向燈，駕車離開圖書館停車場，說：「對，真的。」

她們去麥當勞得來速買了可樂和薯條，然後來到大型電器商場，葛蘿莉要買新相機。相機非常昂貴，貴得讓葛蘿莉在櫃檯前等待服務時兩腿直打哆嗦。她不是得學習拍出更好看的照片，就是得把拍照的工作外包出去，而這表示把錢放進別人口袋。她也必須升級電腦，讓電腦可以執行更高階的程式。倘若這門生意可以一直做下去，那今天花的錢就值得了。如果不行，她隨時可以上「克瑞格目錄」網站把相機賣掉。來替她服務的店員年約十六，身材結實，戴著眼鏡，走路外八字，也就是說，他不可能對杜松有興趣。

「我討厭這個地方，」杜松說，煩躁不安，輕敲Word軟體光碟的展示品。她將光碟放回去，嘆了口氣，最後說：「無聊死了，我可以去寵物店看鸚鵡嗎？」

「當然可以，去吧，半小時以後回來。」葛蘿莉說出她想買的相機，店員聽了眼睛為之一亮。「在我開支票以前，你得跟我說清楚怎麼用。」

三十分鐘後，葛蘿莉因為聽了太多操作說明而頭昏腦脹，但她確定自己可以使用這台相機。她買了兩顆備用電池、一個充電器、升級軟體和「傻瓜專用Photoshop」。她收下店員的名片，報名課程，開出一張高額支票，等待電話授權，也不知道是要授權什麼。她在DVD區找到杜松，杜松正在瀏覽特價的驚悚電影。「看這種電影不會讓妳做惡夢嗎？」

「這些電影都很假。」杜松將DVD放回架上，接過葛蘿莉手上的一個袋子。「好重喔。」

「我需要妳幫很多忙，所以我想我可以提高妳的零用錢。」

「真的嗎？太好了。」

杜松是否察覺到葛蘿莉的心臟飆到時速九十哩？是否察覺到葛蘿莉絲毫沒有把握調高零用錢能否解決杜松偷錢的問題？說不定她們兩人都只是在演戲罷了。

她們駕車回家，路上聆聽全國公共廣播電台，兩人又累又餓。「泰瑞・葛羅斯[13]是不是只訪問種族屠殺和恐怖主義的書籍作者？」杜松問道。

「很多重要的事需要更多人知道，」葛蘿莉答道：「我想她採訪的應該是一定範圍的主題。」

「呃，我開車的時候才不想知道這些事。應該有人告訴她，不是每個人每天晚上開車回家都想知道盧安達發生的事，她怎麼不去訪問那些寫平常人做平常事的作者？」

「妳可以寄email給她。」葛蘿莉建議道。

[13] Terry Gross，一九五一－，電台訪談節目Fresh Air主持人，節目透過全國公共廣播電台在全美播放。

「那有什麼用？我這種年齡的人要表達什麼意見？不會有人重視的啦。」

葛蘿莉拍拍杜松肩膀。「我會聽啊。抱歉我提起靴子的事讓妳有這種想法，很抱歉，還是妳有什麼事想告訴我嗎？」

杜松沒有回答。

「我去餵狗，」葛蘿莉說：「這樣妳就可以開始看那個可憐又注定會死的黛絲姑娘。」

「今天輪到我做晚餐，我們要吃什麼？」

葛蘿莉笑道：「應該是通心粉加起士吧。妳在派可寵物店有沒有看見漂亮的鸚鵡？」

「牠們都很棒。我希望我有一隻非洲灰鸚鵡寶寶，這樣我就可以教牠說話。」

「可以啊，妳對動物挺在行的。」

「沒那麼在行，去問派普就知道了。」

「看看凱迪拉克那麼愛妳。」

「妳又不能確定，」杜松說，看著窗外的街燈和聖誕裝飾，「說不定牠以為我是合歡。」

回到家後，葛蘿莉計算狗食、維他命和添加物的重量，她需要花這些時間，才能逐漸接受杜松說的話。剛剛在車上，她立刻對杜松說事情不是她想的那樣，凱迪拉克在第一個晚上就跟她有了連結，而不是因為她跟合歡有血緣關係。但葛蘿莉在內心深處必須承認，凱迪拉克可能記得合歡。千萬不要打邊境牧羊犬，因為牠們永遠不會忘記，葛蘿莉在一本牧羊人書籍上讀過這句話。

這是否表示牠們會記得恐懼，或能夠憶起真實的創傷，就跟人類一樣？倘若發生奇蹟，合歡回來，凱迪拉克是否會拋棄杜松，投向合歡的懷抱？凱迪拉克很聰明，但過去葛蘿莉養的狗有些只是體型碩大的大頭呆，好比豐田，牠只需要食物、每天玩球和長散步，散步時牠可以在樹上尿尿標明地盤，以及玩弄動物的發臭屍體。其他的狗則有感情，像是道奇就非常希望人類給予感情的回饋。福特則不曾信任過人類。葛蘿莉從未打過任何一隻狗，儘管牠們總是給她很多考驗，例如咬死雞隻，或將門板抓到開花。

聰明的狗如凱迪拉克是最難安置的，因為牠們平常需要多元化的活動，以及大量的互動和挑戰。她試著替性情相同的狗和飼主配對，飼主必須了解，一隻無聊又聰明的狗是有破壞性的。凱迪拉克只要接到命令，依然會去趕羊，牠也找到了杜松的手套，但牠已經完全奉獻自己成為杜松的伙伴。杜松上學時，凱迪拉克一整天都在等她走進門的那一刻。如果葛蘿莉在家，到了下午三點，凱迪拉克就會站起來，伸個懶腰，要求出門。葛蘿莉透過廚房窗戶看著凱迪拉克，只見牠一見到巴士，立刻就開始搖尾巴，當杜松踏上車道時，牠整個身體都因為興奮而震動。牠是杜松的，如此而已。

凱迪拉克依然會跟道奇一起吃飯。道奇在院子裡跑來跑去，馬兒監視著牠們的乾草塊，但葛蘿莉看得出凱迪拉克認為自己超越了這些。在這個遼闊的世界裡，拯救一隻要被安樂死的狗幾乎不必花什麼力氣，但每當葛蘿莉成功地安置一隻狗，她會覺得自己做了一件最重要的事。

葛蘿莉越過道路，風吹過樹林，她拉起衣領，朝倉庫走去，這時天空開始灑落雨滴。由於要舉辦婚禮的緣故，馬具、飼料和器具都暫時搬到了丹的工坊。五張餐桌鋪上白色桌巾，取代了原本置於該處的鋸木架和馬鞍。葛蘿莉在每張桌子中央放置高大的水銀玻璃防風燈，裡頭插上淺綠色蠟燭，用來搭配明天送來的聖誕紅。二手商店買來的紅色東方地毯讓木地板溫暖起來，替整個空間賦予一種既滄桑又隨性的優雅風情。這星期稍早，杜松幫葛蘿莉釘了一些層板，放在小教堂，用來放置聖誕紅，替新郎新娘營造彷彿站在冬季庭園裡的氛圍。聖誕紅兩側擺放許多種植在大花盆裡的五呎冷杉，這是葛蘿莉從聖誕樹農場「租」來的。再過兩天，她會把這些冷杉搬上卡車送回去，讓農場當作聖誕樹販賣。她在省錢商店買了一台二手電暖器，替倉庫保持溫暖。電暖器一開，倉庫就會暖烘烘的，正好適合跳舞和用餐，只是希望這次不會再有槍戰上演。

「晚餐可以改成煎熱狗和焗豆子嗎？」葛蘿莉走到餐桌前，杜松如此說道。

「我喜歡吃熱狗。」葛蘿莉說，伸手去拿水壺，在杯子裡倒了水，坐了下來。杜松從圖書館借來的書就放在盤子旁邊。

「我可以在餐桌上看書嗎？」

「現在不行，我想先討論聖誕節的事。」

「那又不用討論很久，」杜松說：「如果只有我們兩個人過，就跟平常差不多，除非要辦婚禮。我們又沒有要交換禮物，是不是？」

「我可能已經替妳挑了一個小禮物。」

「可是我沒有禮物可以送妳耶！妳可以帶我去買東西嗎？我們可以去塔吉特嗎？我可以在妳上班的時候去買，至少替妳挑一個還算像樣的禮物。妳應該先跟我說的。」

「那我們去二手書店好不好？但妳只能花幾塊錢而已。」

「像樣的平裝書都不止這個價錢耶！我至少需要二十元，而且我怎麼知道妳喜歡看什麼書？」

「冷靜下來，」葛蘿莉說：「這次婚禮妳可以賺到這個價錢的兩倍，我會把我喜歡的作者列出來給妳。」接著葛蘿莉提出困難的部分。「我們有兩個選擇。羅娜・坎戴拉里亞要在雜貨店舉辦年度聖誕夜派對，還有我姊姊哈蕾邀請我們去她家過聖誕節，她住在北邊幾小時車程的地方，所以我們必須一大早出門，這樣才趕得回來餵動物。妳會見到我的家族，還有我媽。現場只會有一個男人，就是哈蕾的丈夫巴特。哈蕾會準備大餐，妳也必須盛裝打扮。」

「盛裝是要穿什麼？」杜松問道。

「好看的牛仔褲和襯衫。」

杜松大笑。「媽，如果妳稱呼這樣是盛裝，那妳對真實世界真的一竅不通。」

杜松稱呼她為「媽」。葛蘿莉努力不露出微笑。「謝謝妳的提醒。我在想是不是要邀請他們來這裡過聖誕夜，他們來這裡跟妳碰面，妳也會覺得比較自在。」

「這是妳家，妳決定嘍。」杜松說，伸手去拿番茄醬。

「這是『我們』的家。然後晚餐結束後，也許我們可以去蝴蝶溪。」

「去那裡要盛裝打扮嗎？」

「應該穿一件乾淨襯衫就可以了，羅娜通常會請樂團來演奏。」

「我覺得這樣安排還不錯。現在我可以看書了嗎？」

「當然可以。」

兩人靜靜吃晚餐。明天葛蘿莉將烹調焗烤類的食物，並且計時，這樣才能在上菜前完成約克夏布丁，將熱騰騰又膨脹酥脆的金黃色布丁從烤箱裡拿出來。她告訴自己，這場婚宴就跟過去的聖誕派對沒有兩樣，鄰居歡聚一堂，只不過婚宴不是百樂餐會，大部分的賓客鞋底也不會塞有馬糞，而且丹不會在現場切肉。

衣櫃時間。

葛蘿莉洗碗時，凱迪拉克躺在爐火旁，沉浸在暖意中。杜松放下書本，和艾索玩耍，這還是頭一遭。艾索在客廳奔來跑去，追逐帆布做成的消防栓玩具，玩具連在一條紗線上，杜松一直扯著讓牠咬不到。葛蘿莉沒見過那個玩具，心頭一沉。「那是哪裡來的？」

杜松繼續玩耍，頭也沒抬。「我在派可買的。」

葛蘿莉立刻就想叫杜松拿收據給她看。接下來這四年，她是不是會一直懷疑杜松？她是不是會為了一個附有塑膠啾啾的玩具，把杜松送回輔育系統，而這個玩具在今天晚上結束之前就會被艾索咬壞？但如果杜松順手牽羊被逮到，商店可能會對她提出告訴和報警，讓她的紀錄多上一筆，第二次偷竊足以構成行為模式。郡政府可能會判定葛蘿莉畢竟不適合當養母。葛蘿莉打開融化的餅乾生麵團，生麵團已經可以擀了，然後再切成雪花的形狀。她攪拌加粉的蛋白糖霜，一滴一滴加入淺綠色食用色素，直到顏色可以搭配聖誕紅。這些動作花了大概十分鐘，然後她就忍不住了。「杜松，如果那個狗玩具是妳偷來的，這可能就是三振了，但我祈禱妳沒有這樣做。」

杜松讓艾索咬住玩具，說：「遊戲結束，小鬼。」她撫弄凱迪拉克一會，將牠黑白相間的頭抱到大腿上，搔牠的脖子，牠發出愉悅的呻吟聲。「如果有人真的偷了一個愚蠢的九十九分清倉特價狗玩具，那要如何彌補？」

「這個人可以回去店裡，把錢或玩具或兩者拿給店家，然後道歉。」

「不能用匿名郵寄的方式嗎？就好像在彩色沙漠拿了木化石的人那樣？我在網路上看到說那些偷了木化石的人都走衰運，除非他們把木化石寄回去給公園管理員。公園管理員有一整個房間專門放木化石和信件，那些人在信上寫了自從他們拿了木化石後發生的慘事。」

「聽起來像是罪惡感。我問妳，這個竊賊如果不面對店經理，聆聽順手牽羊的行為如何影響他們的生意，要怎麼學到教訓？偷一個只值五分鎳幣的帆布狗玩具，可能會讓人被控輕罪，而且留下少年法庭的紀錄案底。這種事是會累積的，很快地人們看見妳就會說：『那個手腳不乾淨的人來了。』」

「我跟妳一樣常洗手。」

「這是一種比喻，杜松。」

「比喻是什麼意思？」

「自己去查。」

暫時休兵，杜松去電腦上查字典。「『背離字面意義，隱喻。』在妳問我隱喻是什麼意思之前，我已經查了。隱喻就是利用兩件事物的相似點，用彼方來說明此方，但這兩件事物其實完全不同。例如『月亮就如同掛在天上的銀幣。』但其實月亮是個衛星，冰冷死寂，上面只有一堆石頭，那些愚蠢的人卻假裝它很浪漫。」

葛蘿莉正專心擀麵團，切出完美的雪花形狀。杜松對洗手發表了長篇大論，然後又自動地將餅乾放到烤盤上。難以勝任的感覺沖刷著葛蘿莉，令她不知道該說什麼才好。她將擀麵棍遞給杜松。「要做出完美的餅乾，祕訣在於烘焙之前要先將爐子預熱一小時。我不知道這是為什麼，但這樣做出來的餅乾比較好吃。」

「是誰教妳的？」

「我祖母丹妮絲．史密斯。」

「她住在哪裡？」

「她以前住在新墨西哥州的聖塔菲市，一棟用泥磚砌成的房子裡。我十幾歲的時候她就過世了。」

「什麼是泥磚？」

「就是用黏土、泥土、水、麥稈做的磚頭，早期還會加入公牛血。」

「噁。牆壁是用動物的血做成的，誰會想住這種房子？」

「是用在地板，不是牆壁。」

「我的天啊，那就不能赤腳踩在地上了。會不會發臭？妳是不是跟想念妳丈夫一樣想念祖母？」

每當杜松問及死亡，葛蘿莉都會絞盡腦汁，小心回答，因為她知道杜松其實是在談論她姊姊合歡。「丹妮絲奶奶的一生都生活在平靜中，我希望我可以繼承到她這種特質。她懂得烘焙很多東西，她做的畢茲可餅[14]簡直是只有天上才有。她一輩子都過得很好，也很長壽，但我希望她能再陪我們久一點。」葛蘿莉將抹刀遞給杜松。「慢慢把餅乾放到烤盤上，如果匆匆忙忙，很容易折到餅乾的邊緣，我們可不希望烤出來的雪花是扭曲的。」

杜松又將幾片餅乾放上烤盤。「當妳愛的人去了別的地方，」她說，停了下來，將一顆銀色糖果放進嘴裡。「簡直是爛斃了。」

「妳是說死亡嗎？」

杜松點了點頭。「我不相信世界上有天堂。」

「我也不是很相信，可是這樣讓人更難受對不對？」

杜松並不答話，於是葛蘿莉冒了個險。「這就是妳拿別人東西的原因嗎？是不是為了想永遠擁有自己的東西？如果是這樣，我可以了解，但這還是不對的。」

杜松將烤盤滑入烤箱，設定計時器，從料理台後退一步，伸手自背包裡拿出一張皺巴巴的

[14] Biscochitos，一種以奶油或豬油為基底的餅乾，可能加入大茴香或肉桂，最初由西班牙殖民者引進。

紙，攤平在工作台上。那張紙是價格九十九分狗玩具的結帳收據，以現金付款。她轉過身，拍了拍腿，呼喚凱迪拉克，朝房間走去。葛蘿莉在後頭叫喚她，跟她道歉，她充耳不聞。

凌晨三點，葛蘿莉從夢中醒來，她夢見杜松大腹便便，手上戴著手銬。告訴他們這件事不是我做的，杜松懇求葛蘿莉道。杜松衣衫襤褸，看起來像遊民，臉上的小環多了一倍，葛蘿莉幾乎看不見她的表情。葛蘿莉不管怎麼試，就是無法再入睡，這令她發狂，因為她很需要睡眠。她走進衣櫃，坐了下來，將門關上，屈起雙腿，將臉和雙臂放在膝蓋上，抱著丹的襯衫，掩住哭聲。眼淚來得非常容易，就如同傷口流出鮮血一般。艾索抓搔衣櫃門板。「回去睡覺。」她輕聲說。艾索發出哀鳴，葛蘿莉知道如果不讓牠進來，牠就會吵醒杜松，於是她打開門，讓牠進來。艾索立刻用頭去頂葛蘿莉的睡衣褶邊，想鑽進溫暖之處，找個跟牠剛才離開的窩同樣舒適的地方。葛蘿莉心想，這下可好，我的心都碎了，我的狗卻只想找個舒服的地方睡覺。她討厭自己的心跳反覆無常，眼淚又難以遏止。愚蠢的悲傷有它自己的系統，操控悲傷的系統比她的意志力更為強大。有時眼淚之所以流出，似乎只是為了補充新鮮的淚水。悲傷到底有沒有盡頭？有時她非常痛恨丹，想在他的鼻子上打一拳。哪門子的深情寡婦會想像這種事？她告訴自己，懷孕的杜松只是隱喻，象徵某件事情，而這場夢來自於字典定義的討論。隱喻、月亮……但除了年輕媽媽還隱喻什麼？就如同羅娜警告的，不管妳喜不喜歡，未來的世界將充斥著一夜情。她往後靠去，臀部頂到一樣東西，回頭一看，看見丹的靴子擦得亮晶晶的，繫上鞋帶，放在原本的位置。葛蘿莉想尖叫。杜松再度在沒有得到允許的狀況下，開了衣櫃。

如此一來她完全沒辦法睡了。她沖了澡，換上工作服，走進廚房，開始做菜。

新人有個特別要求，他們要吃手工製甜奶油及現烤酸酵種麵包。太陽一出來，葛蘿莉就打電話給母親，母親這輩子都是天一亮就起床。

「用不鏽鋼碗打發濃稠鮮奶油，下面墊一個大碗，裡頭裝滿碎冰。」母親說：「然後用篩子輕輕地擠出水分。我以前在假日常叫妳們做這些事，這樣妳們就不會來煩我，而且絕對不會失敗。」

「妳怎麼說這種話，觸我霉頭。鮮奶油要打多久？我只有手動攪拌器。」

「那妳有得打了。我可以開車去幫妳，可是妳也知道我的手。」愛芙・史密斯說，她指的是關節炎。這個病名聽起來似乎並不嚴重，好像吃一顆阿斯匹靈就會沒事。由於她的身體持續發炎，使得器官功能持續處於壓力之下，更糟的是，她的關節痛到必須放棄她熱愛的園藝和編織，打橋牌還需要使用特殊持牌器。

「最近醫生怎麼說？」葛蘿莉問道。

「喔，他要我用一種新藥，是用點滴注射，好像在做化療一樣，一個月一次，可是一次的劑量貴得跟一台二手車一樣！我跟他說付不起，如果很痛的話，我就吃半顆泰諾止痛藥。」

「半顆？媽，這樣會有用嗎？」

「我可不想吃上癮，葛蘿莉。」

葛蘿莉知道母親不高興的時候，最好不要跟她爭辯。「所以聖誕節妳覺得怎麼樣？要不要來這裡喝杯蘋果酒，見見杜松，然後我們再一起去蝴蝶溪？那天會有藍草⑮風格的福音樂團演奏，我知道妳很喜歡福音音樂。」

「我覺得很好啊，妳得說服的人是哈蕾。」

葛蘿莉嘆了口氣。「我想巴特應該會喜歡。」

母親大笑。「如果哈蕾叫他不要去，他就不會去。妳們這兩個女孩怎麼長得這麼不一樣？」

「我不知道，媽。也許我的基因扭曲變形了，我們吃了很多荷爾蒙強化牛肉。」

「別說這種話，我們買的是我們負擔得起的食物，我就看不出妳的胸部受到多少影響。」真是夠了。「我要掛了，送花的來了。」

「祝妳一切順利，親愛的。等塵埃落定後再打電話跟我說。」

「聖誕夜如果妳不想開車，我可以去接妳。」

「哈蕾買了一輛新的富豪轎車，如果我不讓她載，一定會被她唸個不停。再說，他們過來載我也順路。」

「愛妳喔，媽。」葛蘿莉說，掛上電話，正好貝蘿・史多克打開前門。「嘿，」葛蘿莉說，轉過身去。「妳有沒有親手做過二十磅的奶油？」

貝蘿大笑。「事實上我在修道院替未婚媽媽做過，我們做復活節奶油羔羊拿去賣，資助教堂。妳還有攪拌器嗎？」

葛蘿莉將手上那支遞給貝蘿，自己又拿了一支。「我會付妳工錢。」

「不用啦，」貝蘿堅持道：「這個一下子就打好了，然後我們就能專心處理花。花都很漂亮，妳看了一定很高興。」

杜松躡手躡腳走過，手裡拿著一個花生醬三明治。

「那是妳女兒？」貝蘿低聲問道。

「對，我的養女。」

「會惹麻煩嗎？」

「喔，她是個好孩子，我只是希望她能建立起說實話的好習慣，可是她心情不好是我的錯，我對她做出錯誤的指控，即使是加了鮮奶油的黑莓薄煎餅都無法補償我的錯誤。」

「妳的碗需要更多冰塊。」貝蘿說。

葛蘿莉看著貝蘿。「不知道耶，我的碗摸起來已經很冰了。」

貝蘿大笑。「溫度會慢慢上升的。我四十歲的時候，以為自己不會再有愛情生活，結果過去這五年我交了三個男朋友。當然了，一個是騙子，一個是鳥語人，幾乎沒有收入。」

「鳥語人？」

⑮ Bluegrass，美國民謠音樂的一種，也是鄉村音樂的分支，靈感來自於英國與愛爾蘭，尤其是蘇格蘭阿巴拉契亞的新移民。

「英俊、有一半原住民血統的猛禽復育者、一文不名、一個很特別的鼓手，不過是個很棒的情人。」

「第三個男朋友呢？」

「他是退休警探，從阿拉斯加跟著我到這裡。他救過我一命，所以我得嫁給他。」

「如果嫌我多事的話請妳明說，但是聽起來妳似乎有點後悔？」

貝蘿望著窗外的冬季景致。先前葛蘿莉看著黑夜變成黎明再變成清晨，天氣非常冷，她必須穿上丹的羽絨外套，才能去打破馬兒的水槽內結的冰。腳下的青草發出碎裂聲。雪尚未結塊，也許聖誕節之前，降雪會覆蓋一切。

「一個女人要怎麼回答這種問題？」貝蘿說：「我的意思是說，我的第一段婚姻很糟，但我像個白痴一樣苦苦堅持，付出慘痛的代價。我單身的時候，跟一些女人住在農場上，那時候非常快樂。可是我很傻，為了一個騙子而離開她們。當時我覺得那個騙子非常好，好得不像是真的，結果妳猜怎麼著？的確不是真的。呃，反正我至少見識過了阿拉斯加，世界最後的邊疆。後來我認識了湯瑪斯・傑克，他開心地住在半桶形活動房屋裡，裡面只有一個柴爐，保持溫暖。我愛傑克，他對我很溫柔，他在我需要的時候讓我走自己的路。我們總有說不完的話。他廚藝很好，也喜歡我的鸚鵡。如果他去世的話，我會跟妳思念丹一樣思念他。但老實說，我內心有一部分渴望餐桌對面只有女性同伴，我們可以並肩工作，養育彼此的小孩，看老電影一起大笑，早餐有時候吃法式焦糖布丁。」

「法式焦糖布丁？都不知道我錯過了什麼。」

貝蘿微微一笑。「有機會來農場看看，來幫忙一個下午，工作很辛苦，但樂趣不斷。我們不會把悲傷鎖在心裡，而是會分享悲傷，讓日子過得容易很多。」

奶油做好之後，葛蘿莉用挖球器舀出一球球奶油，放在大淺盤上，再用塗蠟羊皮紙蓋起來。盤子上的奶油放滿之後，貝蘿幫忙在冰箱裡挪出空間。她們做好最後一盤時，杜松正好回到廚房。

「我把聖誕紅放進小教堂了，玫瑰和花束放在冰箱裡。」

「謝謝妳，親愛的，妳表現得真好。」葛蘿莉說：「杜松，這位是史多克太太。」

杜松嘆了口氣，不正視葛蘿莉的雙眼，卻又不肯放過挖苦葛蘿莉的機會。「我得靠自己才行，」杜松對貝蘿說：「因為索羅門太太不信任我。」

「杜松，不是這樣的，」葛蘿莉說：「還有請不要這樣叫我。」

「索羅門太太，妳經常對我解釋的人生並不公平。」

葛蘿莉嘆了口氣。

貝蘿直視杜松。「看來花是妳負責的，所以有些事妳必須知道。含苞待放的玫瑰必須插在水桶裡，放在陰涼地方，這叫做調節。當妳準備做餐桌擺飾的時候，一定要以四十五度角剪裁花莖，而且要在水裡剪，然後在花瓶裡加入等量溫水和檸檬萊姆蘇打水。別擔心，我帶了一些檸檬萊姆蘇打來。一定要確定花瓶裡的水不要浸到葉子，不然會爛掉。如果玫瑰必須裁切才能插進花瓶，切完之後一定要立刻放回蘇打水裡，這樣才會吸收。」

「要記的還真多。」杜松說。

「對妳來說應該不難。妳媽雖然沒說，但我看妳一眼就知道妳很聰明，妳的才智超過妳的年紀。」

葛蘿莉很想替貝蘿話語中的弦外之音喝采。她心想，這也是共同生活學來的嗎？那我要報名。

「那花束呢？」杜松問道。

「最後一刻再拿出來。葛蘿莉，妳應該在忙得不可開交之前先去看一看，我從來沒見過伴娘的花束比新娘的漂亮，這次的卻是這樣。妳覺得那些花束漂亮嗎，杜松？妳結婚的時候想捧什麼花？」

杜松用手指觸碰凝結在篩子邊緣的珠狀液體，放進口中，做個鬼臉。「噁，比優格還難吃。」

「那是乳清，」貝蘿說：「也就是凝乳和乳漿。」

「我才不結婚呢。」杜松說。

「為什麼？」

葛蘿莉在杜松背後對貝蘿頻打手勢，但最好的方式是直接插話，轉移話題。「她還太年輕了，不會去想——」

葛蘿莉還沒說完，杜松就說：「我不喜歡男人，他們可以壞到讓人無法相信。」

貝蘿說：「很遺憾，這一點我很清楚，我為了愛情放棄了太多自己。到了我這個年紀，要看出自己的錯誤會容易很多，但這也不能改變什麼。不過我可以很開心地告訴妳，世界上還是有一些好男人存在，我丈夫就是其中之一。」貝蘿看著葛蘿莉。「沒有人知道好男人什麼時候會出現，所以妳可以考慮一下，有一天讓男人進入妳的心。」

「我可不想。」杜松說。

這次婚宴全都透過電話和電子郵件安排，因此葛蘿莉尚未見過新娘或新郎。她把馬鈴薯砂鍋放進烤箱，準備將馬鈴薯烤成褐色，這時蘿蘋大聲喊道：「新娘的人馬來了。」

「杜松，」葛蘿莉高喊：「妳能帶他們去休息室嗎？我這裡還在忙，走不開，杜松！」

「妳叫第一聲我就聽見了，索羅門太太。」杜松喊了回來。

她那張嘴可真是的，葛蘿莉心想，我必須在這裡盯著烤爐裡的砂鍋，確定砂鍋不會像丹的山藥那樣燒焦，這場婚宴非常關鍵，我是可以靠辦婚宴養活自己，還是得打電話去塔吉特求他們給我更多上班時數，就看這場婚宴了，她卻在那裡跟我鬧脾氣。更不湊巧的是，卡車現在就需要換新輪胎，無法等到第二年。砂鍋和其他焗烤食物都放在同一個一九六〇年代的烤箱裡，這樣會對溫度和食物造成難以預料的影響，因此葛蘿莉不敢貿然離開廚房。她坐在地上，看著烤爐的玻璃門，說出唯一一種她會說的禱告詞：請保佑食物烤出來是完美的。紅色馬球衫不適合我，我也還沒老到可以一星期穿五次卡其褲。我一定要算出進帳和支出的每一分錢，晚上才有辦法入睡。焗烤菜餚啊，請平均地烤成褐色，中央是粉紅色。另外，掌管讓人墜入愛河的不論是邱比特或愛神都好，請讓愛之箭滿天飛舞。上帝或造物主啊，請讓我承辦更多婚禮，請幫助我和杜松，還有請賜福予我，儘管我並不值得。

就在此時，艾索奔進廚房，將帆布玩具放在葛蘿莉腳邊，發出有如貓一般的奇特顫音。葛蘿莉撿起玩具，丟進客廳。罪惡感再度爬滿她全身。

焗烤菜餚繼續烘烤。砂鍋一拿出來，葛蘿莉立刻用錫箔紙包住，讓它們保溫。她敲了敲休息室關著的門。「莉麗，我是索羅門太太，需要幫忙嗎？」

「我們沒問題。」許多女性聲音傳出來。

「太好了，妳們準備好就跟我說。一切都已經安排妥當。妳的客人陸續到了，而且雨好像停了，真是太好了。」

葛蘿莉帶領客人進入小教堂，用新買的數位相機拍了幾張照片，然後查看。非常完美。她檢查電池狀態，腳下踏著她那雙好鞋子，喀噠喀噠越過陽台。她在臉頰上鋪了蜜粉，整理藍色洋裝的領子。上次辦海盜婚禮，她也是穿這套洋裝。她回到廚房。杜松已換上黑褲子白襯衫，圍上赭紅色圍裙，一身服務生的裝扮。杜松站在門口，眉頭緊蹙。

「怎麼回事？」葛蘿莉問道。

「妳真的得去買新衣服。」

「這套洋裝怎麼了嗎？」

「沒怎麼，只不過它是一九八〇年代的款式。還有，妳聽過燙髮夾這種東西嗎？」

「多謝啦。」

「我只是實話實說而已。」杜松說。

電話響起，葛蘿莉接了起來。「索羅門橡樹婚禮小教堂你好，我是葛蘿莉，需要效勞嗎？」

「嗨，」一個女性聲音說：「我在雅虎的『本週精選』看見你們的網站，覺得很棒，不知道情人節當天你們有沒有空，可以委託你們辦婚禮嗎？」

雅虎刊登了她的網站？葛蘿莉吸了口氣。當然有空。每天都可以接工作。就算聖誕夜有人想在她的小教堂結婚，她也會立刻取消跟家人聚會的計畫，但她不敢讓這位準新娘知道她是個狗急跳牆的農家寡婦。「我查一下喔，請稍等。」她用手掌摀住話筒，正好看見蘿蘋拿著自助餐盤朝門外走去。「杜松！雅虎刊登了我們的網站！我們又要辦一場婚禮了，不知道妳們介不介意在情人節那天工作？」

「當然可以，索羅門太太，」蘿蘋說：「我只要不上課，每天都可以工作。」

「杜松？」

「難道我有選擇嗎？」

「有，妳有選擇。」

「我可以加薪嗎？」

「我才剛加了妳的零用錢。」

「我花了二十分之一的零用錢，買玩具給一隻渴望有玩具的狗玩，這叫做利他主義，這個名詞妳可以去查字典。一個月零用錢要再多七元五十五分才算公平。」

葛蘿莉沒力氣爭論。「我們晚點再討論。」

兩名少女拿了公用餐具走出後門，朝倉庫走去。

葛蘿莉拿起電話。「妳想訂什麼時間？」

「如果可以辦午餐婚宴就太好了。」

「妳很幸運，這個時間我們有空。我在本子上記下來。我需要訂金和妳的連絡方式，訂金恕不退還。」她在明年月曆上的那一天用筆畫起來。二月十四日正好是丹的逝世週年前兩週。「請給我妳的電話，我明天再打給妳。我們這裡有一場美好的冬至婚禮晚宴正要舉行。」

「他們是威卡教徒嗎？」

「據我所知應該不是，為什麼這樣問？」

「我在網路上看見海盜鬥劍的照片，妳看起來思想似乎挺開放的。」

「只要不會傷害動物，支票可以兌現就好了。」對方大笑。葛蘿莉說只要支票兌現，她就會訂下那個日子。

「支票應該明天就會寄到。」

「妳最好趕快出來，」杜松說，葛蘿莉正好掛上電話。「大家都已經在小教堂了，而且快樂、快樂、快樂得不得了。他們準備要開始舉行儀式了。」

葛蘿莉趕到教堂。教堂裡充滿松木的氣味，乳白色聖誕紅及一盆盆冷杉讓整座教堂煥然一新。新娘和伴娘站在小教堂後方，沒有其他伴隨的親人，也沒有花童。她們身穿淡綠色絲質及塔夫綢禮服，顏色和乳白色聖誕紅搭配得完美無比，葛蘿莉認為她的新相機一定可以將她們拍得非常美麗。「每個人都拿到正確的花束了？」葛蘿莉問道。她們點了點頭，葛蘿莉對杜松做個手勢，杜松對蘿蘋點了點頭，蘿蘋請吉他手開始演奏。

葛蘿莉不知道德國巴洛克時期作曲家帕海貝爾的〈卡農〉，也能用古典吉他彈奏。兩名女子勾起手臂。葛蘿莉心想，真是一對好朋友，要一起分享這特別的時刻。但是當她們一同踏上走道，賓客起立，而且幾乎清一色全是女性時，葛蘿莉才發現她誤會了。兩名女子在牧師面前停下腳步，面對彼此。牧師名叫諾拉・范・派頓，是貝蘿介紹的。站在聖壇前等待她們的是另外兩名女子，其中一名身穿灰白色燕尾服的短髮女子，站在傳統上伴郎的位置。伴娘身穿象牙色禮服，蕾絲袖子甚長，看起來像是舊日的古典禮服。

「是誰引領這兩位女子在婚禮中結合？」范・派頓牧師問道。其中一位新娘笑道：「呃，一定不是加州政府嘍。」

「有朝一日！」有人在座席上喊道。

幾位賓客發出咯咯笑聲，但宣讀誓詞時，這對新人十分莊重嚴肅，就跟海盜一樣。長椅上的賓客勾肩搭背，低聲說話。兩名幼稚園年紀的孩童等待不及，拋撒出五彩碎紙。葛蘿莉知道那些五彩碎紙會留在地板裡好幾個月，但是沒關係。

杜松拍了拍葛蘿莉的肩膀。「新郎在哪裡啊？」

「噓。」葛蘿莉說，舉起相機。

「她們是不是……？妳知道的。」

「看來應該是。」葛蘿莉依照店員說明的相機使用方式，捕捉完美的片刻。這對伴侶將來可以拿照片給她們的曾孫看，證明在她們的黃金年代，人們的思維有多落後、多狹隘。

由於蘿蘋和杜松都未成年，因此葛蘿莉負責倒香檳。這次的婚宴不是自助式，而是以餐盤上菜。婚宴進行不到四分之一，蘿蘋就對葛蘿莉露出驚慌的表情。「索羅門太太，他們在要第二份，我們的食物快不夠了。」

「上更多麵包。」葛蘿莉說，跑進廚房，用微波爐熱了四條冷凍酸酵種麵包，匆匆切片。她將麵包放在兩個餐盤裡，叫杜松端出去，同時再端上數瓶橄欖油、義大利黑醋、幾株迷迭香，因為奶油已經用完了。「叫樂團開始演奏，鼓勵她們跳舞。」葛蘿莉說。她正準備再烘焙兩打餅乾，卻想起哈蕾的點心，這點心適合早午餐、午餐和宵夜吃，也是她的復活節菜單主菜：青辣椒雞蛋糕。葛蘿莉拿出這星期原本要拿去合作商店賣的幾碗雞蛋，以及她用郵購買來的五罐新墨西哥青辣椒。她為了節省時間，買的是已經磨碎的起士，因此現在只需要麵粉、發粉和鹽就夠了。她將原料放進最大的砂鍋，送進烤箱烘焙。再過四十五分鐘，熱騰騰的雞蛋糕正好可以端出去讓賓客在跳舞後、吃蛋糕前食用。最後她將恭送酒足飯飽、玩得盡興的賓客回家，這些賓客將等不及要把這座小教堂推薦給親朋好友。

大家對著蛋糕猛拍照，葛蘿莉擔心蛋糕還來不及切就會融化。

「看看那些小花瓣。」一名賓客說。

「它怪怪的，就跟妳一樣。」克利斯對新婚妻子說，兩人大笑，餵了彼此一口蛋糕。葛蘿莉將最上層的蛋糕放進小盒，讓兩位新娘帶回家。一名灰髮女子走過來邀請葛蘿莉共舞，葛蘿莉欣然答應。灰髮女子酷似葛蘿莉母親的牌搭子歐寶。杜松站在一旁，看得瞠目結舌。蘿蘋端出剛出爐的雞蛋糕，賓客紛紛端起盤子，過來排隊。葛蘿莉體認到，日後一定得先把備用計畫準備好才行。

婚宴結束後，桌上完全沒有剩菜，連一片碎餅乾都沒有。杜松慍怒地坐在客廳，抱著凱迪拉克。

「妳還在跟我生氣那個狗玩具的事嗎？」葛蘿莉問道：「那件事是我錯了，我已經跟妳道歉五十多次了，都不知道有沒有用。」

「我沒吃到蛋糕。」

「喔，我也沒吃到。」

「可是我很期待吃到蛋糕。」

「杜松，那是她們的蛋糕，她們付錢買的。」

杜松嘟出下唇，猶如五歲小女孩。葛蘿莉對自己說，愛吃甜食總比嗑藥好。

「這樣好了，」葛蘿莉說，儘管她累壞了，只想直接躺在沙發上呼呼大睡。「如果妳說妳原諒我，我現在就進廚房幫妳做一些杯子蛋糕。」

「紅絲絨的嗎？」

葛蘿莉嘆了口氣。「應該是吧。」

「上面有巧克力奶油糖霜？用那種非常好的黑巧克力，說不定上面還有一些白巧克力？」

葛蘿莉大笑。「還是妳來做糖霜？而且杯子蛋糕要涼了才能塗上糖霜。」

「我不在乎，我用沾的就好了。妳可以在上面撒上那種銀色的東西嗎？」

「嘿，我還在等我的道歉被接受。真的很抱歉。」

「我已經原諒妳了，只是沒大聲說出來而已。」

「呃，人家會想聽啊。」葛蘿莉說，勉強讓自己站了起來。

「我正式赦免妳假設我是犬類小玩具偷竊慣犯一事。」杜松微微一笑。

「字典到妳手中都變成致命武器啦？好吧，我們去打奶油和糖吧。希望還有雞蛋，不然妳得爬進雞舍，從海瑟身上擠出雞蛋。」

將近午夜，清理工作結束，狗也放了出來，杜松走過來坐在沙發上，就坐在葛蘿莉身旁，替葛蘿莉按摩脖子和肩膀。杜松的力道有點太大，但葛蘿莉盡量忍受，因為她知道自己必須對杜松的這個舉動表示感謝，這一點非常重要。杜松按摩完之後，將頭枕在葛蘿莉的大腿上，看著壁爐。狗兒躺在壁爐前的地毯上，吸收熱氣，猶如四隻腳的太陽能板。葛蘿莉屏住呼吸，不知如何回應這種情感上的量子跳躍。

葛蘿莉將一隻手放在杜松的頭髮上。杜松很快就必須決定頭髮是要染還是要剪，今年並不流行黑髮根部出現兩吋的淺褐色頭髮。

「媽？」

媽。即使麻煩多多，葛蘿莉還是愛這個孩子。「什麼事？」

「要怎麼樣才會知道妳是同性戀呢？」

「我猜妳就是會知道吧。妳對女人會有情感上或是……」天啊，這要怎麼說呢？「……身體上的感覺嗎？」這個說法也太爛了，像是爭取加入排球隊的說詞。

「除了凱迪拉克之外，我對任何人都沒有感覺。」

「妳是說連對我這個索羅門老太太也沒有？」

「我們在討論的不是這個。」

「那我們是在討論什麼？」

「今天晚上看到那些女人，有些打扮得像男人，有些看起來完全正常，就跟平常在街上看到的人沒有兩樣。跟妳跳舞的那個女人，看起來很像蜂后費爾普斯校長。」

「沒錯，是有點像。但費爾普斯校長是個好人，雖然妳現在看不出來。杜松，今天來參加婚宴的人都是『正常』的，無論她們喜歡的伴侶是誰。」

「我上網查過變成同性戀的原因。」

葛蘿莉將杜松的頭髮順到耳後。「我覺得在這方面，網路似乎不是個找尋答案的好地方，外頭有許多人會基於恐懼來說一些或做一些仇恨的事。」

「我不是說這個啦！我知道歧視是什麼意思。我的意思是說，我還是恨我上個寄養家庭的那些男生，他們只會取笑我的胸部，有時候還會抓我的屁股，把我弄哭。我恨他們。我每看見一個男生都會想，他會不會是下一個折磨我的人？這是不是代表我是同性戀呢？」

葛蘿莉嘆了口氣。她想到貝蘿的丈夫，她丈夫救了她一命。丹則散發出有如僧侶般的和藹態度。為什麼上帝或不管是哪個神，不讓丹繼續活在世界上，作為青少年的榜樣？「杜松，那些男生對妳做的事是不對的，這跟妳是同性戀、異性戀，或有待探索，都沒有關係。他們只是還不成熟的搗蛋傢伙，荷爾蒙太多，行為又不檢點。」

「就跟我一樣。」

「妳有時候也很煩，但妳不會搗蛋。」

「每次我只要想到他們做的事，就會很生氣。」

凱迪拉克站了起來，她感覺到杜松的話聲有異。道奇翻了個身，發出呻吟，準備溫暖另一側的身體。艾索爬到道奇身上，趴了下來，閉上眼睛。我們是一家人，葛蘿莉心想。這時已過了就寢時間，但葛蘿莉知道她不能打破這個母親與孩子互相擁抱的嘗試。她猜想有個女兒應該就是這種感覺。

「說不定這樣比較好，」葛蘿莉說：「有時候生氣是健康的。下次妳碰見路易絲可以問她。」

「有時候我會做惡夢。」

「我知道，我有聽見妳哭。」

「我沒辦法控制。」

葛蘿莉揉揉杜松的手臂。「妳經歷過這麼多事，如果這些事發生在比較軟弱的人身上，早就崩潰了。比如說像我就是。妳很堅強。天啊，我多麼羨慕妳的堅強。我發怒或悲傷的時候，只會坐在衣櫃裡哭，妳說蠢不蠢？」

「我知道，我也有聽見。」

「我們真是一對。」

「妳也不喜歡男人，我看得出來，妳是同性戀嗎？」

「不是，親愛的。有些人愛女人，有些人愛男人，有些人男人女人都愛，有些人男人女人都不愛。有些人一生都是如此，有些人只是暫時性的。擔心這些只是自找麻煩罷了，就讓生命開展出自己的樣貌，讓妳自己感到驚奇吧。誰知道呢？說不定有一天妳會跟今天的莉麗和克利斯一樣開心，說不定這就是屬於妳自己的道路。」

「有時學校的同學比較煩。」

學校週二開始放假，這表示從週二開始到一月二日，杜松一天二十四小時都是空閒的。「他們有打擾到妳嗎？」

「喔，妳知道的，他們會叫我『樹怪』或『馬屁精』。」

「這樣不太好，妳是不是應該去跟費爾普斯校長說？」

「妳是在開玩笑嗎？妳知道這樣會把事情搞得更糟嗎？」

「我希望妳的想法可以改變，杜松，我真的希望。有法律可以對付霸凌。」

「不要。」

火焰燒透木柴，發出爆裂聲和劈啪聲。葛蘿莉累得站不起來。她努力工作是一回事，但是自從杜松搬來索羅門橡樹牧場之後，生活是否變得比較美好？這個聖誕節會不會演變成一場災難？有一天她是否可以不再擔心錢的問題？艾索每過一會就抽搐一下，令道奇發出呻吟，睜一眼閉一眼睡覺的凱迪拉克則露出不解的神情。葛蘿莉覺得大腿上的杜松越來越重，當她確定杜松睡著了，就唱了一首加拿大鼓手尼爾·佩爾特的〈樹〉。歌詞大意是說，橡樹自私地阻擋陽光，卻敵不過楓樹聯合卡車司機，載來小斧頭、大斧頭和鋸子。葛蘿莉把歌詞中的楓樹改成杜松，雖然搞得不合節奏，但還是可以唱。

7

喬瑟夫

喬瑟夫感覺腳下傳來震動，以為發生地震。一匹眼神發狂的馬奔了過來，韁繩在後頭飛舞，馬背上的女子為了保命，死命地抓住鞍頭，同時放聲大喊：「停下來！停下來！」喬瑟夫立刻就認出那名女子就是臉上掛著小環、在海盜婚禮上拷問他背景的少女。她的名字很怪異，不知道是雪杉還是白樺，總之是某種樹的名字。「誰來救我！」少女高聲喊道。喬瑟夫心想，這個「誰」應該就是他了。

要讓一匹暴衝的馬停下來，必須展現權威，同時保持冷靜，但如此激動的馬應該察覺不到這些態度。最好的方式是拉住韁繩，扭轉馬頭，讓馬轉彎或繞圓圈，這樣馬就會放慢速度。正當危急之際，慢下來總是好的。對喬瑟夫來說，幸運的是那名少女死命抓住鞍頭，看來坐得挺穩。而且對大家都幸運的是，那匹馬沒有踩到韁繩，否則連人帶馬都會摔在地上。喬瑟夫朝那匹馬奔去，抓住左側韁繩，用力拉住。他腳下一個踉蹌，心裡擔心自己會跌倒，但又立刻找到立足點，拉住韁繩。皮製韁繩擦傷他的手掌，但那匹馬已從疾奔轉為小跑。再過去不遠之處就是濃密的橡樹林，隨便一根樹枝都可以把少女打下馬背，說不定還害她摔斷脖子。但那匹馬卻還不停步。喬瑟夫別無選擇，只能跟在旁邊奔跑，背部疼痛不已。「抓住牠的鬃毛！」

「我不能放手！」

「妳可以！」馬兒的頭部被拉得斜到一邊，腳步只能慢下來，變為行走，最後才給喬瑟夫說服，停下腳步。這匹可憐的馬和牠背上尖叫驚恐的少女同樣害怕，牠胸腔起伏，頸部覆蓋著一層汗沫。喬瑟夫用穩定的聲音，不斷重複說著：「嗬，嗬。」馬兒鼻孔張開，但呼吸已緩和下來。再過幾分鐘，喬瑟夫就能把少女扶下來，將馬兒牽回來處。「妳看，」他說：「我就知道妳辦得到，好女孩。」

如今馬兒站定了，少女放開一隻顫抖的手，抓住馬的鬃毛。「現……現在要怎麼辦？」

「等一等。」喬瑟夫拉住另一條韁繩，將噴著鼻息的馬牽往另一個方向。最危險的部分結束了，但喬瑟夫知道他還不能放鬆下來。「嗬，老弟，就是這樣。」然後他對少女說：「好了，抬起妳的右腿，越過馬背，慢慢下來。」

「我不行。」

「妳可以的。」

「我會掉下去。」

「妳如果掉下來，我會接住。」喬瑟夫的心臟受到腎上腺素刺激，劇烈跳動。他難以想像一個少女碰到這種事，會有什麼反應。他在鄉下住過很長一段時間，看過不少馬兒造成的意外。他無法明白，為什麼有些人會認為自己天生就會騎馬？他學到的馬術第一課就是控制馬兒緊急停止，因此他心裡納悶，為什麼葛蘿莉・索羅門沒有教女兒這一課？

這時少女哭得更激動了，喬瑟夫拍拍她的腿。「來吧，抬起右腳，離開馬鐙，把身體重心放在左腳。」

少女終於把右腳拖了過來，喬瑟夫抱住她的腰，幫助她落下地面。少女一下馬就尖聲叫道：「把你的手拿開，你這個變態！」

馬兒再度受驚，跳了起來，差點把喬瑟夫的右手臂拉得脫臼。喬瑟夫拍拍馬兒強壯的頸部，讓牠冷靜下來。他們運氣真的很好。沒經驗的騎馬者加上受驚的馬，再加上他剛好在樹林裡拍照，等於十足十的好運氣。這時他注意到那隻邊境牧羊犬站在一旁搖尾巴，彷彿這種事每天都在上演。「你啊，」喬瑟夫說：「你看起來這麼冷靜，怎麼不把馬趕回家呢？」

那隻狗只是搖尾巴。

少女仍在哭泣，喬瑟夫從褲子口袋拿出紙巾，給少女抹去淚水。他光顧的餐廳都給他太多紙巾，他又不喜歡丟掉，因為太浪費了，於是口袋裡常常塞了一團紙巾，洗衣服時總是造成麻煩。「妳還記得我嗎？我們在婚禮上見過，我就是那個負責拍照的前任警察，妳打包給我帶回家的剩菜很好吃。」

少女抹了抹臉。「喬瑟夫？聖誕夜你在這裡幹嘛？」

「喔，老樣子啊，對馴鹿拔槍、尋找莊重的典禮來破壞、拯救騎馬暴衝的少女。」這時馬兒已恢復正常呼吸，不再那麼驚恐，少女也是。喬瑟夫環顧四周。「妳不會是一個人騎馬吧？妳媽媽呢？」

「我不是一個人，我的狗凱迪拉克跟著我。」

「原來如此。好了，請恕我說話口氣像警察，但是在妳熟練騎馬之前，一定要跟別人或一群人一起騎馬。妳的馬可能會絆倒，把妳摔下來，任何不幸的意外都可能發生。」

少女停止哭泣，但仍在顫抖。「我又不是初學者！現在沒事了。」

喬瑟夫想回話說，除非妳能夠一直控制住妳的馬，否則妳就是初學者，但還是把話嚥了回去。「妳放開了韁繩，還大吼大叫。」

少女將雙色頭髮撥到耳後。「那你自己呢？如果你聖誕夜一個人在這裡跌倒了，卻沒有人看見怎麼辦？」

也有道理。「妳還是沒回答我的問題，妳媽媽呢？」

少女別過頭去。「你不是應該跟家人在教堂或家裡嗎？我沒有家人，所以我想做什麼都可以。」

「這對妳媽媽來說可是新消息。」

喬瑟夫轉過了身，牽著馬朝反方向走去。「我的家人距離這裡八百哩，我想念他們。」

「你為什麼沒跟女朋友去看電影，或在遊民之家幫忙？端上即食馬鈴薯泥和褐色的罐頭肉汁。」

少女說完這句話又高聲大笑。她剛才還放聲大哭，現在卻笑得歇斯底里。喬瑟夫心想，她會不會嗑藥或喝醉才會這麼亢奮？還是說她平常就是這樣？

「妳覺得遊民很有趣？」

「當然不是，」她說：「可是他們一年只過兩個節日？」

「總比沒有好吧。」

「喔，也對。不然好像別人一直提醒他們沒有家人，所以才去遊民之家領取勉強像樣的食物。食物聞起來很香，看起來好像也很好吃，可是舀一湯匙肉汁放進嘴裡，就會發現吃起來像褐色的鼻涕。」她又大笑。「抱歉，你一定得去過才知道。」

「聽了這些，我很慶幸我沒去過。杜松，樹的名字。」

「什麼？」

「妳的名字，我剛剛才想起來。」

「我是要頒獎給你，還是替你多加一點肉汁？」

她再次大笑。杜松這個名字還不算太怪，喬瑟夫的家鄉有人姓「花斑馬」（Spottedhorse）或「雙山坡」（Twohills），有的姓氏還帶連字號，唸得舌頭都打結，例如「維利—山卻茲—迪—加拉多—伊格列沙—蒙托尤」。「妳媽媽不知道妳跑來這裡對不對？」

杜松拍了拍馬兒的脖子，馬兒已平靜下來。「她去買餅乾和起士球。今天晚上很重要，她的親戚都會來。」

這是什麼意思？「妳有得到獨自騎馬的准許嗎？」

杜松聳了聳肩。「我只是逃獄半小時而已，又沒什麼大不了。我在她回家以前回去就是了，我會把馬刷洗乾淨，她什麼都不會知道。你今天是來拍照嗎？」

「對。」

「拍什麼？」

「這些橡樹。」

「我知道為什麼，如果你拍攝樹林裡的樹來構圖，那負空間就變得跟主角一樣重要。麥可．布塞爾就是這樣做的。」

喬瑟夫聽杜松提到英國攝影師麥可．布塞爾的名字，甚感訝異。認識麥可．布塞爾這個人，代表你曾經仔細研究攝影，探索偉大攝影師的作品。「呃，今天不拍了，我要帶妳回家。我的車是那輛黃色的……」

「陸地巡洋艦（Land Cruiser），我知道。」杜松用鄙夷的眼神看了喬瑟夫一眼。「我對你感到很失望，喬瑟夫。你外表看起來很酷，帶槍更是加分，可是你一開口就跟其他大人沒兩樣，你不信任青少年。」

「我信任啊，我只是不信任圍繞在他們周圍的世界。來吧，我幫妳上馬，妳讓這匹馬保持步行。」

「我牽牠回家就行了。」

喬瑟夫知道，如果杜松用牽的把馬帶回家，她以後絕對不會再騎馬了。「喔，不行，既然妳要騎馬，那就騎到底。」

「為什麼我要聽你的？我們又不熟，嚴格來說，你是個陌生人。」

「妳忘了我有帶槍嗎？」他拍了拍夾克左側，通常槍套都放在那個位置。海盜婚禮隔天，他就買了一個有鎖的箱子，把槍放進去，再把箱子收在床底。他終於承認在納西緬托湖被人搶劫的機率很低，除非出現武裝花栗鼠。「而且我會去跟妳媽告狀。一日條子，終身條子。」

「條子。」杜松聽了大笑，但還是讓喬瑟夫撐起她的右腿，協助她爬上馬鞍。

「放輕鬆。」喬瑟夫說。

「我很放鬆啊！」馬兒聽見嚇一跳。

「不要用喊的。」

「我沒喊啊！走吧，凱迪拉克。」那隻身法輕盈的藍眼狗當先領路，馬兒猶如一千磅重的磁鐵跟隨其後。

喬瑟夫駕車行駛在他們旁邊，時速五哩。他們越過鄉間道路，進入索羅門牧場的車道。喬瑟夫將車子停在倉庫前爬滿藤蔓的柵欄旁，開門下車。他還沒關上車門，杜松已穿過柵門，以一馬赫的速度刷拭那匹馬。她還非常年輕，以為只要用力刷拭，就不會留下犯罪證據。喬瑟夫在刑事鑑識實驗室工作多年，知道大多數犯人都會留下昭然若揭的名片。反正呢，沒有得到准許就騎馬外出，是杜松的問題，不是他的。柵欄裡另一匹花斑馬發出尖銳嘶聲，彷彿知道牠最好的朋友受人威脅要橫越全國。「這兩匹馬看起來難分難捨，」喬瑟夫說：「妳怎麼會想自己一個人騎這匹馬出去？」

杜松默然不語。她拿了一大把燕麥給那匹母馬，但那匹母馬卻讓燕麥落在地上。「蟋蟀，閉嘴！」她高聲說：「我怎麼知道派普會突然發狂？」

「妳想想看，如果蟋蟀跳出柵欄，跑到鄉間道路上怎麼辦？發狂的馬不會停下來左看右看，等妳媽媽回家才會發現慘劇已經發生。」

「真是老套。」

哎呀，暴虐的少女，喬瑟夫心想，這種人會嫁得出去才叫奇蹟。

派普來到通往畜欄的避讓處，安頓下來之後，杜松轉頭對喬瑟夫說：「你可以走了。」

杜松將刷拭用具留在倉庫外頭，索羅門太太一眼就能看見。他是不是應該跟杜松說？還是讓她被逮到？「今天是聖誕夜，所以我要送妳一樣禮物，可是我想要有個回報。」

「什麼回報？是不是性？」

喬瑟夫嘆了口氣。「不好笑。我要妳認真答應我，以後不會再一個人騎馬出去，可以嗎？」

「那要看禮物是什麼。」

他指著馬具袋、散落的刷子和一塊馬鞍肥皂。「把那些東西放回原位吧，不然妳媽媽一看就知道妳做了什麼。」

杜松收起馬具袋，拿進倉庫，喬瑟夫想像每樣器具在裡頭應該都有各自的擺放位置。「謝了，」杜松說：「每次有麻煩你都會出現耶，真奇怪。」

「巧合吧。」

杜松搖了搖頭。「我累死了，我今天已經餵了狗、羊和雞，用漂白劑和牙膏刷洗了雞舍的磁磚縫，替壁爐架打蠟和擦亮，掃地，摺疊洗好的衣服。我甚至還把蘋果酒和香料放進慢煮鍋，準備迎接親戚的來臨。我應該改名叫灰姑娘才對。」

喬瑟夫咯咯輕笑。「親戚有什麼不好？每個人都有親戚。」

「他們是索羅門太太的親戚，又不是我的，我是養女。」

「那妳真走運。」喬瑟夫認真地說。

「對啦，呃，她把我當成奴隸。」

「妳有零用錢嗎？」

「有。」

「多少？」

「我才不告訴你，好讓你拿來數落我。」

「有些小孩是沒有零用錢長大的。」

杜松表現出來的感謝之意被冰冷死寂的眼神所取代。「有些小孩根本沒機會長大，喬瑟夫。該死的聖誕節快樂。快走啦，不然我告訴索羅門太太說你非禮我。」

「記得《狼來了》裡頭的小孩嗎？聖誕快樂，小鬼。」

葛蘿莉

「請進請進。」葛蘿莉說，扶著母親愛芙的手臂，巴特扶著打開的正門。冰涼的冷風和壁爐的熱氣相互交融，熱蘋果酒的氣味瀰漫在屋子裡。「我做了些開胃菜。」葛蘿莉說，帶著愛芙坐上佈道院風格的搖椅。愛芙身穿紅色褲裝，戴了一串「百花盛開」印地安銀項鍊。橡木搖椅的椅背和扶手讓老人家容易坐下和站起。「媽，妳今天晚上很美。」

「謝謝，親愛的。見到妳真高興，好久沒來妳家，都不知道上次來是什麼時候的事了。」

葛蘿莉知道。上次是將近十個月前。丹去世隔天，愛芙就鼓起勇氣，駕車穿過高速公路和鄉間小路，只為了來站在爐子前，做「鮮奶吐司」給女兒吃；小時候葛蘿莉病後療養，愛芙總是做鮮奶吐司給她吃。愛芙的舒適圈是住家方圓十哩，活動範圍甚少超過這個距離。做完鮮奶吐司之後，愛芙坐在沙發上，抱著葛蘿莉，唱了四段的〈恩門大開〉給她聽。

葛蘿莉打個手勢，要杜松靠近一點。「媽，這是杜松，我的養女。杜松，這是我母親愛芙·史密斯。」

杜松的聖誕節服裝是那件過大的黑色毛衣和黑色牛仔褲，外頭套了紫色的凱爾特立馬圖案T恤。她拒絕再搭配圍巾、項鍊或聖誕樹胸針。這是她選擇的打扮，絕不改動。她也戴上了所有的小環。「很高興見到妳，史密斯太太。」

「哈囉，杜松。」

杜松端了一杯熱蘋果酒和一根肉桂棒給愛芙。「請用，很好喝喔。」

「這是杜松做的。」葛蘿莉說。

「謝謝，」愛芙說：「妳的眉毛和其他地方戴了飾品，看起來很熱鬧。告訴我，穿洞的時候會痛嗎？」

「一點點。」

「學校准妳戴這些嗎？葛蘿莉說妳現在念金城高中一年級。」

「學校不准，可是我一回家就會戴上。」

巴特扶著門，讓哈蕾進來。哈蕾小心翼翼走著，懷裡抱著一個用綠色玻璃紙包裝的大禮物籃。「聖誕快樂。」她說，將籃子放在廚房料理台上，料理台擺著一盤餅乾和裹著杏仁片的濃味切達起士球。哈蕾脫下麂皮外套，交給葛蘿莉，葛蘿莉抱了抱她。

「謝謝，哈蕾，聖誕快樂。」葛蘿莉指著一個以褐色紙包裝的箱子，上面裝飾著一顆松毬，再用拉菲亞樹葉打個蝴蝶結。「我做了五種口味的果醬，讓妳帶回去。」她抬頭望向巴特，巴特的衣著看起來最為舒適，他身穿褪色牛仔褲、休閒鞋和合身的綠色毛衣。「哈蕾、巴特，這是杜松，我的養女。」

巴特跟杜松握了握手，靠近了些，問她T恤上的圖案。「我們去過愛爾蘭兩次。」他說。

「你們有去看巨石陣嗎？」

「巨石陣是在英國，」他說：「不過我們有去看過，而且把地圖上的每個石陣和柱腳都看過了。希望有一天妳能去看看。」

哈蕾說：「哈囉。」但跟杜松保持距離。

葛蘿莉看著姊姊環視屋內，試著用她的眼光來看事物。毫無疑問，哈蕾細數每根掉落的狗毛和舊木地板上的刮痕。無論葛蘿莉刷洗得再乾淨，這棟老房子都躲不過哈蕾的嚴厲審視。哈蕾來拜訪時，葛蘿莉總是很清楚地就可以看見這棟房子的瑕疵。要把房子弄得漂亮些並不太難，只要漆上油漆、換新櫃子、換上新沙發套就好了。問題在於哈蕾一離開這棟房子、一離開葛蘿莉的視線，葛蘿莉就會忙著處理更重要的事。杜松舀了一杯蘋果酒給哈蕾。葛蘿莉看見姊姊偷偷查看杯緣。有一次葛蘿莉不小心拿了一個用過的酒杯給哈蕾，於是慘了，二十年來這位非專業健康稽查員都不信任她。

「葛蘿莉，」哈蕾說：「妳家讓我想到李寧樹西部藝術博物館的聖誕卡片，一切都好溫馨舒適，好有西部風格，可是妳的聖誕樹在哪裡？」

這些話都是「破敗、狹窄、俗氣」的代名詞。葛蘿莉很確定哈蕾寧願去看灣區的世界級《胡桃鉗》演出，也不想來她這座鳥不生蛋的牧場。「我們買了一棵活的樹，聖誕節過後可以種，就放在雞舍旁邊。如果妳想看，我可以帶妳去看。我們用爆米花串和小紅莓來裝飾它，那天上面還停滿了小鳥。」

「沒關係。妳把櫃子怎麼了？重新整修嗎？」

「沒有，不過我打算很快就要整修。過來這邊坐，沙發套我吸過了，保證不髒。」

「葛蘿莉，」愛芙警告說：「不要開妳姊姊玩笑。」

「哪有？這是喀什米爾羊毛沙發套。」葛蘿莉沒說沙發套是從TJ麥斯折扣連鎖店買來的，特價九美元，上頭有脫線，但很簡單就能縫好。後方臥室傳來艾索的尖叫聲和抓門聲。「杜松，妳去把狗放出來好嗎？」

杜松離開，回來時帶著艾索。艾索的聖誕裝扮是黑色羊毛罩衫，上面有銀色蝴蝶結，細長背部共有一─二─三個蝴蝶結。「親切。」葛蘿莉低聲說，艾索立刻朝愛芙走去。

「我的小艾索！」愛芙說：「過來，小可愛！」

「妳一定要看看我的新車，」哈蕾說：「車上配備免持手機、內建衛星導航和側邊氣囊。」

「聽起來很棒。」葛蘿莉說。

「葛蘿莉，」愛芙說：「牠穿這樣好像科學怪人喔。艾索，你得自己跳上來，我老了，這雙手不中用了，沒辦法再抱你了。」

「媽，不要讓那東西勾破了妳的新衣服。」哈蕾說。

那東西。葛蘿莉覺得心臟緊縮了一下。每次過節，葛蘿莉都注意到母親的關節炎又更嚴重了。艾索優雅地向上一躍，躍上愛芙大腿，舉起一隻腳掌，做出擊掌姿態，希望打動愛芙柔軟的心，換取零食。後方屋外的凱迪拉克和道奇似乎聽出屋裡的活動，開始發出抱怨的聲音。

「牠穿這些衣服會不會太熱？」哈蕾說。

「相信我，」葛蘿莉說：「如果牠不想穿，早就把衣服撕爛了。」

「牠不能吃餅乾，」杜松警告愛芙說：「我去拿牠的特製小麵包，媽教我做那些小麵包。」

哈蕾一聽見杜松叫「媽」，頭立刻轉了過來。

葛蘿莉盯著哈蕾，目光灼灼。妳敢說什麼就給我試試看，我可是很樂意把妳的九號Naturalizer名牌高跟鞋塞進妳嘴裡。

巴特伸出手臂，摟住哈蕾。「葛蘿莉，那隻小狗好有個性，一定是杜松的好伙伴。」

杜松搖了搖頭。「艾索還不錯，但牠不是凱迪拉克。」

「有一天等我退休以後，」巴特說：「我也想養一隻狗。」

「為什麼要等？」葛蘿莉問道：「我後頭有一隻就等著被領養。牠叫道奇，牠懂得保持衛生習慣，會接飛盤，你一叫牠就來，還會看門，非常貼心。你今天就可以帶回家，我還可以送你們一袋狗食。」

「除非我死，否則休想。」哈蕾說。

「哈蕾！聖誕節別說這種話。」愛芙說，讓艾索小口小口咬著狗麵包。「我不准你們希望時間趕快過去，也不准拿死來開玩笑。」

屋裡靜了下來。史密斯姊妹立刻變成十幾歲的小女生，吵著誰用了誰的睫毛膏一分鐘，下一秒又抱在一起哭泣，流下一條條黑色眼淚，只因她們的父親死於心臟病發。二十三年過去了，每年聖誕節，葛蘿莉依然希望溫柔的巨人父親會走進門來，頭戴聖誕老公公的帽子，手上拿著銀色的盒子，裡頭是幸運手鍊的新掛飾。雖然她們要戴幸運手鍊已經太老了，但她會珍惜這份禮物。

愛芙稍微拉高嗓音，兩個女兒就閉上了嘴。

「杜松，」愛芙說：「妳可以幫我拿一些人吃的餅乾來嗎？」

「好。」杜松將餅乾放在盤子上。

葛蘿莉真想抱抱她。

巴特指了指桌上的電腦。葛蘿莉將電腦移到了那裡，好讓杜松做功課，也可以順便查看杜松在做什麼。螢幕保護程式設定在索羅門橡樹小教堂的網站，以幻燈秀顯示蛋糕、樹、小教堂內部和樂團。巴特動了動滑鼠，吹了聲口哨。「有人在這裡下了一番工夫。葛蘿莉，妳是不是去上電腦課？」

「那是杜松做的，很棒對不對？而且她動作很快。叫她告訴你海盜婚禮的連結在哪裡。」

「妳這個婚禮生意經營得很順利真是太好了，丹一定會覺得很驕傲。」

今天一整天葛蘿莉都知道這一刻一定會來到，有人會提起丹，接著她就會覺得喉頭一陣緊縮，口裡有鹹味，渴望衝進衣櫃，卻必須壓抑下來。但這時她吸了口氣，緩緩吐出。「謝謝你這樣說，巴特。希望他能看見我們的日子都過得好，這樣他一定會以我們為傲。」

「他當然看得見我們，」愛芙說：「他就坐在天父旁邊，兩人喝著蘋果酒加一點威士忌。」

「不只一點威士忌。」巴特說。

「那些起士球看起來很好吃，」愛芙說：「那也是妳做的嗎，杜松？」

「我只是把包裝打開而已。」

「呃，做得好，親愛的。我看得出來妳是我女兒的好幫手。摯愛的人不在身邊讓人感到難過，但我們應該感到欣喜才對，因為他們已經去到上主那裡，沉浸在永恆之愛裡。」

這是葛蘿莉害怕的第二件事，母親提起上帝，暗示丹在天堂比在這裡快樂，而這番話又將杜松包括進來，暗示上帝容許生命結束在令人髮指的暴力中。「巴特，要不要再喝一點蘋果酒？」

「好啊，謝謝。」

葛蘿莉將加了香料的蘋果酒舀進馬克杯。愛芙和艾索在搖椅上互相依偎。杜松端來餅乾，哈蕾立刻端著蘋果酒坐下。哈蕾噓開艾索，從母親肩膀上拉起一根看不見的頭髮，她也接過母親手中的盤子，幾乎是用手餵母親吃餅乾和起士。「小心，媽。」哈蕾說，一隻手拿著紙巾湊在下方。「不要弄髒了漂亮的新褲裝。」

葛蘿莉忍住翻白眼的衝動。這種時候她應該稱讚母親穿這套衣服真好看。這套昂貴的紅色聖誕禮物是哈蕾之前送的，好讓母親今晚可以穿。言外之意是：哈蕾買得起這套衣服，葛蘿莉買不起。「媽，」葛蘿莉說：「丹妮絲祖母的項鍊很搭配妳今天的衣服，妳有擦亮它嗎？」

「我如果敢拿拭銀乳接近她的印地安珠寶，她一定會剝了我的皮。她希望她的印地安珠寶看起來都像流當品，也就是典當卻沒贖回的老珠寶。」愛芙對杜松說：「她說這樣才分辨得出來誰是真的新墨西哥州人，誰來自別的州。外地人都喜歡把腰帶擦得亮晶晶地，幾乎可以照瞎別人的眼睛，哈！新墨西哥州的聖誕節最棒了，當時妳們兩個還太小，不記得泥磚牆上的紙燈籠、白雪映照著燭光、矮松子的氣味飄散在空氣中。」愛芙轉頭望向杜松。「大家會在車道上生起小營火，每個人都會走上峽谷路，氣氛非常迷人，杜松。也許不久之後妳的新媽媽會帶妳去見識見識。」

「我很想，」葛蘿莉說：「但現在我們該去蝴蝶溪了。」

「媽，如果妳覺得累了就跟我說，巴特跟我隨時可以載妳回家。妳可以睡在富豪轎車的後座，一點都不用擔心。」哈蕾說，看著葛蘿莉。「它的椅子會加熱。」

「呃，趁天還沒亮，我們快去看看這輛棒極了的車吧。」葛蘿莉說：「你們可以跟著我的卡車到派對現場。」

「我只希望那裡對媽來說不會太冷，」哈蕾說：「我從來沒聽過十二月開戶外派對的，更別說是在雜貨店了。」

巴特扶著愛芙站起來，愛芙親吻艾索道再見。

葛蘿莉努力保持靜默。

喬瑟夫

「各位先生女士，感謝您今晚光臨蝴蝶溪雜貨店一年一度的耶誕盛會，每年這一天蝴蝶溪雜貨店都會變成聖誕舞廳。」五弦琴手對麥克風如此說道，麥克風前方的鋁合金刻著「藍調」字樣。「伊甸園的亞當還小的時候，我們的團員就開始一起演奏了，我們準備了八首歌，都可以跳舞，而且不會演奏得太瘋狂，除非那邊的克萊德開始喝桑格莉亞酒。如果你們想點歌，就拿給坎戴拉里亞說，她非常慈祥，每年都找我們回來表演。好了，各位，我們來熱鬧一番吧。」

喬瑟夫看著五弦琴手後退一步，轉過身面對吉他手，吉他手對小提琴手點了點頭，不一會兒，藍草風格的福音歌曲〈寶血洗淨〉就迴盪在夜空中，震動了懸吊在桌子之間的中國式燈籠。喬瑟夫舉起相機，凝神思索。現場演奏的音樂讓攝影師有機會在昏暗的舞台燈光中展現創意。使用閃光燈只是抄捷徑，擔心過多又會錯過「精采」照片。高速快門是必要的，除非要呈現藝術效果，但他只是想拍照留念，還可以將照片送給羅娜，因為這段時間羅娜對他很好。

「攝影師，你把那個小盒子拿在心臟前面好像盾牌一樣，」羅娜斥責他說：「把那玩意放回車上，趁年輕的時候邀請辣妹跳舞啊。」

喬瑟夫對羅娜微微一笑。羅娜身穿珍珠釦粉紅色牛仔襯衫，外頭罩一件粉紅色麂皮流蘇背心，牛仔褲側邊鑲飾萊茵石，腳踏粉紅色蟒皮靴子。「妳是現場唯一的辣妹。」

「胡扯。」羅娜在喬瑟夫耳畔說，指了指幾個臉上濃妝豔抹、足蹬細跟高跟鞋的女子。「如果你找那幾個女孩子跳舞，她們一定樂翻了。」

喬瑟夫俯在她耳邊說：「她們跳得太誇張了。」

「才不會呢，她們又不是在找『永遠的幸福快樂』，喬瑟夫。今天是聖誕夜，誰都不想一個人過。」羅娜放開他的手，去管其他人的閒事。

喬瑟夫環顧四周，看了看烤肉爐上的聖瑪利亞三角肉，又看了看擺滿菜餚的桌子。雞肉飯看起來很美味，牛肉小捲餅看起來也很誘人。他還來不及去拿，仙人掌沙拉就被搶光了。但這裡沒有他母親常做的鳳梨角黍甜點。也許他應該搭飛機回家過節，但他還沒準備好在他快要崩潰時，面對一屋子關心的親戚、疼愛他的母親，以及臉上掛著某種表情的父親，那表情意味著「我養的兒子不像這樣！」明天喬瑟夫會打電話回家，還要打給瑞可的妻子費黛拉和他們的孩子海克特和安東尼奧，確定他們收到了他砸大錢購買的禮物。越野單車是給孩子們的，高級冰淇淋製造機是送給瑞可的遺孀。他知道這些禮物無濟於事，但總得表示些什麼才行。

他感覺到一隻手搭在他手臂上，回頭就看見杜松把葛蘿莉往他這邊推來。葛蘿莉穿的又是那套藍色洋裝，外頭罩著粗布外套。露台上燒著油桶營火，還架起了一支支紅外線燈，因此十分溫暖，穿一件薄夾克就行了。他對葛蘿莉露出微笑，說聲哈囉，但幾乎聽不見她說什麼，於是便跟著她們朝餐檯走去，小心穿過賓客和跳舞的客人。

「我不知道你認識羅娜，」葛蘿莉說，這時他們的耳朵已不被音樂轟炸得嗡嗡作響。「你好嗎，維吉先生？」

葛蘿莉沒提到他阻止馬兒暴衝的事件，這代表杜松沒把他們之前見過面的事說出來。有趣。他是不是應該在聖誕夜抖出杜松幹的好事？他跟杜松目光相觸，杜松微微搖頭，表示「別說」。

「叫我喬瑟夫就好了，而且我為人正派。婚宴的生意怎麼樣？還是我搞砸了妳的聲譽？」

葛蘿莉微微一笑。「完全沒有，我們二月到四月都有人訂。」

「太好了，佳節快樂。」他轉過身，正要離去，卻被葛蘿莉叫住。

「等一等，我在想，你要不要見見我的家人？雖然我們只是烏合之眾而已。」

「帶路吧。」喬瑟夫說，因為只有白目的傢伙才會說不吧？他將手搭在葛蘿莉肩膀上，穿過群眾。他見到葛蘿莉的家人，驚訝地發現愛芙・史密斯比她兩個女兒矮得多，脆弱的骨頭也顯示她長期患病。愛芙伸出骨節突出的手，要跟喬瑟夫握手，喬瑟夫用雙手握住她的手，感覺她的骨頭散發熱度。

「葛蘿莉說海盜婚禮那天你帶來很多樂趣。」

「是的，夫人，那天的故事我一直忘不了。」

「有故事可以拿來笑笑自己也不錯啊。」愛芙說。

喬瑟夫看了杜松一眼，知道她正在思索幾小時前的馬匹暴衝事件。「的確是的，史密斯太太。妳說呢，杜松？」

「應該是吧。」杜松說，左顧右盼。喬瑟夫看得出來，杜松很想離開這裡。

杜松令他想起以前他在阿布奎基市處理過的孩子。如果這些孩子能把拿來耍酷精力的十分之一，放在課業上，從學校畢業的比例會是百分之百，而不是百分之四十三。他轉過頭，和葛蘿莉的姊姊握手。哈蕾用紆尊降貴的眼神看著他，但他依然面帶微笑，說：「很高興認識妳，哈蕾，妳妹妹跟我提起過妳。」

「真的？她說什麼？」

「她說妳是她最好的朋友，也是她的榜樣，現在我終於明白為什麼了。」

杜松咯咯輕笑，葛蘿莉驚得呆了。呃，就算他灌哈蕾迷湯又有什麼關係，今天是聖誕夜。

「呃，我不知道該說什麼。」

「妳什麼都不用說，」喬瑟夫說：「這一定是妳丈夫了？你好，先生。」

這位姊夫看起來親切和善，但他的表情似乎也在述說他寧願在家看ESPN體育台。巴特踏上一步，跟喬瑟夫握了握手，詢問他那台是什麼相機。

「這台是佳能EOS 40D 10.1百萬畫素SLR。」

「真不賴，」巴特說：「你是因公而來嗎？」

「抱歉，你說什麼？」

「巴特的意思是說，你是不是來替羅娜拍照的？」葛蘿莉說，替他解圍。

「不是，只是好玩。你們要不要拍一張全家福？」

「我以為你不喜歡拍人物。」葛蘿莉說。

「假日例外。」

「那好啊。」葛蘿莉說。哈蕾身形微側，看著鏡頭。喬瑟夫微微一笑，很多女人都會使用這招，認為這樣看起來會比較瘦。哈蕾稱不上胖，事實上在喬瑟夫眼中，她看起來有點骨瘦如柴。杜松張開雙臂，環抱養母及養外祖母，彷彿認識她們一輩子了，但卻避開養母的姊姊哈蕾，哈蕾也避開她。杜松臉上的小環會反光，喬瑟夫正好利用這點來製造效果。他拍了五、六張全家福，然後拍葛蘿莉和杜松的合照。杜松倚著葛蘿莉的肩膀，雙色頭髮垂落下來。葛蘿莉伸出手，握住杜松的手。葛蘿莉露出微笑，快門發出喀嚓聲，這一剎那，喬瑟夫知道這張照片將永久受到珍藏。

「記得妳們擺出的姿勢，」他說：「如果妳們每年都用同樣的姿勢拍一張照片，那就可以創造出一則故事。」

「什麼故事？」杜松問道。

「一切都會改變的故事。」

「或一切都會維持原貌。」

「喔，聽起來好神祕喔，」哈蕾插口說：「幫我和巴特拍一張吧，以後說不定可以用在聖誕卡上。」

喬瑟夫幫他們拍了照片。「還要拍嗎？」

葛蘿莉轉頭對姊夫說：「巴特，我們女人家可以拍一張合照嗎？請別見怪。」

「好提議。」他說。

哈蕾站到鏡頭前，微側身體。

「靠近一點，」喬瑟夫說。他一連拍了好幾張照片，捕捉最能展現各人個性的鏡頭。葛蘿莉：一心一意只想把工作做好。母親愛芙：優雅地和病痛共處。哈蕾：聰明、有效率，外表盛裝打扮，內心缺乏安全感。最後是杜松：教人捉摸不定的傢伙。

「我的家庭相簿裡又要多一張好照片了。」史密斯太太說。

杜松受夠了。「我去找洗手間。」她說，逕自離去。

「不要跑太遠。」葛蘿莉在她背後高喊。

即使杜松這個年紀的少女荷爾蒙旺盛，又為男生瘋狂，但喬瑟夫還是羨慕葛蘿莉能跟這個伶牙俐齒的孩子相處在一起。但是他為什麼會想到青少年的事？羅娜會說：「這是個接近漂亮女人的好機會，而你有什麼東西可以分享？你有的是裝著她們回憶的相機。」於是他停留原地，找話來說。「你們住哪裡？」他問哈蕾和巴特。

哈蕾替兩人回答。「我們住在北灣區，聖塔羅莎市，你去過嗎？」她身穿亮片上衣和黑色長褲，看起來像是要去欣賞一張門票要價兩百美元的俄羅斯芭蕾舞表演。

「沒去過，但我知道你們那裡的樹。」

「我們的什麼？」

「聖塔蘿莎市的樹，你們為了要不要移除桉樹而引起爭論。」

「桉樹長得好像蠟燭芯，」哈蕾說：「你可不會希望自己的後院有桉樹。」

「你們家種什麼樹？」喬瑟夫問。

喬瑟夫替巴特找了個插上話的機會。「我們有野生酸蘋果樹和觀賞用的洋李樹，但我們最感到自豪和喜悅的是那棵會在春分結果的櫻桃樹，長得非常茂密，每年開花的時候，院子裡都是嗡嗡叫的蜜蜂。我總是想養蜜蜂試試看。」

「可惜我會過敏。」哈蕾說。

「這倒是真的。」巴特說。

「你們知道日本古櫻桃樹『山高神代櫻』嗎？」

「你再說一次？」巴特說。

「抱歉。根據估計，山高神代櫻已經一千八百歲了，據說這棵櫻桃樹是西元二世紀的一位日本民間英雄『日本武尊』種的，到現在都還會結果。」

「這算是奇蹟吧。」巴特說。

「喔。你是園丁嗎？」哈蕾說：「我都懶得說我雇用的那些園丁一聲不吭就不幹了。」

「哈蕾！」葛蘿莉說。

「怎麼了？我連一個簡單的問題都不能問嗎？我有沒有冒犯你，維吉先生？」

「一點也沒有，」喬瑟夫說：「我不是園丁，但我父親是第五代農夫。我對特殊的樹很感興趣，這也是我為什麼會認識妳妹妹的原因，全都是因為索羅門橡樹。」

「你是在這附近長大的嗎？」哈蕾又問道。

「不是，」葛蘿莉說：「他是新墨西哥人，跟媽一樣。」

喬瑟夫看著葛蘿莉，面露訝異之色。

「杜松跟我說的，」葛蘿莉說：「喬瑟夫，我母親是在克羅維斯市出生的。」

瘦小的愛芙說：「女兒啊，我雖然老了，但我還是可以說話。喬瑟夫，你不會知道我的家鄉吧？」

「我的家人來自哈奇村和聖塔菲市，不過我當然知道克羅維斯市，現在那裡有很多新建設。我猜妳一定會想念土昆卡里山、巴迪．霍利博物館和州立劇院。」

「這樣一說，讓我想起好多回憶。我想念烤矮松子的氣味，可是我不想念大雷雨。」

喬瑟夫大笑。「我祖母常告訴我說，暴風雨是鳥類拍打翅膀造成的。」

「是這樣嗎？」

「是的，夫人。」他看得出愛芙離開新墨西哥州太久了，已經忘了天氣會造成的影響。晚來的暴風雪、雷擊、乾旱。對話陷入泥沼，喬瑟夫努力想找個優雅的出路。「杜松呢？我還想再跟她說一聲聖誕快樂。葛蘿莉，妳有一個好孩子。」

葛蘿莉臉上露出的驚訝神色說明了一切。杜松是個棘手的孩子，葛蘿莉的家人並未百分之百支持她領養女兒的這件事，再加上這是她第一個沒有丈夫陪伴的聖誕節，她只是勉力支撐而已。他繼續直視葛蘿莉，時間長得超過禮貌所允許。他突然想到，離開家人之後，現在他碰到了一個他想傾訴的對象，但這裡太過擁擠，再說，今天是聖誕夜。葛蘿莉可能無法體會處方藥的事，況且還有瑞可的死。說實在的，這對她而言太多了。她的微笑會不會化為冰河？她會不會像婚姻走到盡頭時的伊莎貝爾那樣別過頭去？他無法冒這個險。

「杜松在那裡，」葛蘿莉伸手一指。「她正在跟羅娜的曾姪子艾略特說話。喔，我的天，我想她在跟艾略特調情。也許我該過去找她，免得出事。」

「讓她玩一下吧。」愛芙說。

葛蘿莉看著喬瑟夫，喬瑟夫露出微笑。「妳母親說得對，她是個好孩子。」

「你有所不知。」葛蘿莉壓低聲音說，免得被其他人聽見。樂團已經演奏了好幾首歌，像是〈耶路撒冷山脊〉和〈走過轉角處〉，現在正開始演奏〈湯瑪斯的懷疑〉，今晚的第一首慢歌。「謝謝，我很想跳舞。」葛蘿莉突然說，拉著喬瑟夫離開她的家人。

「呃，為什麼說謝謝？」喬瑟夫說。葛蘿莉將左手放在他肩膀上，伸出右手。

「你救了我姊姊一命，因為我快受不了了，我想用膠帶把她的嘴巴黏起來，讓她吸不到空氣。」

喬瑟夫大笑。他們踏著細小舞步，在擁擠的露台平台上移動。喬瑟夫握著葛蘿莉的手，覺得她的手十分有力，令他驚訝。她身上散發出廚房的氣味，那味道似乎介於肉桂和剛出爐的麵包之間。這些感受都和他背部的疼痛形成強烈對比。他看見羅娜，對她微微一笑，原以為羅娜會對他豎起大拇指。沒想到羅娜沒有表示稱讚，反而將雙臂交抱在粉紅背心前，用嚴厲的眼神看著他。這下子又怎麼了？難道她的建議附帶了專一性條款，也就是說，他跟任何女人跳舞都可以，就是不能跟葛蘿莉跳舞？

音樂結束後，他們放開彼此，拍手鼓掌，並肩站立。「謝謝你，」葛蘿莉說：「我想我的血壓恢復正常了。」

「不客氣。如果下一首還是慢歌，想不想再跳一首？」

葛蘿莉還沒回答，樂團就奏起了〈霧山曳步舞〉。史密斯太太站了起來，跳起木屐舞。葛蘿莉的表情從震驚轉為擔心，再變為喜悅。圍繞在她母親周圍的人都拍起手來，為她歡呼，只有哈蕾繃著臉。

「這樣她早上會下不了床。」葛蘿莉對喬瑟夫輕聲說。

「也很值得啊。」

哈蕾還沒出聲斥責之前，愛芙就停了下來，滿臉通紅，但面帶微笑。

喬瑟夫揮了揮手。「夫人，妳跳的絕對是克羅維斯式的木屐舞。」

「噓。」愛芙指向舞台，羅娜站到了麥克風前。

羅娜口中會說出什麼話，總是令人難以預料。喬瑟夫希望她要說的是聖誕快樂，或蝴蝶溪雜貨店很樂意送喝醉的客人回家。但羅娜一開口，卻唱出喬瑟夫從未聽過的旋律，嘶啞嗓音鋸穿夜空，每一句都鏗鏘有力。「喔，我的天啊。」喬瑟夫才聽到第一段的一半就如此說道。

葛蘿莉說：「這首歌叫做〈我是麻雀〉，是查斯．波薩赫寫的曲子，羅娜在我丈夫的紀念式上也是唱這首歌。」

有些歌邀請眾人跳舞，有些歌讓人跳起木屐舞，羅娜用滄桑嗓音唱出的這首歌，要求見證者。聽到最後，喬瑟夫哽咽得無法直視葛蘿莉。

葛蘿莉輕觸喬瑟夫的手臂。「抱歉我姊姊叫你園丁先生。如果她是好意，我一定會這樣說，但事實上並非如此。也許有件事能補償你，那就是她看見你跟我跳舞，會消化不良好幾個月。還有謝謝你那樣稱讚杜松，你看見她的那一面是我沒看見的，或至少我還沒看見。她很欣賞你的照片，她會欣賞的事物非常少，說不定改天你可以幫她上一堂攝影課？」

「那可能要快，我四月就會離開這裡。」

「喔，我不知道這件事。」

喬瑟夫先讓心情平復下來，才看著葛蘿莉。「雨季一過，我的小屋就會被推土機夷平。」

「這簡直罪不可恕。」

「不會啦，這是無可避免的，反正那棟小屋也快塌了。」

「這口氣你嚥得下去？」

「不然我要怎麼做？」

「也是。」她猶豫片刻。「聽著，我知道這樣問很冒昧，但如果你願意割讓一些東西，像是老地板、櫥櫃，或是老柴爐，我願意向你買。我正在想辦法修理我的倉庫，用來辦婚宴。」

「沒問題，聖誕節以後過來。告訴杜松，如果她不惹麻煩的話，我就替她上一堂攝影課。」

「喬瑟夫，」葛蘿莉說，她準備集合家人，離開派對。「你會兌現我寄給你的那張支票嗎？」

他微微一笑。「可能吧。」

葛蘿莉看著喬瑟夫，面帶疑惑。「聖誕快樂。」

葛蘿莉留下他站在原地，他看著他們一家人穿過停車場，哈蕾的細跟高跟鞋踩在地上宛如啄木鳥般喀噠作響。

不到兩分鐘後，羅娜站到喬瑟夫身邊，強行將他拉到野餐桌前。「你不准碰她，喬瑟夫。」

「為什麼？」

「我從沒見過一對伴侶像葛蘿莉和丹愛得那麼深，她有很深的悲傷，而且非常脆弱。你敢佔她便宜，我就剃光你的眉毛。」

「跟妳說，是她找我跳舞的。」

羅娜嘖了幾聲。「告訴你一件關於葛蘿莉．碧翠絲．史密斯．索羅門的事，這件事你一定不知道。葛蘿莉完全看不出她姊姊非常嫉妒她，我可以發誓，哈蕾非常嫉妒葛蘿莉和丹的感情，以至於她嚼口香糖的時候，牙齒都會咬得吱吱叫。就算是歐洲旅行或鑽石腕錶都沒辦法驅除她的嫉妒。葛蘿莉以為她姊姊之所以這樣對待她是因為不贊同她的做法，願上天保佑她的心。關於哈蕾的嫉妒，我都不知道跟葛蘿莉說過多少次了，但她就是聽不進去。還有那個哈蕾！一天到晚都對丈夫頤指氣使，你等著看吧，有一天她會失去那個丈夫。我一看就知道了，我那些姊姊妹妹和前姊夫妹夫，每一個都逃不過我的法眼。」

「葛蘿莉很幸運有妳這個朋友。」

羅娜將喬瑟夫的夾克拉平。「你要把她推向她還沒準備好要去的地方嗎，比如說你的床上？」

「我最沒想到的就是這件事。」

「注意你的腳步，相機先生。我雖然是個老太太，但我還是很會修理人。」

喬瑟夫並不懷疑羅娜可以修理他。「不用擔心，我就快回新墨西哥州了，這裡沒什麼東西可以讓我留下來。」

羅娜大笑。「你怎麼可能是潘妮的孫子？這麼自欺欺人？你哪裡都不會去的，你才剛到而已。聖誕快樂，喬瑟夫。」

「新年快樂，羅娜。妳那首歌唱得好棒。」

「是啊，很棒對不對？」羅娜走了開去。

聖誕節早上，喬瑟夫尚未起床，躺在床上，經驗到短暫的輝煌片刻。他心想，會不會昨晚他已經從人間來到了死後的世界。他只要不動，就不會感到疼痛。他可以假裝那起槍擊事件沒發生過。這種現象他已經歷過無數次，不再感到訝異，但他仍期待睜開眼睛的那一刻，會看見瑞可坐在醫院病床邊。嘿，朋友，瑞可說，有些人為了蹺班會不擇手段。

喬瑟夫最後一次看見瑞可，是他躺在醫院輪床上的時候，當時他吊著三瓶點滴，還接上了心電圖血壓監視器。他周圍有一大堆血淋淋的紗布，顏色從鮮亮的血紅色慢慢轉變為桑椹般的深色血跡。瑞可做完檢查和治療後就出院了。他的二頭肌有一處被子彈貫穿，此外，子彈擦過他的肋骨，在左下腹留下傷痕，醫生說那是「表皮擦傷」，替他貼上一大片護創貼布。他拍了拍襯衫口袋，醫生開的抗生素就放在口袋裡。「喬瑟夫，我只要收縮肌肉，秀出壞男孩的傷疤，費黛拉就會為了我的英勇而癡狂，替我做我最愛吃的晚餐，把電視遙控器交到我手上，然後等孩子都睡了以後……」瑞可彈了彈舌頭。「你呢，卻得脫下襯衫，轉過身，解釋受傷的原因，女人可沒這種耐心。」

「我要在乎這個幹嘛？」喬瑟夫記得他如此說道，同時因為正要被推進手術室，身上注射了止痛藥劑，使得神志恍恍惚惚。「自從伊莎貝爾以後，我就不碰女人了。」

「你不是說真的吧？」

「當然是。」

瑞可大笑。「伊莎貝爾老了一定很可怕。要找一個完美女人就要這樣，先想像她五十年後替你做鮪魚三明治，然後求你帶她去山迪亞賭場的樣子。如果她那個模樣可以讓你微笑，你就找到了靈魂伴侶。很快地有一天你會需要你的心，老弟，既然你要動刀，叫他們順便把你的心修一修。」

護理員來到，拉起喬瑟夫的床沿欄杆，然後扣住。他知道當護理員不去移動急救人員架設的背板時，代表情況很嚴重。他的脖子被護頸約束住，動彈不得，那護頸令他想到高中足球隊的制服。他們只打算移動他一次，將他送上手術台。

外科醫師沒說太多。「小子，我會讓你度過這次手術，但我不會故意把話說得很好聽。你能恢復行走的機率最樂觀只有百分之二十五。」

喬瑟夫認得那位醫師口操德州山丘地區口音。德州專門出產無所畏懼的外科醫師和飛機機師。「我不要跟克里斯多福．李維[16]一樣，如果發生那種事，就讓機器意外關機。」

[16] Christopher Reeve，一九五二—二〇〇四，美國知名電影男演員，因飾演電影《超人》中的超人而聞名，一九九五年參加馬術比賽時發生意外，脊椎嚴重受傷，導致全身癱瘓。

「你有預立醫囑嗎？」

「沒有，我可以現在簽。」

「恐怕不能這樣。」醫師在點滴管中注射藥劑，只是少量的清澈液體就令喬瑟夫的頭腦開始覺得輕飄飄地。醫師對待命的技術人員高聲說道：「芬太奴注射了。開始吧。看來我得救他一命才行。我會盡力救治你的腿。」醫師轉頭對瑞可說：「你是他的家人嗎？」

「對。手術要花多久時間？」

「要花多久就多久。把你的姓名電話留給護士，他一進恢復室就通知你。」

「回家吧，」喬瑟夫對瑞可說。記者的相機搶著拍下他們進手術房的畫面，周圍擠著很多人。「回去親你的老婆，把戰場上的英勇傷痕秀給你兒子看。」

「不用啦，我會留下來。我要成為第一個看你醒過來的人。Hasta la vista, companero![17]等會兒見，兄弟。彷彿瑞可非常確定他們是好兄弟。

醫生讓瑞可出院時，囑咐他一星期後必須去看家庭醫師，還給了他X光片，裝在馬尼拉紙製成的信封裡。員警只要遇上槍擊事件，就會被暫時分派到辦公室的行政工作，但喬瑟夫知道瑞可一定可以想辦法躲過。

喬瑟夫的手術花了四小時，子彈被小心地取了出來，放在塑膠證物袋裡。他被固定在牽引架上，送進加護病房，直到病情穩定。手術後前兩天，他都在迷迷糊糊中度過。他記得母親的臉、被母親拖進病房替他祈禱的神父、每小時只能進來幾分鐘探望他的同事。他依照醫生指示，努力活動腳趾，只不過他不確定是不是每次都成功。每次醫生在他腳底做完音叉檢查，都會對彼此低聲細語，這時他就想像潘妮奶奶的湖畔小屋。湛藍的湖水。木賊植物。蝌蚪。風吹來的感覺，輕拍的湖水。

當他頭腦比較清醒，可以覺知到四周環境，三名警察朋友和小隊長走進病房，臉上表情寫著他們等著要告訴他壞消息。

喬瑟夫低聲咒罵。「什麼都告訴我，」他說：「我全部都要知道。」

聖誕節早晨，沒有音樂，沒有聖誕歌，沒有讚美詩。他移動雙腿，疼痛立刻包圍脊椎，猶如被捕獸器的金屬利齒咬住似的。他坐了起來，等待自己適應疼痛，然後蹣跚地走進廚房，煮了一碗即食燕麥片，用來墊墊胃，這樣才能吃止痛藥。吞下止痛藥之後，要過四十一分鐘藥效才會開始發揮。他打電話給父母。「聖誕快樂，媽咪。」他說，接電話的是母親。

母親哭了起來，將電話交給父親，父親說：「你媽媽想念你，」言下之意是說，你什麼時候要回來？你要在那個搖搖欲墜又沒有暖氣的小屋裡過一整個冬天？真是太荒謬了。哼。

Feliz Navidad.

Ya'at'eeh Keshmish.

⓱ 西班牙文，意為See you again, my friend.

聖誕快樂。

再見。

這通電話他根本不想打，但聖誕節不打給費黛拉就太懦弱了。他按下瑞可家的快速撥號鍵，第一百萬次希望接電話的會是瑞可。

在阿布奎基市，如果你將樹木和垃圾一起留在路邊，市政府會幫你回收，但你必須支付幾元費用。樹木回收之後會被磨碎，做成覆蓋植物根部的護根物，供民眾免費領取。也許新上任的加州州長阿諾沒有這個預算，因為聖誕節過後的幾個星期，喬瑟夫每日來回蝴蝶溪雜貨店、啄木鳥餐廳和雪弗龍站之間，看見一棵又一棵的聖誕樹被丟棄在一處原本空曠的草地上，那是某個農夫的空地，空地位在橡樹林的邊緣，他就是在那裡救了杜松，還被杜松罵了一頓。看見第五棵樹的時候，他停下腳步，拿出相機，開始拍照。有些聖誕樹還拉著金屬絲，其中一棵纏著聖誕燈，幾個燈泡已經破了。如果可以的話，他會把樹直立起來，但大多數時候他只是拍它們躺在地上的模樣，象徵美國最受歡迎的節日躺在地上被人拋棄。既然最後都要丟，當初何必把樹鋸下？

另類婚禮漸受歡迎

《洛杉磯時報》，二〇〇四年一月五日

去年中央海岸地區的木工丹·索羅門意外去世後，遺孀葛蘿莉必須償還高額的醫療及喪葬費用。葛蘿莉一向熱衷於拯救即將安樂死的狗，並替這些狗找尋可以安置的家庭，但是為了償付費用，這項拯救工作幾乎停擺。

索羅門牧場因為一棵特別的樹而聞名，這棵樹是白橡樹，而且是加州唯一一棵白橡樹。據加州大學聖塔克魯茲分校園藝學教授珍·費德列柯林估計，這棵白橡樹應該活了超過兩百歲。

去年十月，一名訪客來拜訪索羅門太太，提出一個奇特的要求，希望她可以提供牧場上的小教堂，讓他們這群現代海盜舉行婚禮。

很快地，索羅門太太的丈夫用磚頭及橡木建造的這座小教堂，成了當地新人計畫非傳統婚禮的理想場所……

喬瑟夫仔細端詳這篇報導所附上的照片，攝影師在照片上畫上了井字，將照片分成九個格子，線條交會處是「興趣點」，而葛蘿莉位於正中央。她後方的小教堂稍微失焦，宛似童話中的場景。她的一頭銀髮垂落在肩膀上。這張照片傳達的訊息是：你無法擁有一個神奇的地方，但你可以租，在這裡創造回憶，並帶著回憶回家。

「今天要不要試試看其他的餐點？」凱蒂·傑問喬瑟夫說。

「請給我鮪魚三明治。」

「等等，我去拿硝化甘油。」

雨停之後，喬瑟夫駕車前往雪弗龍站，替車子加油，然後去超市買日用品，包括紙巾、衛生紙、六瓶可樂和鳥食。距離日落還有兩小時，他前往索羅門牧場，打算替那棵該死的橡樹拍照，了卻一樁心事。他將車子停在牧舍旁，敲了敲前門。無人應答，但狗兒開始吠叫。也許葛蘿莉在倉庫裡。牧舍後方有幾隻勇敢的雞在雨中搖擺行走，但大多數的雞都待在雞舍裡，保持乾燥。誰忍心責怪牠們呢？他在聖誕夜遇見杜松時所看見的那兩匹馬，擠到了柵欄前，希望他能拿一些東西給牠們吃。要是他有蘋果就好了。小棕狗坐在狗屋屋頂，不斷嗥叫，彷彿世界末日來臨。「如果你不想淋溼就進去啊。」他說。

那隻狗卻只是叫得更大聲，非常激動。

喬瑟夫搖了搖被藤蔓覆蓋的柵門，但是打不開。他像個傻子般，爬上柵欄，坐在欄杆上，背部肌肉嚴重收縮，他必須用拳頭壓住身側，停止抽筋。現在他必須坐上一會，讓背部肌肉鬆弛下來，才能下去。只坐幾分鐘，沒什麼大不了。

只不過那隻棕狗在狗屋裡狂轉圈圈，覺得事情大條得很，對牠而言，這個男人坐在牠的柵欄上，讓牠極度的歇斯底里。凱迪拉克開始嗥叫之後，喬瑟夫就擔心自己的耳膜會不會被震破。他父親農場上的狗吠叫時，代表郊狼出現、馬兒出事、或母牛／母羊／母獸／母馬難產。喬瑟夫試著慢慢從柵欄上下來，但他一俯身，疼痛就變得更劇烈。他緊咬牙根，將自己往前推，直到雙腳觸地。他跪了下來，待上一會，喘幾口氣。等到終於能站直身子，他打開狗屋的門，棕狗立刻跑進倉庫，叼了一顆網球出來。

「你就只是要玩球？不要期望太高，我只能低低丟球而已。」

玩撿球遊戲半小時後，棕狗累了，呼呼喘氣，喬瑟夫則十分疼痛。他打開水龍頭，讓棕狗喝飽了水，才讓牠返回狗屋。柵門門栓從裡頭當然比較好開，因此他伸手沿著藤蔓摸索，來到柵門前。拉開上面的門栓很簡單，但下面的門栓就傷腦筋了，他無法蹲下，如果趴下，又沒把握在沒人幫助的情況下自己爬起來，他也不想再爬上柵欄。他思索著這個進退兩難的困境，一邊撫摸馬兒的頸部，想念父親的農場，記起冬季細雪飄落在馬兒的脖子上，快速融化。他替馬兒拍照時，葛蘿莉駕車停下。

葛蘿莉丟下卡車，快速奔向柵欄，甚至連車門都沒關，一瞬間就翻過柵欄，手裡端著一把獵槍。「哇喔。」喬瑟夫說。

「你在我的牧場裡幹嘛？」

他看見卡車裡還有人。他高舉雙手。「殺時間等妳回來，只是這樣而已。」

「喔，是你啊。」葛蘿莉將槍管指向地面。「喬瑟夫，我不在家的時候，你不應該跑進我的牧場，如果你受傷了怎麼辦？」

他的嘴角不自禁地泛起微笑，難道他還能再傷得更嚴重不成？「我從小跟馬、狗和羊一起長大，我知道自己在做什麼。」

「不是這個問題！你可能被咬、被踩、把馬放出來……」葛蘿莉氣炸了，面色緊繃。不知道那個在聖誕夜和他共舞的女人跑哪兒去了？

「抱歉，下不為例。」

「請你離開。」

「媽，什麼事啊？」杜松說，倚在柵欄前。但葛蘿莉揚起了手，要她閉嘴。

「相信我，我也想離開，」喬瑟夫說：「這件事說來話長，可是重點是我沒辦法打開柵門。」

「你是怎麼進去的？」

「我以為自己還年輕，可以翻越柵欄，結果我的確翻得過來，但只辦得到一次而已。」

葛蘿莉走到柵欄前，蹲下身來，打開下方的門栓，露出經過掩飾的鉸鏈。

杜松從另一邊打開柵門，走了進來。「嘿，條子，看來今天不是只有我一個人惹麻煩。喔，我的天啊，你們兩個人都有槍真是太酷了。你們有沒有看過《絕命終結者》？你們就跟電影裡的人物一樣。喬瑟夫，我可不可以看看你的槍，一次就好？我想把槍拿在手上，看看那是什麼感覺。索羅門太太不讓我知道她把獵槍子彈收在哪裡。你聖誕節過得怎麼樣？有沒有收到好禮物？你怎麼都沒有來教我攝影？」

「杜松，」葛蘿莉說：「進屋裡去。」

「不要，喬瑟夫是我的朋友，他是來看我的。」

喬瑟夫一跛一跛地朝柵門走去，讓她們看見自己跛腳，感覺甚是尷尬。「很高興知道我有個朋友，但我是來找妳媽媽的。」

「為什麼是找她？」

他舉起相機，覺得自己真是夠蠢。「我想問她今天可不可以讓我拍那棵橡樹。」

葛蘿莉看著他。「今天外面才華氏四十五度（攝氏七度），又泥濘不堪，而且太陽再過一小時就要下山了。為什麼你選擇今天來拍照？」

「我知道，我知道，」杜松說：「因為影子拖得很長的時候，光線比較好，是一天當中拍照的最好時機。」

「聽著，我很抱歉。」他又道歉一次，重心在雙腳之間變換，試著解除拚命擠壓脊椎的疼痛。「老實說，我今天在報紙上讀到你們的報導，才想起那棵樹，而且杜松說得對，現在是拍樹的最好時機。我應該先打電話來才對。」

「什麼報導？」葛蘿莉問道。

那把獵槍幾乎跟她一般高，喬瑟夫懷疑她是否真的擊發過那把獵槍。「《洛杉磯時報》今天有報導妳的小教堂，會是很好的宣傳，妳一定會因為這篇報導而接到很多電話。妳沒看到報紙嗎？」

葛蘿莉將頭髮從臉上撥開，束到腦後，結成髮髻。「那個記者說登出來的時候會打電話通知我。」

「呃，妳也知道那些記者，」喬瑟夫說：「他們很忙，有截稿期限要趕。」

「我有被寫到嗎？」杜松問道。

「我車子裡有一份報紙，妳們可以拿去看。」

「我去拿！」杜松立刻走出柵門。自從上次一別，杜松的頭髮似乎長了一吋，人也長大了一些。生長在新墨西哥州高地沙漠的杜松是耐寒樹種，顏色有如小型帳篷，上頭生長的灰藍色莓果很適合用來煮鹿肉和釀製杜松子酒，但並不是很多人知道喬瑟夫的祖母告訴過他的事：在大門旁種杜松樹，要通過就必須數算樹上有多少根針葉，而大家都知道，巫婆可沒這個耐心。但現在沒耐心的是杜松，她打開車門，俯身車內，幾乎趴了下去，從乘客座的地上拿起報紙。喬瑟夫微微一笑，因為青少年總是會順著衝動去做事，從來不先考慮合不合乎規矩，等他們無法不注重規矩時，生活就變得無趣多了。葛蘿莉揉揉下巴，用一根手指按住嘴唇，彷彿想將某些想說出口的話給攔住，再用藤蔓蓋住，就好像柵門一樣。杜松打開報紙，把那篇報導拿給葛蘿莉看，葛蘿莉的表情出現一百八十度大轉變。她原本按住嘴唇的手改為按住心口，緊繃的表情消失了。她似乎已不是站在後院讀報紙。兩隻狗在狗屋門前撞來撞去，渴望出來。羅娜在聖誕夜對喬瑟夫說過，她從未見到像葛蘿莉和丹那麼相愛的兩個人。葛蘿莉在悲傷中抱著雙手，讀著丈夫已死之事登在報上，讓全世界的人都看見。

她讀完之後，抬頭看著喬瑟夫，完全變了個人，冷靜多了，怒氣猶如菸斗熄火般消了不少，但心裡還是有氣。「謝謝你帶報紙來給我們看，喬瑟夫。你去拍照吧，恕我失陪，我家裡還有工作得做。」

「我可以跟他一起去嗎？」杜松問道：「求求妳，葛蘿莉，可以嗎？我保證我會及時回來擺餐具。好不好嘛？我很想學攝影。」

「去吧，我們晚點再談。」

「我可以去嗎？真的？」

杜松顯然惹了大麻煩，葛蘿莉居然暫時放過她？但喬瑟夫一點也不訝異。他父親也留下有關瑞可的所有報導，好讓他在康復後閱讀。葛蘿莉需要獨處的時間，獨自消化那篇報導。她雖然需要管教這個麻煩透頂的養女，但這時卻更需要獨處。

「我就直接了當問你了，喬，為什麼你會跛腳？」他們朝白橡樹走去時，杜松如此問道。「我的意思是說，我在海盜婚禮和聖誕派對上就注意到你的腳了，可是今天嚴重很多。你扭傷腳踝了嗎？有時扭傷比骨折還痛。用枴杖會不會好一點？」

「我的腿沒事，我只是身體不好。我沒辦法搆到柵門下面的門栓，卻還蠢到翻過柵欄。」

「那你會痛嗎？」

「有一點，還可以應付。」

「你要不要吃阿斯匹靈或布洛芬？」

「不用，謝謝。」

「如果不是很痛，你為什麼牙齒咬得那麼緊？」

「讓我猜猜看，妳的嗜好是問問題？」

「嗜好是有錢人的玩意。如果不問問題，怎麼發現答案呢？現在告訴我一些攝影的事吧。你準備要怎麼拍這棵樹？你喜歡『孤單的樹』這種構圖嗎？或者你要尋找樹枝構成的圖案？」

「妳知道嗎？有時候靜靜觀察可以學到更多。」

杜松將夾克拉得更緊了些。「這種話真像警察說的。」

「我說過了，我已經不是警察了。」

杜松指了指他的胸部。「這不代表你內心不是警察，你沒辦法拋棄你看待事物的角度。相信我，我很清楚。」

喬瑟夫希望安靜，因此並不回答。他們步履艱難地越過一百呎泥濘地。喬瑟夫試著不跛腳。儘管阿斯匹靈會讓胃不舒服，但他為了消除疼痛，還是願意抓一大把阿斯匹靈放進嘴裡咀嚼。但他只是仔細觀察白橡樹。若是安塞爾．亞當斯，看見的會是一棵光禿禿的樹，天空勾勒出它的輪廓。若是溫．巴洛克，會在樹旁安排一名裸體女子，將她化為樹的精靈。美國超現實主義攝影家傑利．尤斯曼則會在樹上嵌入人類的拳頭，在天空放上飄浮的綿羊。至於喬瑟夫．維吉眼中只看見樹枝似乎就要刺穿逐漸變暗的天空，如此鋒利，幾乎就要滴下血來。

「你在聖誕夜拍的照片很棒，」杜松說：「我的養外祖母很喜歡，所以你也許可以改變主題，從拍樹改成拍人。我的意思是說，樹下是個乘涼的好地方，但是還有什麼其他東西嗎？它們除了偶爾會被雷打到，又不會做出什麼教人興奮的事。」

喬瑟夫口中說話，並不看她。「這棵不是一般的樹，杜松，這棵是索羅門橡樹。」

「別再往下說了，我已經聽夠了它有多神奇、多違反自然法則、多會帶來好運，或是裡頭住著精靈。索羅門先生生病的時候，它又沒幫上忙，不是嗎？他的家人照顧它這麼多年，如果它真的會幫助人，那最應該幫的不就是索羅門先生嗎？」杜松一隻手放在樹幹上，繞著樹轉圈，把鞋子弄得更泥濘不堪，也毀去了雨水創造出來的有趣圖案。

「妳可以停下來嗎？太陽就快下山了。如果我拍到我要的照片，我就不必再回來，也不用再來煩妳母親了。」

「好，好。」杜松將雙手塞在腋下，尋求溫暖。「我站著不動，但還是可以說話對不對？」

「不行，妳不能說話，請妳安靜幾分鐘。」喬瑟夫在遠處拍了幾張照片，然後放大鏡頭，拍攝特寫。爬滿紋路的樹幹是灰綠色地衣的家。靠近細看，會覺得像是有人撕下一片宇宙，而這棵樹別無選擇，只能繼續這趟旅程。喬瑟夫拍不出白橡樹的高度。「請妳站到樹旁邊。」他說。

「你不是說你只想拍樹。」

「妳只是用來當作度量衡而已。」

「真是謝了。」杜松站在樹旁，雙手插進口袋。「你知道我怎麼想的嗎？我想你的背其實比你說的還要痛。還好你帶我一起來，不然萬一你在柵欄上弄傷，需要有人扶你起來，結果我們去了鎮上怎麼辦？這就好像一個人在森林裡騎馬一樣，很危險。」

「嘿，我有去跟妳媽告狀嗎？」

「沒有。」

他轉過頭去，朝他的車望去。「那就放我一馬吧。」

杜松快步走到他身旁。「好啊，只要你留下來吃晚餐。今天輪到我做沙拉。」

「我想妳媽應該不喜歡這個主意。」

「但你是朋友啊，」杜松嘟出下唇。「我需要一些支持。」

「為什麼？事情不順利嗎？聖誕夜派對上妳看起來很開心啊。」

「我今天打架，受到停課處分。」

「打架？是用拳頭嗎？」

「那是天大的誤會。」

「為什麼我感到懷疑？」

「我不知道，我說的是實話。當然我以前也做過幾次壞事，可是我做那些事都有好理由。比如說，如果我不小心拿了錢，我會放回去，我也把藥還了回去。」

「妳是說街上賣的毒品嗎？」

杜松別過頭去。「我是說真的。那些藥是處方藥，只不過不是我的處方藥。」

「那妳為什麼要偷？」

她嘆了口氣。「我很擔心，好嗎？我親生媽媽是藥物過量致死的，當我遇見索羅門太太的時候，她非常傷心，我以為她也會把藥都吞了，所以我就把藥藏起來。我應該把藥都沖進馬桶才對的，這樣她就永遠都不會發現了。我沒事先想到這一點真是笨，但你也知道人家都說：『條條水管通大海。』藥物進了大海有害環境。但這件事的確給我惹上麻煩。」

「我不覺得妳應該把這件事告訴我。」

「為什麼？你是我的朋友啊。你也算是她的朋友。你們還跳過舞耶。她人很好，狗都愛她。她非常努力工作，不用我說，你也看得出來。但我知道很多事是那篇新聞裡沒寫到的，比如說，她的頭髮在我這個年紀就白了，所以她實際年齡沒有那麼老，她只是又要應付工作又要應付我，搞得累死了，又非常需要染髮和美容。她父親沒來得及帶她走上紅地毯就死了，後來她又死了丈夫，這個丈夫好像個聖人似的，沒想到卻死了。留下來吃飯嘛，喬瑟夫，求求你，求求你，求求你？」

喬瑟夫覺得自己好像走進某種立體派藝術家的夢境中，羊在空中飄，人們用異國語言嘰哩咕嚕地說話，斷裂的部分連不起來。他蓋上鏡頭蓋。「我可以留下來十五分鐘，只聊攝影，不談別的事。妳可以幫我端一杯水。」

「太好了！我現在就把你拍的照片下載到電腦裡，這樣你就可以跟我說你是怎麼挑選拍得最好的照片。或是你可以跟我說說你的人生，像是你當警察發生的事，還有你不當警察的原因。」

喬瑟夫心想，是否有一種肢體語言是超越嘆氣的，因為他覺得自己的整個身體都在嘆氣。

「我要說幾次才行？我沒興趣。」

「老哥，我家沒電視沒音響，甚至連Game Boy古董遊戲機都沒有。相信我，你說的故事會比我們平常說話的內容來得有趣，那些內容大部分是我搞砸了哪些事、我要怎麼處理。尤其是今天晚上。你能留下來一個小時嗎？我可以做酪梨沙拉。你喜歡洋芋片還是玉米片？」

「都不喜歡。」

「你沒有一種最愛吃的零食？」

「沒有。」

「騙人，一定是樂福洋芋片（Ruffles）搭配洋蔥沾醬。」

「我有乳糖不耐症。」

「讓我猜三次，我跟你賭十元我會猜對。」

「猜吧。」

「照燒牛肉乾？」

「不是。」

「橄欖夾藍起士。」

「如果妳有注意聽的話，就會知道用乳糖不耐症的因素排除起士。」

「鹽花生？」

「妳欠我十元，杜松。二十五分硬幣我也收，這星期我洗衣服要丟銅板。」

「真不敢相信我沒猜對。那至少告訴我答案是什麼。」

「油漬沙丁魚。」

「你是開玩笑的吧？吃了那個嘴巴會有貓食的臭味耶。你的女朋友是不是叫你先去用漱口水漱口，才讓你親她？」

「我沒有女朋友。」

「為什麼沒有？」

「不想要有。」

「真的嗎？」

「真的。」

他們朝牧舍陽台走去。杜松帶著喬瑟夫去刮下鞋子上的泥巴。「我不請你幫我拿乾草去餵馬，」她說：「不過你可以去混合晚餐的狗食，狗食罐上面的牆壁釘著配方。凱迪拉克要加一匙白金高效營養補充品，道奇要加緒寧。」

「這些東西是什麼？」

「凱迪拉克吃的是用來保護關節的，道奇吃的是鎮定情緒的香草。如果你問我的話，我會說都沒效，但葛蘿莉說我們必須試一個月。」

「妳們家的狗真好命，我知道很多人家的狗都沒吃得這麼好。」

「喔，不對，我才是最幸運的，喬瑟夫。凱迪拉克什麼都願意幫我做。」

兩匹馬發出興奮的嘶聲，喬瑟夫聽見杜松對那匹曾經把她嚇得要死的馬溫柔地說話。

「嘿，派普。嘿，派普老弟。你今天做了什麼？你打算要做什麼呢？」

喬瑟夫露出微笑。那則關於女人和馬的諺語是真的。他將狗碗拿給杜松，等待她把馬餵完。

「我做了那個愚蠢的柵欄特技，現在我沒法彎腰，」喬瑟夫說：「不然我就……」

杜松接過狗碗，咧嘴而笑。「沒問題，謝謝你幫忙。」

喬瑟夫站在後陽台上等待，吸入酷似父親農場的氣味。每到這個時節，每天白晝都會增加幾分鐘。農人開始陷入瘋狂狀態，試著決定要種哪一種作物。冬季正在撤退，但還要再過一陣子才會放手。陣亡將士紀念日是最早可以安全種植作物的日子，但如果你等到那一天才播種，那你的作物可能就趕不上農夫市集。務農就好像賭博一樣。他母親的杏樹總是太早開花，因此受到寒霜的襲擊。母親會爬上梯子，把杏花用床單包起來，但卻徒勞無功。喬瑟夫靜靜站立時，背部痛得比行動時嚴重。現在他只想回去躺在床上冰敷。他數了一下上次吃止痛藥是幾小時前，發現自己中午忘了吃藥。真是太天才了。現在他得花好幾天時間，才能趕在疼痛發作前消滅它。

「這個世界上我最愛我的狗了，」杜松說，朝後陽台走來。「我的凱迪拉克老爺車！」

「牠是一隻很漂亮的動物。」

「動物？」杜松看著他，彷彿他說她的狗是長癬的野狗。「凱迪老弟是我最好的朋友。牠好聰明，可以把掉了的東西找回來。每次葛蘿莉掉了鑰匙，她就會說：『去找鑰匙。』然後凱迪拉克就會把鑰匙找回來。你應該看牠趕羊的樣子，只不過現在牠不准趕羊，因為有一隻羊懷孕了。牠每天晚上都睡在我床邊。」

喬瑟夫聽了她說這些錯綜複雜的事，點了點頭，心想葛蘿莉每天晚上一定累到骨子裡去了。

「可以給我一杯水了嗎？」

「當然，進去吧，櫃子的左邊是水槽。」

他不想進去，因為感覺好像非法入侵。進了後門就來到洗衣間，裡頭有一台白色老式洗衣機和一台較新的米色烘乾機。設備上方的架子上放著洗潔劑、漂白劑和一桶歐喜清潔劑（OxiClean）。清潔劑旁邊是一疊抹布。他打開前方的門，便是廚房。廚房設備已經過時，櫃子需要整修，但最令他驚訝的是每樣東西都收納得整整齊齊。料理台上放著蛋糕盤、裝飾用品和看起來像工業用的攪拌器。他心想葛蘿莉是不是準備要再做一個類似海盜船的蛋糕。

葛蘿莉看了他一眼，彷彿是說，你怎麼還在這裡？

杜松跟在他身後走了進來。

「我離開前可以借個廁所嗎？」喬瑟夫問道。葛蘿莉指了指走廊盡頭。他關上廁所的門，打開水龍頭。爭吵聲透過門板傳了進來。他在水龍頭下掬起了水，把藥吞下，藥卻卡在喉嚨，因此他又再喝一口水，才把藥完全吞下去。

「我邀請喬瑟夫來跟我們一起吃晚餐。」杜松說。

「妳沒事先問我？杜松，妳到底在想什麼？家裡亂成一團，我們又還有工作得做。我打算今天晚上做鮪魚三明治，那可不是用來招待客人的晚餐。」

「他又沒期待要吃到三道菜的晚餐，他是男人，男人總是肚子餓。我們可以吃義大利麵啊，做起來很簡單。」

「那麼簡單的話，妳來做好了。」

「說不定我會做。」

「那就做啊，記得要拿五人份的麵而不是兩人份，男人吃得比女人多。」

「天啊，索羅門太太！妳以為我不知道要煮多少義大利麵嗎？我以前也有個爸爸好不好，他吃得下好多義大利麵，我們每次都得煮兩包麵。」

「抱歉，我沒想到。但妳別以為喬瑟夫在這裡就能救妳，妳惹了這麼大的麻煩。我們一定得討論，只是延後而已。妳就好好反省自己做的事，反正妳明天不用早起上學，我們可以討論一整晚，談談為什麼妳又受到停課處分。」

「那又不是我的錯！」

「妳不說發生什麼事，我怎麼相信妳說的話？」

杜松叫葛蘿莉「索羅門太太」？喬瑟夫聽得出在葛蘿莉火冒三丈的聲音中，夾雜著杜松語帶哭音的聲音。那顆頑固的藥丸終於被吞下喉嚨之後，他又等了幾分鐘，讓她們吵完。他打算跟她們說，晚餐改天再吃。但是他把手擦乾時，才想到如果他吃藥後沒有立刻吃東西，那就不應該吃藥。噁心感一旦發生，就很難撫平。他已經因為吃這種藥而導致過一次胃潰瘍，他可不想讓這種事再發生一次。他回到廚房，因為冒昧打擾而表示道歉。「可以給我一片麵包或一個捲餅嗎，吃完我就離開。」

葛蘿莉看著他。「你要吃一片麵包？」

「對，如果不是太麻煩的話。我的胃……」

「天啊，你以為你是誰啊？《孤雛淚》的男主角嗎？如果你這麼餓就留下來吃晚餐。」葛蘿莉丟下手裡拿著的擦碗布。「反正晚餐杜松會做，我在倉庫裡還有工作要做。」

「我不是──」

「抱歉，可以借過嗎？」

喬瑟夫和杜松看著葛蘿莉走出後門，讓門重重關上。「她在外頭其實沒什麼事可以做。」杜松說。

「嗯，我也這樣覺得。我該走了。」

「不要，我要你留下來！她有時候會心情不好，而且那篇報導讓她不高興，只是她從來不會說出這些事。索羅門太太是個很重視隱私的人，她絕對不會在人前哭泣。她會躲在衣櫃裡哭，以為沒有人聽得見，可是牆壁很薄。」

「我要走了，我不想再讓她更不高興，妳也是。」

「不要不要，你現在離開是最糟糕的，你可以讓她分心。跟她說說你以前當警察的事，這是她需要的，新朋友可以讓她振奮精神。你喜歡吃肉醬義大利麵嗎？我做得很好吃喔。我現在超愛做菜的，彌補以前在團體家屋吃到的爛伙食。你一定以為起士通心粉可以做得難吃到哪裡去，對不對？可是我發誓他們真的做得很難吃。有時候晚上我會自己做花生醬三明治帶回房間，結果卻被其他惡毒的女生告狀，說我私藏食物，要記缺點，還必須……」

喬瑟夫點了點頭。這裡無處可逃，而他依然需要那片麵包。杜松遞給他磨碎器和巴馬乾酪，口中不停說話。他觀察她的瞳孔，看她是不是吃了某種興奮劑，但她的瞳孔看起來很正常。醬汁在鍋裡燉煮時，他吃了一個家庭自製奶油麵包捲，胃就安靜了下來。他望出窗外，看見索羅門太太正在跟狗玩。她擲出夜光飛盤，讓凱迪拉克跑去撿。她踩了幾個簡單的舞步，那隻神經兮兮的棕狗就在她的雙腿之間竄來竄去。他們絕對有一套練慣了的動作。她用手臂圍成一個大圈，那隻棕狗就從圈圈中縱身躍過，再從另一邊小跑返回。喬瑟夫在腦中翻尋適合這幅情景的音樂，一定有一種背景音樂可以搭配這些動作的節奏，但他沒想到。杜松絮絮叨叨地講個不停。他將長葉萵苣剁成一片片，再切酪梨作為上面的佐料，這些動作他在新墨西哥做過上百萬遍。他心想，待會葛蘿莉回來以後，不知道會發生什麼事？他聽見走廊裡傳來抓門聲。「那是什麼？」

「那是艾索，」杜松說：「如果我放牠出來，你得小心高速子彈。」

「艾索是一把槍？」

「艾索是義大利灰狗。」杜松把艾索放了出來。艾索在廚房和客廳之間跑了好幾圈，簡直把這裡當成了路易多索村的賽車道。過了一會，喬瑟夫很確定艾索跑得自己都暈了。

「牠好小隻喔。」喬瑟夫說，杜松噓了他一聲。

「別讓索羅門太太聽見你這樣說，艾索是她的寶貝，她都替牠特別調理食物。」

吃完沙拉，盤子上的油醋沙拉醬也擦乾後，杜松舀出碎肉醬。葛蘿莉拿起一瓶葡萄酒，對喬瑟夫說：「要不要喝一點？這瓶酒沒那麼好，但也不差。」

「我希望我可以喝，可是我在服藥，不能喝酒。謝謝。」

「你在服用什麼藥？」杜松問道。

葛蘿莉嘆了口氣。「問這種私人問題是不禮貌的，杜松。」

「可是如果我不問問題的話，怎麼能學到東西呢？這是蘇格拉底問答法。」

喬瑟夫大笑。

「妳就算不問也活得下去。好了，跟維吉先生道歉。」

「別這樣，沒關係的，妳們都叫我喬瑟夫就好了。」

杜松放下叉子。「維吉先生，抱歉我問了這麼一個私人的問題，不過我還是想知道你為什麼要吃止痛藥，尤其你又說你的腿沒事。我敢打賭一定是你的背，我也打賭你是當警察的時候受傷的，對不對？」

葛蘿莉在杯子裡倒了葡萄酒。「杜松，換話題。」

「好吧。所以說，前任警察維吉先生，你都怎麼做義大利麵的醬汁？你是用罐頭醬呢？還是在裡頭放肉？還是加香腸？紅蘿蔔？豆腐？索羅門太太說家家戶戶都有家常食譜，你的家常食譜是什麼？」

喬瑟夫微微一笑。葛蘿莉看著他，像是沒想到竟然有人在這種情況下還笑得出來。「我祖母做的都會放辣椒。」

「類似香辣肉醬嗎？」

「我敢說一定是新墨西哥辣椒。」葛蘿莉說。

「正確，」喬瑟夫說：「新墨西哥州南部的青辣椒，用柴火烘烤。妳會知道新墨西哥辣椒是因為妳母親對不對？」

「其實是我外祖母，做菜是她教我的。」

杜松清了清喉嚨。「那你做的應該是墨西哥料理吧？怎麼會是義大利麵呢？」

「好問題，」葛蘿莉說：「是哪一種，喬瑟夫？」

她現在喝的是第二杯酒，臉上笑容也變多了。

「潘妮奶奶總是稱呼它為義大利麵，所以我一直以為那就是義大利麵。後來我第一次在餐廳吃到義大利麵的時候，還以為那家餐廳的廚師很爛。」

葛蘿莉大笑，幾乎嗆到酒。杜松也笑了，接著她說：「告訴我們一些曲折離奇的警察故事嘛，求求你？」

「沒什麼好說的，我擔任警察的時間不是很久，沒參加過現場行動。」

「我不相信，你辦過最棘手的案件是什麼？你有沒有拔槍指過別人？你有沒有殺過人？」

喬瑟夫喝了口水。「我不喜歡這些事，所以一有機會就申請轉調到刑事鑑識實驗室。我負責分析證據、寫報告、拍攝犯罪現場的照片。」

「那也很酷啊，」杜松說：「有故事可以告訴我們嗎？」

喬瑟夫低下了頭，看著沾了肉醬的瓷餐盤，盤子有個缺角，如果這是伊莎貝爾的廚房，她立刻就會把盤子丟掉，快到有如超音速。「其實警察很少有拔槍的機會，少到妳不會相信，通常把槍插在腰間就夠了，但有時候事情還是會發生。我中了槍。」

「喔，我的天啊，」杜松說：「所以你才會跛腳！發生了什麼事？是銀行搶案嗎？嫌犯逃離現場？大偷車賊？俠盜獵車手？安非他命工廠雇用未成年兒童？」

「安非他命工廠，但開槍的歹徒只有十八歲。」

「哇喔，」杜松說：「你被青少年毒蟲開槍射中？怪不得你會帶槍。你腦中會不會浮現過去的畫面？創傷後壓力症候群？有沒有留下疤痕？」

葛蘿莉插口說：「所以你才要吃一片麵包，是不是這樣？你服用的藥物讓你的胃不舒服，一定要吃點東西才行。真是抱歉，你一定認為我是個潑婦。」

「妳只是個小心謹慎的母親而已。」他希望故事說到這裡就好，因為他不想提起瑞可。

葛蘿莉沉靜地直視著他。「如果是我做這種工作，我每天都會害怕自己會不會性命不保。」

「那你有開槍反擊嗎？」杜松問道。

「沒有，這件事發生的時候，我早已經不幹警察很久了。我是去拍現場照片的，就這樣。」

杜松俯身向前，手肘靠桌，全神貫注。風吹動廚房窗戶，格格作響。喬瑟夫朝窗戶看去，心想不知道油灰可不可以讓它不發出聲音。葛蘿莉放下酒杯。

「喔，別這樣，」杜松說：「你沒把精采的地方說出來，我們可以承受得起。」

「妳就是一定要堅持到底對不對？我奶奶會說妳這種人是頑驢。」

「那是什麼意思？荷爾蒙嗎？大人把所有的事都怪罪在荷爾蒙身上。」

「頑固的意思。」

「你奶奶還不夠了解這種人呢。」

止痛藥讓喬瑟夫感覺有點輕飄飄的，現下疼痛消失，又有樂意聆聽的聽眾，令他放鬆了一些。「我只說一則警察故事，好嗎？以後不要再問了。」

「我不會再問了，」杜松說：「如果你要的話，我可以拿一本聖經來發誓，我們家有英皇欽定本。」

「我從基層員警開始幹起，負責開超速和酒醉駕車的罰單，也會去處理家庭暴力的報案案件。每一天都很辛苦。我以為到了實驗室，就可以不碰到這些事。曾經有一件人口失蹤案，我們太晚找到那個女孩。有些景象妳絕對不想看見，相信我。」

葛蘿莉剛喝了一口酒，突然咳嗽起來。杜松低頭看著餐盤，大為震驚。

「是妳想聽的，」他說：「我警告過妳了。」

杜松猛然站起，椅子差點翻倒，喬瑟夫站了起來，及時接住。杜松踏入走廊，走進房間，甩上了門。凱迪拉克跟在她後頭，又走回來找葛蘿莉。葛蘿莉讓凱迪拉克從後門出去。喬瑟夫看著葛蘿莉。「天啊，這個地方簡直就跟百慕達三角洲沒兩樣。我沒有惡意，可是我說的話妳們都聽成別的意思，真抱歉。」他正要起身，葛蘿莉將手放在他手臂上。

「我跟你解釋，你才剛來這裡不久，所以可能不知道。杜松是合歡．麥奎爾的妹妹，也就是九〇年代失蹤的那個女孩。」

喬瑟夫覺得胃裡的食物沉甸甸地全都沉了下去。「我這個白痴！」他低低地說。「我要怎麼跟她道歉才好？」

「我想可能沒辦法。」

「可是這實在是太糟糕了，我必須道歉，我讓她想到她姊姊的遭遇，而且更糟的是我暗示了暴力行為……」

「合歡應該已經不在人世，這已經是事實了，杜松正在學習面對它。自從海盜婚禮之後，她有了很多進展，可是呢，喔，她要故態復萌也是快得不得了。今天我甚至都沒辦法跟她談。要不要來杯低咖啡因咖啡，我泡的低咖啡因咖啡很好喝喔，因為在這種夜晚，我會在裡頭加一小杯威士忌。你可以喝一小杯對不對？」

「我可以喝一小口。可以讓我洗碗盤嗎？」

「那讓我把碗盤放進洗碗機。你的背要彎下去放碗盤太困難了，我自己都不喜歡做這件事。」葛蘿莉打開水龍頭，讓水流進平底鍋，把它浸溼。突然之間，她伸手摀住眼睛，喬瑟夫知道她正強忍淚水。「為什麼這個小女孩要過得這麼辛苦？為什麼她不能喘一口氣？」

喬瑟夫將手放在葛蘿莉肩膀上，感覺她全身發抖。「看起來她似乎已經喘了一大口氣，因為她在妳這裡找到了一個家。」

葛蘿莉看著他，用沾了洗潔精的手揉了揉雙眼。「我不知道。我必須督促她守規矩、做作業，你都不知道這有多難。我想我只是把事情弄得更糟而已。」

「在我眼裡看起來並不是這樣。」

兩人並肩，靜靜洗碗，只有碗盤和銀器發出鏗鏘聲，填入寂靜。杜松房裡沒發出半點聲響。咖啡煮好之後，葛蘿莉替喬瑟夫倒了一杯，加入奶油。「喔，天啊，我都沒問，直接就……」

「照妳丈夫喜歡的那樣加，」喬瑟夫幫她把話說完。「沒關係的。」

「不，有關係。」她將咖啡倒掉，又替喬瑟夫倒了一杯，再從冰箱上方的櫃子裡拿出一瓶威士忌。

兩人再度坐到餐桌前，等咖啡涼一些再喝。他們腳下的那隻棕狗嘆了一聲。杜松從房裡走了出來，雙眼浮腫，滿臉通紅，手上拿著一個馬尼拉紙大信封。

「嘿，」喬瑟夫說，站了起來。「我不是故意要讓妳挖出傷心的回憶，希望妳原諒我。」

杜松不發一語，打開信封扣環，往餐桌上一倒，倒出了剪報、傳單、汽車保險桿貼紙，上頭寫著「帶合歡回家」。這些東西幾乎蓋滿整個餐桌。杜松抬頭望向喬瑟夫，微微一笑。「你是上天派來幫助我的，」她說：「你可以幫我找到我姊姊。」說著便哭了出來。

第三部

杜松・T・麥奎爾

一隻狗永遠不會忘記你丟給牠一塊麵包屑，
即使你曾在牠頭上丟過一百塊石頭。

——薩迪・設拉茲，《薔薇園》，西元前一二五八年

8

「親愛的，」葛蘿莉說，看著杜松將各類紙張推向喬瑟夫。「我們已經討論過了，事情都已經過了這麼久，不太可能……」

「總是有希望的，奇蹟有時候會發生。伊莉莎白．史瑪特[18]就回家了，這也可能發生在合歡身上，對不對，喬瑟夫？」

喬瑟夫的手在嘴唇上滑動，思索著該怎麼說，才不會傷了這位少女已然破碎的心。「妳今年幾歲，杜松？」

「快十五歲了。」

「那妳還不是大人，有時候大人必須面對事實。」

杜松臉上充滿希望的表情瞬間垮了下來。「事實又不一定百分之百都是對的！事實有什麼好？我恨事實。我恨那個帶走我姊姊的人。我恨你！」她右臂一揮，將各類紙張全都掃到地下，低頭啜泣。

「對不起。」喬瑟夫說，彎下腰來，將紙一張一張撿了起來，儘管這個姿勢令他背痛。他將皺了的紙張攤平，下意識地開始依照日期及先後順序分類，直到他看見《蒙特瑞先鋒報》的斗大頭條：

本地少女失蹤，疑似發生犯罪事件

合歡・麥奎爾牽狗外出散步，卻只有狗獨自回來，警方發出安珀警戒……

喬瑟夫的手下意識地朝前方伸出，想要拿取印有警局標誌的米色檔案夾，但卻摸了個空。這已經不是他的工作了。此外，杜松持有的消息只是警方公布給民眾看的，有許多資訊都被刻意保留。當一件案子變成懸案，檔案通常會交由附近轄區的警探保存在辦公桌上，每隔幾個月查看是否出現任何相關線索，偶爾案情會有突破。喬瑟夫吸了口氣。「杜松，我們是朋友，真正的朋友不會對彼此說謊，因為說謊或保有祕密最後總不會有好事，所以我就直接了當跟妳說了，就算妳聽了以後會覺得很受傷。」

葛蘿莉伸出雙臂，環抱杜松，杜松不斷啜泣。喬瑟夫在桌前坐下，一邊瀏覽報紙。他不自禁地閱讀新聞內容。一切都昭然若揭，案情無望，結局悲慘，家長的懇求印在報上，聲音越來越微小，最後事件冷卻。生鏽的紙夾印痕。塑膠徽章上印著合歡的學校照片，來日不多的合歡在照片中微笑。員警假裝這種事不會影響他們，但這類事件總會侵蝕他們，喬瑟夫也身受其苦。他仔細

⑱ Elizabeth Smart，生於一八九七年。二〇〇二年六月，她十四歲那年，在美國猶他州自家臥室遭人綁架，九個月後，二〇〇三年三月在距離她家十八哩處被尋獲。

地整平頁面，知道這些報導對杜松而言多麼可怕。他將資料放回信封，繞上繩環。接著他看著葛蘿莉，只見葛蘿莉用無望的眼神看著他，令他只想說一句「我先告辭」，就朝門口走去。但葛蘿莉搖了搖頭，表示不要，於是喬瑟夫坐著等待，不舒服地聆聽杜松啜泣。

「如果可以的話，你知道我會做什麼嗎？」他說，觸碰杜松的肩膀。

「除了讓這件事不曾發生？」杜松咕噥著說。

「當然，但既然我沒辦法讓它不曾發生，我只好幫妳泡 Ch'il Ahwéhé。」

「那是什麼？消除記憶的藥水嗎？幹嘛不直接做腦白質切斷術就算了？」

「那是鮮摘科塔茶，它對胃痛很有幫助，而且可以淨化血液，以前我奶奶都會泡給我喝，我只要看著杯子裡的金黃色茶液，就會覺得自己更勇敢。」他看向葛蘿莉。「妳的香料櫃裡有納瓦霍族香草的機率有多高？」

葛蘿莉咯咯笑道：「不太高。」

「下次妳們去我家吃義大利麵，我泡一壺科塔茶給妳們喝。妳們可以早點到，這樣我們就可以去湖邊找箭鏃。那裡有舒服的岩石可以坐，可以看日落，趁現在那裡還沒被遊客用水上摩托車和汽艇破壞的時候，欣賞當地的美景。」

「橡樹湖岸，」葛蘿莉說：「你就是住在那邊嗎？那裡我有一陣子沒去了，但以前很漂亮。」

「現在還是很漂亮，只要妳看著湖，不要看著房子就好了。我小時候以為所有的落日都是回到那裡的岩石中，就好像收藏太陽一樣，我以為太陽整個晚上都睡在湖裡，到了早上才慢慢出來，變成黎明。當時的一切都充滿活力。我會做新墨西哥式的青辣椒義大利麵給妳們吃。」

「聽起來很棒，對不對，杜松？」葛蘿莉問道。

杜松從葛蘿莉懷中抬起頭來，看著喬瑟夫。她的肌膚浮現斑點，雙眼浮腫，彷彿跟人鬥毆過。「你真的沒辦法幫忙嗎？」

「沒有，」他說，直視杜松。「失去所愛的人永遠會令人傷痛。」

「比爛透了還爛。」杜松說，站了起來，略微搖晃。「我想去睡了。我的狗呢？我要我的狗。」

「我讓牠從後門出去了，」葛蘿莉說：「妳去洗把臉，我去叫牠。」

喬瑟夫說：「謝謝妳邀請我來吃晚餐，杜松。我喜歡妳的義大利麵作法，但我必須說，我覺得我的比較好吃。」

杜松真實地笑了幾聲，臉上接著浮現虛假的微笑。喬瑟夫認為那種微笑是白種人的瘟疫。他想對她說，如果妳覺得悲傷，就表現悲傷。杜松踏入走廊。喬瑟夫聽見房門關上，接著傳來流水聲。葛蘿莉去後門吹口哨，呼喚凱迪拉克，等杜松從廁所出來，再帶凱迪拉克去她房間。杜松讓凱迪拉克進房，關上房門。喬瑟夫和葛蘿莉坐在餐桌前，咖啡已涼。她拿起兩杯咖啡，倒進水槽。

「妳為什麼要我留下來？」喬瑟夫問道。

葛蘿莉轉過身，髮髻鬆了，灑下一頭銀髮，在腦後擺盪。這一刻，喬瑟夫瞥見了真實的葛蘿莉，以及她如何故意讓自己保持樸素。這證明了羅娜所言不虛，葛蘿莉猶如赤裸裸般十分脆弱，彷彿有人剝去了她的一層表皮。她比自己所相信的還要美麗，而她如此忽略自己的天生麗質，引來哈蕾批判她所選擇的生活方式。也許保持疏離是她哀悼的方式，她用這種方式來擊退不好的感覺。但杜松就住在她家，她要如何保持疏離實在令喬瑟夫難以想像。

「因為我想跟你談一談。」

「那就談吧。」他說。

「我們去外面，順便讓道奇出來跑一跑，這樣我們也可以私下說話。我們很快就回來。」她對杜松高喊，杜松沒回話。

葛蘿莉打開狗屋的門，放道奇出來，然後回到後台階，坐了下來。喬瑟夫步下階梯，經過紅磚色的雞舍，道奇推著他，走到前方。母雞都已進入雞舍過夜。喬瑟夫心想，不知道葛蘿莉如何訓練狗不去咬雞。道奇朝畜欄奔去，消失在黑暗中。喬瑟夫等待葛蘿莉開口，說她想說的事。

「謝謝你明白地讓她了解事實，讓她知道她姊姊的案子實際上是什麼狀況。她正在跟你難以了解的惡魔奮戰，或者其實你可以了解。」

喬瑟夫點了點頭。

「還有謝謝你保留了案子的一些細節沒說出來。」

「就算是瘋馬也沒辦法讓我說出來。」

葛蘿莉站了起來，走向倉庫，關上拉門。一匹馬發出嘶聲。「有時情況很困難，杜松的防衛心很強。很多事她都不說，她會說謊，我都不知道該拿她怎麼辦。」

「希望妳不要覺得是自己的錯，荷爾蒙會讓青少年有點瘋狂。我見過一些青少年拿刀刺傷彼此，最後竟然還是好朋友。」

「你有孩子嗎？」

「這方面我不是很幸運。」

「那你怎麼知道這些事？」

「我在阿布奎基市輔導過像她這樣的青少年，頭腦很聰明卻輟學，因為他們覺得非法入侵比較好玩。在他們那個年紀，腦袋裡的電路都是一團糟。杜松說妳以前有過其他養子。」

「對，我們收養許多養子。」

「那妳應該很了解這些事才對。我所做的只是聆聽，協助他們考取普通教育發展證書。妳做的事更艱難，但最後的選擇都掌握在這些孩子手上。」道奇在圈欄裡跑了一圈，喬瑟夫在黑暗中隱約辨認出牠的身形。

葛蘿莉倚著柵欄。「每次她回房睡覺，我都躺在床上想，我到底在幹嘛？要不就是我替她做決定，要不就是她自己做出不好的決定。」葛蘿莉轉頭看著喬瑟夫。「杜松真的很喜歡你。」

「我也喜歡她，她是個聰明的孩子。」

「那我就開門見山地說了。男人曾經讓她失望過，包括警察、拋棄她的父親、上個寄養家庭的男生，這些都是負面的經驗。」

「了解，可是這跟我有什麼關係？」

葛蘿莉揉了揉太陽穴。「我不希望你傷害到她。你說你四月就要離開，我擔心如果她跟你更親近，到時候她會很難過。」

喬瑟夫凝思片刻，才開口說：「葛蘿莉，雖然妳不是杜松的親生母親，但妳是個好母親。我的背傷改變了我的人生，讓我沒辦法教足球、沒辦法做我擅長的工作。我只知道一件事，那就是我對青少年很有一套。從現在起到四月，我有的是時間，如果妳允許的話，我就替杜松上一些攝影課。難道我們一定要用全有或全無的角度來看待這件事嗎？我回到新墨西哥州以後，我們還是可以互通電子郵件，寄照片給彼此看啊。」

「但今天晚上是怎麼樣，你也看見了，她會把自己跟別人剝離，你願意讓自己牽扯到這種戲劇化的情緒中嗎？」

「那只是悲傷的表現罷了，每個人都經歷過。」

「這沒道理。你遭受意外、你的身體顯然正在承受疼痛、你的小屋就要被拆了，為什麼你還要承擔她的事？」

「有時候你遇見一些人，你就是知道你們之所以相遇是有原因的。」

道奇突然跑了回來，在喬瑟夫周圍繞圈，接著又跳了起來，重重撲上喬瑟夫的胸口。道奇重達五十磅（約二十三公斤），比外表看起來更重，這股力道衝擊喬瑟夫的胸部，把他肺臟裡的空氣都給壓了出來。

「道奇，下去！」葛蘿莉嚴厲地說，同時抓住喬瑟夫的手臂。「你沒事吧？牠有沒有讓你受傷？」

「我沒事。」他說，吸了一大口氣，讓肺部重新充滿空氣。他痛徹心腑，但是在道奇撲上他的胸骨之前，他體驗到短暫的奇蹟。他的背痛被隔離在他們的對話之外，放到了一邊，沒有抽搐，也沒有隱約的痛感，只有過去那種活著的感覺，非常活在當下。

「恕我失陪一下，我得替道奇稍微上點課。」葛蘿莉說：「道奇，趴下。」道奇趴了下來。「好孩子，現在站立。」

道奇立刻用四隻腳站了起來。

「坐下。好孩子，現在躺下。滾動。站立，轉圈。」

喬瑟夫看著道奇如何讀出葛蘿莉的肢體語言，葛蘿莉如何跟牠良好搭配，令他想起正式的舞蹈比賽。

「好孩子！現在穿行！曲折前進！」

接著葛蘿莉倒退走了幾步，雙腿張開，膝蓋彎曲，很快地做出一個開口，讓道奇低頭鑽了過去。喬瑟夫簡直不敢相信這隻狗就是那隻愛叫、愛跳、粗暴，又幾乎撲倒他的狗。這不只是服從命令，而是一名女子倒退步行，和一隻狗在月光下共舞。「這妳是從哪裡學來的？」喬瑟夫問道。

葛蘿莉改變方向，輪到道奇倒退行走。「這叫自由式犬舞，有正式比賽的，你應該看看搭配音樂的樣子，只不過我還沒想到要搭配什麼音樂，但有一天會想到。」她舉起雙臂。「跳！」她高聲大喊，喬瑟夫不敢相信葛蘿莉竟然能接住這隻五十磅重的狗，卻不會傷到自己的背。她親了親道奇，放牠下來。「好了，道奇，你自由了，去玩吧。」

「太厲害了。」

這時天已全黑，道奇奔過倉庫燈光下才看得見牠的身影。不久道奇的鼻子撞上葛蘿莉的腿，嘴裡咬著一顆網球。「我們明天再玩。」她抓了抓道奇的頭。「道奇還有很長的路要走。我總是認為我是個很不錯的馴犬師，但我曾經錯看凱迪拉克。」

「怎麼說？」

葛蘿莉打開外頭陽台的小型日光燈，喬瑟夫看見她眉頭深蹙。「我丈夫讀得出孩子的心思，就好像讀書一樣，我卻不行。我覺得我有種天分，可以察覺出狗的才華，協助牠們培養技能，學習規矩，最後替牠們找個永久的家。凱迪拉克曾經是合歡・麥奎爾的狗，就是她失蹤那天牽出去散步的狗。」

「這是注定好的。」

「你真的這樣認為嗎？你相信命運嗎？」

「為什麼不相信？命運之手為造物主所掌管，時時刻刻都在運作，一切的發生都遠大過我們所能理解的範圍。」

「你真的這樣認為？那什麼樣的神會讓一個女孩被綁架謀殺？」

「我不知道。我們是凡人，但誰說我們什麼都要知道？」

「因為有些事情我們必須理解。比如說，我從一開始就知道凱迪拉克需要小孩，牠可以玩球或飛盤玩一整天。麥奎爾家是第一個收養牠的家庭，當時杜松還不到十歲，合歡十四歲。他們的家庭很快樂，有一個擔任家庭主婦的媽媽、一個努力工作的爸爸、兩個可愛的小女兒。凱迪拉克和他們一拍即合。他們家有一片用柵欄圍起來的半英畝空地，非常理想。我做過家庭訪問，替他們做過訓練，也試過週末住宿，然後才讓他們正式收養凱迪拉克。我心想，又是一個快樂結局。到了聖誕節，我收到一張凱迪拉克戴著鹿角，趴在壁爐前的照片。那天晚上，合歡就失蹤了，凱迪拉克回到了這裡。萊西測驗牠有半數通過。」

「我不懂妳的意思。」

「喔，你知道的，狗可以穿越無數哩路，回到原本的家，帶家人前去尋找碰上麻煩的孩子。但凱迪拉克沒辦法告訴我們合歡在哪裡。」葛蘿莉朝後陽台走了回去。

「我覺得很遺憾。」

「謝謝你這樣說。麥奎爾家最不需要的就是想起他們失去女兒這件事，於是我收回凱迪拉克，繼續訓練牠。後來我把牠送給一位牧牛場主人收養，一天下午，那個主人跟我說凱迪拉克不再趕動物了，好像牠趕動物的配額已經用完似的。牠轉過頭，走出牧牛場，步行五哩路，回到這裡。然後我心想，呃，說不定牠可以去當救難犬。」

「聽起來難度很高。」

「其實也不會。一開始還是要訓練基本的命令，然後用賓賽棒教牠『尋找』。賓賽棒是個花俏名字，不過就是塞在頸圈的一根棒子，一旦狗找到東西，就會把棒子咬在嘴裡。然後提高複雜度，開始找一件衣服，最後是找人或找屍體。凱迪拉克喜歡骨頭。有一次牠咬了一根腐爛的牛腿回來，高興得不得了。相信我，那氣味可怕極了，花了好幾天才從牠身上消退。」她看著喬瑟夫。「沒想到最後牠竟然觸及兩個少女的生命，有時我真有點難以釋懷。」

「我想多了解搜救訓練。」

「你不是出於禮貌才這樣說吧？」

「噯，我要怎樣才能向妳證明我是好人呢？」

「原諒我，只不過一提到合歡……」葛蘿莉頓了頓。「我一直無法擺脫這種感覺，就是當時我應該可以做點什麼事才對。」

葛蘿莉眨了眨眼，喬瑟夫在她眼中看見瑩瑩淚光。「搜索和救援，」他說：「說說看。」

「你必須教一隻狗區別不同的現場，讓牠用不同的方式向馴犬師表達牠到底找到什麼。比如說，『挖掘』是發現骸骨，『跳躍』是找到活人的氣味，『坐下吠叫』是找到屍體。我們一直沒練習到最後這一項，不然那時候牠就可以去找屍體了。」

「為什麼妳停了下來？」

葛蘿莉發出噓聲，叫道奇返回狗屋，道奇立刻爬上狗屋屋頂。喬瑟夫感覺冰涼夜風滲入他的背部。他心想，如果他把自己的夾克借給葛蘿莉穿，可不可以讓他們的對話繼續下去？

「我要上班，而且這件事很花錢。訓練一隻狗從搜尋到救援是一種生活方式，除非你替郡政府工作，否則這是沒錢賺的。然後我丈夫去世了。就這麼簡單。我需要賺錢養活自己。塔吉特錄用了我，於是我白天就沒什麼時間來訓練牠了。」

「報上的那篇報導讓我想認識妳丈夫。」

「丹應該也會喜歡你。」

「看了杜松的那些資料，我想警察應該派警犬去找過合歡吧？」

「員警、警長、消防隊員、民間志工，他們什麼方法都試過了。用在奧克拉荷馬市爆炸案的搜救犬從奧克拉荷馬州和喬治亞州飛來，牠們追蹤的氣味到距離這裡十二哩外的一條路上就消失了。每隻狗都停在那裡，好像合歡就在那個地方消失了一樣。」

喬瑟夫心想，合歡被綁上車子，兩名綁匪，一人約束她，一人駕車。他們用藥迷昏她，帶她到別的地方，然後棄屍。這附近有這麼大片的野地，有聖塔露西亞山脈，還有海洋，看來合歡是永遠找不到了。

「狗沒辦法完成『找尋』的時候會傷心，」葛蘿莉說：「牠們跟人類一樣會覺得沮喪。」她揉了揉手臂。「我把你拖來外面這麼久，真不好意思，不過跟你聊一聊很有幫助。」

「我很樂意。」

葛蘿莉看著他。「你想知道今天這可怕的一天最精采的是什麼嗎？今天是假期結束後，開學的第一天，是個全新的開始，結果你知道她幹了什麼好事？她受到停課處分。這已經是第二次了。我都不知道該讓她承受什麼樣的後果才好，上次我的做法似乎沒辦法對她起作用。我又來了。我們可以改天再聊這件事嗎？我該去看一下杜松了。」

喬瑟夫聽見「改天」這兩個字，嘴角泛起微笑，這表示他們還有機會可以聊。「妳一定會想出正確的方式。」

一陣風吹過樹木，他們聽見狗屋的門發出噹啷聲，打了開來。「喔，糟了，我忘了拉上門栓。道奇呢？」她說：「道奇？」

喬瑟夫將兩根手指放進口中，呼哨一聲，跟著道奇就跑了過來，猛搖尾巴。葛蘿莉拉住道奇的頸圈，嘆了口氣。「謝天謝地。」她看著喬瑟夫。「相機、手槍、安非他命工廠、吹哨子叫狗；喬瑟夫．維吉，你真是讓人驚奇連連。」

「別忘了我還會煮超好吃的義大利麵。」

「到時候再看看是真是假嘍。」

喬瑟夫不明白葛蘿莉到底是哪一點令他感興趣。葛蘿莉的一切都跟伊莎貝爾相反。伊莎貝爾會挑選傳統家具，在庭院裡種玫瑰。她穿洋裝，不穿牛仔褲。她的週日休閒鞋鞋底從不磨損。現在上天主教教堂雖已不用把頭蓋住，但她還是戴著及肩頭紗去做彌撒。她絕對不會考慮代理孕母或領養。葛蘿莉．索羅門則像是漂泊的草原玫瑰，孩子有如四季變換般在她生命裡來來去去。喬瑟夫並不想要浪漫愛情，但他並不知道自己和葛蘿莉要如何建立友誼。「再一次謝謝妳的晚餐。」

「不客氣。」

他才走出三呎，葛蘿莉就高聲喚道：「喬瑟夫！」

他轉過頭去，小心不讓身體旋轉。「什麼事？」

「你有養過狗嗎？」

喬瑟夫想起父親農場上的紅色及藍色牧羊犬，全都是工作犬，取的名字是是竹子或加洛，或是艾絲麗達，只因有一次母親堅持要取這個名字。下雪時，牠們都會睡在穀倉；天熱時，牠們會睡在他父親的卡車底下。保護區的雜種狗又稱「棕狗」，有時會流浪到他們的牧場，身上生有疥癬，而且是反社會分子。牠們甚至不吃人類放在外面的狗食，只是休息一會，就繼續流浪。「沒有，」喬瑟夫說：「我沒養過狗。」

「道奇很適合你。牠很年輕，而且牠不搗蛋的時候學得很快。你可以訓練牠幫你拿你搆不到的東西。我看得出牠喜歡你。」

「葛蘿莉，妳知道我沒辦法好好養一隻狗。」

「為什麼不行？」

「首先呢，我沒辦法帶牠去長時間散步。」

「『首先』表示還有其他原因，其他原因是什麼？」

「牠是牧牛犬，我又沒養牛，這個原因怎麼樣？」

葛蘿莉大笑。「凡事總有第一次。」

喬瑟夫把手伸進口袋，拿出車鑰匙。他將鑰匙環套在手指上，思索該說什麼比較恰當。再過不到三個月，我就要搬離這裡了？我不想再度被留下？我不想愛某個會比我還早死的動物？他想不到適當的話語。

「下星期來我家吃晚餐，到時候再聊。」他看得出他的大膽邀請令葛蘿莉感到慌亂。「看妳想不想來。如果有時間的話，用電子郵件告訴我杜松的狀況。還有祝妳們停課期間一切順利。」

「晚安，喬瑟夫。」

「晚安。」他打開車門，耳中聽見葛蘿莉喊道：「考慮一下道奇的事。」

天啊，她就是不放棄。

喬瑟夫坐上他的豐田休旅車，發動引擎，讓引擎暫時空轉，繫上安全帶。喔，他的背開始懲罰他了，感覺像是每節脊椎骨都在彼此摩擦，彷彿是一具玄武岩。倉庫的燈熄了，但廚房窗內仍亮著燈光。他想像葛蘿莉正在做一個漂亮的蛋糕，比如說，情人節蛋糕。情人節那天，這裡至少會舉行一場甜蜜情人與玫瑰的婚宴。新娘穿傳統白紗禮服，新郎穿黑色燕尾服，腰間束著粉紅色Faja或Cummerbund，這兩個字分別是西班牙文和英文中最愚蠢的兩個字，指的是「派對腹帶」。

喬瑟夫懷疑杜松真的可以撐到高年級而不被開除。有些孩子選擇考取普通教育發展證書也許比較好。葛蘿莉令他想到那棵白橡樹，在不適合生長的地方茁壯，這是一股值得尊敬的力量，也需要拍照存證，免得別人認為你說大話。

駕車回家的路上，他想著合歡．麥奎爾和他瀏覽過的資料。人們責怪合歡的父母沒有灌輸小孩懼怕陌生人的觀念。他們應該上失蹤兒童網站查看照片，排除化妝、穿孔飾品、刺青和加齡照片的影響，看看合歡是否在裡頭。暴力事件從不是兒童的錯。錯誤來自人類頭腦的基本部位出現短路。於是在情境和機會的怪異交錯下，人腦深處的獸性被啟動了。這個地方的腦部人類尚未探勘，而且不甚了解，幸好它多半都在沉睡當中。喬瑟夫認為，人們應該拿一根針深深刺進腦部這個地方，把它烤焦，讓它永遠醒不來。

隔天早上，喬瑟夫不顧背痛，決定去湖邊散步。他早餐時吃了藥，預期藥力不久之後就會發作。他穿上自從意外發生之後就沒穿過的健行靴，每踏出一步，腳下落葉就發出令人滿足的嘎扎聲。湖面盪漾著銀色漣漪，一隻藍色蒼鷺在淺溼地涉水而行。他將注意力放在腳步前方。沁涼的空氣十分清新。但走了十五分鐘之後，他就需要休息。他倚在一塊大岩石旁，小時候他總是從這塊大岩石跳下去潛水。地上有人亂丟啤酒罐。他撿起啤酒罐，放進夾克口袋。微風輕柔地吹拂他的臉；阿布奎基市的風具有侵蝕性。在這個冰冷的灰色冬季裡，可以看見大草原上開出一株黃色連翹花，美得令人驚豔，彷彿是個承諾。這裡終年都有花朵綻放，必須比對月曆才分辨得出季節。白熾的痛感以螺旋方式竄上他的背，他閉上雙眼，聆聽湖水拍打岸邊。常綠樹林裡傳來神祕鳥鳴。牠們究竟在說什麼，無法解讀。但是他一開始思索，就停不下來。

現在合歡應該十八歲了。她應該有了第一份工作，墜入情網，再過幾個月就高中畢業，接著進入大學。昨晚他雖然努力抗拒衝動，但還是上網搜尋合歡，看了每一篇報導、每一張照片、每一篇為了紀念她而寫的文章。她失蹤十六個月後，父親離開了家。離婚正式生效後，麥奎爾太太就因服用過量安眠藥而死亡。她怎麼能這麼自私地留下杜松？也許她以為前夫會照顧杜松。喬瑟夫心裡竟然希望自己能當面斥責杜松的父親，令他感到十分驚訝。只有懦夫才會丟下孩子不管。

這個父親在想些什麼？他以為他像拋棄寵物一樣拋棄杜松，就會有人大發慈悲收留她嗎？感謝老天，真的有人收留了她。這個人就是葛蘿莉。

他倚著大岩石，腦子裡跑過這許多思緒，背部抽痛，肌肉嚴重緊繃，使得他必須傾身向前，緊咬牙關。他拉上夾克拉鍊，一跛一跛地走回小屋，打算躺在兩塊熱敷墊上。在這之前，他先貼上一塊止痛藥布。他足足躺了三小時，才敢再起身。這段時間他在小屋裡只聽見自己的呼吸聲，以及偶爾有松鴉抓刮餵食器的聲音。也許葛蘿莉說得對。也許養一隻狗會有幫助。

一星期過去了，喬瑟夫完全沒有杜松或葛蘿莉的消息。杜松是不是生氣了，因為他說無法幫忙尋找合歡？現在她應該回學校上課了，跟阿布奎基市的學生每年到了這個時間一樣，要考試、做科學計畫。打電話去會不會太魯莽？他每天早晨都在月曆的當天日期打個勾，驚嘆於太陽出來後，溼軟的前院土地就恢復為堅實地面。他祖母種的鬱金香有時會在綠草中開出花來。到了週末，大學生駕車來到此地，饒舌音樂開得震天價響，他們架起帳篷，在冰水裡游泳，挑戰彼此，然後再去蝴蝶溪雜貨店廝混，暢飲啤酒、高聲喧鬧、比比看誰敢去偷披薩標誌。

喬瑟夫的信箱裡寄來一封信，那是一封正式通知，說明拆除團隊無論是否經過允許，都將在四月第一週抵達此地。他寫了一封電子郵件給葛蘿莉。

葛蘿莉：

如果妳還對地板、舊設備和柳製家具有興趣，請盡快開卡車來搬。

喬瑟夫

葛蘿莉沒回信。於是喬瑟夫寄了電子郵件給那個不良少女。

杜松：

妳要上攝影課嗎？我有時間，可是時間正在流逝。

喬瑟夫

二月五日，天氣寒冷，卻又豔陽高照，是個好天氣。喬瑟夫在蝴蝶溪等候他的火雞三明治，這時一群機車騎士停在店門口。他們一摘下安全帽，立刻開始爭論各種引擎的優點。其中一人大肆吹捧他的「一九五七年FLH哈雷機車頂置氣門引擎」，那人的夾克背上繡著銀色的「生工」字樣，喬瑟夫心想那應該是「生物工程」的簡稱。那人的機車停在通往蝴蝶溪雜貨店露台的台階旁，和其他四輛機車並排在一起，讓喬瑟夫想到西部電影裡的拴馬之處。他心想，不知道這幾個傢伙做什麼工作，可以騎機車到這個鳥不生蛋的地方，爭論不休。啊，公平一點，他對自己說，說不定他們也是殘障人士。

這群高傲的傢伙是羅娜口中的蝴蝶溪知識分子社團的成員，並不屬於文沙學會。蝴蝶溪知識分子社團的成員包括歐洲健行者，這些健行者從森林走出來之後，可以叫五份沼澤璜大披薩，一掃而空。蝴蝶溪知識分子社團的成員還有飛蠅釣手，他們討論釣竿的熱情永不減退，比如說討論竹釣竿與石墨孰優孰劣。健行者討論的則是長內褲，到底是絲質、Gore-Tex，還是Capilene比較好？他還看見一些露營者，臉上掛著受夠了跟家人來這裡的表情，眼睛盯著不需要動腦筋的電視節目看，不顧眼前的一整片湖光山色和家人。偶爾會有孤單的老熟客發誓說他記得曾經有一整個篷車隊的人，坐在喬瑟夫的那張桌子前，討論洋蔥的狀況；洋蔥暗指南北戰爭時期的南部聯盟。

喬瑟夫啜飲濃烈咖啡。羅娜端來他的三明治，坐了下來。她身穿羊毛背心，上頭有野豬圖案。她撥開眼睛前方的瀏海，眼皮畫有藍色眼影。「相機喬，」她說，嘆了口氣。「我身體的引擎今天早上跑得慢。不知道新年過後，我最愛的業餘攝影師過得如何啊？來，從實招來，我還要值八小時的班，璜又無聊得要死，我都快用麥片盒做成一個風箏了。」

「沒什麼新鮮事，還是在拍樹的照片啊。」

「你跟那些樹到底是怎麼回事？」

他微微一笑。這是他們之間慣常的開場白，而他會想念這些開場白。「我只能說，樹木深植於地。」

「人類如果不走來走去就會滅亡。你會住下來對不對？」

「只會再住兩個月。」

「到時候再看看嘍。」這時璜叫喚羅娜，羅娜置之不聞。「他要叫到第三、四次才是認真的。」她說，點燃香菸。

喬瑟夫還沒開口，羅娜就說話了。「我只有這麼一個讓我感到樂趣的惡習，不要告誡我，不然我就放長蟲的番茄在你的三明治裡。」接著她哈哈大笑，笑聲轉變成咳嗽聲。從他們多次的對話中，喬瑟夫得知羅娜罹患過乳癌，有個兒子正在監獄服刑，父親死於阿茲海默症，她有沙立南族印地安人的血統。沙立南族跟許多印地安部落一樣，在傳教時期遭到屠殺，但現在正重整旗鼓。此外，她很不幸地並未繼承到一大筆錢可供退休花用，除非有人要買下蝴蝶溪雜貨店，否則她和璜必須一直工作到死。

「一天抽兩根，」喬瑟夫說：「不用在乎我是否同意。」

「喔，親愛的，」她吐出一口煙。「我七歲的時候就不去在乎別人怎麼想了。每年九月，我媽媽都會買一匹布回來，幫我做五套相同的上學服裝，讓我穿一整年。如果我長大，她就在褶邊多加一吋布料。我八歲之前都是個很難相處的人。」

「那一定很痛苦。」

「很久以前的事了。」羅娜用手指輕拍喬瑟夫的相機。「我們本來在聊樹，你轉移話題到我的香菸來。」

喬瑟夫大笑。「我可以給妳看一些照片嗎？」他將數位相機的畫面按到「檢視」，給羅娜看索羅門橡樹的照片。在杜松站在旁邊的那張照片出現之前，那棵橡樹就只是一棵樹，但是杜松一站在它旁邊，那棵樹就說起話來：我非常巨大，我度過了各種逆境，我打算讓世界重新編寫科學書。隨後還有附言：你不知道我經歷過什麼。

羅娜嘖了一聲。「這女孩的臉看起來像是撞破擋風玻璃，然後被瞎子醫生用訂書針拼回去。我就知道你沒辦法不去找她們。」

「事實上我沒去。我上次見到她們就是我拍這張照片的時候。」

「真讓我驚訝。」

「為什麼？」

羅娜撥亂喬瑟夫的頭髮。自從十一月以來，他的頭髮長了不少，現在必須梳理才行。「喔，喬瑟夫，你是什麼？地鼠嗎？不要老在相機鏡頭裡打轉了啦。難道你看不出來你是個當別人丈夫的一流對象嗎？」

「我只不過是拍一棵樹的照片，妳怎麼看得出這些？」

璜又叫了一聲，這次是用西班牙文。羅娜將相機放在桌上，站了起來。「我還剩四口煙，動作再慢他就要發火了。喬，你很有禮貌，小費給得又多。你跟那個不良少女搭上了線，她的問題根本就多到滿出來，有多少男人會願意踏進這個地雷區？我必須親你才知道你是不是很懂得在地雷區裡行走，但既然我老到可以當你祖母，我就相信你說的話。」

「一個女人光是這樣就知道誰可以當個好丈夫？」

她拉平衣領，吸進最後一口煙。「根據我的判斷，事情可以歸納到這一點。」

「妳就是因為這樣才選擇璜的嗎？」

「璜？我替那個可憐的傢伙感到遺憾，他一點頭緒也沒有。他是個呆子，連舞都不會跳。他沒有好車，沒有錢可以燒，也沒有好背景，但他像隻小鴨一樣四處跟著我，只要有人說我壞話他絕對饒不過。所以我一有機會就嫁給了他，然後教他怎麼刷地板、洗窗戶、做三明治、數對零錢。我把他訓練得很好，你不覺得嗎？」她拍了拍喬瑟夫的肩膀，俯身靠近他。「如果我多管閒事你儘管告訴我，可是我看你吃那個白色小藥丸像是在吃糖果一樣，教我看了好擔心。我是不是需要把你放在我的禱告名單上？」

「不用，但謝謝妳的關心，這些是處方藥。」

璜又吼了一聲，這次聲調低沉。羅娜踩熄香菸，撿起菸頭，丟進垃圾桶。她抬頭望向烏雲，烏雲短暫消散，但更多烏雲又聚攏過來。「哈雷路亞，終於看到一片藍色天空。」她從口袋裡拿出一支聯邦快遞的原子筆，遞給喬瑟夫。「送你，新的一年從新的原子筆開始。你看裡頭有部可愛的卡車，筆一斜它就會跑來跑去！用這支珍品來簽支票吧，它會帶給你好運。別忘了，這個週末痞子樂團會來演奏，他們是南部的爵士樂團，團員的人都很好，音樂簡潔好聽。你應該邀請那位寡婦和不良少女一起來聽他們表演。」

羅娜離開後，機車騎士的說話聲充斥整個空間。「那個頂置氣門美得不得了，」生工男子對他那夥人說：「蓋起來看不見真是太可惜了。」喬瑟夫將麵包丟給花栗鼠吃，然後將垃圾丟掉，朝他的車子走去。羅娜讓他想起他的祖母，祖母看見跛腳的麻雀就知道神奇的預兆。羅娜絕對能重重地在他頭上敲一下，讓他清醒。她在櫃檯裡可能真的藏有生蟲的番茄，還有很多你最好不要知道的玩意。

駕車回家的路上，喬瑟夫在距離蝴蝶溪不遠之處停車，拍攝另一棵巨大的橡樹。橡樹的根暴露在外，朝溪岸蔓延而去，猶如老人的多節腳掌。看起來這棵橡樹似乎決定跨過溪流，跟對岸的橡樹交會，但可能又等得太久，因此它才會變成小溪這岸的唯一一棵橡樹。喬瑟夫心想，究竟是什麼力量將樹根如此往上推，而樹的下面又是什麼？從這個地區的歷史來看，下面一定埋有白骨、陶器破片、草籃。他想起葛蘿莉訓練凱迪拉克找東西，而合歡的遺骸依舊下落不明。地球就是它自身的博物館，免費入場，直到你死為止，然後你也成為展示品的一部分。

他回到家，將照片下載到電腦中，刪去拍壞的照片，將留下來的照片跟其他的好照片放在一起，這些照片將收錄在他的作品集當中。他用那支聯邦快遞原子筆寫下他對這些樹木照片的排序，該是印出照片的時候了。他放大杜松站在索羅門橡樹旁邊的那張照片，仔細觀看。其他樹木都不需要有人物在裡頭。這張白橡樹的照片會不會是這一系列的最後一張作品？為什麼他總覺得這可能是某件事的開始？

他閉上眼睛，伸手到口袋深處，找尋下午要吃的止痛藥。他望著窗外，等待藥效發作，想像黃色推土機停在現在他停車的地方。到時候這裡也會有垃圾車開來，拆除團隊會盡快拆掉小屋。對建商來說，時間就是金錢，但對喬瑟夫來說，金錢可以買到時間，很多很多時間。

藥效發作後，他心想，那棵橡樹真是該死。他只想拍一系列加州的獨特樹木。他拍的巨大紅杉？很不賴，但不壯觀。聖塔羅莎市的銀綠色桉樹呢？他的構圖立刻在腦海裡喚出薄荷的氣味。索羅門橡樹呢？他必須面對現實。他拍的每一張照片，包括杜松站在裡頭襯托白橡樹有多巨大的那張，都沒能表現出那棵樹對他傳達的訊息，因此他只能做出結論，他追求的目標有問題。索羅門橡樹讓他想到四角落的船形岩，它們都是孤單地矗立在荒野中的自然奇景。納瓦霍族認為船形岩是神聖的。但偶爾會有愚蠢的攀岩者爬上船形岩，卻不幸墜落身亡。對岩層不敬者，終將得到懲罰。喬瑟夫不禁要想，他的傲慢是否冒犯了白橡樹，他是否必須放棄？

但腦海一升起放棄的念頭，他立刻就知道自己會一直拍那棵樹，直到拍出對的照片為止。他拿起手機，趁自己還沒打退堂鼓之前，撥打葛蘿莉的號碼。

「索羅門橡樹婚禮小教堂你好，」杜松說：「要效勞嗎？」

「應該說『需要為您效勞嗎？』」喬瑟夫說：「為什麼妳沒去上課？妳不會又搗蛋了吧？」

「我又被停課了。」

「妳是說我去吃晚餐那天的停課處分是嗎？」

「不是，這是另外一次。」

喬瑟夫吹了聲口哨。「發生了什麼事？」

「很蠢的事。」

「我有必要問是什麼事嗎？」

「除非你保證聽完以後不會對我大吼大叫。」

「我沒辦法保證。妳媽在嗎？」

「不在，她接到電話，去塔吉特上班了，還有兩個小時就會回來，所以我正在清理家裡，我想這樣她會對我手下留情。」

「杜松，我想家裡清理得再乾淨，都沒辦法創造出妳要的那種奇蹟。妳已經被停課幾次了。」

「三次。」

「再一次妳就要被退學了。」

「你怎麼知道？」

「因為每一所高中的規定都一樣。為什麼妳被停課，口氣還這麼驕傲？」

杜松哼了一聲。「你想知道我每天上學過的是什麼樣的生活嗎？第一節是體操課，他們就要你跑一哩，因為他們沒有錢買體操設備。我討厭弄得全身都是汗，又累得要死，而且不管我是用走的還是用跑的，每次都是最後一名。第二節課，代數！數字和符號和定理攪和在一起，不管我多用功，隨堂測驗都沒辦法拿到C以上。索羅門太太說，我應該加入讀書會！可是我沒朋友怎麼加入？甚至連怪胎都不想跟我講話。第三節課，這個時候我已經餓死了，可是離午餐時間還有一節課。上完體操教育課，我全身就已經臭死了，數學還不及格，我想尖叫，然後就要上社會科學了！現在我們在上前哥倫布時期的歷史，像是白令陸橋、玉蜀黍、生火當作工具。我拿前哥倫布時期的歷史要來幹嘛？只是忘記而已嘛。」

「妳說得對。」喬瑟夫說。

「你同意我的看法？」

「當然。妳以後去速食店工作，根本用不到代數。至於前哥倫布歷史？更是算了。妳乾脆今天就退學好了。不過我在想，當漢堡店經理不知道需不需要高中畢業？當然了，不論妳以後幹什麼職務，無論是找零錢的、切沙拉的，還是炸薯條的，都會戴上俏皮的鴨舌帽。還有最低薪資，大家都知道只要靠最低薪資，日子就很好過。」

「很有趣，條子，我以為你是我的朋友。」

她已經忘了上次她見到喬瑟夫的時候說她恨他。一隻松鴉停在喬瑟夫窗外的平台上，朝他歪過了頭，希望他能給點食物。他心想，餵食器裡放的種子難道有問題嗎？「我是妳的朋友，但我不介意看妳揮霍大好人生。」

「反正這是我的人生。你找索羅門太太要幹嘛？」

「我想問她可不可以讓我去拍照，我上次拍的照片不是我要的。」

「你現在是朋友了，不必問她可不可以。」

「我必須問，這叫做禮貌。」

「禮貌，拜託。你想捕捉什麼？」

「很難解釋，等我看到就知道了。」

「這句話聽起來好像功夫電影的台詞，我還以為你是納瓦霍族或墨西哥人。納瓦霍族不是有更酷的智慧諺語嗎？」

「我是混血兒，就跟那隻棕狗道奇一樣。我所知道最智慧的事都是常識，而且我一直在跟妳分享，重點是，妳有在聽嗎？」

杜松沉默一會。「我收到了你的信，可是我沒辦法回信，因為我被禁止使用電腦。你什麼時候要真的來教我攝影？我真的很想學。擦燈泡很無聊。」

「擦燈泡是很好的技能，如果妳沒有文憑的話，就得憑這個本事去把工作做得更好。妳可以練習在翻漢堡的時候把頭腦關起來，然後說：『隨便你。』幫我問葛蘿莉明天或週末我可不可以過去。」

「那義大利麵晚餐呢？你答應過你要下廚的。」

「我願意啊，但是要看妳媽的意思。嘿，杜松，妳姊姊合歡以前是什麼樣的學生？」

「她都拿A。」

「當妳的親友離開了這個世界，請妳從他們的生命學到一些東西，這樣他們才不會完全從這個世界消失。」

「我恨你。」

「我也恨妳。把燈泡好好擦亮。別忘了跟葛蘿莉說我有打來。」

「我會記得。掰，條子喬。」杜松掛上電話。

這天剩下的時間，喬瑟夫發現自己臉上不時露出微笑，因為他腦子裡浮現杜松站在梯子上的影像，她旋下燈泡，擦去灰塵，小灰狗在屋子裡疾速奔跑，把屋子當成了賽車道，而黑白相間的邊境牧羊犬從牠後頭逼近，把牠從一個想像中的放牧場趕到另一個，道奇則發出超音波吠叫，震得他耳膜嗡嗡作響。那間房子上演著無數瘋狂情事。他想像葛蘿莉站在塔吉特的櫃檯裡等候客人，腦子裡卻不斷思索該如何處理杜松的第三次停課處分。她只是回去拉高嗓門說話是不夠的。他對照片進行剪裁和修飾，說服自己那些拍壞的照片還沒有必要丟棄。替晚餐加熱前，他印出杜松站在白橡樹旁的那張照片。中午羅娜嘲笑杜松的扭曲臉龐，但喬瑟夫在相紙呈現出來的彩色影像上，看見杜松和白橡樹之間的相似之處，這是他先前沒注意到的。杜松站在多瘤樹幹旁，身穿破牛仔褲，臉上露出陰沉的微笑，看起來彷彿已經活了兩百年，目睹過許多可怕的事，就跟那棵白橡樹一樣。她對世界如此憤怒，你不禁希望她口袋裡沒有火柴。

當晚十點，喬瑟夫的手機響起，他放下那本他幾乎會背的有關伊希的書。

「哈囉？」

「抱歉這麼晚才回你電話，我……」葛蘿莉嘆了口氣。「我有點忙。」

「現在還不會太晚，我通常都午夜才睡。」

「杜松說你打過電話，我猜她已經跟你說她又受到停課處分了吧。」

「可是她沒跟我說原因。」

葛蘿莉像是被旋開的水龍頭似的，滔滔不絕地說了起來：「我該怎麼做，喬瑟夫？她很聰明，有能力考高分，我甚至沒唸她她就自己讀書了，可是我想要勸導她不要打架，她的反應卻好像我是在叫她去跳崖一樣。我告訴她說，加州通過了反霸凌條款。那些學生用合歡的事來折磨她，她卻拒絕讓我插手。我一再地告訴她，那些學生不成熟而且心胸狹窄，等他們自己也失去家人就知道這種滋味是什麼，而他們有一天一定會失去家人。我告訴她說，不要讓他們按到妳的情緒按鈕，把妳搞哭，結果你知道她怎麼做？她出拳打人家。她從口袋拿出餐廳的塑膠刀，威脅一個啦啦隊長。一把刀耶！」

「餐廳的塑膠刀有多長，五吋長是不是？如果她滿十八歲，就會被控嚴重攻擊罪。」

「我知道，你也知道。可是杜松她……反正呢，她每個星期都惹事，也難怪校長受夠她了。為什麼我的小孩是這麼一頭冥頑不靈的豬？喔，天啊，抱歉我講錯話，我是說……」

「有時候也只能用豬來形容。」

「我不想對你倒垃圾，我只是覺得很沮喪。我又不能找我姊姊講，她已經像是吊在拉幅鉤上，等著要來證明我犯了一個大錯。」

「拉幅鉤？」

「Escarpias，掛鉤，用來把布料鉤在一起才不會撕破。」

「好像曬衣繩那樣？」

「算了，只是一種形容而已。甚至連羅娜都認為我收養杜松是錯的。」

「妳認為是錯的嗎？」

葛蘿莉靜默片刻。「我不認為。我也說不上來，但我相信這個孩子。」

「我也這樣認為。」

「你一定覺得我是個瘋子，這樣子打電話來對你倒垃圾。我知道你自己都有很多問題了，但你說你以前輔導過青少年，所以如果你有任何想法，我一定很樂意聽。如果你想分享的話。天啊！真抱歉，忘了我剛剛說的這些話，從頭來過。你最近好嗎？」

「現在呢，我生命中好的事物多過壞的事物。」

「杜松說你想再來拍白橡樹。」

「這事不急。妳們明天晚上要不要來我家吃青辣椒義大利麵？」

「我們明天必須開始準備情人節婚宴的料理。」

「妳希望我給建議，現在我就給妳一個建議。情人節隔天，來我家吃晚餐，早一點到，帶妳那兩隻狗和那隻亡命飛車狗來。如果沒下雨的話，我們可以去湖邊散步。如果下雨的話，我們就玩巴棋戲[19]。這裡距離蝴蝶溪有四哩遠，我家是一棟深綠色尖頂小屋，屋頂快塌了，周圍都是小住宅。」

「我知道在哪裡，我曾經開車經過。」

「來這裡吃頓晚餐，讓自己放個假。」

[19] Parcheesi，印度的雙骰棋盤遊戲。

「好，喬瑟夫。明天見，晚安。」

「晚安，葛蘿莉。」

他感到一股習慣的衝動，想說「祝妳好夢」，以前伊莎貝爾轉過身去睡覺時，他總是會說這句話。但後來他發現伊莎貝爾根本就沒把這句話聽進去，於是他發誓絕對不再說這句話。掛上電話之後，失眠來襲。他替照片命名和歸檔，執行掃毒軟體，然後在小屋內四處查看。他查看天花板的角落是否有蜘蛛網，家具底下是否有塵團。但最糟的是那張碎呢地毯，地毯得拿到室外去抖一抖才行，但是他沒辦法自己把地毯拉起來。羅娜說璜很會打掃地板，但璜已經七十九歲了。喬瑟夫想到那些機車騎士：他們要把地毯拉下陽台台階一定沒問題。他遭遇到的難題很滑稽。他並不是遇到毛茸茸的長毛象、美洲獅的利齒，或火車出軌，而是一張六呎寬九呎長的老地毯，年紀跟他相仿。這張地毯與他為敵，而且穩操勝算。

週六晚上，他躺在漆黑之中，在腦子裡列出購物清單：

阿納海辣椒（取代煙燻哈奇辣椒）

碎豬肉（找新鮮的？）

蒜頭（新墨西哥大蒜，新鮮飽滿，不要加州市場的乾癟大蒜）

孜然——想到這裡他停了下來。以前潘妮奶奶都買孜然籽回來自己磨成粉。喬瑟夫結婚那天，潘妮奶奶堅持要給他一條手帕，裡頭包著滿滿的孜然籽，讓他當天帶在身上。「大喜之日帶著孜然籽，」她說：「可以讓老婆保持真心，也可以防止雞隻遊蕩到別的地方。」喬瑟夫很確定自己整場婚禮都帶著孜然籽。他沒養過雞，也許現在正是時候養養看。

香菜（新鮮的到處都有賣）

麵條（最好自己做）

光是聽起來，就覺得這道義大利麵只不過是家裡有髒地毯的可悲單身漢，把辣椒切碎丟進一般的義大利麵條而已，然後就跑去坐在電視機前看賽車轉播。他站了起來，去櫥櫃裡翻尋，找到了祖母存放的最後兩包乾玉米。他打開一包，將玉米倒進平底鍋，裝滿了水，加進萊姆，讓玉米泡一整晚。燉肉玉米湯是一道絕對不會失敗的菜，它像馬鈴薯泥一樣能夠安定心神，而且可以填飽肚子，再加上辣椒提味，絕對會比義大利麵更讓人印象深刻。

一如預期，葛蘿莉帶了道奇前來，杜松旁邊跟著凱迪拉克，那隻可憐的小灰狗沒能參加。她們在小屋外不遠之處停下卡車，解開兩隻狗的鏈子，讓牠們自由奔跑。杜松看起來很開心，葛蘿莉眉頭深蹙。喬瑟夫打開紗門，端出一壺科塔茶和三個馬克杯。

「好燙。」杜松啜飲一口，如此說道。

「冬天嘛，」喬瑟夫說：「當然要喝熱的。」

「媽，妳一定要喝喝看，這嚐起來好像……我也不知道，反正很好喝。」

所以現在杜松又叫「媽」了，這小鬼真是花招百出。

葛蘿莉來到喬瑟夫的陽台，在野餐桌前坐下，她身穿牛仔褲和紫色羊毛夾克，翻起衣領。

「謝謝。」她無精打采地說，接過馬克杯。

「不客氣。」喬瑟夫看著兩隻狗在樹叢間嗅聞，接著又奔向停在松樹樹枝上的幾隻松鴉。凱迪拉克很快就放棄追逐，但道奇一吠叫就停不下來，不斷發出如貓又似狗的尖銳吠叫聲，對人類耳朵而言實在是種折磨。

「道奇！我的老天，你就不能安靜個兩分鐘嗎？」葛蘿莉說：「我頭都痛了。」道奇立刻停止吠叫，畏縮地看著她。「趴下。」她對牠說，口氣異常嚴厲。喬瑟夫伸手要去拍道奇。「不要，」葛蘿莉說：「牠今天很壞，我都不認得牠了。」

「我可以去湖邊走一走嗎？」杜松問道：「媽，妳要不要一起來？喬瑟夫呢？」

「走得越遠，小路越泥濘，」喬瑟夫說：「妳可能會滑倒受傷。」

「我不會跌倒的，我會小心。」

「我們需要手電筒。」

「散步不會讓你背痛嗎？」葛蘿莉問道。

當然會。喬瑟夫朝大湖望去，白晝的最後一抹日光照得湖面漣漪閃閃發光。再過不久，太陽就會沉入湖中，湖水將一片漆黑。但接下來二十分鐘，天空會燃燒著橘色和紫紅色的火光，壯麗非凡。他看著葛蘿莉。「妳以為我會拒絕和兩位特別的小姐一起欣賞完美的日落，只因為我的幾節脊椎骨喜歡輕言放棄嗎？別這樣。如果我回不來，妳們可以獵一頭鹿，剝下牠的皮，把皮刮乾淨，做成雪橇，把我拖回來。」

葛蘿莉聽了露出微笑。杜松已經走到了碎石岸邊，撿起石頭。「箭鏃呢？你說這裡找得到箭鏃的！」她不等喬瑟夫回答就跑開了。

「她總是沒耐心。」葛蘿莉嘆了口氣。「也許我們應該讓她走在前面。她可能跟我一樣厭倦只有我們兩個人相處了。」

「情人節婚禮順利嗎？」

「順利啊，但你知道的。」

「知道什麼？」

她朝湖面望去。「它不是海盜婚禮。」

他微微一笑。「沒有婚禮可以跟海盜婚禮相比吧。」

「晚餐可以讓我幫忙嗎？」

「是可以，不過妳可以幫我把地毯拖出去抖一抖，希望請妳幫這個忙不會很遜。」

「大部分的男人根本不會注意到地毯髒了。」

「我跟大部分的男人不一樣。」

杜松和兩隻狗走得不見蹤影，接著又從冷杉林跑了出來。「你們到底要不要來啊？」她高聲大喊。

「等一下就來。」葛蘿莉喊了回去。

「請人幫忙讓我覺得很丟臉。」

葛蘿莉站了起來，跟在喬瑟夫後頭走進小屋。「我也是，也許我們都必須克服這種心態。」

「妳覺得可能嗎？」

「我不知道。但老實說，從來沒有男人請我幫忙抖地毯。喔，天啊，這句話聽起來太糟了，我沒有別的意思。」

他微微一笑。「沒關係，我不會故意找碴。」

葛蘿莉臉頰泛紅，將一大張地毯拉出前門。他們一起將地毯掛上欄杆拍打，直到灰塵令他們都咳嗽起來。

「自從我奶奶死了以後，這張地毯應該就沒清理過。」喬瑟夫說：「妳知道嗎？把它留在這裡就好了，拆除人員會把它拖走。」

「這張地毯很好啊，如果你不要，我就把它帶回去。在這期間如果你需要的話，我很樂意來清理它。」葛蘿莉說，露齒而笑。

「這是第一次有女人這樣跟我說。」他回以微笑。

「是你太宅了。」

「顯然如此。」

地毯清理完後，他們就像是經常共度夜晚似的。杜松自己一個人走得無聊，朝道奇丟了一顆球。凱迪拉克歡快地走在湖畔，一會兒又怔怔看著湖裡的魚，牠看得見魚，卻又想不出逮魚的辦法。道奇躍入河中，濺起水花。「媽！」杜松喊道：「喬瑟夫！你們答應說要繞湖邊散步的！」

「別這樣，」喬瑟夫說，將茶杯放在桌上。「我們可以看夕陽啊。」

「好吧，可是我們一回去，我就要開我買的那瓶酒。」

「很公平。」

整個夏天，遊客只要在小徑上走到一半，都會做出同樣的事，葛蘿莉也不例外，她蹲了下來，撿起一個箭鏃。「這個箭鏃就躺在那裡，」她說，舉起來給杜松看。她將箭鏃遞給喬瑟夫，喬瑟夫擦去箭鏃上的灰塵。

「燧石做的，」他說：「妳看這裡的層理很不平均，這種手法叫做『快而下流』，這個箭尖是當場做出來的，用完就丟。我很驚訝會在這裡發現箭鏃，通常我都是在奶奶在院子裡挖馬鈴薯的時候發現的，從來沒在距離湖邊這麼近的地方發現過。」

「我也要找一個。」杜松說。

「我的給妳，」葛蘿莉說，但喬瑟夫伸手握住葛蘿莉的手，讓她的手指環繞箭尖。「妳留著吧，這個箭鏃很特別，讓杜松找她自己的。」

「我打賭我一定找不到。」杜松說。

「妳如果抱著這個態度就一定找不到。」喬瑟夫說。

「我要更靠近湖邊，」杜松說。喬瑟夫揚起了手，要她小心。「岸邊很陡，」他說，這時溼答答的道奇從他身旁奔過。「湖邊很滑，她會滑倒的。」

「讓她去吧，」葛蘿莉說：「看來這是讓她學習的唯一辦法。」

杜松滑倒時，葛蘿莉走了過去，捏了捏喬瑟夫的手。杜松尖聲大叫，凱迪拉克在她周圍轉圈，試著幫忙。「我全身都溼了！」她腳步蹣跚地朝他們走了回來。

「我的手電筒呢？」喬瑟夫問道。

「我可能會淹死耶，你卻只擔心你的爛手電筒？」

「那是警用手電筒，很貴的。」

「可能掉進湖裡了吧。」

「妳的零用錢那麼多，買一個新的還我。」

「我要怎麼辦？」她說：「全身都溼了。」

「浴室有乾淨的毛巾。」喬瑟夫說。

「去擦乾吧，」葛蘿莉說：「記得把沾了泥巴的鞋子留在外面。」

「廢話，我還懂得一些禮貌好嗎。」

「有時妳在學校會忘了禮貌。」葛蘿莉說。

杜松向前奔去，假裝尖叫，兩隻狗跟在她身後也奔了過去。葛蘿莉和喬瑟夫等到杜松遠離視線之後，才開始大笑。喬瑟夫注意到葛蘿莉大笑時頭向後仰。通常人們不會像這樣放鬆，除非喝下了好幾杯馬丁尼。他許下一個承諾，在他離開之前，他每天都要像這樣讓她大笑一次。

「妳打算讓她用這種方式學會每一樣東西嗎？」他問道。

「這似乎是唯一有用的辦法。」

「泥巴很軟，可是水很難捉摸。新墨西哥州有很多乾涸的小溪谷，通常我們會建議健行者避開這些地方，這一點非常重要。就算是一年當中最熱的一天，天空還是會突然降下大雨，讓溪水暴漲，一瞬間就把人沖走。」喬瑟夫彈了彈手指。

喬瑟夫端上沙拉之前，服用了一顆半的止痛藥，然後快速地對折麵包，吃了下去。他希望好好享受這頓晚餐，而不是露出苦臉，希望別人以為他露出的是微笑。

「這片木地板是我奶奶親手鋪的，」他說，將油醋醬遞給葛蘿莉。「抱歉，我沒辦法把地板撬起來給妳，說不定羅娜知道別人有辦法。」

「想想還真怪。」杜松說。她身上穿著喬瑟夫的運動褲和法蘭絨襯衫，溼衣服晾在外頭陽台的欄杆上。

「怪什麼？」

「在這棟小屋的一生當中，不知道有多少隻腳踏過這裡的地板？」

「的確。」喬瑟夫說，他腦海中閃過從前的記憶：他躺在床上，黑暗之中，燈籠裡的燭火閃爍搖曳，奶奶正在整理東西。他害怕錯過些什麼，因此對抗睡意，但總是落敗。今晚這餐是他用丙烷爐做菜的最後一餐。有幾扇老窗戶也許可以回收利用。小屋裡少了人，一切都只是零件。

「要跟這一切道別一定很難。」葛蘿莉說，環顧四周，啜飲一口紅酒。

他們三人坐在餐桌前的這一幕，令喬瑟夫想到啄木鳥餐廳裡掛的深褐色照片。那一刻之所以成為歷史，是因為有個攝影師捕捉了它。他的手指蠢蠢欲動，想去拿相機，但他認為葛蘿莉應該會覺得這樣很沒禮貌，因此並未行動。

「這是湯還是燉品？」葛蘿莉問道，放下酒杯。「不管是哪一種，聞起來好香。」

「嚴格來說是湯，但卻又不只是湯。這叫做燉肉玉米湯，我祖母是跟她祖父學的，以此類推，」他看著杜松。「一直回溯到前哥倫布時代。」

杜松嘆了一聲。「我以為我們是來吃義大利麵的。」

「義大利麵我們常常吃，」葛蘿莉說：「來嚐點新鮮的不是很興奮嗎？」

「才不呢，我滿心期待吃到義大利麵。」

喬瑟夫將燉肉玉米湯舀進碗裡。雞高湯、豬肉、香菜和牛至的香味，飄散在整個空間之中。在這些氣味之下，孜然的獨特香味浮現而出。他將裝滿的碗遞給葛蘿莉，葛蘿莉將碗一一放好。

「每個家庭都有自己獨特祕方，」他說：「我們家的是『克克華津特』。」

「哥哥換枕頭？」杜松說。

「杜松，」葛蘿莉說：「沒禮貌。」

「沒關係，」喬瑟夫說：「這個名字聽起來很怪異。」

「那是什麼？」葛蘿莉問道。

「它是一種乾燥白玉米，可以用來糊化，做成新鮮的生麵團。每個廚師的手法不同，因此做出來的燉肉玉米湯也不同。我喜歡加洋蔥、豬肉、小蘿蔔，再加上酪梨切片。但也可以做成不加肉的白玉米湯，或是加入罐頭碎玉米，但是我不建議。」

這時突然一陣靜默與尷尬，三人同時了解這種感覺是什麼。他們坐在一起吃晚餐，高聲大笑，開一些只有他們聽得懂的玩笑，彷彿永遠跟彼此的生命連結在一起，但事實上他們對彼此了解得非常少。難怪他的家人那麼投入食物，喬瑟夫心想。美味的食物可以跟新朋友分享，創造出聆聽各人故事的機會。

葛蘿莉打破沉默，舉起酒杯。「我是不做餐前禱告的，不過來敬酒怎麼樣？」

「要敬什麼？」杜松說：「敬我的溼衣服，還是敬這頓沒有義大利麵的晚餐？」

喬瑟夫舉起酒杯。「當然是要敬友誼，為我們的友誼乾一杯。」

開始攝影

二〇〇四年二月

杜松．麥奎爾

米開朗基羅只需要一把鑿子和一塊石頭，就能把《聖殤》雕出來。據說他的靈感來自但丁的《神曲》（一三〇八—一三二一）。誰會花費十三年寫詩？那麼長的時間，一個人可以從出生成長為青少年，再從青少年進入一生中最有趣的時光，然後變老死去。我沒讀過這首詩，但它是世界上最偉大的文學作品之一，這表示它可能很難理解，而且可能非常無聊，而且我被規定要讀，還要通過考試，我才能脫離這個陰曹地府、這片火海與硫磺、地獄、冥府、陰間、煉獄、灼熱地獄，換句話說，就是在家自學。

我只能說，幸好有維基百科「解釋」聖殤是什麼意思，因為在高中你不能因為某個東西超逼真，你就說它很漂亮。喔，不對，藝術和文學和音樂必須代表一個以上的意義，才能稱得上偉大。有個理論說，聖殤代表的是瑪利亞雕像的裡面其實是個年輕媽媽，正低頭看著耶穌寶寶。這表示只有聰明人看見這座雕像才能看見真相，那就是瑪利亞懷中的耶穌是個死了的大人，因為他已經被約翰、馬克、路克和彼拉多釘上了十字架。為什麼耶穌的母親瑪利亞看不見這一點？因為瑪利亞瘋了。她的兒子死了，而她只能看見她過去的寶寶，安全地躺在她懷裡，喝飽了溫牛奶，很想睡覺。真相——她沒辦法面對真相。

想想這個觀點，然後回到日常生活。你所認為美的事物，像是一匹馬正在吃苜蓿，或是白色農莊周圍生長的黃水仙花並不會永遠只是花。瑪利亞和耶穌和米開朗基羅，準備迎接有史以來最可怕的頭痛吧。因為從這一刻開始，你不只將懷疑人家看見的東西是不是跟你一樣，包括最基本的東西，像是藍色。但你也會想到，說不定你自己看見的東西是錯的。這怎麼稱得上是藝術？它只是把世界搞得一團糟。

如果世界上的每樣東西都代表不止一樣東西，那你怎麼可能知道它到底是什麼？

如果你不知道呢？

那所有的真實故事都可能是假的。這個世界可能不是我們所認為的星球，地球可能只是一顆網球，被隨便一隻大狗追來追去，用超慢動作越過氣體狀的銀河系，而銀河系其實只是某人的小院子，屬於一個大到你無法理解的世界。

這就是為什麼當你開始拍照，第一件要學的並不是相機怎麼運作，而是接受你所拍的照片永遠不可能是你想拍的。你必須立刻接受這項事實，否則就別學攝影了。例如你拍一朵盛開的玫瑰，可是你按下快門的時候，一隻蜜蜂飛到你的鏡頭裡。這樣你拍的照片是什麼？

——喬瑟夫

杜松：看來妳在做頭腦體操！寫得很好，繼續下去，這樣也許妳能念完高中課程。

9

葛蘿莉

二月二十七日早晨，葛蘿莉坐在衣櫃裡，櫃門未關，她凝視散亂的床鋪。昨天是丹去世一週年紀念。丹睡在她旁邊將近二十年，而數算丹從住院到現在的日子，她已經獨自睡覺三百六十七天了。昨晚她夢見了喬瑟夫．維吉，夢的內容可以令羅娜．坎戴拉里亞臉紅心跳。你可以說這代表她的身體正在高聲呼喊說它的需求必須被滿足，但葛蘿莉必須承認，喬瑟夫．維吉讓她感到——舒服？道奇抬起雙腿撲上他那一次，他展現良好風度，只是推開道奇，繼續說話。他擔心舊地毯積了很多灰塵，因此請她幫忙。他並沒有說過很多令人驚訝的事，因為他是個安靜的男人，但他的照片很清楚地說出很多難以大聲說出來的話。葛蘿莉認識他四個月了，再過兩個月他就要離開，突然間這令她困擾。

丹曾經是她全部的世界。她閉上雙眼，搖了搖頭。

艾索不知從何處冒了出來，跳到她身上，把空衣架撞得掉了下來，跌落在她頭上。她想對艾索尖叫，但這隻可憐的狗只是想吃早餐。她那些戶外動物都有心電感應，知道她何時起床。一如往常，蟋蟀照例開始發出驚慌的嘶聲，彷彿最可怕的一天終於來到，乾草終於不再出現。她那些逃過死劫的狗已經明白這個世界並不一定都是公平的，牠們會跟馬兒一樣興奮地等待早餐，但如果食物沒出現，牠們也不會放在心上。

杜松喜歡做自己的早餐，包括甜得變態的麥片、烤得焦黑的吐司塗上大量奶油。葛蘿莉是否該逼杜松吃燕麥粒？考問她什麼是食物金字塔？當女兒的母親有點像是在訓練新兵。有些日子，例如今天，儘管葛蘿莉的胃餓得發疼，但她卻絲毫沒心情進食，而只喝咖啡。

她將睡袍緊緊裹在身上，穿上雨靴，前去餵動物、檢查快臨盆的山羊娜妮、泡咖啡，然後拿一杯咖啡回到臥室衣櫃。她將掉落的衣架推到一旁。她在衣櫃裡放了一個舒服的枕頭，還有一條老被子可以裹住身體。她在裝有丹的衣物的紙箱旁坐下，用手臂抱著紙箱。紙箱有幾個地方因為她的摩擦而變得光滑。

「解釋一件事給我聽，」她說，彷彿丹還聽得見她說話。「你做的木製品就算小到書靠，如果沒有磨光到完美、塗上蜜蠟、在背面刻上簽名，就絕對不會拿出工坊。如果水龍頭滴水，就算一分鐘你也無法忍受，一定要把它旋緊。那你為什麼不能好好照顧自己，就像你照顧其他東西一樣？看看你留下一大堆爛攤子給我收拾！你是要叫我怎麼應付？我發誓，如果不是因為這些動物，我早就放一把火把這裡燒得一乾二淨。」

她想像藍色火焰的核心是白色的，火焰吞噬屋頂板、燒毀黏膩的窗戶、將浴缸燒得焦黑，連生鏽的水龍頭和缺角的珐瑯都慢慢碎裂，露出生鐵。那個東拼西湊、每星期都被吹倒一次的柵欄？就讓它燒毀吧。在她腦海中，當濃煙散去，剩下的只是一片空地，準備實現別人的夢想。喬瑟夫的小屋也是一樣。除了那棟小教堂。喔，橫樑也許會燒焦，但那麼粗大的橡木燒得很慢，砌成牆壁的岩石會朝火焰看一眼，說：「拜託，你可以再厲害一點嗎？」

丹過世時，葛蘿莉的計畫是留在這裡，直到她嚥下最後一口氣。為什麼？她每天都在那張凹凸不平的老床鋪上醒來。當然了，她曾經和丈夫在那張床上做愛，分享二十年的眠夢，但如今她跟一隻狗睡在一起，這隻狗每天早上八點就要吃早餐，而且毫不在意踩踏她的臉，讓她知道牠餓了。每天早上她赤腳踏上走廊，她看見的是什麼？她從廚房窗戶望出去，看見的第一樣東西就是那棵白橡樹，那棵樹究竟替她帶來什麼好事？她花了幾分鐘想這些事，然後泡咖啡，等待喬瑟夫駕駛那輛黃色豐田休旅車來到，步履艱難地度過另一天。而報償呢？就是看著當喬瑟夫帶了東西來給杜松時，杜松臉上出現的表情。就算喬瑟夫帶來從圖書館借來的安塞爾．亞當斯的書，杜松一樣很高興。

但喬瑟夫四月就要離開，很快地三月就要來到。再過三十一天，喬瑟夫就要走了。

羅娜曾向葛蘿莉保證，一年之後，她一定會用新的眼光來看這個世界，她一定會找到自己的力量，繼續向前走。而且她還年輕，世界上還有另一階段的人生正在等待著她。卡洛琳說，想念丹總是會令人心痛，但這個世界才不管你是不是悲傷，地球還是繼續轉動。那些被人收養的孩子就是必須用這種眼光來看待事物，否則他們會萎縮死亡。哈蕾認為葛蘿莉應該加入約會網站，找一個新的老公。光是這個星期，哈蕾就留了三通留言，每一則葛蘿莉都置若罔聞。

嘿，老妹，要不要來梅西百貨？他們正在舉辦行李箱大展……

葛蘿莉？可以請妳替巴特的祕書做一個蛋糕嗎？她只要是Juicy Couture時裝品牌的東西全部都愛。我可以寄給妳一張她的手提包的照片。

健身房的禮券妳用了沒？回電話給我。

葛蘿莉趁自己還沒發瘋之前，打電話給羅娜。

「明天想一起吃午餐嗎？」羅娜接起電話，葛蘿莉如此問道。

「只要不是我做就好。」

「我可以去買一些中國菜，木須肉或炒飯？」

「都不錯。別忘了幸運餅乾，叫他們多加一些。」

「我以為妳為了糖尿病在控制飲食。」

「一兩個餅乾又不會要我的命。對了，再買一些杏仁餅乾，是要給璜吃的，妳知道他最愛吃杏仁餅乾了。」

葛蘿莉知道一個餅乾會變成三、四個餅乾，五個餅乾會變成十個餅乾。但為何不吃你愛吃的食物，早點死去？反正人生不就是變化無常、又酸又苦？前一分鐘羅娜還好端端地在那裡，下一分鐘就可能死去。她再也不替那些愛耍嘴皮的小朋友點餐了，終於有機會永遠休息。葛蘿莉會失去她在物質世界的這個好朋友，但總的來說，羅娜會永遠陪伴在她左右，就跟丹一樣。她總覺得丹就在身旁。也許人生就是這樣運作的。人們走進你的生命，讓你墜入情網，好讓他們離開之後，你依然感謝。

「明天中午見。」葛蘿莉說，掛上電話。她納悶怎麼沒聽見杜松早上沖澡的聲音。杜松洗澡通常都會很久，除非葛蘿莉去敲浴室的門，提醒她熱水爐要花二十分鐘才能重新注滿水，而且別人也要洗澡，否則她不會出來。她敲了敲門，打開杜松的房門。杜松四肢大張躺在床上，正在打鼾，凱迪拉克就在她旁邊，滿懷希望地搖動尾巴。

「去吃早餐。」葛蘿莉說，發出噓聲，趕牠出門。狗屋的門開著，牠的早餐已在裡頭。鬧鐘翻倒在地上。杜松應該把鬧鐘設定在八點響鈴，準備九點的在家自學。葛蘿莉負責早上的牧場雜務，杜松負責照料晚間餵食。喬瑟夫答應教會葛蘿莉如何管理杜松的在家自學，這樣他離開之後，她就可以輕鬆接手，但也可能還是不輕鬆。但有一件事是確定的：杜松不回公立學校念書了。

「嘿，杜松，起來換衣服了。」葛蘿莉說，搖了搖杜松肩膀。「喬瑟夫隨時會到喔。」

10

喬瑟夫

T．S．艾略特曾宣告說，四月是最殘酷的月份，但喬瑟夫有不同見解，他認為二月才是最糟，中間塞了一個甜蜜情人的節日，嘲笑所有沒戀愛的人。此外，二月的日子最少，讓他預定離開的日子加速來臨。

「喬瑟夫是好心才來幫妳，」葛蘿莉對杜松低聲說，杜松站著打哈欠。「不准妳再睡過頭了。明天妳給我早點起床，準備念書，我是說真的。」

喬瑟夫把在家自學的書本放在舊野餐桌上。葛蘿莉氣呼呼地噴著鼻息，宛似他父親農場上的那頭老公牛，早已過了動怒的年紀，只是有著噴鼻息的老習慣。春天就在轉角，她怎會氣成這樣？今天是這星期沒下雨的第一天。前幾天雨下得很大，使得橡樹湖岸的山坡地出現土石流，幾棟華美的湖邊住宅露出了地基。建商忙著重新建立擋土牆，用水泥塊強化山坡地，因此把拆除小屋的工作先擱在一旁。但苦與甜是相伴隨的。

喬瑟夫的目光不管看向何處，都看見欲開的花苞和盛放的花朵。空氣中帶有一股甜味，飄散在越發青翠的窸窣樹枝之間。凱迪拉克變得放蕩不羈，在牧場上奔來跑去，並在杜松專心念書時帶一些「禮物」來給她，希望獲得她的注意。牠會把樹枝拖到桌上，站在原地喘氣，等待讚美。牠經常會找些死動物來進貢，並為了接下來的洗澡而感到興奮，但最糟的一次莫過於有一天牠跑過來，嘴裡咬著牛的頷骨，上頭還有牙齒。

杜松尖叫個不停，認定那一定是人類的，儘管喬瑟夫一眼就看出那些牙齒曾用來咀嚼青草，作為反芻的食物。

凱迪拉克對自己的發現感到非常驕傲，就算是給牠午餐肉塊，牠也不肯放棄戰利品，像是牠最愛的飛盤，或是牠最愛的零食「牛根」。牛根是個比較為社會所接受的名詞，其實就是閹牛的陰莖。

地球上最幸運的女人葛蘿莉，那天正好去塔吉特上班，因此喬瑟夫必須獨自面對杜松的歇斯底里。他上維基百科搜尋牛的頭骨解剖圖，向杜松證明那是牛的頷骨，不是人類的。雖然他想找齒槽間緣的剖面圖，讓杜松知道那塊頷骨屬於更大的結構，但網際網路經常讓他失望。那些圖不是太簡單就是根本找不到。他不禁想到以前小學的時候一星期會開去學校一次的流動圖書館，那些藍色老車不知道都跑哪兒去了。可能去了汽車天堂，變成了金屬廢料。

在家自學。他向葛蘿莉保證說，等他離開之後，在家自學是可以管理且行得通的，但事實上每天都會發生這種或那種騷動。通常A計畫都不順利，有時連B計畫也行不通。坦白說，他沒辦法想像葛蘿莉每天都要應付這些狀況。

有一天在家自學的課程結束後，他特別疲憊，一打開休旅車的車門，卻發現道奇坐在乘客座上。喬瑟夫不管怎麼噓牠，牠都不下車。「好，」喬瑟夫說：「可是不要期待你可以過你在這邊的生活。」他帶了道奇回家。

道奇堅持每天都要去湖邊散步和游泳，喬瑟夫只能步行到一定的距離，然後就得停下來，等待緊繃的肌肉釋放疼痛，不過他每天都可以走得更遠一點點。喬瑟夫前去指導杜松在家自學的那些天，都會帶道奇回去，試著讓牠相信，回索羅門橡樹牧場住比較好，但每天結束，道奇都會在車上等他。

「妳可能認為喬瑟夫是個好好先生，會讓妳應付了事，」葛蘿莉在二月二十八日的晴朗早晨說道：「相信我，杜松，妳得自己用功，考到高中文憑。」

杜松學會何時應該閉嘴，尤其是在葛蘿莉身旁，但對其他人杜松都會找麻煩，而「其他人」就是喬瑟夫，喬瑟夫只得去找有關禮儀的書，這在二〇〇四年可不是件容易的事。喬瑟夫開始覺得，每位高中老師都應該領六位數的薪水，而且終身享有免費SPA服務。

葛蘿莉將手插進口袋。「我做完事情之後，要去跟羅娜吃午餐。妳好好聽話，我每小時都會打電話回來檢查。」

杜松神色漠然，雙臂交抱。

「跟妳媽媽說再見。」喬瑟夫說。

「掰掰，索羅門太太。」

葛蘿莉火冒三丈。「對，妳再冷嘲熱諷啊，我們只是白痴，想挽救妳的學業。喬瑟夫，有事情就打電話給我，再小的事情都沒關係。」

杜松說：「為什麼妳有手機，我不能有。」

葛蘿莉看起來頗為孱弱，一陣風吹來就要斷成兩截。她背轉過身，朝卡車走去。葛蘿莉離開時，穿著蠢笨衣服、玩著玩具的小狗艾索，發出有如猴子般的嗥叫聲，凱迪拉克也隨之跟進。戶外狗的規矩不適用在那隻可愛小狗身上。但喬瑟夫個人認為，艾索的晚餐分量應該可以多一點，因為牠的肋骨非常明顯，而且應該給牠在樹上尿尿的機會。道奇只要在每片樹葉、每個樹叢，或大過棒球的石頭上留下牠的名片，就會覺得很開心。「喬瑟夫的狗。」葛蘿莉現在都這樣稱呼道奇，即使道奇只聽從葛蘿莉的命令。

杜松拿著鉛筆拍打著翻開的筆記本。「你有沒有仔細觀察索羅門太太？她不知道瘦了多少公斤？我是說真的，如果她病了怎麼辦？」

「她只有一種病，就是被妳的鬼把戲氣出毛病，我也是。翻開妳的西班牙文課本，開始念書。」

「妳知道她晚上都在幹嘛嗎？」

「杜松。專心。看妳的西班牙文課本。」

「她每天晚上都坐在衣櫃裡，非常小聲地哭，正好哭十分鐘，這是不是很詭異？」

「那是她的事。」

「你錯了，那是你的事，因為你是她的朋友，是不是？」

喬瑟夫把椅子轉個方向，跨坐在上面，一邊伸展背部肌肉，一邊帶杜松念書。「妳以為在學校把妳開除之前，讓妳先離開高中，是她夢想成真嗎？她必須好說歹說才讓學校不對妳提出控告，妳到底在想什麼？」

「是他們反應過度，餐廳的塑膠刀如果刺上人類皮膚是會折斷的，這是物理學。」

「事實上這是蓄意攻擊，刀子等同於武器。只要把妳跟這個女同學打架的紀錄找出來，拿到成人法庭上作為證據，檢察官就會主張妳有預謀。現在很多法官都把青少年當作成人來審判。其實想一想，妳穿監獄的橘色運動衣還滿好看的。」

「路易絲說你取笑我對我的自尊有害。」

喬瑟夫朝倉庫望去，羨慕那些動物過著簡單的生活。他研究在家自學時，讀到美國教育家約翰．霍特寫的一段話，立刻就成了他的信仰者。這段話是：學習不是教學者的產物。學習是學習者的行為。如今他只想把約翰．霍特從墳裡挖出來，叫他來教杜松念書試試看。

「好吧，暫時忘了刀子的事，當時妳到底對那個女同學說了什麼，一字不差的說給我聽。」

杜松喜歡說這句話：「『如果每天都有人要殺妳，妳一定會變成很好的人。』」

「這是威脅。」

「這不是威脅，這是作家弗蘭納里．奧康納寫的故事裡的話。」

「不管這句話原本是誰說的，從妳口中說出來就是威脅。」

「她活該。」

「那就去跟校長說她對妳說了什麼啊。」

「我不想說。」

喬瑟夫嘆了口氣。「妳知道妳有多幸運嗎，小女生？我知道阿布奎基市有些孩子因為更輕的罪被送進少年監獄，那裡有很多可怕的鳥事發生。」

「可怕的鳥事到處都有！我從來都沒聽你說過粗話，為什麼現在要說？」

「有些情況必須要用。好了，打開妳的西班牙文課本，快點，不然我就叫妳去跑山坡。」

杜松嘆了口氣，大聲呻吟，抱怨說書有多重，要讀的頁數那麼多。「幹嘛要學西班牙文，只能用來指使女傭而已，而且要有錢才會有女傭可以指使，我永遠都不會有錢。我已經會用西班牙文點炸玉米餅和罵人了。」

儘管喬瑟夫很想回嘴，但拒絕隨之起舞。「妳知道誰是龐塞・德萊昂嗎？」

「不知道。」

「他就是把西班牙文引進美國的人。」

「有什麼大不了，反正一定有人會做這件事。」

「事實上，這件事可大著呢。從一九九〇年到二〇〇〇年，美國說西班牙文的人增加了百分之六，是成長最快速的族群。根據估計，到了二〇一〇年，說西班牙文的美國人會達到三千五百萬人。」

「所以呢？那只是美國總人口的百分之十而已。」

喬瑟夫揉了揉下巴。「妳自己算算看，一百年後會有多少人？對了，如果妳故意不尊重我的血統，想要傷我的心，那妳失敗了。不要理會別人說什麼話，這是妳要學的最重要的一堂課。現在回到第四課，把對話唸出來。」

「我以為我們今天要拍照。」

「對啊，但妳要記下這些對話，然後解出第四章的數學題。」

「你又不是真的老師，」杜松說，低下頭去，開始唸道：「Hola, Carmen. Vas a la bib-li-oh-tee-ka?（妳好，卡門，請問圖書館要怎麼走？）」

喬瑟夫抬頭望向白橡樹，只見它青蔥翠綠，許多鳥兒站在上頭唱歌。杜松和葛蘿莉現在是他生活的一部分了，他們一起吃晚餐、訓練犬隻、深夜還講電話。當他這樣想的時候，覺得這好像是單身漢登的徵友廣告：

正派單身男子找尋真誠女子（可接受育有問題少年），希望一起長散步、短散步，讓我忘記背痛。

「Bib-li-o-tec-a.」他更正杜松的發音。可憐的老胡安，為了找圖書館已經問路問了五十年。

葛蘿莉

羅娜關上蝴蝶溪雜貨店的門，遞了一個購物袋給葛蘿莉。

「天啊，這裡頭是什麼？」葛蘿莉問道：「花崗岩嗎？」

「別出言不遜，孩子，只是野餐的一些加菜而已。」羅娜指了指溪畔小徑的標誌。「我們走這條路去溪邊。今年的春季溢流是我看過最高的。走吧。妳今天早上怎麼動作這麼慢？我看跛子走路都比妳快。」

「我睡不著。」

「失眠是罪惡感的象徵，妳有什麼需要告解？」

「就算吞下一磅的煩寧都治不好。」

「那就走快點，這樣妳的腦內啡才會像油井一樣快速噴發。再說，如果妳全力走路，悲傷會隨著汗水流出來。妳知道當我沮喪得要死的時候都做什麼？我用走路來釋放。有時候我得走上五哩，但沒有一次讓我失望。」

羅娜雖然有抽菸習慣，走路速度卻不輸給紐約客。「走路」對羅娜來說，是和別人競賽。

「對著春天的空氣微笑啊，」她說：「跟我最喜歡的女性朋友去蝴蝶岩吃午餐，真是樂事一樁。」

葛蘿莉雖然有半個晚上沒睡覺，但她還是踏出沉重步伐，沿著小路行走，來到鋪設鐵路枕木的階梯，階梯往下延伸，通往溪畔，那裡爬滿樹根，地上遍布石頭。堅實土地長著當地野草，草已轉綠。再過幾週，等溫度再上升華氏二十幾度，整片景致會變成金黃色，猶如浸了汽油而燃燒的碎布。丹依然無法復生。喬瑟夫依然要離開。杜松依然會變出一大堆把戲來折磨養母。

「這裡很棒，」羅娜說：「把紙巾給我，我把石頭上的松鼠大便擦掉。」

葛蘿莉簡直是癱在岩石上，而不是坐下來，呼吸濃重。「我告訴自己，和往常一樣度過這一天，但結果這樣比大哭大鬧過一天還要糟。為什麼悲傷可以如此消耗一個人？」淺淺的溪水流速甚快，竄過溪床發出潺潺水聲，朝河川奔去。

「妳有沒有照我說的，刊登丹的紀念訃聞？請教會用他的名字做一場彌撒？」

「沒有，」葛蘿莉說：「那是妳的文化，不是我的。」

「呃，那請問這位自以為是小姐，妳的文化是什麼？」

「我是白人，沒有宗教信仰，沒有文化，這創造出它自己的文化。」

「我從來沒聽過這種說法。事實上妳的皮膚比較偏粉紅色，而不是白色，而一些平常的動作像是吹乾頭髮，就稱得上是儀式。撥出一些時間來記得，讓某些日子變得特別，這些才是讓我們能夠正常運作的元素。妳知道我總是很願意把我的文化借給妳。」

「我會活下來的。」葛蘿莉說，而這正是問題所在。活下來意味著卡在同一個地方，月復一月，毫無慰藉，除了喬瑟夫以外，他帶來極大的慰藉，但他再過不久就要離開。

「好，」羅娜坐了下來，打開紅白相間的保鮮盒。「哇，炒飯。味道真香，嚐起來也棒。能讓人這樣說的食物並不多吧？所以說妳今天有什麼計畫？」

「沒有計畫。」

「才不是呢，妳來跟認識將近二十年的老朋友吃午餐，我們坐在不可或缺的水資源旁邊。如果這些對妳來說還不夠，那就去妳丈夫蓋的那座小教堂坐一會。寧靜是神聖的。」

「午睡也是啊。」葛蘿莉打個哈欠，將裝著木須肉的保鮮盒放在岩石上。羅娜給她的那個袋子裝著一加侖的罐子，裡頭是醃蛋。葛蘿莉吃力地將這一罐子醃蛋提下小徑是為了什麼？她們是要去沙漠嗎？羅娜的腦袋是不是開始不靈光了？

「可是妳這兩樣事都不會做，對不對？」

「我可能兩樣都做。」

羅娜哼了一聲。「葛蘿莉寶貝，妳以為妳可以等待悲傷消失，它自己會離開嗎？」

「我就是這麼指望。」

羅娜用西班牙語急促地回了一句話：「Encontrarse como un pulpo en un garaje!」

「什麼？」葛蘿莉試著翻譯這句話，但她一定是翻錯了，否則的話，羅娜罵她是車庫裡的章魚。

「聽著，」羅娜說：「如果妳想活在混亂裡，我不能阻止，但我可以不聽。我們換個話題吧。」

「換什麼話題？」

「呃，我兒子還在牢裡蹲，又沒有人出錢要買雜貨店。妳家有個行為不端的少女，還有個新墨西哥人作陪，這個人呢，如果我沒搞錯，對妳有感覺，這感覺超過友誼的範圍，進入未知的領域。」

「羅娜，妳看太多八卦報紙了。根本沒有這種事，只不過他說的話杜松會聽而已。」

「喔，的確，我又知道什麼呢？我只是個老太太，整天只會做三明治，機車騎士離開以後清理善後，一天要說一千次『謝謝光臨』。」

「我知道妳工作很辛苦，如果我有錢，早就買下妳的店了。相信我，妳的生活比較有趣，我的生活就像是項鍊打結，我得把結拆開。」

「妳不謹慎地把事情推開，就是會有這種後果。」

葛蘿莉背靠岩石，將還沒打開的筷子放在餐巾上，啜泣了起來。羅娜拍了拍她的腿。「妳知道我們坐的這個地方以前不是這個樣子的嗎？這條小溪還沒淤塞之前，原本有十呎深，是一條水流湍急的河，它把哈勒倫太太和她的小女嬰捲了進去，好像她們是牙籤似的。頑固的哈勒倫先生不肯聽印地安人的話，明知河水湍急，還硬要過河，結果犯下天大的錯誤！他只因為不信任，就失去了那麼多。如果他等個幾星期再過河，誰知道他們三個人的生命會有什麼發展呢？哈勒倫太太可能會再生許多小孩，女兒長大可能會像茱莉亞·摩根那樣，成為著名的建築師。如果他肯聽進別人的建議就好了。」

「憲法說人民有權做自己的決定，就算是這個決定是愚蠢的。」

「對啦，但有時候就算妳不知道結果會怎樣，妳還是照別人說的話去做，最後可能會有很好的收穫。」

這種類推的論調讓葛蘿莉聽了就頭痛。她還能說什麼？麥可．哈勒倫的無頭妻子這則故事說不定是杜撰的，只是用來告誡少女不要離家遊蕩得太遠。葛蘿莉希望這條河回復往日盛況，這樣她就可以跳進去，讓水流帶她到別的地方。她只想靜靜坐在這裡，直到黑夜，一動也不動，完全不會嚇到從森林走到溪邊喝水的鹿。也許一隻鴞會飛過，不一定要是一隻大角鴞，但大角鴞是她的最愛。她從一片餅乾上拿起一塊杏仁，卻不放進口中。羅娜吃完午餐，拿起一個弧形的香甜幸運餅乾，折成兩半，餵一半給葛蘿莉吃。葛蘿莉連轉頭吐出都覺得太累，便咀嚼吞下，感覺口中的甜液變酸。這一年來她學到了什麼？悲傷一直在向她說再見，既然她知道這一點，為什麼毫無幫助？

喬瑟夫

「吃午餐了。」喬瑟夫說。杜松胡亂念了西班牙文，學習代數又頻頻叫嚷，並把生物學和語言藝術留到下午。一如往常，葛蘿莉替他們留下了餐點，今天是花生醬三明治、洋芋片、杜松最愛喝的低卡香草百事可樂。葛蘿莉沒打電話回來。喬瑟夫希望杜松在休息過後，可以打起精神。

「我打賭一百元，妳不知道花生醬是誰發明的，」喬瑟夫說，將他的三明治切成一半。

「我打賭我知道，」杜松答道，將三明治塞進口中。「喬治．華盛頓．卡弗，」她滿口三明治，含糊地說：「付錢。」

喬瑟夫微微一笑。「答錯了。」

「才怪！」

「那就證明啊。」杜松最恨的就是自己錯了。

「我在網路上讀過。」

「有多少出處？」

「一個就夠了。」

喬瑟夫搖了搖頭，表示否定。「不夠。猜猜看哪個種族確定會吃花生醬？」

杜松癱坐在椅子上，發出呻吟。「我猜猜看，前哥倫布人？」

「答對了。」

她剝開三明治的外皮。「你是不是晚上都在研究前哥倫布時期的事，打算來教訓我？」

「這是個好主意。我要不要在妳已經輸給我的五萬元之外，再加上一百元？」

「我要先多查幾個出處。」杜松說，朝電腦走去。

電腦顯示資訊，喬瑟夫看著杜松閱讀時口唇微動。杜松的手離開鍵盤，喬瑟夫說：「妳要牢牢記住這一刻，承認錯誤是教育自己的第一步。走吧，我們收拾一下，去拍照。」

「那語言藝術呢？」

「跟攝影結合在一起，等一下就知道了，會很好玩。」

「我嚴重懷疑。」

「如果妳要的話，我們可以坐在這裡寫五段論說文。」

「不要不要。」她很快地收拾餐具，放出凱迪拉克，喬瑟夫還沒來得及吞下止痛藥，她就回來了。喬瑟夫感覺得到杜松在看他，他想對她說，希望妳不會淪落到這種下場，但比起他身體承受的痛楚，她內心承受的痛苦算是破表。

他們走上牧場，杜松指向一根少了欄杆的老柵欄柱，柱子中段的槽口裡有個鳥巢。「我想那個巢裡有蛋，」杜松說：「我一靠近鳥就會飛走。」

「拍張照片，」喬瑟夫說：「看妳能不能用巢來識別那是什麼鳥。」

接著他們來到山羊旁。幸好凱迪拉克和道奇都繫著鏈子，因為凱迪拉克很確定這時牠的任務是去趕懷孕的娜妮。喬瑟夫拉住兩隻狗，杜松拍攝娜妮的眼睛，牠的眼睛有奇特的狹長形瞳孔。喬瑟夫遞給杜松指甲刀。「剪一撮毛下來。」他說，拿出一個信封，把毛裝進去，然後封起。

「我要一頭懷孕山羊的毛幹嘛？」

「因為加州大學聖塔克魯茲分校可以進行DNA化驗，我想用這種方式來學習遺傳學，應該比只是讀它來得有趣。」

「呃，聖塔克魯茲分校不是太遠。」

「妳知道關於DNA的所有已知知識嗎?」

「我想我知道的夠我用一輩子了。」

「真的?假如妳比警察還早闖入一處殺人現場,他們一定二話不說逮捕妳,因為妳看起來就是一臉有罪的樣子。DNA分析可以還妳清白,但是呢,哎呀,這太花時間了。反正妳需要知道的都已經知道了,算了。把毛丟掉吧,我開車載妳去附近的麥當勞,讓妳應徵,這樣如何?」

「你知道在家自學比上高中還糟嗎?」

喬瑟夫微微一笑。「我知道妳在用頭腦而不是拳頭,這才是我在乎的。」

稍後,道奇提供了犬類毛髮樣本,喬瑟夫則拔了一根自己的頭髮。他們坐在陽台上,用廉價顯微鏡研究這些毛髮。喬瑟夫要杜松把她看見的畫下來。

「有沒有搞錯,」她說:「我又不是藝術家。」

「如果科學家的繪畫功力必須跟藝術家一樣,到現在人類還會認為地球是平的。快點畫。」

下午快結束時,他們根據門、屬、種,替白橡樹分類,抄下拉丁名稱,並試著用書法字體寫出來。他們查詢聖經的用語索引,找尋跟橡樹有關的篇章,然後連結到樹的民間傳說,再連結到希臘神話,又再連結到有關加州橡樹的政治運作及瀕絕物種法規。最後喬瑟夫拿出他的祕密武器:詩。他大聲朗讀日本江戶時代俳諧師松尾芭蕉的俳句〈橡樹〉。

「『白橡樹/在水中/看見櫻花盛開。』妳覺得如何?」喬瑟夫問道。

「整首詩就這樣?」

「這叫做『俳句』。」

「就算叫『壽司』也不關我的事，聽起來比較像是個笑話，不像一首詩。詩不是應該關於某樣東西嗎？」

「這首詩關於很多東西。想一想，我只要求妳打開心胸。好了，我們去拍照吧。」

「終於！」杜松歡呼。喬瑟夫叫杜松先把課本拿進屋裡，才帶著相機和狗出門。他替艾索繫上鏈子。他覺得艾索很可憐，整天窩在家裡好像家貓一樣。艾索用盡十磅的身體重量，拉扯鏈子，只要有東西高過一吋，牠就在上頭尿尿，證明喬瑟夫的論點沒錯，只要有機會，這隻小狗也會展現雄性氣概。

杜松一整天都沒罵人或打人，這算不算得上是個奇蹟？

喬瑟夫確定他們拍下今天學過的內容的視覺元素。山羊皮毛的色彩模式；牧場的全景；三隻狗爭著領頭；兩匹馬在柵欄上伸長脖子，尾巴一致揮動；記憶卡滿了之後，喬瑟夫要杜松坐下來，在電腦上挑選照片。「把妳認為好看的照片丟掉。」喬瑟夫說。

「可是我想留下來。」

「不用，丟掉，它們只是照片，妳還可以再拍數千張。但首先妳必須拆解它們，了解它們如何運作。把那些最引人入勝和妳最討厭的照片留下來。」

「學攝影又不是這樣。」

「妳不試怎麼知道？這是功課。花十分鐘研究它們，準備好解釋為什麼它們會有這種感覺。

我要去伸展我的背。」

喬瑟夫在屋子裡走動，順便查看葛蘿莉的物品。她有各種液體容器，像是兩呎高的奶油瓶，以及他認為應該叫做「水罐」的容器，由印花圖案的陶器所製成，看起來又老又重。翻爛的食譜放在磁磚料理台上。一排鍋子和平底鍋掛在牆壁鉤子上。這些器具反映了葛蘿莉的人生，可以裝滿一輛家具搬運車，他的人生則一個行李箱就夠裝了。溫暖的天氣將一切風乾，喬瑟夫的時間不斷流逝，再過幾星期他就要走了。

「我弄完了，」杜松高聲說：「我希望這些最醜的照片可以讓你覺得興奮，它們讓我想罵人。」

喬瑟夫很高興看見山羊牧草地的風光，土地上沒什麼東西，只有零星的糞塊和翻倒的籃子。背景是一條延伸的道路，一輛車子的模糊影像正好駛過。失焦的近物是信箱，跑到了鏡頭之中，毀了一切。杜松說：「這張拍得好醜，讓我想尖叫。」

「為什麼醜？」

她聳了聳肩。「每樣東西都爭著想當重要的角色，而且全都是一些平凡的東西。醜死了。照片應該要漂亮才對。」

喬瑟夫對她的批評充耳不聞。「好，杜松，這張照片的構圖是妳不小心拍出來的，現在妳試試看刻意拍出跟這張照片一樣的構圖。」

「你要我故意拍醜照片？」

「沒錯。」

葛蘿莉駕著卡車回來時，天色已開始黯淡。她替蟋蟀上了馬鞍，牽著派普跟在旁邊，朝山坡走去。狗兒扯著鏈子想跟著她走，但被喬瑟夫拉住。「今天的課就到這裡結束。」他說，這時葛蘿莉已遠離他的視線。他把艾索和凱迪拉克交給杜松，拉著道奇的鏈子。「去準備晚餐吧，我要走了。」

「你不留下來跟我們吃晚餐嗎？」

「今晚不會。星期一見。記得練習西班牙文。」

他駕車離開，道奇坐在前座。他希望葛蘿莉沒看見他沒按照她的規矩，開車時將狗放進條板箱裡。車子開上高速公路，道奇發出些微哀鳴聲，但喬瑟夫一打開收音機，道奇就鎮靜了下來。「沒錯，你是喜歡聽全國公共廣播電台的狗，我們來聽『時事綜觀』吧。」

喬瑟夫來到郵局，有個包裹等他領取，那是個大箱子，重量很輕，寄件人地址是他父母家。他將大箱子放進休旅車後座，駕車回家。他回到小屋，燒水煮咖啡，替剩下的沼澤墳披薩加熱，當作晚餐。他替道奇準備晚餐，添加罐頭南瓜和一些沙丁魚。魚油可以讓牠毛色亮麗，南瓜可以讓牠保持苗條。他帶道奇很快地去湖邊小跑和游泳，玩撿球遊戲，這遊戲對道奇來說永遠都玩不夠。最後道奇在木爐邊躺了下來，喬瑟夫這才鬆了口氣。

晚餐之後，他撕開膠帶，打開大箱子，箱子裡是揉成一團團的新墨西哥州赫奇村《公民報》，上頭有個信封，收件人寫著他的名字，是他父親的字跡。他打開信封，一張傷殘福利金支票掉了出來。他將自己的郵件地址轉到了父母家，而非這裡。他看著上頭的數字，想到費黛拉應該也拿到了支票，以及他們都很想燒了支票，把瑞可換回來。他將支票放在一旁，取下夾在信上的剪報，開始讀信。他的父親不太擅長寫信或說話。

大兒子：

我們這裡天氣很好。你媽媽還是很擔心她的杏樹，就跟擔心你一樣。

爸爸

紙團底下還有一根三吋長的乾辣椒，用泡泡紙包著，顯然是他母親親手做的。掛一根乾辣椒在陽台上，一整年都會有好運氣。他低下頭，深深吸入乾辣椒的氣味。鼻子的輕微灼熱感令他閉上眼睛。他幾乎可以聞得到洋蘇草的味道。他內心湧出一股衝動，想坐上車，朝東邊開去。再過幾週他就要回去了，為什麼母親還要寄這根乾辣椒來？也許他可以把這根乾辣椒送給羅娜，讓她享有好運。

他打開剪報。《阿布奎基日報》上頭寫著：「去年安毒工廠槍擊案其他嫌犯落網：陪審團庭審團員將立刻選出。」

喬瑟夫覺得腎上腺素大量釋放到血管中，他放下剪報，無意識地弄平剪報邊角。

葛蘿莉

晚上八點，三月風吹來，吹得窗戶格格作響，提醒葛蘿莉自從上次婚宴以來，她就沒洗窗戶了。那次的情人節婚禮，她做了心形的四層粉紅色翻糖蛋糕，洋紅色素吃進她的指甲，過了好幾天才褪去。杜松坐在桌前，看著圖書館借來的書，正在抄筆記，那本書是喬瑟夫建議她讀的。葛蘿莉啜飲第二杯紅酒，不耐煩地等待微醺感出現，藉此模糊她內心的不安。比起等待麻木感來臨，更讓她心煩的是，丹的逝世週年已經過去兩星期，悲傷卻仍未消失。

艾索跑去打擾杜松，葛蘿莉彈了彈手指。艾索嘴裡叼著那個一度引起爭議、杜松付錢買來的消防車帆布玩具。杜松只是伸手拍拍艾索的頭，繼續讀書。最後艾索趴在凱迪拉克旁邊，發出呻吟，讓大家知道牠有多失望。喬瑟夫來指導杜松在家自學時，都會帶艾索出去散步，如今牠堅持每天都要散步，並加上過去一貫的消遣，也就是在沙發上閒混。牠的肌肉強健不少，葛蘿莉必須承認，牠連毛色也變漂亮了。

葛蘿莉從圖書館借來的書攤開在大腿上，重複閱讀兩段句子：「熱度是存在的。觸摸得到、殘酷無情，猶如燒紅的鐵一般，席捲整個阿布奎基市。」

也許喬瑟夫住在阿布奎基市的另一個地區，地勢較高，不像燒紅的鐵那樣熱，溫度像是溫暖的手放在脖子上。那裡有山脈景觀和壯麗日出，車輛較少，矮松著火的氣味溫暖了泥磚，此外還有四處遊走的墨西哥街頭樂隊。我必須停止每晚喝酒，她心想，放下酒杯。

杜松闔上書本，伸展雙臂。「條子喬要我做的事比公立高中還難多了，我準備回去上高中了。」

「很好笑。」

「哪裡好笑了？」

葛蘿莉闔上圖書館的書。「如果妳這麼簡單就可以改變妳的行為，為什麼不幾個月前就改變呢？」

「可能我還沒準備好吧，可以嗎？」

「不可以。這樣太自私了。妳知道妳讓卡洛琳、路易絲和我傷了多少腦筋嗎？」

杜松對這個問題置若罔聞。「如果我寫一張紙說我發誓不再打人，然後簽名呢？」

「太晚了。我已經正式讓妳離開學校了，這件事已經結束了。」

「妳真是善體人意，索羅門太太。」

「我能說什麼？行為會帶來後果。」

「這是什麼？某種沒有任何意義的老諺語嗎？隨便啦。我要去睡了。凱迪拉克，走吧。」

「先讓牠出去尿尿，麥奎爾小姐。」葛蘿莉對著杜松的背影說，杜松踏進走廊，凱迪拉克跟在後頭。單獨的時光很棒，但舒適的感覺只維持了大約十五分鐘，接著孤獨感就襲擊而來。葛蘿莉需要有人可以聊聊那些進行得很順利的事。她想到喬瑟夫，但這時她有點醉意，害怕自己說出蠢話，像是「我想跟你上床」之類的，然後又得解釋說這跟浪漫愛情無關，她只是不想去感受這種無止境的、無名的渴望，只要十分鐘就好。

絕對不可以打電話給喬瑟夫。

她打給卡洛琳，卻進入語音信箱。她打給母親，卻想起今天是老人中心的橋牌之夜，一小時後母親才會回家。她打給哈蕾。「嘿，老姊，有時間聊一下嗎？」

哈蕾嘆了口氣。「天啊，我不知道，妳以為我留言給妳是好玩的嗎？」

「抱歉。」

「為什麼妳不回我電話？」

「因為我不想聽妳說：『我早就跟妳說過了。』」

哈蕾沉默片刻。「妳認為我就是在做這種事嗎？」

「不是每次我見到妳都是這樣。」葛蘿莉閃爍其詞，但立刻後悔自己這樣說。

「喔，拜託，妳拳頭都已經揮了，不要假裝好像沒有揮得很重一樣。事實是我不確定要怎麼跟妳說話。」

「為什麼？」

「因為妳已經不對我敞開心扉了，而且不只是對我而已。」

「我並沒有這樣，不是嗎？」

「趁我還有勇氣，我要把這些話說出來。妳不要求別人幫助，表現得非常冷靜，冷靜到荒謬的程度，而且相信我，妳騙不了任何人，連媽都同意我的看法。」

葛蘿莉體內湧出憤慨的情緒，心臟越跳越快。「哈蕾，我丈夫死了。」

「對，他死了，這件事爛透了。我想知道的是，妳要用這個藉口忽視妳的家人多久？我就認為丹不會喜歡妳這樣做。」

葛蘿莉再度拿起酒杯，看著杯子裡的深紅色液體。哈蕾乾脆拿一把鐮刀砍進她心臟算了。「算了，我只是打來問妳最近如何，掰。」葛蘿莉掛上電話，突然覺得這杯酒味道真棒。她關上電話電源，把酒喝光。無論哈蕾是否再打來，她們之間的對話都會像阿布奎基市的熱鐵，觸摸得到、殘酷無情。

她摺疊洗好的衣服，拿出脆餅麵團，放進冰箱，再查看電子郵件信箱，看是否有人想舉行婚禮。這星期沒有。艾索亦步亦趨，最後她仔細地觀察這隻小狗，承認她沒有讓牠有足夠的運動。是的，牠體型很小，但這不代表當她感到自憐時，就可以不帶牠出去散步。這對她收養為自己的狗來說，並不公平。「繩具，」她說。小灰狗衝了過來，撲進她的懷中，不斷舔她的臉。「以後我們每天都出去散步。」她對牠承諾道，然後帶牠出去。艾索興高采烈，並不在意風大或黑暗。

他們走到白橡樹旁，從那裡看去，小教堂比較像山林小屋而不像教堂。艾索在樹上尿了好久，讓葛蘿莉有時間思索姊姊剛剛說的話。

哈蕾說的是對的嗎？

她原本期望到了丹的逝世週年，悲傷會告一段落，她會說再見。她可以發自內心地說，希望天堂就跟丹夢想的一樣美好。許多人在親友死去時，都會經歷一些不可思議的體驗，像是帶來安慰的徵象、好的預兆。難道她失去摯愛就非得這麼平凡無奇嗎？她試著想像丹再度回到她的生命之中，他會不會氣她把他的個人庇護所幾乎變成公共場所，就好像這棵白橡樹一樣？讓海盜進入那個他私人禱告的地方？丹一定可以把杜松教好，讓她成為優等生，學習木工，坐在畜欄上聽他說笑。

葛蘿莉讓艾索回到屋子裡，然後去檢查山羊。娜妮的狀況很慘，誰能怪她呢？她的兩側身體比平常脹了八到九吋。幾天前，葛蘿莉將厚達五吋的麥稈和木屑耙進空畜欄，營造出一個適合生產的場所，但娜妮並不領情。今天晚上，葛蘿莉用水和飼料小球把娜妮趕進那個畜欄，關上柵門，耳中聽見奈森不斷咩咩叫。奈森其實可以和娜妮鼻子對鼻子站著，之間只隔著一層網絲，但這種事要怎麼去跟一頭公山羊解釋？奈森星期一要看《週一足球之夜》節目，星期四要吃肉糜捲，一週要做愛三次，完全不管娜妮有沒有興致。「你自己克服吧。」葛蘿莉對奈森說，將牠的燕麥籃打翻，灑了一地飼料，令牠立刻分心。葛蘿莉走進屋裡，鎖上大門，關上電燈，思索著該用什麼方式來跟她的家人道歉，因為她將他們擋在門外。也許她尚未走出失去丹的陰影，但無論多麼痛苦，日子都得繼續過下去。

清晨六點，杜松跑進葛蘿莉的臥室，跳上床鋪，抓住她的肩膀。「怎麼回事？」葛蘿莉說，坐了起來。「倉庫失火了嗎？有沒有打九一一？」

「娜妮生了雙胞胎，好可愛喔！媽，快起來！妳一定要去看，快點快點。」

她們坐在倉庫地上，睡衣沾滿木屑。杜松替腳步搖晃的羊寶寶拍照。「兩隻母羊，」葛蘿莉說：「妳要不要幫牠們取名字？」

「要看情況，牠們會不會變成復活節晚餐？」

「不會。牠們要替我提供羊奶，讓我們做成羊起士拿去賣，而且妳知道這代表什麼。」

「更多雜務。」

「如果這代表提高妳的零用錢呢？」

「那就是奇蹟了。」

「杜松，為什麼妳老是喜歡往最壞的地方去想呢？」

「我只是以妳當作榜樣而已。」

葛蘿莉吃了一驚，沉默下來。這時倉庫電話響起，嚇了她一跳。她已經很久沒用倉庫電話了，幾乎忘記它的存在。她站了起來，打算去接電話，卻看見丹的手套躺在欄杆上，硬化成他的手掌形狀。她將手指伸進手套，接起電話。誰會清晨七點打電話來，難道是通知壞消息不成？請不要是羅娜，請不要是母親，也不要是哈蕾、巴特、喬瑟夫、卡洛琳，或任何還沒活到九十九歲準備壽終正寢的人。

「親愛的，我是卡洛琳。」

「我的天，妳起得真早。」
「睡覺只是個好概念，我都拜咖啡因為神。我有消息要通知妳，沒辦法等到恰當的時間。」
「卡洛琳，妳嚇到我了，什麼事？」
「是關於杜松的父親。」
「喔，不會吧，她父親也死了？這個小女孩還要經歷多少痛苦？」
「不是啦，她父親還健在，而且就在城裡。他想見杜松，妳得去跟她說這件事。」
「可是他拋棄了杜松，總不能就這樣隨他高興，輕輕鬆鬆地又走進杜松的生命，不是嗎？」
「我已經跟路易絲安排好會面，路易絲跟我會在現場支持她，葛蘿莉，妳還在嗎？」
「我還在。」葛蘿莉倚在柱子旁，看著羊寶寶。那隻有著拿鐵色花紋的羊寶寶走出畜欄。突然間她發現每隻山羊的足蹄裡似乎都裝有彈簧，只見那隻羊寶寶抬起後臀，跌落在地，又爬了起來，接著就抓到了彈跳的訣竅。丹都稱呼牠們是「彈簧盒」。比新生山羊學彈跳更滑稽的，是發現第一個水坑的鴨寶寶。「好，」葛蘿莉說：「給我一些時間，卡洛琳，我再回妳電話。」

葛蘿莉掛上電話，將丹的手套貼在臉頰上。如果是丹，會直接走上前去，對杜松說，妳父親回來了，我們去跟他聊一聊，看他想說什麼。但葛蘿莉不行。她寧可停止呼吸，也不願意再讓杜松心碎一次。她在畜欄入口看著杜松對疲憊不堪的娜妮輕聲細語，溫柔地撫摸牠。過了一會，葛蘿莉想到該怎麼說了，但現在最重要的是羊寶寶。她打開畜欄柵門，走了進去。「看來牠們慢慢適應了。」

「喔，我的天，媽！我想到完美的名字了。妳聽聽看。」

「告訴我。」

「『命運』和『耐心』，這兩個名字是從《幕府大將軍》來的。布萊克松的命運是留在日本，而且因為他有耐心，所以捉到了石堂將軍。書中說，當你接受了你的命運，就是學習的開始。這有點像喬瑟夫跟我說的一樣。讓一種瘋狂的感覺接管，就會引領你到下一個階段。耐心會讓你強壯。妳說是不是很棒？」

「太棒了。」葛蘿莉說，露出不可置信的微笑，伸出手臂環抱杜松。「好了，告訴我，早餐妳想吃什麼？」

西藍鴝（Sialia Mexicana）

杜松．麥奎爾

你可能會期待在草地上看見藍鴝，但如果你進森林裡找，看見藍鴝的機會比較高。

藍鴝並不是全身都是藍色的。雌藍鴝身上有灰色、白色和暗灰色的羽毛，用來提供偽裝。公藍鴝是深藍色的，但肩膀那一圈是栗褐色的，看起來像是戴著栗褐色的圍巾。

茱蒂．嘉蘭在一九三九年的電影《綠野仙蹤》中，演唱了〈彩虹另一端〉，這首歌被美國電影學會評鑑為最膾炙人口的電影歌曲之一。

水手在海上橫越五千哩，或首次跨越赤道，就會在右手刺上藍鴝刺青，作為航程的標記。回程的時候，再橫越五千哩，就在左手刺上另一隻藍鴝。

藍鴝是「二級洞巢者」，這表示牠們會搬進其他鳥類拋棄的洞巢。洞巢入口直徑不能大於一吋半，不然歐椋鳥會跑進去，偷走牠們的蛋。要找尋藍鴝的洞巢，必須在地面以上三到五呎之處找尋，而且洞巢多半面南或面東。

藍鴝是密蘇里州、紐約州、愛達荷州和內華達州的州鳥。

一則納瓦霍族的故事說，造物主的門口有兩隻藍鴝看守。

長久以來，藍鴝在散文、戲劇、小說和回憶錄中，都被視為是幸福的象徵，這也表示你必須寫下你真實的生命過程，無論有多麼不堪。

——喬瑟夫

杜松：這才像話。

11

喬瑟夫

喬瑟夫坐在小屋的前陽台上，丟網球給道奇撿。他擔心如果他沒有每隔一陣子就停下來，讓道奇喝水，道奇會暈倒。喬瑟夫感覺春天在四周用力投球，遺憾的是沒有辦法對植物做出警告。一開始陽光讓人覺得很棒，但沒過一會，陽光就把葉子曬乾，附近也沒有足夠的水源可以吸收。

他的父母期待他再過三週就會開車回家，將車子停在父親的卡車旁，然後坐下，讓母親替他端上兩萬卡路里的食物，因為他們認為，一個四十歲的男人是無法把自己餵飽的。他必須做好上路的準備，也就是說，他必須打包行李，替車子加滿油，而且這些事優先於葛蘿莉和杜松。但杜松對在家自學的反應非常好，使得他不想離開。

喬瑟夫遠遠將球拋出，道奇朝大湖奔去。道奇非常喜歡游泳，牠會用鼻子在岸邊嗅來嗅去，弄翻烏龜，逼走青蛙。但現在岸邊有孩童跑來跑去，露營者到處亂走，再過不久，喬瑟夫就得用鏈子把道奇繫住。道奇將網球叼了回來，丟在他腳邊，以盼望的眼神看著他。「讓我休息一下吧。」喬瑟夫說。

他是不是應該把道奇丟在他父親的農場上，讓牠去鬥爭，擠進狗群的階級？如果他搬回阿布奎基市，他和道奇有辦法在華氏九十度（約攝氏三十二度）的高溫下散步嗎？阿布奎基市有十一座狗公園，但他曾駕車經過，看見公園裡烈陽曝曬，寸草不生。游泳對道奇來說是活著的意義。牠不介意喬瑟夫走得很慢，牠可以奔回去查看喬瑟夫，一段路跑兩趟。

葛蘿莉的事不容易處理，光是想像他們有一天沒說到話就很困難了。杜松有著狂野個性、街頭智慧和勇氣……她稱得上是天生的自學者。道奇在碗裡猛喝水，喬瑟夫走到湖邊，那裡有木賊筆直站立，木賊莖部有無數的褐色環狀節點。道奇從他身邊奔過，衝過草叢和岩石，躍入水中。木賊的節點只要一拉開，就會發出砰砰聲響。杜松會在鍵盤上打字打得格格作響，向他報告：

木賊是植物世界裡的流氓，因為它用孢子而不是用種子來繁殖。它們不行光合作用！它們已經存在地球上超過一億年！是古生代的存活者。它們幾乎是植物界的活化石，還有你猜怎麼著？它們屬於前哥倫布時代！

喬瑟夫可以告訴杜松，當潘妮奶奶的鋼絲絨用完時，她會叫喬瑟夫去湖邊拔一把木賊回來，然後示範用木賊可以把鑄鐵水壺洗得非常乾淨。木賊就像砂紙一樣，它的研磨力可以把粗糙的變光滑，不是每樣東西都得去商店買。

杜松研究完娜妮的基因序列之後，開始研究寫在羊皮上的死海古卷。基因報告證明那些羊皮來自同一隻羊，或是那隻羊的親屬，因此讓科學家得以推算出這個猶太宗教的神聖抄本的年代。

我不相信宗教，杜松說，神有為我做過什麼嗎？

但喬瑟夫看著杜松對狗唱歌，替馬刷毛。杜松的過去正在為她孕育著未來的藍圖。神是有耐心的。

「杜松改過自新了。」昨天喬瑟夫這樣對葛蘿莉說，言外之意是說：「我得離開妳們兩個人了，但我不知道該怎麼做才好。」

葛蘿莉回說：「蝴蝶在孵化了。」言外之意是說：「我不能談論你的離開，因為只要一談，它就變成了事實。」

婚宴，蝴蝶，山羊，狗；喬瑟夫離開之後，葛蘿莉也會過得很好。她是那種不屈不撓的人。這段期間，喬瑟夫的生活中享有豐沛的女性能量，使得他較少想到自己的疼痛。雖然那棵白橡樹極力抗拒讓喬瑟夫捕捉到它的神韻，但喬瑟夫只要享用家庭製花生醬加果醬三明治，以及一小時充滿笑聲的對話，拍不到滿意的照片也就不算什麼了。

他回到小屋，坐在陽台階梯上。又臭又溼的道奇發出哀鳴，牠看看球，又看看喬瑟夫，這幾乎是他們的共同語言。「再三十六次。」喬瑟夫繼續數，直到數到零，然後站起來，走進廚房。「我們要把球放進抽屜了。」他解釋說，讓道奇看見他把球放進抽屜，然後關上。

喬瑟夫坐在電腦前，看著他挑選出來的照片。他的拍照計畫已經結束，光碟已送去印刷店，很快地，印刷店的人會打電話來說印好了。他請印刷店印了五本裝訂成冊的攝影集，打算一本給杜松，一本給費黛拉和她的兒子，一本給羅娜，兩本備用。

他不用看，也感覺得到道奇正盯著他瞧，等待牠鍾愛的球會再度出現。葛蘿莉是如何完成她自己的工作？她知道什麼他不知道的？道奇發出「求求你求求你求求你」的顫音，喬瑟夫放棄。

「今天玩完了，明白嗎？」

顯然道奇並不明白。

手機響起，喬瑟夫大為開心，任何電話都比再開始玩撿球遊戲來得好。「Ya'at'eeh[20].」他說，以免電話是杜松打來的，他正在擴展杜松的語言範圍。

「喬瑟夫？」

他一聽葛蘿莉的口氣就知道有壞消息。「發生了什麼事？」

「杜松的父親出現了。」

「這不是很好嗎？」

「可能不好，他拋棄過她一次，要是他讓杜松重新燃起希望，然後又讓她再度失望呢？如果他要杜松搬去巴爾的摩或斯克蘭頓或密爾瓦基呢？如果我再也見不到她呢？」

「坐上妳的卡車，」他說：「把車開到啄木鳥餐廳，我請妳吃午餐。」

「我沒胃口。」

「妳可以看我吃。妳告訴杜松了吧？她說什麼？」

「問題就在這裡，我還沒告訴她。而且我不想讓她一個人在家。我在倉庫打電話給你，不讓她聽見。」

「杜松已經準備好證明她改過自新了。十五分鐘後啄木鳥餐廳見。」他掛上電話，讓葛蘿莉來不及找出另一個讓她卡在困境裡的理由。他的心沉了下去，可憐的孩子。

喬瑟夫忘了啄木鳥餐廳的壁爐架出自丹・索羅門之手，葛蘿莉一進門第一個注意到的就是壁爐架。凱蒂・傑領他們到餐桌，葛蘿莉卻走過餐桌，將手放在鑿刻的橡木上。喬瑟夫在桌前看著她，等她回來。她回來之後，喬瑟夫說：「我喜歡這裡的培根、生菜、番茄三明治。」

「今天是什麼湯？」葛蘿莉問凱蒂說。

「蔬菜大麥湯。」

「我點培根、生菜、番茄三明治好了。」

「很好，我也是。」喬瑟夫說。

凱蒂搖了搖頭。「在這傢伙旁邊妳自己小心點，」她對葛蘿莉說：「要小麥麵包、白麵包還是酸酵種麵包？」

「酸酵種麵包。」兩人一前一後地說，然後大笑。

「把事情都告訴我吧。」飲料端上來後，喬瑟夫說。

葛蘿莉說起卡洛琳打來的電話。「除非他們跟殺人魔家族有血緣關係，否則親生父母絕對勝過養父母。法官不會忽視拋棄或虐待，但會堅持一定要進行心理諮商，不過他這個星期就可以把杜松帶走。」葛蘿莉臉上並未透露任何感情，她不直視喬瑟夫雙眼，目光一直回到壁爐架上。

⑳ Ya'at'eeh，納瓦霍族印地安人的問候語。

「丹是個優秀的木工。」

「是的，」喬瑟夫雙手交握，放在桌上。「也許我有一樣東西妳可以利用。」

「什麼東西？」

「杜松的在家自學。她越來越接近上高中的標準了。我上過無數次的家事法庭，我可以擔任她的訴訟監護人，用這個身分出庭。法官會同意打斷在家自學的進展非常可惜，因此不一定會讓杜松跟隨父親。」

「我持保留態度。任何人都可以在家自學。好學校到處都有。謝謝你的努力，但我想我氣餒了。我是懦夫，喬瑟夫，我沒辦法告訴她。」

「妳可以。」

「怎麼說？」

他伸手越過桌面，握住葛蘿莉的手。「我們去湖邊走走。有時讓腦袋放空，潛意識會想出解決的辦法。」

也許是喬瑟夫握住葛蘿莉的手這個動作，讓一切改觀。他們踏上湖邊的熟悉小徑時，她抱了抱他，這可能也是原因之一。接著他們又看見一對蒼鷺彷彿結婚一般，穿過木賊。也許他們之間的連結可以回溯到她找到箭鏃的那一刻，但喬瑟夫很確定，促使他們互相表露感情的是他的背痛。「我得休息一下。」他說，靠在岩石上，雙手抱胸。

「沒問題。」葛蘿莉吹聲口哨，呼喚道奇，練習了幾個舞步，直到喬瑟夫可以直起身來。兩人慢慢走回小屋。他的肩膀倚著她。

來到屋內，她扶他上床，替他拿來冰敷袋，遞給他止痛藥和一杯水。「我可以留下來一會，」她說：「你還需要什麼？」

葛蘿莉必須告訴杜松她父親的事。喬瑟夫必須告訴葛蘿莉說他本來要離開，但現在已不想離開。但他必須先服用止痛藥，讓藥力進入血管。他倒數藥效發揮的時刻。「跟我說話，說什麼都可以，三十分鐘後我就沒事了。」

「你不會沒事的，」她說：「今天以後，什麼都會不好。」

喬瑟夫看著葛蘿莉根據女人的標準整理他的小屋。女人覺得必須整理的地方，男人並不一定這樣覺得。比如說，除塵就可以省去，因為這棟小屋就快要被拆除了。然後卡洛琳打電話來，我覺得內心就好像有個洞在等待杜松……葛蘿莉將乾淨的碗盤放回櫥櫃，但櫥櫃和碗盤注定要被丟進外頭的大型垃圾裝卸卡車。凱迪拉克簡直就是跟定了杜松，如果杜松的父親不准她養狗怎麼辦？……葛蘿莉好好地將道奇梳理一番，牠的毛到處飛揚，這其實無所謂，但她又拿起掃把和畚箕把毛掃了起來。也許我就是會被問題一籮筐的人所吸引……喬瑟夫從來沒注意過掃把放在櫃子裡，因為他的背不允許他做掃地的動作，因此畚箕就一直留在陰影裡，彷彿隱形一般。但事情並非永遠如此，杜松再過三年就是法定成人，情況就會改變，我們還是可以互通電子郵件，不是嗎？……等到沒事可以做，葛蘿莉就去洗手，過來坐在喬瑟夫的床沿。「你的背怎麼樣了？」

「好多了。」他感覺床墊多承受了一百磅的重量，這重量不算什麼，也並未改變什麼，但卻什麼都改變了。「反正呢，不管杜松會不會跟她父親離開，我希望妳可以跟我去新墨西哥走一走。」

「為什麼不能？」

「我不能遠行。」

葛蘿莉揚起手臂，狂亂地做手勢。「因為牧場、婚宴，還有，誰要照顧我的動物？我的狗需要特別食物，艾索有癲癇症，這就是當初牠會被送進收容所的原因……」

「如果請妳的一個養子來照顧呢？他們比較成熟可靠，又很熟悉環境。妳說蘿蘋對蓋瑞很好，我想他們一定很高興有機會可以聚在一起。如果妳擔心艾索，那就把艾索帶去。」

「我怎麼能離開加州，這裡是我的故鄉。」

「妳的駕照應該不會因為拜訪別州就被吊銷吧。只是去一兩個禮拜而已。妳上次休假是什麼時候的事了？」

「好幾年前，丹和我開車去優勝美地，丹想看大紅杉，就跟你一樣，他也愛樹。我們住奧華尼飯店，淡季也貴得不像話。那時候是秋天，天啊，那些葉子好美。你知道以前安塞爾．亞當斯每天下午都會去那裡練鋼琴嗎？好多人去聽，於是飯店開始提供傍晚茶。」

葛蘿莉講得十分興奮，幾乎結巴。他們之間的相互吸引力正在提升，這股吸引力非常明顯，兩人卻刻意忽略。他們只要敢觸碰彼此，就會產生高壓電流。他原本認為自己那顆已然僵硬的心，張開了一邊的翅膀。倘若兩人著了火，他會讓火繼續燒……喬瑟夫伸手握住她的手，拉著她的手指貼上他的唇。「妳的肌膚底下……」他說：「好像有火花。」喬瑟夫抓住葛蘿莉的雙手，將她拉了過去，葛蘿莉有所猶豫，但只猶豫片刻。接著她已經躺在他身旁，喃喃地說：「這不是個好主意。」喬瑟夫親吻她的肩膀，嚐起來有鹹味，頸窩則沒有，接著是她的臉頰、她的唇。他說：「給我一個停下來的好理由，我就停止。」

她能不能給出好理由並不重要，因為她什麼都沒說。她只是緊閉雙眼。他心想，難道這就是她的方式？或者她若是張開雙眼，是不是他們之間的連結就會斷裂？無論如何，就在他們呼吸加快時，他必須先暫停一下。「有件事很尷尬。」

「比清理地毯還尷尬？」

「對。如果我們繼續的話，我得請妳坐在上面，因為我的背會痛。」

「就是這件事？我還想說，喔，不好，喬瑟夫要跟我說他不是男人，還要說我是個Pacarona。」

他大笑。「蕩婦？這個字妳是從哪裡學來的？」

「羅娜教我的。」

兩人視線交纏，咯咯輕笑，接著變成神經質的笑，最後大笑，直到兩人眼裡都噙著淚水，淚水中交雜著悲傷與快樂。

之後，他的目光不斷探索她的赤裸肌膚，欣賞她的圓潤乳房、平坦而有肌肉的腹部、兩側突出的髖骨，這是最溫暖的部位。情人們的第一次總是笨拙，碰撞彼此的頭，頻頻說「啊喔」和「抱歉」，而且他的背限制了他們的姿勢。每次他露出痛苦神情，她就移動幾吋，問說：「這樣呢？」然後他不可自遏地大笑。當雙方都願意時，有好多事情必須學習。「蕩婦。」他又說了一次，接著他就進入了她，其他的事都變得不再重要。

送別晚餐菜單

義大利麵
萵苣莎拉佐藍起士醬
健怡香草可樂加碎冰
紅絲絨杯子蛋糕加巧克力奶油糖霜
香草布丁及香草果餡餅

晚餐時，葛蘿莉把事情告訴了杜松。「妳父親想見妳。」她說，在桌子底下握住杜松的手。沒耐心又愛諷刺的杜松放下叉子，聽葛蘿莉把細節說完，然後說：「如果我不想見他呢？」「呃，沒什麼差別，」葛蘿莉說：「法律上他依然是妳的父親，他可以上法庭，確定每個人都知道這件事。」

杜松看了看葛蘿莉，又看了看喬瑟夫。「你們認為我應該給這個窩囊廢第二次機會嗎？」

喬瑟夫說：「不管過去發生什麼事，他依然是妳的父親。」

他當然不希望杜松去見她父親。喬瑟夫認識杜松的這短暫時間，發現她就好像羊寶寶一樣，成長得非常快。她的身材出現曲線，聲音也變得比較親切。現在她不再不加思索地說出自己的意見，而是會先問問題。他們的在家自學過程中，她每天都多付出一些。她根據常識做出猜測，犯下驚人的錯誤，但她對於學習感到非常興奮，甚至想寫一封粉絲信給約翰．霍特[21]，然後才想起他已經死於一九八五年。從另一個角度來看，也許她的父親不值得擁有這樣一個女兒，但家人終歸是家人。喬瑟夫經常想起瑞可的孩子，他們願意付出一切，只為了再見父親一面。「妳應該跟他碰面。」他說。

「如果他要我搬回去跟他住呢？」

「看看會面的情況怎麼樣再說吧。」葛蘿莉說。

杜松低頭看著她最愛吃的食物，卻不拿起叉子。從某個角度看去，可能會以為她在禱告。喬瑟夫趁這個時候細看她脖子上的藍鴝刺青。這位刺青師十分專業，刺得很好，圖案既不是卡通，又不全然寫實。喬瑟夫只要拿著一張照片，最多花三小時，就可以找到這位刺青師，然後好好教訓一番，竟然連未成年少女的生意都敢做，害人家下半輩子都得試著忘記身上的刺青。

[21] John Holt，一九二三—一九八五，美國當代教育改革之父，倡導在家自學運動。

「我今天晚上可以不洗碗嗎？」杜松問道。

「當然可以。」

她將椅子往後一推，站了起來，再把椅子推回原位，觸碰餐桌。她摺起餐巾，放在盤子旁邊，朝後門走去。凱迪拉克跟在她後面。

「妳要去哪裡？」葛蘿莉問道。

「去倉庫看娜妮，我想拍拍牠的寶寶。」

「好主意，」葛蘿莉說，努力發出愉快的語調，卻騙不了任何人。「外面很冷，穿件外套。」

「我在倉庫有一件外套。」

他們聆聽紗門關上，看著彼此。喬瑟夫心想，性可以使人完全瘋狂。他們試著隱藏臉上傻傻的表情，他珍愛身上平常感覺不到的肌肉痠痛，他們接近彼此五吋之內，她的肌膚就會散發熱度。這些都蓋過了判斷力。當他想到她的臉就在他上方咫尺之間，他就全身酥麻。

「我覺得有罪惡感。」葛蘿莉說。

「我們沒做錯什麼事。」

葛蘿莉別過頭去，轉回頭時，眼中噙著淚水。「我沒辦法，我心裡覺得我背叛了丹。」

「過來。」儘管不舒服，喬瑟夫還是將葛蘿莉抱到大腿上。他的頭倚著她的胸部，聆聽她的心臟跳動。「現在新墨西哥的紫丁香正在開花，再過幾個禮拜，花香會瀰漫在空氣中，接著杜松花粉會開始散布，聯邦快遞的快遞員送貨時必須戴上口罩。每一天太陽都停留得久一點，天空會變得藍一點，掠過大草原的雲朵非常高傲，從不會出現第二次。我父親的農場上洋蔥開始收成，他會在農場上待很長的時間，我母親會威脅說他再不回來，就要把他的晚餐拿去餵狗。」

「那是你家，你想念你的家鄉。」葛蘿莉說。

「一星期就好，我是說真的，如果妳不願意，我不會再碰妳。去玩一個星期，換換視野，可以讓妳的頭腦更為清楚。」

過了許久，杜松才回到屋內，這時葛蘿莉已坐回到自己的椅子上。杜松不發一語，走回房間，凱迪拉克跟在後頭。

杜松

索羅門太太來叫醒我，喬瑟夫跟在旁邊。我心想，又來了，我又要因為睡過頭而挨罵了。他們兩人站得離彼此很近，幾乎碰在一起，讓我懷疑昨晚喬瑟夫是不是在這裡過夜。

索羅門太太說：「今天全都是屬於我們的。我們要從小路開車去海邊野餐、拍照、撿貝殼。絕對不談妳父親的事。我們要活在當下。」

「凱迪拉克可以去嗎？」

「狗都會去。去沖澡換衣服吧。」

我洗了頭髮。我看著鏡子，心想也許應該把頭髮剪短，這樣褐色和黑色才不會同時存在，看起來很蠢。索羅門太太剪過布拉德小姐的頭髮，應該也可以幫我剪。可是頭髮一剪短，刺青就會露出來，我討厭別人問我為什麼要刺青？那代表什麼意義？會不會痛？妳有沒有別的刺青？刺在哪裡？

我一踏出浴室，就聞到炸雞的味道。索羅門太太將熱的炸雞包在錫箔紙裡，雖然還是清晨，但我現在就想吃炸雞。我喜歡吃的蘋果、紅蘿蔔和葡萄乾沙拉已經放在保鮮盒裡。我們穿上T恤、長袖法蘭絨襯衫和長袖運動衫，將雨衣和帽子塞進包包，因為這裡的海岸地帶經常起霧。

喬瑟夫帶了相機。

艾索必須穿上外套，我希望牠看見海浪不會癲癇發作。凱迪拉克和道奇坐上喬瑟夫的休旅車後座，興奮不已。狗總是可以預知我們即將出遊。我帶了毛巾、一加侖水罐和兩個碗，凱迪拉克不喜歡食物和水共用一個碗。

喬瑟夫負責開車，索羅門太太閱讀一本有關海洋哺乳動物的書，一發現有趣的內容就大聲唸出來。我們經過橡樹林之前，經過了一條路，以前我家就在那條路上，是一棟綠底白邊的屋子，屋頂是灰色的。龍湖開發計畫已拆除了這地區的房子，現場只豎立一張廣告牌，說明開發案完成之後會有多棒，卻不見任何動工跡象。G十八號公路是一條老公路，建於一九七一年，早在我出生之前，前不久才重新鋪上柏油。它穿過這個地區的微氣候，比如說在橡樹林和矮樹叢之後，是長滿蕨類植物有如雨林般的地區，然後才抵達太平洋。我猜喬瑟夫並不知道這條路線正好帶我們來到合歡的最後消失地點。我們經過那個地點時，索羅門太太正專注在她大腿上的那本書，閱讀著關於象海豹的知識，這樣我們就能假裝這其實是在家自學的課程，而不是最後一個歡樂的日子，然後我爸就會來把我接走，毀了一切。

「有一隻公海豹重達一萬一千磅，破了紀錄。」葛蘿莉說。

「真不知道他們是怎麼把牠弄上磅秤的。」喬瑟夫說。

索羅門太太聞言大笑。今天不管喬瑟夫說什麼，她都會笑。喬瑟夫就要離開了，她怎麼能這麼開心？我只要想到再也見不到喬瑟夫，感覺就好像有人刺了我一刀。

一隻松鴉從車子前方飛過，我想起合歡的藍色毛衣，讓我胃不舒服，但我沒說出來，因為我感覺得到索羅門太太希望今天是完美的。

「動物、脊索動物、哺乳動物、食肉目動物、鰭足類動物、海豹、象海豹。嘿，你們聽這個。象海豹每年都會脫毛，但牠們新生的毛不是長在原來的皮膚上，而是會長出新皮，皮膚細胞會透過血管和脂肪，來到皮膚表層。這一定很痛。」葛蘿莉說。

「如果你天生就這樣，應該不會痛。」我說：「說不定你還很習慣，感覺就好像曬傷一樣。」

車子似乎開了無限久，但我看了看哩程表，車子才行駛二十哩。接著我們就抵達了沙灘和海邊，好多海豹懶洋洋地躺在海灘上。我說：「從這裡看過去，牠們好像灑了一地的雪茄。」

「六千磅重的雪茄，專為巨人的手指打造。」喬瑟夫說。

譬喻法。

狗兒只想掙脫鐵鏈，跑過去找海豹麻煩。艾索叫得最大聲。我拉開運動衫的帽子，把艾索塞進口袋，牠把頭探了出來，想知道外頭有沒有好事發生，如果有的話牠也要參加。

「有沒有人要吃我做的炸雞？」葛蘿莉問道。

喬瑟夫吃了兩塊，然後說：「這是我吃過最好吃的炸雞了。不過呢，妳們還沒吃過我做的 Ench-i-la-das 青辣椒雞肉捲。」

Inch-ee-la-thas。他把每個音節都說得清清楚楚，好像我們在上西班牙會話課一樣。索羅門太太作勢打他，最後只是輕輕一拍。「每次都說些神神祕祕的菜餚，我連證據都還沒看到呢。」

「妳在索羅門廚房放我自由，我就證明給妳看，但我必須先去新墨西哥採買食材。」

「就會找藉口。」然後葛蘿莉問我說：「杜松，要不要吃蛋糕？」

我拿了三個。喬瑟夫說：「小女生！這樣我只能分到兩個。葛蘿莉常常做杯子蛋糕給妳吃，妳就可憐可憐我都吃不到吧。」

「既然你廚藝這麼好，那就自己做啊。」我說，吃了一個蛋糕，剩下兩個待會吃。

索羅門太太說：「對啊，大廚師，我想你一定懂得很高招的烹飪法，這是我家廚房的鑰匙，讓我們見識見識你的手藝。」

在故事中，這種話叫做雙關語，也就是一句話同時有兩種意思。

時光飛逝。

海灘右邊是象海豹群，狗在沙灘上跑來跑去，吠叫不已。我丟網球給道奇撿，索羅門太太和喬瑟夫坐在大毛巾上，看起來非常想親吻彼此，卻假裝沒這回事。不知道墜入愛河是什麼感覺？

凱迪拉克趕艾索趕了一會，不料小灰狗艾索卻反過來追牠，一直追到車子旁邊，害我笑到肚子痛。

喬瑟夫說：「那隻狗需要玩新遊戲。」

「艾索是怎麼了？」索羅門太太問道。

「妳看看牠，」喬瑟夫說：「自從我開始帶牠出去散步之後，牠變得有男子氣概多了，再叫牠 Chatarra 就是侮辱牠了。」

「那是什麼意思？」葛蘿莉問道。喬瑟夫說：「報廢的車子，廢鐵。」兩人都笑了起來，於是我走到海邊，看著凱迪拉克和道奇衝向浪花，不斷猛吠，好像這樣就可以阻止海浪。

我在海邊逗留許久，讓索羅門太太和喬瑟夫有時間接吻。

稍後，喬瑟夫打開那本哺乳動物的書，開始對我們讀出書上的知識。「象海豹跑得比人類快，但牠們不跑，只是用鰭狀肢來『移動』。」

「移動？」索羅門太太說：「就好像火車那樣？」

「我不知道，牠們有三十顆釘子般的牙齒和四顆尖利的犬齒。牠們會吃小鯊魚、章魚和魟魚，一天吃好幾百磅的魚。一八九〇年代末，牠們被獵捕到幾乎絕跡，但今天牠們數量穩定，佔據許多主要的優質棲息地，是不是這樣？」

一隻公象海豹撲騰著越過沙灘，攀上柵欄，揚起象鼻，發出刺耳叫聲。牠的聲音很難聽，而且很臭，讓我覺得噁心。喬瑟夫說：「牠在保護牠的妻妾。牠們可以潛入五千呎深的海洋，而且可以憋氣兩小時。牠們跟貓一樣，靠鬍鬚——」

「夠了。」葛蘿莉說，從喬瑟夫手中搶過書本，奔下沙灘，喬瑟夫一跛一跛地跟在後頭。

「妳因為偷走圖書館財產而被逮捕了！」他說。

我突然覺得冷，打了一陣寒顫。

很快地，喬瑟夫就要離開到數百哩外，索羅門太太會回到牧場，訓練新的狗。凱迪拉克會回去睡在狗屋裡，而不是睡在我的床上。這時我才發現，我把喬瑟夫當作父親那樣愛他，同時我也發現，他屬於索羅門太太，而我永遠不可能和他發展出那樣的關係。

不論你怎麼用毛巾把狗擦乾，狗只要甩一甩毛，水珠還是會濺你一身。開車回家的路上，車上全是潮溼的狗臭味，雖然臉因為吹風而發炎，肚子餓得可以直接吞下兩個漢堡，甚至懶得把醃黃瓜拿掉，你最好的老師還開始跟著收音機用西班牙文唱歌，嗓音爛得可以，但這些東西全部加起來，在這一刻，你知道你有個家。

這一刻之後，一切都會被奪走。

12

「會面已經安排好了。」布拉德小姐週一打電話來說。

「如果我想住在這裡怎麼辦？」

「我知道妳想，小鬼頭。」

這整件事真是太不公平了，我想打破櫃子裡每一個玫瑰圖案的盤子。我拿起一個麥片碗，扔過房間。碗在沙發上彈跳，只破了一角。我想拿槌子把它敲碎，就像之前那個碗一樣，但我沒力氣。

「他拋棄了我，好像我是廉價商店賣的衣服一樣。」

「我知道。」

「他把我鎖在公寓外面，我在管理員面前尷尬得要死，只能說我的鑰匙壞了。我沒有地方去。在那個可怕的公園裡，我整個晚上都沒睡。」

我想布拉德小姐一定聽得全神貫注，因為她的人生目標之一，就是要我說出在我爸離開之後，到我偷東西被逮那天，中間發生了什麼事，但我略過不提。可能因為我爸出現了，所以布拉德小姐可以忘了這件事，因為很快地，我就不再是她的麻煩了。

「相信我，家事法庭的法官會把這個考慮進去。」她說：「跟他碰個面吧，杜松。如果妳同意的話，事情會順利很多。法官認為妳很合作，像個成熟的大人，就會把妳的想法列入考量。」

「說得好像真的一樣。時間地點呢？」

「星期二下午三點，路易絲的辦公室，我也會去，我們會一起碰面。」

「那索羅門太太呢？我可以帶她一起去嗎？我可以把維吉先生也帶去嗎？如果我要去的話，我希望他們都能去。」

「親愛的，妳不能帶他們去會面。」

「為什麼不能？他們照顧我耶！為什麼我不能帶這兩個把我當作人來看待的人去見我爸，讓他知道父母應該怎樣當的？」

「因為他是妳的親生父親，杜松。」

「他只是精子捐贈者。」

「別這樣說，他養育了妳將近十四年。他覺得對不起妳，希望重新認識妳。根據法律，他是妳未來四年的監護人。」

「法律爛死了，他應該進監獄才對。」

「親愛的……」

我想出來的每個論點都在我口中枯萎。法律就好像克維拉防彈纖維一樣，任何事實都無法穿透。家事法庭、委任律師、訴訟監護人，加起來都比我說的話還來得有力量。我用力咬著臼齒，咬得發疼。「妳星期二之前會跟他連絡嗎？」

「我可以跟他連絡，」布拉德小姐說：「妳有什麼話要我轉達嗎？」

「有。告訴他說，他搬走那天就已經不是我爸了。告訴他說，那天我下課回家是準備做功課和幫他做晚餐。喔，對了，一定要告訴他，我在漁人碼頭的濃湯小屋後面乞討食物，還有我去雜貨店偷衛生棉條。」

「杜松，讓我跟葛蘿莉說話。」

「不行，她去找喬瑟夫了，他們在……」我大聲說出不雅的字眼，這是我這一生第二次說這個字眼。合歡沒回家那天我沒說，我媽午睡再也沒起來那天我沒說，房東用我是地球上最可悲的人的眼神看我那天，我也沒說。另一次我說這個字眼是在刺青時，因為很痛。「我要掛電話了，」我對布拉德小姐說：「我有雜務要做。」

我並未說謊，這天稍晚我的確有雜務得做，但這一刻並沒有事情要做。這一刻法庭管不著，也不屬於我爸，這一刻是我的。我先去打開索羅門太太的衣櫃，將報紙塞進索羅門先生的靴子鞋尖，拿去藏在我的房間。我給了艾索一片餅乾吃，看著牠快樂地搖尾巴，我哭了出來。於是我跑到外頭的山坡上，爬上山脊，往下看著整座牧場，從感恩節到現在，這裡一直是我的家。我花了一整天把這裡的每一吋記下來，從紅色的雞舍到倉庫鞍架上的皮製轡頭及鞍具，再到那棵該死的白橡樹，那棵樹應該做點什麼的，而不是坐在那裡袖手旁觀。還有蝴蝶。我必須走進溫室，看牠們最後一眼，因為我認為空氣污染和水裡的化學物等等，很快就會讓蝴蝶絕種。凱迪拉克跟在我後頭，輕推我的腳踝。我轉過頭去，對牠大喊：「別推了！走開！」

但牠還是跟著我。「回家去啦！」我大叫，但牠只是在五呎外趴了下來，而我哭得像個小孩，用拳頭猛捶地面。「我恨你！你這隻白痴的狗！你連我姊姊都照顧不好！走開啦！走開！」

我對牠丟石頭，接著又丟了一塊，這樣就見效了。凱迪拉克溜回牧場，這裡只剩下我一個人，直到法院逼我打包行李，回去跟一個有過不良紀錄的爸爸住。

那天晚上，我一聽見葛蘿莉爬到床上，就把一個玻璃杯抵在牆上，試著聆聽她和喬瑟夫的對話。他們每晚都通電話，多半是在講我的事。但今晚索羅門太太話聲很輕，我只聽見「想你」和「等不及明天」等話語。不知道為什麼，聽見這些話讓我覺得悲傷和生氣，比以前更覺得自己是個窩囊廢。

十分鐘後，他們電話講完了。我等了半小時，然後起身下床，穿上索羅門先生的靴子。我穿上他那件《來自雪河的人》的雨衣，帶著兩塊剩下的蛋糕、一加侖寶特瓶的水、一支太陽能手電筒，以及今天稍早我撬開索羅門先生的工坊門鎖，在工具箱裡找到的六顆普拿疼。就這樣，這些東西成了我的計畫的一部分。我把我存下來打算去銀行開戶的錢全都留下，因為我也沒地方花了。我留下喬瑟夫給我讀的最後一本書《兩個世界的伊希》，因為伊希已經死了，有什麼用？我從前門出去，這樣就不用看見馬、羊寶寶、狗或白橡樹。我邁開步伐往前走，耳中聽見凱迪拉克在狗屋裡吠叫。我把手指塞進耳朵。

我知道我要去哪裡。我們駕車前往那片有象海豹的海灘時，曾經經過那裡，當時我就做出了決定。合歡的行蹤消失之處，有一塊如同房子那麼大的岩石作為標記。不過「行蹤」是哪門子的名詞？反正喬瑟夫不在這裡叫我去查字典。高速公路幾呎外有一塊空地，如果小心一點的話，車子可以在那裡停下來。空地之外就是懸崖，布滿塵土和矮樹叢，沉降一百呎到下方的溪床，溪床上布滿石頭，那條溪已將近一年都維持乾涸。

合歡失蹤過後的第一個聖誕節，母親和我開車來到這裡，留下一個花環。花環是我們用松樹枝、乾莓果和蘋果做成的。我們坐在路旁。我說，動物會喜歡吃這些東西，母親說，這個禮拜還沒結束，它就會不見了。我記得那天是我頭一天心裡思索，母親一定吃了很多鎮靜劑，因為她開車好慢，不斷偏離道路，我很希望我有駕照，這樣就可以安全地把車開回家，但當時我才十一歲，不是十六歲。

夜晚的樹林窸窣作響，彷彿在講悄悄話，不希望別人聽見。頭頂上的樹枝發出嘎吱聲。我想起索羅門太太提過有些動物會在晚上出沒，像是熊、山貓、野豬、美洲獅，這些動物都可以致我死命。我希望我可以把這些動物叫出來，一了百了，去找我媽和合歡。合歡已經死了超過一千四百多個日子。經歷四年的加州烈陽曝曬和雨水拍打，無論如何，合歡都只剩下骸骨而已。

今晚的月亮是弦月。喬瑟夫的祖母告訴他說，如果想要好運氣，要從右肩看月亮，不能從左肩。伊希靠月亮過活，當時沒有電、自來水、時鐘或指南針。月亮影響潮汐。如果你的行為瘋瘋癲癲，人們會說你是瘋子[22]。白色的阿拉伯馬是「月亮色」。前哥倫布時代的人利用月亮來測量時間、種植作物、進行很多工作。前哥倫布時代的人很聰明，發明了日晷，所以我想他們應該在史書裡佔有一席之地。

合歡失蹤後一個月，母親對《時人》雜誌記者說：「我所愛的一切都被奪走了。」我站在門口，看著攝影人員拉黑色電線，電線粗得像蛇，穿過我家。我從臥室走到廚房，踢

[22] Lunatic，瘋子，英文字根為Luna，亦即月亮。

到電線絆了一跤。他們用我們的臥室來工作。我想去沖澡，卻發現陌生人用我的毛巾擦手。他們架設兩台攝影機，用來訪問，一台拍攝影像，一台拍照片。我媽流著眼淚，懇求帶走合歡的人，請讓她活著回家。我爸不再去上班，只是坐在沙發上，不發一語。《時人》雜誌的報導登出之後，無數瘋狂人士撥打八〇〇報案電話，氣得我爸快瘋了。合歡失蹤第二個月，母親不再懇求歹徒，她告訴記者說，我們知道合歡已經回到造物主身邊，儘管我們在真實生活中不上教堂。母親說，請讓某人知道她的屍體在哪裡，我們不會問任何問題，我們只想埋葬她。

倘若有人詢問我，我會說出合歡的祕密男友，說她有時晚上會溜出去和他們碰面。她會搭他們的車去兜風。「我們去喝可樂。」她總是如此說道。合歡長得很美，高中三年級生會來找她約會，但是她不准約會，所以他們載她去兜風。

那天下午，我犯了錯，使得我們被禁足，關在我們共用的房間。這全都是一件粉藍色喀什米爾羊毛衣引起的，那件毛衣的正面有銀色釦子，釦子上印有飛鳥。合歡一星期穿一次那件毛衣。她的金髮搭配淺藍色喀什米爾羊毛，讓她看起來至少有十六歲。我把毛衣從洗衣籃裡拿出來，穿在身上，只要捲起衣袖，毛衣就正好合身。我在毛衣外面套上外套，扣起釦子，穿去學校，卻不小心把紫色蛋彩顏料灑在上面。我立刻拿去洗，但卻留下了印子。回家之後，我用熱水加漂白劑去洗它，因為電視廣告說這樣會釋放出污漬吞噬因子，而這正是我需要的。洗完之後，我把毛衣丟進烘乾機，沒想到毛衣卻縮水了，我試著把它拉大，毛衣前方有一大塊白色痕跡，藏都藏不住，漂白劑也洗去了鈕釦上的銀色飛鳥。我把毛衣放進合歡的抽屜，等她發現。

「妳這個白痴！」她對我大吼。「妳這個沒用又醜陋的傢伙，我希望我是獨生女！」

母親聽見之後，走出廚房，來到我們房間，說我們被禁足了。「可是我得去圖書館。」成績都拿A的合歡說。

「那太不巧了，」母親說：「妳們都給我坐在這裡，直到妳們對彼此道歉為止。」

起初我們做功課。每次我偷看合歡，合歡都對我吐舌頭。下午四點，合歡大喊：「媽！」

母親站在門口，用擦碗的毛巾擦手。「又怎麼了？」

「我得帶狗出去散步，那個小姐要我答應每天都帶牠出去散步。」

電話響起，母親去接電話，一邊說：「三十分鐘就回來，不然罰妳禁足一個禮拜。」

合歡對我比出中指，牽了狗，走出大門。我透過窗戶看著她轉過街角，離開視線。

一天，有個靈媒來敲門，母親想跟她談，父親卻說：「妳應該感到羞恥，我們的心都碎了，居然還來打我們的主意。」並叫她離開。我抓了我的零用錢，爬出窗戶，跑上去攔住她。她騎腳踏車，不是開車。求求妳，我說，這是我所有的錢，告訴我妳知道什麼。她拿了錢，說：「合歡就在附近，尋找藍色，就可以找到她。」

我是個白痴，居然相信了她。我跑到街上，一看見別人放掉的藍色氣球就跟了上去，差點被車撞到。後來我在校車車窗外看見藍色的「百思買」招牌，就在下一站下車，進去尋找，因為合歡說不定就在裡面，結果卻找不到回家的路。我在學校把一個同學的手臂打成瘀青。一隻松鴉。麥片裡的藍莓。老太太的衣服。天空沒有權利那麼藍，因為它什麼都沒辦法告訴我。我打的那個同學說：「妳知道妳的血管裡流的血是藍色的嗎？妳的血只要碰觸到空氣就會變成紅色。對，有人割開妳的血管，血就變成紅色，血流乾以後妳就死了，就跟妳姊姊一樣。」

我照著鏡子，屏住呼吸，直到視線邊緣發黑。我始終沒找到姊姊。

人們不再送免費的食物來，母親常常忘記做飯。很快地，再也沒人打免付費報案電話。父親打電話去警局，卻被保留在電話線上。母親去看醫生，拿了鎮靜神經的藥好入睡，因為夜晚是最難熬的時段，有時她和父親會吵到太陽出來，他們甚至不關心我有沒有去上學。

因為我是妹妹，所以每樣東西我都保留兩份：失蹤人口傳單、學校照片、友誼手環、沒寫到我的《時人》雜誌報導、佳凌區到奧勒岡州波特蘭市的剪報、犯罪專家約翰．華爾許寫來的信，上頭用淺藍色鋼筆簽了名。藍色。晚上我把報紙攤開，鋪在姊姊床上，彷彿她就躺在那裡。

我應該告訴父母關於那些高中男生的事，但他們總是在吵架。我不知道那些人的名字，但我可以描述他們開什麼車。一段時間之後，我覺得如果我告訴他們車子的事，他們會恨我，就好像他們恨彼此一樣。我心想，他們會把我送去給別人收養。

我真是個笨蛋。

兩小時過去了，我吃下第一個杯子蛋糕，吞下第一顆藥丸。藥丸吞下之後，我再吞第二顆。再來是第二個杯子蛋糕、第三顆藥、第四顆藥，很快藥瓶就空了。我將藥瓶丟在路旁。我並不會因為在這裡亂丟垃圾而惹上麻煩，因為再過不久，我就不再存在於這個世界，無所謂處罰的問題。我走到大岩石後方的跳崖處，站在懸崖邊，往下望去。真不敢相信只要踏出一步，就可以拋下一切，為什麼我沒有早點想到這個法子？

我來了，合歡，我說。我踏出的那一步感覺很好，彷彿我是一隻銀色小鳥，展翅飛翔。

13

葛蘿莉

葛蘿莉預料杜松會晚起床，跳過雜務。誰能怪她呢？今天她必須面對那個拋棄她的父親，重新經驗他們家所失去的一切，很快地，她就得跟他離開，不管他去哪裡都必須跟隨。葛蘿莉倒了一杯咖啡，走到室外，開始照料動物。凱迪拉克待在狗屋裡，似乎有點奇怪，也許杜松想一個人靜一靜。葛蘿莉放凱迪拉克出來，她還沒在牠碗裡倒進狗食，牠就跑進屋子。葛蘿莉非常希望杜松的父親會准許她帶走凱迪拉克。

道奇的空狗屋令她困擾，她需要填滿它，但如果她決定跟喬瑟夫去旅行怎麼辦？她應該先等一等。但她腦子裡每天都有個念頭在跑：萬一收容所有隻狗要被安樂死，我又沒早點趕到怎麼辦？今天下午她打算去收容所一趟。她可以不去新墨西哥，也不需要男朋友。

喬瑟夫

九點左右，喬瑟夫自己走進索羅門家。凱迪拉克從他旁邊奔出前門，差點撞倒道奇。喬瑟夫和道奇走進廚房。

「嘿。」葛蘿莉在餐桌前說。

每次他看見她，都情不自禁地想帶她上床。「早安，旅行的事有沒有再考慮考慮？」

「喬瑟夫，我都還沒換衣服呢。現在我想的只是咖啡因還有多久會進入血管。」

「杜松呢？」

「還在睡覺。」

他看了看錶。「睡到這麼晚？」

「你說得對，我應該去叫她。你自己倒咖啡吧。」

葛蘿莉啪噠啪噠踏進走廊。喬瑟夫聽見杜松房門上傳來溫柔的敲門聲，接著門咯吱一聲打了開來。老房子就是有老房子的聲音，聽起來十分熟悉，彷彿房子有生命一般，難以讓人離開。她不會跟他去的。

「喬瑟夫！」葛蘿莉大喊。

他放下咖啡，走了過去。「怎麼了？」

「杜松的床沒有睡過。」葛蘿莉打開梳妝台的抽屜。「謝天謝地，她的衣服還在這裡，我剛剛還以為她跑了。」

「那她在哪裡？」喬瑟夫打開衣櫃。地上的洗衣籃裡放著待洗衣物。「會不會騎那匹花斑馬出去兜風了？」

「派普？」葛蘿莉搖搖頭，表示不可能。「她怕派普，不可能自己把牠騎出去。」

「我不想跟妳告密，可是她這樣做過。我在橡樹林見過她騎那匹花斑馬。」

「你怎麼不告訴我？」

「那天是聖誕夜，我知道妳一定會生氣，而且當時的情況已經很棘手了。」

「你應該跟我說的。」

「我同意，但現在我們應該把焦點放在這件事情上。說不定她拿了睡袋去倉庫睡，她很喜歡那對羊寶寶。」

葛蘿莉搖了搖頭。「我剛剛才去倉庫餵動物。如果有匹馬不見或她睡在畜欄裡，我應該會看見。」

「再去看一次也不會怎麼樣。」他們來到倉庫，數了兩次：兩匹馬、兩隻狗、四隻羊，母雞的數目也跟往常一樣。卡車和拖拉機依然停在昨天的位置。丹的舊機車倚在倉庫牆邊。喬瑟夫推了推丹的工坊的門，門應聲而開。「妳平常不是都有上鎖嗎？」

「喔，不會吧。」葛蘿莉立刻去查看綠色工具箱。「普拿疼不見了，她怎麼知道我放在這裡？」

「青少年對酒和藥物都有敏銳的雷達。」

他們朝後門走去，卻被道奇攔下。道奇對喬瑟夫猛吠，彷彿不認識他，牠的尾巴豎了起來，如同蠍子般不停顫動。牠發出嗥叫，露出牙齒。

「別鬧了，」葛蘿莉說：「你是怎麼了？你記得喬瑟夫的呀。」

喬瑟夫伸出一隻手，道奇卻要咬他。喬瑟夫後退一步，給道奇空間，說：「道奇，杜松呢？」道奇迅速跑到前門，開始吠叫。「從前門出去了？」

「她用走的不可能走太遠。」葛蘿莉說。

喬瑟夫不想對她說，有些孩子八小時可以跑得很遠，尤其是他們搭便車的話。他們大聲叫喊，在牧場周圍查看，最後來到小教堂。

葛蘿莉站在走道上，全身發抖。「都是我的錯，喬瑟夫。我說她應該給她父親一個機會，為什麼我沒有替她更努力爭取？」

「妳只是根據法律做出妳該做的事。我們打電話報警吧。」

「真的嗎？你不認為她餓了就會出現嗎？我們有個養子就是這樣，他從來不會離開超過四小時。」

「我也處理過逃家的孩子，他們大多數都會改變心意，中途折返。可是找警察來卻發現派不上用場，總比事後責怪自己沒報警要來得好。」

葛蘿莉的臉垮了下來，她在第一排長椅上坐下，抬頭看著喬瑟夫。「怎麼會發生這種事，喬瑟夫？」

「葛蘿莉，她不是合歡。」

「可是……」

「沒有可是，」他們朝屋子走去。「回去做三明治，葛蘿莉，做很多三明治。」

「為什麼？」

「因為搜索人員會肚子餓。我們要連絡我們認識的每一個人，請他們再打電話給親朋好友，一起來幫忙尋找。妳用手機打給羅娜，請她帶幾箱汽水和礦泉水來，我用室內電話報警。」

「我在阿布奎基市警局待過兩年，在刑事鑑識實驗室做了十八年。」這已經是一小時內喬瑟夫第十五次重複這番話。員警、警長辦公室和搜救部門正在釐清這種案件屬於誰的權責。喬瑟夫希望他們可以互通資訊，而不是一直問他同樣的問題。「我們可不可以開始找人？這樣只是浪費時間而已。」

葛蘿莉看起來像個機器人，站在角落，用羅娜帶來的食材製作火腿起士三明治。羅娜站在她身後，用蠟紙將三明治包起來，然後在餐包裡塞進蘋果和洋芋片。每隔一會，羅娜就揉揉葛蘿莉的背，葛蘿莉依然穿著藍色格子睡衣。

喬瑟夫心想，這會不會是他的錯？只因他決定要離開，他大可以留久一點的。想到這裡，他覺得自己為什麼不永遠留下來？新墨西哥州沒有任何事物等著他回去。他應該這樣跟杜松說的。或者杜松發覺他和葛蘿莉上過床，因此認為這是背叛，所以才離開？最後再加上她父親的出現，就像是最後一根稻草。這麼多人都在原地打轉，沒有人開始搜尋，令他發狂。他回答完問題之後，去找葛蘿莉，卻發現她怔怔望向廚房窗外，看著那棵白橡樹。他伸出手臂環抱她。「我有個想法，」他說：「妳想聽聽看嗎？」

葛蘿莉的臉頰因為淚水而溼潤。「只要不是悲劇收場就好了。」

「杜松是青少年，是個做夢者。」

「所以說？」

「所以說她要去的地方可能不合乎常理和邏輯，我們必須依照她的思路，用她的觀點去想事情，然後再列出尋找她的地點。」

「但如果有人把她綁走怎麼辦？他們會替十四歲少女發出安珀警戒嗎？」

「當然會，他們已經發了。聽我說，如果杜松認為她絕對不可能再跟妳住在一起呢？」

「喬瑟夫，我們已經知道她是這樣想的。」

「好，那她會跑去哪裡藏起來？她在街上有哪裡是覺得安全的？警方是在哪裡抓到她偷東西的？」

「在太平洋叢林市，離這裡很遠，她不可能在十二小時之內跑去那裡吧？」

「借過。」羅娜說，又抱來一箱食物，一袋袋洋芋片從箱子開口冒了出來。「派人出去幫忙尋找，得替他們填飽肚子才行。」

喬瑟夫和羅娜四目交接，他試著微笑，但這時微笑對兩人都沒有用。喬瑟夫轉回頭，看著葛蘿莉。「她有沒有一個夢想的目的地？某個她有一天想去的地方？我把我腦子裡想的都說出來了。」

「巨石陣。」葛蘿莉揉著雙眼。「大索爾？她說過她想去紅杉林旁邊露營。我們討論過有一天要開車去迪士尼樂園。有時她會談到她長大的那棟房子，但那棟房子多年前已經拆掉了。她喜歡圖書館，但圖書館在高速公路的另一邊。她說我們去海灘的那天，是她人生最美好的一天。說不定是海灘？」

「那她痛恨的地方呢？團體家屋？卡洛琳的辦公室？那個心理師？」

「喬瑟夫！那天我們開車走G十八號公路的時候，我突然想到，我們經過了合歡失蹤的地方。」

「我馬上回來。」喬瑟夫朝搜尋志工走去，找出誰是負責人。「可以借我看一下地區地圖嗎？」喬瑟夫指著一個地方說：「去這裡找找看。」

廚房裡，葛蘿莉又倒了一杯咖啡，羅娜說：「我跟我妹妹十幾歲的時候，常常因為事情不公平而打架，比如說誰有新鞋子或誰的那一勺冰淇淋比較大球。到現在我們還是會玩這種遊戲。姊妹就是這樣。妳沒辦法跟她們住在一起，但是一旦她們離開了，妳又想跟她們共住一個房間，徹夜談心。她想念合歡。我想我們都低估了杜松的心碎得有多徹底。你說呢，喬瑟夫？」

「我想杜松有可能認為解決問題的唯一辦法，是讓她姊姊遭遇的事也發生在她身上。」

葛蘿莉雙手摀臉。「這個想法太可怕了，喬瑟夫，你怎麼能對我說出這種事？」

「因為杜松認為唯一可以躲避她父親的方式就是消失，而她就是要去做這件事。她想替自己做決定，因為所有的決定都是別人替她做的。她帶走了普拿疼，留下了狗。她的衣服、她的書都在這裡，留給妳的下一個養子女。這就是我最擔心的地方。選擇自殺的人會把他們最珍貴的東西留下來。」

葛蘿莉在桌上坐了下來。羅娜用雙手按摩她的肩膀。喬瑟夫說：「妳現在哭只會讓情況更糟，要哭等晚一點有快樂結局的時候再哭。」

「如果沒有快樂結局怎麼辦？」

要回答這個問題，就得讓葛蘿莉傷心，因此喬瑟夫說：「走吧，我們開我那輛休旅車，它是四輪傳動的。拿一些杜松的衣服，把凱迪拉克拴上鏈子。帶幾件保暖的衣服。她騎馬的手套還在嗎？」

「在倉庫夾克的口袋裡，除非她帶走了。」

「我們去拿手套，把手套帶著。」

葛蘿莉這時才注意到自己還穿著格子睡衣。「我得去換衣服。」

「我跟妳去，親愛的。」羅娜說，兩人踏進走廊。

喬瑟夫踱步來去，看著葛蘿莉電腦上的大索爾海岸線螢幕保護程式。杜松曾求他給她看他拍的紅杉林照片，但他說不行，要等到照片集完整了才能看。艾索跳上他的膝蓋，希望獲得注意力。「我們晚點再出去找樹尿尿。」他說，走出後門，去拿杜松的夾克。他吹哨子呼喚凱迪拉克，又叫喚牠的名字，再吹一聲口哨，但牧場上只有道奇一隻狗而已。「上車。」喬瑟夫說，道奇跳上了休旅車。喬瑟夫走進倉庫，卻找不到那件夾克。葛蘿莉換上了牛仔褲、靴子和高領毛衣，走進倉庫，出來時手裡拿著一件夾克。「是她的嗎？」

她點了點頭。「還有手套。凱迪拉克呢？」

喬瑟夫發動引擎。葛蘿莉拴上柵門，正好攔下兩隻羊，不讓牠們出來。「我以為凱迪拉克跟你在一起，牠不在倉庫裡。」

「什麼意思？」

「我的意思是說我找不到牠。」

這時喬瑟夫才猛然想起一事，猶如腹部給重重揍上一拳。今天早上他進門時，凱迪拉克衝了出來，原來牠已經去找杜松了。喬瑟夫看了看錶，計算凱迪拉克可能已經跑了多遠。

一名員警走到休旅車旁，敲了敲車窗。「你們最好留在原地。」

喬瑟夫不想再接受一次詢問，他不想失去這條線索。「我們有隻狗不見了，我可能不小心放了牠出去，我們要去找牠。」他說，雙手抓著方向盤。

「毛色是黑白相間的嗎？」

「對，就是那隻狗，你在哪裡看見過牠？」

「對，」葛蘿莉也說：「請快告訴我們牠往哪個方向跑。」

員警指了指左邊那條鄉間小路。「我來的時候差點撞到牠。」

「謝謝。」葛蘿莉把頭探出窗戶，大喊：「凱迪拉克！杜松！」

喬瑟夫駕車開上車道，開上小路，經過許多車輛。他數了數，這兩小時內停在這裡的車子已經從兩輛增加到二十輛。他該如何彌補這個過失才好？「葛蘿莉，很抱歉我把凱迪拉克放了出去。」

「反正都已經發生了。」

「我們會找到牠的。」

「我知道。」葛蘿莉的口氣卻不那麼確定。「如果那個男人再消失個四年，杜松就可以自在過她的人生，而不必逃避。」

「其實他現在出現比較好。」

「怎麼說？他把杜松逼得從她唯一覺得安全的地方逃走，甚至可能跑去自殺。」葛蘿莉拿出手機。「我打給卡洛琳，杜松的父親應該知道她失蹤了，而這一切都是他的錯。」

喬瑟夫的目光盯著路面，不時朝兩側看去，找尋凱迪拉克的身影。那天他和瑞可去那個工業倉庫，心裡也是有這種不祥的感覺，他寧願出賣靈魂來消除這種感覺，因為他知道這種感覺會永遠纏繞著他。

喬瑟夫被推進手術室十分鐘後，就在這短得荒謬的時間內，瑞可因為流血過多而死。流血之處並不在二頭肌，而是在被子彈擦中的肋骨之內，從X光片看起來，傷勢並無大礙，但子彈擦傷了他的脾臟。瑞可這個人絕對不吃止痛藥，即使命懸一線也不吃，而且只要有人需要幫助，他一定會伸出援手。這對喬瑟夫來說是最難以接受的事實，因為瑞可是死在醫院的汽水自動販賣機前，他幫廠商抬一箱健怡胡椒博士（Dr Pepper），因此撕裂了脾臟的傷口。脾臟只有四吋，重約五盎司。很多人沒有脾臟也活得好好的。瑞可的脾臟一撕裂，鮮血立刻大量湧出。「他甚至沒時間打開人家送他的汽水，」有一個人說：「真是太離譜了，他們說他還沒倒在地上就死了。」

車子行駛到距離標示合歡失蹤地點的大石頭四分之一哩處，葛蘿莉突然大叫：「停車！」喬瑟夫踩下煞車，道奇四足亂扒，穩住身形。「怎麼了？」

「那裡有個藥瓶，就在路邊。」

葛蘿莉立刻下車。喬瑟夫認為那只是路旁的垃圾而已，但葛蘿莉朝搜救小組的廂型車奔去。喬瑟夫將車子開到路邊停下，抓起杜松的夾克，讓道奇跳下後車廂，抓住牠的鏈子。「去找你的好兄弟，以後每天晚上都給你牛排吃。」

葛蘿莉奔了回來。「喬瑟夫，這是我的藥瓶，裡面是空的。說不定她全都吃下去了，說不定她吃了以後又改變心意了。」

「希望是這樣。」

她伸手去拉道奇的鏈子。「我往樹林裡走一段距離看看。」她嘟起嘴巴，卻沒聲音發出。

「你吹口哨好嗎？凱迪拉克聽見你的聲音，可能會回來。」

她快步走去，喬瑟夫無法追上。「神啊，求求祢，」他一邊吹口哨，一邊說：「求求祢。」

喬瑟夫一看見蒙特瑞郡搜救小組登山員取出裝備，立刻覺得反胃。那些一級搜救隊員身穿和森林管理員相同顏色的綠色制服，令他想起過去學校裡的受訓菜鳥經常經過實驗室，看起來堅忍不拔。搜救隊員臉上都是同一種表情。先把這種反胃的感覺放在一邊，他對自己說，我們要做的事還很多。搜救隊員架設繩索和滑輪，背包裝著繃帶、水、密拉聚酯薄膜毯子，無線對講機扣在背包上，隨手就可拿到。等著派上用場的民間志工讓喬瑟夫想起小時候玩的塑膠士兵，尤其是蹲著待命卻永遠不會被叫到的士兵。

半小時後，搜救小組在葛蘿莉找到琥珀色普拿疼藥瓶之處的對面山坡，降下第一個隊員。就在葛蘿莉帶著道奇回到公路之前，搜救隊員無功而返。「要吃多少顆普拿疼才算過量？」她問喬瑟夫。

「鎮靜劑的毒性都不相同。」

「警察和保安官在爭吵說誰要把藥瓶留下當作證據。搜救小組有什麼發現？」

「他們找過這個地區了，沒有發現。」喬瑟夫說：「他們會向前移動，再搜尋四分之一哩。」

「凱迪拉克。」她只說了這一句話。

「我知道。」喬瑟夫伸出手臂抱著她。一如瑞可的死，喬瑟夫知道這件事將永遠成為他的重擔。他們繼續往前走。

「告訴我要吃多少劑量才算過量，喬瑟夫，瓶子裡有六顆藥，每顆十毫克。」

他吐了口氣。「六十毫克算是有毒了。」

葛蘿莉大喊：「為什麼她第一次偷藥的時候我不把它丟了？」

「葛蘿莉，我們不確定她是不是吃了藥。她有可能改變主意，用手指催吐。可能性有上百萬種。」

「你別騙我，喬瑟夫．維吉，」葛蘿莉說，指著他的胸口。「藥物過量會怎樣？如果我對她生命的最後一刻負有責任，我要知道她會怎樣。」

頭頂上的陽光照射下來，十分猛惡，喬瑟夫幾乎看見陽光正在燒灼他暴露的頸背。「她會很平靜，只會睡著。」他沒說讓他擔心的是止痛藥物「對乙醯胺基酚」的劑量，可能會造成心搏徐緩和永久的肝臟損害。他不想說出這些更危險的後果，因為不說出來是最仁慈的選擇，這是他當警察時至少學會的一件事。

搜救小組來到大岩石旁，再度架設器材。他們的動作怎麼會這麼快？喬瑟夫心想，他們非常團結。

「我不能只是站在這裡，我得移動才行。」葛蘿莉越過馬路，朝搜救小組的廂型車走去，再從黃色封鎖線下方鑽了過去，盡量靠近懸崖邊。喬瑟夫站在原地，讓葛蘿莉離開。

這一次，搜救小組拉回第一名隊員時，隊員發出了「嗚呼」的聲音，表示有了發現。隊員一回到地面，就從背包裡拿出一只紅翼牌靴子。「十號，鞋尖塞了報紙。」

喬瑟夫將手放在葛蘿莉肩膀上。「妳看，現在他們會一起下去。」

葛蘿莉一看見鋁製擔架，膝蓋就軟了，重重坐到地面。搜救隊員一個個爬了下去。一名志工走了過來，拿礦泉水給他們。「現在只是時間問題而已，太太，我們會把妳的小女孩帶回家。」

葛蘿莉說：「喬瑟夫？告訴我，從這裡掉下去會死嗎？」

「妳要不要跟我說，妳想對杜松父親說的那番話是什麼？」喬瑟夫說。

喔，他自大的一面又展現出來了。喬瑟夫對葛蘿莉說，法官不只容許被害者在法庭上對加害者說話，也容許被害人的親人說話，所以葛蘿莉可能有機會跟杜松的父親面對面，說出她的感受。葛蘿莉說：「『請你解釋，為什麼失去一個女兒會導致你拋棄另一個女兒？有很多方式可以尋求協助。我願意賣掉一切來讓杜松跟我在一起。你沒聽見她晚上是哭著入睡的。你沒看見她對羊寶寶有多溫柔。你知道她要鼓起多少勇氣才能去愛凱迪拉克嗎？要跳下懸崖的人應該是你，不是她。』你覺得如何？」

喬瑟夫說：「我想妳應該加一些粗話，西班牙文的。」

懸崖底下一陣碎石崩落，沙塵揚起，暫時遮蔽了視線。接著他們聽見一名搜救隊員大聲叫喊，然後就好像玩傳話遊戲一樣，隊員一個接一個把消息傳上來。

一名員警轉過身來，說：「昏迷，還有呼吸，通知急救人員，他們要把擔架送上來了。」

杜松

妳確定妳要刺嗎？刺青師傅如此問我，刺上去是擦不掉的喔，妳知道的。

我非常想刺，我說。

我不做白工的。

我離開，回來時拿著五片DVD，都是熱門電影。這樣夠嗎？

這只是前菜，他說，我還要別的。

要什麼？我說。

他解開襯衫釦子，我就明白他的意思。我脫下衣服，告訴自己說，這就是合歡的遭遇，這是我欠她的，因為我偷穿毛衣而導致我們吵架。我說，這樣夠嗎？他點了點頭。

我姊姊穿藍色衣服好漂亮。然後她就像釦子上印的飛鳥一樣，消失了，飛走了。把它刺得好像真的一樣，我說。他將墨水刺入我的肌膚。我要刺在脖子上，讓每個人都看見。

喬瑟夫

杜松被推進手術房治療摔斷的腳踝，她說：「凱迪拉克，別忘了餵凱迪拉克。」

駕車離開醫院時，葛蘿莉對喬瑟夫說：「開上G十八公路，我們得去找凱迪拉克。」

「葛蘿莉，天都黑了，明天早上再找吧。」

她咬住指甲，不再說話。

回到家後，她走進前門，又從後門出去。凱迪拉克不在倉庫。

「我來餵動物。」喬瑟夫說，但卻來不及了。道奇朝空狗屋跑去，開始狂吠。「葛蘿莉，回屋子去喝點威士忌，妳把馬嚇壞了。」

兩天後，凱迪拉克依然下落不明。這兩天早晨，醫院探病時間還沒到之前，葛蘿莉騎著蟋蟀盡量深入森林，喬瑟夫則負責尋找山上，兩人都帶著從羅娜那裡借來的無線對講機。他們辛苦地尋找方圓五哩之處，卻依然不見凱迪拉克的蹤影。搜救小組早已撤退，他們的工作已經完成。人們都說，只是一條狗而已嘛。

葛蘿莉

鹽酸那囉克松解決了杜松體內的氧可酮，但對乙醯胺基酚的濃度依然令人憂心。杜松進行腳踝手術時所做的全身麻醉退去之後，葛蘿莉就知道事不宜遲，立刻將艾索塞進包包，駕車去醫院，希望運氣好，不會碰見杜松的父親。來到醫院，杜松的父親不在病房，房裡只有杜松。葛蘿莉關上房門，把艾索抱出來。「凱迪拉克裝不進我的包包。」她說，發出一陣假笑。

杜松哭了出來。「牠死了對不對？」

「牠不見了。」

「都是我的錯。」杜松開始啜泣，讓葛蘿莉想起她們共度的第一個晚上。感恩節、海盜、頭痛、不可思議的重逢。她們經歷過種種衝突，最後來到這個痛失愛犬、似乎永無止境的時刻。

「牠還是可能回來。但如果牠沒回來，記得牠跟妳度過美好的時光，杜松，那是牠一生中最棒的時光。」

哭完之後，杜松面無表情，不肯吃葛蘿莉帶來的香草布丁，也不喝健怡香草可樂。紅絲絨蛋糕只是躺在醫院餐盤上，逐漸走味。

「睡一下吧，」葛蘿莉說：「我會再來看妳。」

她踏進走廊，來到家屬休息室，打電話給卡洛琳。「她父親呢？他不是急著要見她嗎？現在她需要父親。」

卡洛琳惱忿地說：「我都不知道該怎麼告訴杜松才好。」

「告訴她什麼？」

「杜松的失蹤事件被媒體大肆報導，把她父親嚇跑了。她父親打電話給路易絲說要取消會面，從此音訊全無。我不知道，可能曝光率太高了，就好像合歡事件重演一樣。」

「太荒謬了！」

卡洛琳嘆了口氣。「妳知道，葛蘿，我想今年退休，坐在陽台上看野草生長。」

「妳敢退休試試看，少了妳，像杜松這樣的孩子該怎麼辦？去休息一下，我明天再打電話給妳。」

接著葛蘿莉打電話給母親。「媽，我該怎麼做才好？那隻狗、她的父親、她的腳踝；她情況不好，我不知道該怎麼辦。」

「母親也只是凡人而已，」愛芙說：「把事情交託給上主，然後向前邁進。」

葛蘿莉在醫院餐廳點了咖啡。等咖啡涼一點時，她打起瞌睡，醒來時她的頭擱在手上，一隻手臂又刺又麻。丹，她心想，我得去找丹，他需要我。她來到電梯前，才猛然想起等著她的人是杜松，不是丹。葛蘿莉凝步不前，因為她不能什麼計畫都沒有，就走進那個可憐少女的病房。

情急之下，她打電話給哈蕾，哈蕾竟然並不在開飲酒派對。「我需要妳的幫助。」葛蘿莉說，隨即將事情一股腦兒全說給哈蕾聽，自從幼年時期之後，這是她第一次再度對哈蕾坦露所有心事：她跟喬瑟夫上床、杜松的父親再度拋棄了她、凱迪拉克下落不明、失眠、喬瑟夫邀請她去新墨西哥州，還有婚宴等著舉辦而且收了訂金、動物需要她提供食物、運動和注意力——還有凱迪拉克。一切都回到凱迪拉克身上，這隻黑白相間的邊境牧羊犬終於有了主人，卻丟了性命。「真是一團糟。妳說得對，哈蕾。告訴我該怎麼做？」

哈蕾沉默片刻，然後說：「妳又不能讓那隻狗活回來。這件事的確很不幸，但妳可以再養一條狗。而且妳很會養狗，讓我又羡慕又嫉妒。我會什麼？逛街嗎？調酒嗎？去別的國家逛街，嚐嚐新的調酒嗎？呃，讓我告訴妳，葛蘿莉，我一到妳那邊，就調我最拿手的酒給妳喝，我馬上出發，而且我不想聽妳說第二句話。我不確定我會餵妳牧場上的那些動物，所以我們必須雇用一個人，說不定可以找妳的一個養子來幫忙？我可以撿雞蛋，但我每次都必須換一雙新的乳膠手套。等杜松可以旅行之後，我會帶她來聖塔羅莎，妳就搭飛機飛向妳的未來吧，我們沒有妳也能活得好好的。我會教杜松玩紙牌遊戲，順便看看能不能處理一下她那一頭可怕的頭髮。」

當天晚上，葛蘿莉打電話去帕索羅伯醫療用品店，租了一張床和一張輪椅。她想起後天是外光派畫家的餐會，便從檔案夾裡拿出文件，撥打上面的連絡電話。「抱歉這麼晚才通知你，」她說：「不知道你們的餐會可不可以改到下一週再舉辦？我女兒明天要出院，她心情很不好，因為她的狗失蹤了，而且……」

這個理由在她自己耳中聽起來都非常可悲，因此被對方拒絕時她一點都不驚訝。社團團長是個律師，他很樂意指出她的合約書上沒有列出取消條款。「這張合約是個笑話，」他說：「妳真的應該請律師幫妳擬一份合約才對。」

這是什麼意思？難道他期望葛蘿莉找他擬合約嗎？葛蘿莉寧願忍痛排出一顆腎結石，也不願意給這個男人賺一分錢。「那就這個週末見吧。」

她走進廚房，站在中央，閉上眼睛。她背後是水槽，排水管周圍十分粗糙；索羅門家三代都在這裡洗碗盤，使得鑄鐵上的琺瑯受到侵蝕。水槽左邊是四口爐具，已經用了五十年，但仍堪用。水槽右邊是雙烤爐，烘焙過無數餐點。烤爐左邊是苟延殘喘的洗碗機。她的廚房就是她的指南針、正北極。在這裡，她知道自己是誰、什麼事該做，因此她將凱迪拉克的事和未來幾天會有多辛苦的想法放在一旁，開始做起她最拿手的事，那就是做菜。第一道菜是當地鮮蔬沙拉，再來是基輔雞，最後是調色盤翻糖蛋糕和巧克力畫筆。

杜松求葛蘿莉把她推到屋外，讓她在陽台上坐一整天，等待不可能的事發生，也就是看見凱迪拉克回來。哈蕾陪伴杜松，葛蘿莉則將美食餐盒端到畫家面前。每位畫家面前都有一瓶加州夏多內白葡萄酒獨享瓶，來自新的釀酒廠，葛蘿莉希望那位律師兼畫家在太陽底下喝了之後頭痛欲裂。

有些畫家有真材實料，一下筆就看得出來。顏料的層次、色彩的感覺、細節的專注，全都呈現在畫作中。葛蘿莉看了他們對白橡樹的詮釋，明白他們看見白橡樹的歷史，但卻捕捉不到其中的靈魂。有些畫家帶來全套專業配備，像是罩衫、鴨舌帽和美麗硬木製成的野外畫架。葛蘿莉瀏覽每張畫布，看看哪個畫家捕捉到了白橡樹的神韻，但目前為止一個都沒看到。也許沒有人能夠捕捉到它的神韻。也許它佇立在那裡，只是為了挫敗攝影家、逃避畫家、啟發海盜婚禮。喬瑟夫在畫家之間走動和拍照，保持開朗和善。他走過葛蘿莉身邊，低聲說：「妳這棵樹擊敗了他們每一個人。」葛蘿莉微微一笑，因為喬瑟夫讓她知道，失去凱迪拉克雖然會永遠心痛，但他們一定可以走過這段艱難的日子，撥雲見日，他們要朝著雲開日朗的那一天走去。

畫家吃完鮮蔬沙拉，正要大啖基輔雞時，一陣機車的怒吼聲劃破空氣。葛蘿莉心想是不是有人迷路了，還是機車幫想來她的小教堂舉辦烤香腸婚禮？不過有何不可？錢畢竟是錢。她繞過牧舍，走到前陽台，看看究竟怎麼回事。

羅娜．坎戴拉里亞踏上車道，身穿皮褲皮靴，頭戴她的正字標記粉紅色牛仔帽，一手拿著午餐紙袋，另一手抓著一隻狗的項圈。那是一隻全身沾滿刺果、污穢不堪、消瘦憔悴的邊境牧羊犬。「葛蘿莉！」羅娜大喊：「來看看我們這票人找到了什麼。」

葛蘿莉一陣哽咽，說不出話，卻聽見一聲尖叫，杜松離開輪椅，用一隻腳一跳一跳地跳了過來，迎接她的愛犬。凱迪拉克伏了下來，匍匐前進，迎向杜松，就好像他們第一次見面那樣。這是他們第三次重聚。葛蘿莉聽見相機喀嚓聲，知道喬瑟夫就站在後面。他並沒有問問題或要求提高報酬。他發現了照相的好機會，便好好把握。葛蘿莉心想，喔，丹，這一定是你所謂的信仰所代表的意義。

幾位機車騎士看見杜松抱住愛犬，當場就哭了起來。在一片哽咽和哭泣聲中，葛蘿莉問說：「你們是在哪裡找到牠的？我以為我們每吋土地都找遍了。」

「壁畫洞再過去大約一哩的地方。我不知道後面還有一個洞，不過小多了。我們可能是一百多年來第一批進入那個洞的人。」

葛蘿莉伸手擁抱凱迪拉克。「謝謝妳，羅娜。」

「不客氣，親愛的，不過現在還不要太開心。」

「為什麼？」

「我們在這個雜種的旁邊發現一堆白骨，我用了午餐所有的肉才把牠引出來。」

葛蘿莉知道大家都在想同一件事：合歡。

喬瑟夫

「我可以看看嗎？」喬瑟夫問道。他打開袋子，露出土色的骨頭。骨頭上面還有智齒和臼齒，但年齡太大，不是合歡。「其他骨頭也是人類的嗎？」

警方尚未介入之前，喬瑟夫駕駛休旅車前往聖塔克魯茲，找到大學裡的人類學系，敲了敲系主任辦公室的門。沒人應門，但門沒鎖，於是他走了進去。教授桌上堆滿書籍和文件：這就是高等教育？他找到課表，查看教授在哪裡上課。他向一位學生問清楚方向，來到一間教室，只見教授正在教課。他在門口等到下課。教授收拾檔案，放進公事包，朝出口緩步走去。

「教授，我是喬瑟夫．維吉，我來請教你關於昨天那些骨頭的事，你抽出時間看過了嗎？」

「我正想下午的時候打電話給你。」教授說。喬瑟夫心想，狗屎，你看完以後就忘了吧，但仍不動聲色。「你拿來的頜骨很有意思。」

「你有什麼發現？」

「顯然是女性的頜骨，因為耳垂到下巴的線條呈弧形……」

「是的，我知道，」喬瑟夫不耐煩地說：「你能夠判斷它的年齡嗎？」

「我猜大約是一八九〇年代末期，死亡年齡大概是二十到二十五歲，在沒有其他骨骼的情況下，很難說得很精準。另外一組骨頭屬於一個女性幼兒，年齡不超過兩歲。如果你想得到更多資訊，可能得去史丹佛大學，我們的器材沒辦法跟他們相比，你知道的，州立大學預算有限。」

他們走進教授的辦公室。喬瑟夫非常驚訝，教授竟然沒有拆了辦公室就把骨頭給找了出來。

「很有意思，」教授說，將骨頭遞給喬瑟夫。「居然在一個可能永遠不會被人打擾的地方發現，如果不是一個少女逃家，她的狗去找她，那些機車騎士又去找狗，是不是這樣？」

喬瑟夫只要想到是自己造成凱迪拉克失蹤，依然心驚，倘若不是羅娜——呃，他試著不繼續想下去。

「所以說這些骨頭要放到哪裡？我們很樂意給它們一個家。」

「這你可能要跟佳凌區的印地安人討論一下。」喬瑟夫說。

杜松

陽光照在岩石上十分溫暖，大岩石上有許多懶洋洋的人或倚或躺，他們詢問彼此有關生命的意義，這個問題目前為止沒有答案。如果你想知道某樣事物的意義，你需要的不只是書上的參考資料，你必須運用想像力，而且有實驗與冒險的精神。少了非主流的思考方式，你在這個世界上能夠發展的十分有限。比如說，古代沒有書籍的時期口耳相傳留下的歷史，以及音樂、詩歌或甚至笑話都可以告訴你一些什麼。你不能只按照知識來判斷，知識還不及真正意義的一半。

在週二及週四早上八點到中午，「永遠的民間傳說」比較文學一〇一的課堂上，我讀到關於柏拉圖嬰兒時期的故事。柏拉圖睡在燈心草籃子或揹嬰袋或任何當時的嬰兒床裡，蜜蜂停在他的屁股上，彷彿他的屁股是世界上最甜美的花朵。那些蜜蜂會螫人，但卻沒螫他。蜜蜂是要給他花蜜還是從他身上吸取花蜜呢？科學家說蜜蜂會降落只有三種原因：採花蜜、喝水，或回到了家，想要保護蜂后和製造蜂巢。

然而蜜蜂的構造卻顯示牠們是不可能飛行的。

葛蘿莉

葛蘿莉和喬瑟夫在鳳凰城轉機，前往阿布奎基市，而葛蘿莉左思右想，有了第二個想法、第三個想法，以此類推。

「我要打電話回家，確定一切都沒問題。」她說。他們走過一個個登機門，經過許多禮品店，裡頭販賣八卦報、縫紉包和貴得離譜的頸枕。

「他們沒問題的，」喬瑟夫說：「我有個更好的主意，請注意聽我說話。我去幫妳買一杯大杯拿鐵，還是妳要超大杯？超超大杯？」

「他們有小杯的嗎？」她笑說。

「對啦，多笑一點，妳需要發揮幽默感才能在維吉家存活下來，我們家的派對可是開一整夜的。」

葛蘿莉望向厚玻璃板，看著外頭的噴射客機，沒想到不是國定假日還有這麼多人來搭飛機去旅行。

他們在登機門前的候機室坐了下來，等候飛機。她看得出喬瑟夫背痛，因此揉揉他的肩膀。他倚得近了些。「這樣很舒服。」他說。

「不客氣。」

「我幫妳買咖啡之前在想一件事。」

「什麼事？」

「現在妳已經幫人家辦過六、七場婚禮了，風格全都不一樣。如果妳要再婚——我只是假設喔——妳會想辦什麼樣的婚禮？傳統式？還是公證結婚？妳慢慢想。」

「我不需要慢慢想。」

「呃，不要吊我胃口，是哪種婚禮？」

她微微一笑。「絕對是海盜式。」

後記

二〇〇四年最悲慘的事件並不是我父親沒出現，而是耶誕節次日印尼蘇門達臘島西岸發生的地震。

地震是地殼碰撞引起的，地殼並不是一整塊的，它會移動。那次的印度洋大地震強度達到九．一至九．三，持續了十分鐘，威力大到讓整個地球都為之震動，引發的地震遠及阿拉斯加。好的一面是平常百姓打開荷包，捐出了超過七百億美元的善款。

二〇〇四年發生的好事是發現了「佛羅倫斯人」，也叫做「哈比人」。印尼弗洛勒斯島上發現完整的佛羅倫斯人女性骸骨，身高三呎三吋（約一百公分）。當地是沼澤環境，因此她骨頭並未硬化，讓人類學家有機會研究，並發現她死亡時年約三十，已在當地躺了一萬八千年，就躺在侏儒象和迷你科摩多巨蜥的旁邊，今天的科摩多巨蜥在當時是很小的。

同年，世界上最稀有的鳥「夏威夷蜜旋木雀」絕種了。畢生奉獻給研究這種鳥類的艾倫．李柏曼博士說：「在牠生前和死後，我都說牠是『最後的已知毛島蜜雀』。我想像不出世界上還有更適合用『滅絕』來形容的例子了。」

但大自然是無法預期的。大藍蝶（Phengaris arion）在宣布絕種十四年後，在英國一處庭園裡出現，當時一群英國婦女在荷黛絲．查爾茲太太家喝茶。查爾茲太太說：「我一轉頭，就看見牠在那裡！」

二〇〇四年，一具女童骸骨在一處無人知曉的野地洞穴裡被發現，洞穴位於加州佳淩區和太平洋海岸地區之間。距離當地最近的清水水源有兩哩遠。狗不吃食物可以存活很長一段時間，但脫水致死只要二十四小時就能發生。由於我逃避我父親，使得我的狗凱迪拉克找到了一名女子的頜骨和一具女童骸骨。

在網際網路上，如果真的要找的話，你幾乎什麼人都找得到。

在人類學一〇六的課堂上，你學習到骨頭會說故事。智齒象徵從青少年轉變為成人。鈣化會發生在骨骼的八百個部位，這一點支持了這項事實。但手上如果只有頜骨，那麼可以證明的事實就很少，其他都僅止於猜測。

發現人類骨頭帶來許多騷動。失去摯愛的人希望那些骨頭可以終止他們的猜測和等待。有些文化中，骨頭是神聖的遺骸，必須受到尊重，還必須為了骨頭而舉辦儀式和祈禱。在其他文化中，骨頭注定要切成一半來加以研究。骨頭蘊涵著等待被道出的故事。

對執法機關來說，骨頭是證物。

二〇〇四年，加州大學聖塔克魯茲分校人類學系要求挖掘艾莉絲・哈勒倫太太的墳墓，這座墳墓位於杭特利格堡軍事基地。他們需要從她的骸骨取得DNA，比對那個頜骨是否屬於她。這件事報紙報導了數個月，當中還夾雜著謾罵情事。蝴蝶溪雜貨店（目前已停止出售）店主羅娜・坎戴拉里亞——她的血統可以追溯至傳教時期——指控加州大學褻瀆亡者。「把那個孩子埋在哈勒倫太太旁邊，事情就結束了。」報紙引述她的話語：「他們花了一百零六年才重逢，我們卻如此自以為是，竟然想分開母親和女兒？」

我的腳踝手術完成後，跟索羅門太太回到了「家」。

我的父親一直沒來見我。

「不要讓未來對你造成困擾，」西元二世紀羅馬帝國皇帝馬可．奧里略說：「你將會面對它，如果必要的話，用你今天面對當下所使用的理性武器來面對它。」

三年過去了，現在我就讀於阿布奎基市的新墨西哥大學，念的科系是──你猜猜看──法醫人類學系。我希望不必花一百年才能找到合歡的骨頭，而我成功的機率並不高，但我猜很有可能發生這種事：有人走在荒野裡抄小路，不小心跌下懸崖，掉落深谷（像我一樣），發現一個隱藏的洞穴，或建築工地所挖掘的地基，結果發現了我姊姊。也許那個時候我已經不在了。如果你查看一八九八年當艾莉絲和克拉拉．哈勒倫失蹤時的事件時間線，會很清楚地發現，人類犯下的每一個錯誤都會導致一百件好事的發生，或甚至一千件。我的養父，自然攝影家喬瑟夫．維吉，稱之為「更豐富理論」，這也正是我們在海盜婚禮上相遇的故事。他誤判婚禮上刻意安排的鬥劍是真的，立刻發揮警察本能，也因此才會遇見我母親和我。那天從他的相機開始，以海盜蛋糕作為結束。他只要一有機會就會講這個故事，因為他說他總是感激一連串事件的碰撞，導致我們的人生道路有了交集，最後共組一個家庭。

人都會犯錯。人們希望人生的許多神祕面向立刻給出一個答案，但如果你多等個幾世代，就會知道更大的真相，比你立刻就想知道的答案還要大得多。

我的名字是杜松．樹．麥奎爾．索羅門．維吉。

我姊姊的全名是金合歡[23]．樹．麥奎爾，但大家都叫她合歡。

我的母親因為過於痛苦而選擇離開人世，希望她安息。她很愛樹，因此替我們姊妹倆取了樹的名字，希望我們根植於地，不畏天候，屹立不搖，猶如索羅門橡樹。後來她像落葉般飄零，揭開了我另一段人生的序幕。

我姊姊也將如此。泥土將崩落，她的白骨將感受陽光照耀，浮出地面。

我就是知道。

[23] 金合歡，Acacia，豆科金合歡屬常綠樹的總稱。

致謝

感謝Debra Utacia Krolb讓我使用她母親Mary Bishop Larson的佳凌區印地安傳統故事〈佳凌的無頭女子〉。Larson太太是文獻中少數見過哈勒倫太太鬼魂的人。

感謝Robert Latham及Karen Broughton慷慨協助我研究海盜婚禮，送我他們的創意婚禮DVD作為參考。海盜婚禮的誓言在許多網站上都可以找到，例如：favoriteideas.com、talklikeapirate.com、blackravenadventures.com、thebeenews.com、fantaseaweddings.com。

松尾芭蕉（一六四四—一六九四）的俳句〈橡樹〉有許多翻譯版本，收錄在選集之中，網路上也隨處可見。書中是我粗陋的翻譯。

感謝Judi Hendricks讓我使用她的小說《*The Laws of Harmony*》中的兩個句子。

感謝Jeffrey Eugenides讓我借用他的狗的名字艾索。

感謝Laura C. Martin提供很棒的書，關於樹、花和動物的民間傳說。這些書在我寫作期間提供靈感，也提供許多參考資料。

在此向我的經紀人及朋友Deborah Schneider獻上謝意與愛，感謝她一直相信我，也相信這本書。也感謝她公司的同仁，尤其是Cathy Gleason，幾乎我問什麼問題她都能回答。

非常感謝Bloomsbury USA的Nancy Miller以及Bloomsbury UK的Helen Garnons-Williams對這

本書所投注的熱忱。也感謝我的文字編輯Steve Boldt、製作編輯Laura Philips，以及支持這本書的業務人員。

感謝Collected Works的Dorothy Massey，她總是慷慨大方且提供支持，而且在聖塔菲市經營一家很棒的獨立書店。

當一個作家寫說：「這本書之所以可以完成，要歸功於無數人的支持和鼓勵。」其實是要感謝這些人忍受她的怠慢、陰沉和抱怨。我最重要的支持者及好友包括Sherry Simpson、Earlene Fowler、Judi Hendricks、Rich Chiappone、David Stevenson、Anne Caston、Kathleen Tarr、Jodi Picoult、Jennifer Olds- Huffman；還有我兒子Jack和他的妻子Olivia Barrick；我姊姊Lee及C.J.；我哥哥John和Jim；我母親Mary，她在我一生中對我說過無數好聽的故事。沒有你們，我無法完成任何事。

我的狗（Verbena、Cricket、Henry、Piper、Rufus）讓我忍受生活中最艱苦的部分，替我帶來歡樂。

我的丈夫Stewart Allison在我低沉時鼓舞我，在我過於嚴肅時逗我笑，而且多年來一直愛著我。你一再地掙得天堂的黃金冠冕，上頭鑲有璀璨寶石。謝謝你相信我、守護我。

GroWing 26

索羅門的橡樹 Solomon's Oak

索羅門的橡樹 / 喬-安.馬普森作 ; 林立仁譯. -- 初版. -- 臺北市 : 春天出版國際, 2023.12
面； 公分. -- (GroWing ; 16)
譯自 : Solomon's Oak
ISBN 978-957-9609-62-3(平裝)

874.57 107009811

ISBN 978-957-9609-62-3
Printed in Taiwan

作　者　喬一安・馬普森
譯　者　林立仁
總編輯　莊宜勳
主　編　孟繁珍

出版者　春天出版國際文化有限公司
地　址　台北市大安區忠孝東路四段303號4樓之1
電　話　02-7733-4070
傳　眞　02-7733-4069
E－mail　frank.spring@msa.hinet.net
網　址　http://www.bookspring.com.tw
部落格　http://blog.pixnet.net/bookspring
郵政帳號　19705538
戶　名　春天出版國際文化有限公司
法律顧問　蕭顯忠律師事務所
出版日期　二〇二三年十二月初版
定　價　460元

總經銷　楨德圖書事業有限公司
地　址　新北市新店區中興路二段196號8樓
電　話　02-8919-3186
傳　眞　02-8914-5524
香港總代理　一代匯集
地　址　九龍旺角塘尾道64號 龍駒企業大廈10 B&D室
電　話　852-2783-8102
傳　眞　852-2396-0050